Knaur.

Knaur.

Über die Autoren:
Emmanuelle Rey-Magnan und Pascal Fontanille schreiben seit mehreren Jahren gemeinsam Drehbücher, die in Frankreich sehr erfolgreich sind. *Die Prophezeiung von Avignon* ist ihr erster Roman.

Emmanuelle Rey-Magnan
Pascal Fontanille

DIE PROPHEZEIUNG VON AVIGNON

Mysterythriller

Aus dem Französischen
von Max Stadler

Knaur Taschenbuch Verlag

Die französische Originalausgabe erschien unter dem Titel
»La prophétie d'Avignon« bei Editions Michel Lafon, Paris

Besuchen Sie uns im Internet:
www.knaur.de

Vollständige Taschenbuchausgabe Dezember 2008
Knaur Taschenbuch
Ein Unternehmen der Droemerschen Verlagsanstalt
Th. Knaur Nachf. GmbH & Co. KG, München.

Umschlaggestaltung: ZERO Werbeagentur, München
Umschlagabbildung: Vandepub
Satz: Adobe InDesign im Verlag
Druck und Bindung: CPI – Clausen & Bosse, Leck
Printed in Germany
ISBN 978-3-426-50116-0

2 4 5 3 1

»Wir sind die letzten Wächter, wir, die Schattenkämpfer. Seit Jahrhunderten hindern wir die Laien daran, sich zu nähern, und trotzen den Waghalsigeren. Heute erwachen wir, denn die Zeit ist reif. Die Zeit der Prophezeiung.«

PROLOG

Allein in der schönen Sommernacht im majestätischen Ehrenhof des Papstpalastes von Avignon zuckte der junge Wächter zu den lauten Technoklängen aus seinem iPod, der fest auf seinen Ohren saß. Er hatte keinen Augenblick gezögert, als man ihm die Nachtwache angeboten hatte. Dunkelheit hatte ihm noch nie Angst eingeflößt, und die gleichsam surrealistische, gotische Ausstrahlung der Gemäuer gab ihm »voll den Kick«. Er war sich selbst überlassen, und seine einzigen Gefährten in den Stunden, die er in diesem von Geschichte und Legenden erfülltem Denkmal verbrachte, waren die Wasserspeier, deren scharfen Augen nichts entging, seit die Päpste sie mit der Überwachung des Palastes beauftragt hatten.

Ganz in seiner musikalischen Trance versunken, bemerkte der Wächter nicht, dass sich die Stimmung um ihn herum verändert hatte. Bedrohliche Wolken spielten nun Verstecken mit der Sichel des zunehmenden Mondes, unheilvolle Schatten zogen über die Mauern und glitten durch die Pechnasen und die kreuzförmigen Schießscharten ... Aber vor allem eines war anders: Die Wasserspeier waren erwacht. Nach jahrhundertelangem passivem Daliegen hatten sich jetzt ihre Augen aus Stein geöffnet. Die goldenen Pupillen kamen zum Vorschein, und auch ihre Schuppen hatten ihren alten Glanz wiedergefunden. Ihre Fangzähne waren erneut gespitzt, bereit, den Feind zu zerreißen, sollte er es wagen, näher zu kommen.

Ein Dröhnen aus dem Inneren des Palastes riss den Wächter schließlich aus seiner Trance. Es wurde bald so ohrenbetäubend laut, so angsteinflößend, dass er fühlte, wie seine Eingeweide sich zusammenzogen und ein eiskalter Schweißfaden ihm den Rücken hinabrann. Verängstigt fiel der junge Wächter wie ein reuiger Sünder auf die Knie.

Fünfzig Meter über ihm erfüllte der Wasserspeier seine Pflicht, während er mit dämonischem Blick das Menschlein beobachtete, das von der ihn leitenden Macht zu Boden geworfen wurde. Sein Maul öffnete sich und gab eine glühende Kugel frei, die dem Wächter vor die Füße fiel.

Dann kehrte wieder Ruhe ein. Die Wolken verschwanden, das Dröhnen legte sich, die Wasserspeier wurden wieder zu Stein. Befreit von dem Klang, der ihm fast das Trommelfell zerrissen hatte, erhob sich der junge Wächter und kam langsam wieder zu sich. Er fragte sich gerade, ob er das alles nur geträumt hatte, als er sie sah. Sie war kaum größer als eine Billardkugel, lag vor ihm auf dem rohen Steinboden des Ehrenhofes und leuchtete in der Dunkelheit. Gebannt und verzaubert von ihren schillernden Farben näherte sich der Wächter und hob sie auf, so als ob er schon immer dafür bestimmt gewesen wäre, zu ihr zu gehen. Beim Kontakt mit der Kugel erhellte ein überglückliches Lächeln sein Gesicht.

Als man am nächsten Morgen die ans Ufer der Rhône getriebene Leiche des jungen Mannes fand, war dasselbe Gesicht nur noch eine schmerzverzerrte Fratze. Der Polizist, der ihn aus dem Wasser zog, musste unwillkürlich an jenes schreckliche Bild eines brüllenden Mannes denken, der den Kopf zwischen seinen Händen hält: *Der Schrei* von Munch.

»›Der Munch‹, so hat die Polizei den armen Jungen genannt.«

Das Bild vom Leichnam des Wächters wurde auf einen der zahlreichen Flachbildschirme an den Wänden des High-Tech-Konferenzsaals geworfen. Der spärlich mit hellen Möbeln eingerichtete Raum enthielt die modernste Kommunikationsausstattung für Videokonferenzen, Simultanübersetzungen und das Verschicken von Dokumenten jeglicher Art von einem Ende der Welt ans andere.

Die Taube auf dem Wappen der EIA, der European Intelligence Agency, schien die fünfzehn Personen aus aller Herren Länder, an die sich Dona Flores richtete, von der Wand aus zu beobachten. Die charismatische Dona Flores war knapp sechzig und noch immer von ungewöhnlicher, respekteinflößender Schönheit. Ihre Adlernase verstärkte ihre erhabene Kopfhaltung. Aber es war vor allem ihr Blick, der die Menschen beeindruckte. Ein Blick, der einen durchschaute, der bis in die Tiefen der Seele vordrang.

Dona Flores ergriff aufs Neue das Wort, während die Fotos des toten Wächters auf dem Bildschirm gezeigt wurden.

»Wie Sie wissen, handelt es sich hier um den Jungen, der die Kugel gefunden hat... Unser Mittelsmann sollte sie ihm abkaufen, aber *SIE* waren schneller. Und haben zügiger reagiert als wir. Es ist also sicher: *SIE* haben die Kugel.«

Ein beunruhigtes Murmeln durchlief die Versammlung. Dona Flores fuhr angespannt fort, während sie bereits über die Folgen dessen nachdachte, was sie gleich sagen würde.

»Außerdem haben wir gerade erfahren, dass *SIE* die Professoren Kobayashi und Vanhall getötet haben. Was Dimitri Karienko betrifft, so haben wir seit mehr als vierundzwanzig Stunden nichts mehr von ihm gehört. Neben der Kugel haben wir drei der brillantesten Historiker, die auf unserer Seite standen, verloren …«

Diesmal verwandelte sich das Murmeln in ein vielsprachiges Stimmengewirr und offenbarte eine wachsende, fast panische Angst. Das Auftauchen der Kugel war im Laufe der Jahre zu einem Trugbild geworden; man erwartete es, ohne wirklich noch daran zu glauben. Noch dazu hatte es so viele falsche Alarme und Enttäuschungen gegeben.

Nach einigen Minuten kam die Versammlung wieder zur Ruhe, und die fünfzehn Mitglieder entschieden einstimmig, dass es Zeit sei, die Spezialeinheit zu aktivieren. Alle hofften im Innersten, dass es nicht bereits zu spät war.

I

In Avignon nahm der Frühling bereits sommerliche Züge an. Im Herzen der Stadt suchten die Passanten, trotz der frühen Stunde, die Kühle am Fuße der zinnenbewehrten Mauern des Papstpalastes, der seinen monumentalen Schatten auf die Straßen warf.

Als Estelle Esperanza von der *Place de l'Horloge* kam und dem Palast gegenüberstand, wurde sie von der Erhabenheit des Gebäudes, das sich vor ihr auftürmte, gepackt. Sie war stellvertretende Konservatorin am Papstpalast und legte diesen Weg jeden Morgen zurück. Und jeden Morgen erlebte sie denselben Schock. Welch ein kindliches Vergnügen, sich auf ein Gefühl einzustellen und es immer wieder neu zu erleben, ohne dass es je nachließ!

Die schlanke, zierliche Gestalt überquerte den Platz mit entschlossenen Schritten. Estelle hatte sich inzwischen mit dem blauen Kostüm abgefunden, das Brac, ihr neuer Chef, sie zu tragen verpflichtete, auch wenn sie sich darin ein wenig eingezwängt fühlte. Zum Glück widersetzte sich ihre kastanienbraune, trotz all ihrer Versuche unzähmbare Haarmähne einem Erscheinungsbild, das ihr ansonsten zu streng erschienen wäre.

Estelle passierte die *Porte des Champeaux*, durchquerte den Wächtersaal, der in einen Eingangsschalter verwandelt worden war, und kam in den Ehrenhof. Als sie eine

Gruppe Jugendlicher erblickte, die soeben ihre Besichtigungsrunde begann, konnte sie nicht widerstehen und gesellte sich zu ihnen. Die Führerin begrüßte sie mit einem Lächeln und wandte sich nach einem verschwörerischen Blick wieder an die Gruppe.

»Ich stelle euch Estelle Esperanza vor, die stellvertretende Konservatorin des Palasts, die uns die Ehre erweist, sich zu uns zu gesellen. Ich bin sicher, dass sie euch einige Geheimnisse dieses Ortes verraten wird.«

Estelle lächelte über die gestelzten Worte ihrer Freundin und verdrehte belustigt die Augen. Die Jugendlichen wunderten sich, dass eine so junge und gutaussehende Frau ein solches Amt innehatte. Egal ob Konservator oder Konservatorin, man stellte sie sich grundsätzlich alt, verstaubt und womöglich nach Mottenschutzmittel riechend vor. Diejenigen, die Estelle kannte, waren hingegen alle vielmehr höchst lebendige, leidenschaftliche Menschen, die ihre Zeit teils im Büro, teils an den Grabungsstätten verbrachten.

Wie jedes Mal, wenn Estelle eine Gruppe führte, war es ihr geglückt, die Aufmerksamkeit aller zu gewinnen, sogar derer, die mit Geschichte nichts anfangen konnten. Sie liebte es, ihre Begeisterung für den Palast mit anderen zu teilen und zu vermitteln, dass er zunächst ein Ort des Lebens und des Miteinanders gewesen war, ehe er sich in ein »historisches Denkmal« verwandelt hatte. Sie hatte einige Tricks, um ihre Führung interessant zu gestalten. Dazu gehörte ein Hauptschlüssel, der ihr Zutritt zu den normalerweise für die Öffentlichkeit unzugänglichen Bereichen verschaffte. Die Jugendlichen waren Feuer und Flamme, wenn sie ihnen anbot, gegen die Regeln zu verstoßen und beispielsweise den Wachgang zu nehmen, einen wahrhaftigen Geheimgang, der den gesamten Palast durchquerte. Indem sie aus ihrer klassischen Besucherrolle schlüpften, nahmen sie die Umgebung ganz anders wahr und zeigten deutlich mehr Interesse für Estelles geschichtliche Ausführungen.

Die Gruppe befand sich jetzt im Kreuzgang.

»Die Päpste haben nicht immer in Rom gelebt. Etwa ein Jahrhundert lang hatten sie ihren Sitz in Avignon, das sie zu einer einflussreichen Stadt gemacht hatten. Johannes XXII., dessen Herrschaft sehr lange dauerte, hat dann 1316 den ersten Papstpalast erbaut …«

Kaum hatte sie diesen Namen ausgesprochen, hob einer der Jugendlichen den Arm. Noch ehe er den Mund aufmachte, wusste Estelle schon, was er fragen würde. Durch das Internet waren selbst die vertraulichsten Mythen für die große Öffentlichkeit kein Geheimnis mehr. Noch vor kurzem hatten nur Historiker und Esoterikfans Zugang zu Legenden außerhalb ihrer Stadt oder ihrer Region. Heutzutage fand man mit zwei Mausklicks und drei Schlüsselwörtern Dutzende von Seiten über die kleinsten Rätsel der Geschichte.

Estelles Ahnungen sahen sich bestätigt: Der Jugendliche, der sie mit seinen Blicken verschlang, legte los, ganz stolz auf sein Wissen.

»War das der, der die Prophezeiung von Avignon gefunden hat, Madame?«

»Leider muss ich dich enttäuschen, diese Geschichte ist nur eine Legende. Es stimmt, dass man sich erzählt, Papst Johannes XXII. habe eine Prophezeiung hinterlassen, die angeblich wichtige Ereignisse bis ins Jahr 4000 hinein voraussage, aber es gibt kein einziges Manuskript aus dieser

Zeit, kein einziges historisches Element, das ihre Existenz beweist ... Das ist nichts weiter als ein geschichtlicher Mythos, genauso wie die Suche nach dem Gral oder dem Schatz der Tempelritter ...«

Am Ende der Führung zeigte Estelle der kleinen Gruppe die präventiven Grabungen, die vor kurzem an der nördlichen Mauer des Ehrenhofes begonnen worden waren. Alle Renovierungsarbeiten mussten von einem Archäologen begleitet werden, für den Fall, dass man dabei auf noch unbekannte historische Überreste stoßen würde.

»Wie zum Beispiel die Prophezeiung?«

Der Jugendliche blieb hartnäckig. Jetzt hatte er sich einmal für seine Kurse interessiert und im Internet recherchiert! Er hatte die Nacht vor dem Computer verbracht und war überzeugt, dass der Palast versteckte Schätze verbarg und dass man ihnen nicht alles sagte.

Aber Estelle hörte ihn schon nicht mehr, sie schien auf einmal nichts mehr von dem wahrzunehmen, was sie umgab. Ihre ganze Aufmerksamkeit war auf eine Erscheinung gerichtet, die sie soeben entdeckt hatte: Ein kleines, etwa fünfjähriges Mädchen in einem roten Kleid war an einem der Fenster des Wachgangs oberhalb des Ehrenhofs aufgetaucht. Ihr Kopf ragte kaum über das Fensterbrett, gerade so, dass sie Estelle sehen und ihr zulächeln konnte. Die Wasserspeier über ihr schienen das Mädchen zu behüten.

Estelle konnte ihren Blick nicht von der Erscheinung abwenden. Sie war ihr schon öfter im Palast über den Weg gelaufen, oftmals gar an Orten, die der Öffentlichkeit unzugänglich waren, und das hatte sie stutzig gemacht. Das Ganze war noch rätselhafter geworden, als sie festgestellt hatte, dass keiner der Mitarbeiter ein Kind in diesem Alter hatte. Und niemand außer ihr hatte das Mädchen jemals gesehen!

Estelle betrachtete es gebannt. Sie fragte sich, ob sie zu ihm gehen sollte, aber das Mädchen schien ihre Gedanken lesen zu können, denn es verschwand plötzlich vom Fenster.

Die Stimme des Jugendlichen brachte Estelle wieder zu sich. Mehrere Personen starrten vergeblich zu dem Fenster, um herauszufinden, was die Aufmerksamkeit ihrer Führerin auf sich gezogen hatte. Estelle begriff, dass sie auch diesmal die Einzige gewesen war, die das Mädchen in Rot gesehen hatte.

»Wieso sagen Sie, dass die Prophezeiung von Avignon ein Mythos ist? Im Internet gibt es viele Seiten, auf denen steht, dass sie unter dem Palast versteckt ist …«

»Ich habe sogar schon gehört, sie hätte den Präsidentschaftswechsel von 81 vorausgesagt und François Mitterrand hätte davon gewusst«, fügte ein Begleiter hinzu.

»Das verwechseln Sie mit den Prophezeiungen von Nostradamus!«, antwortete Estelle spöttisch.

Einige Jugendliche lachten.

»Wenn ich euch einen Rat geben darf: Nutzt euren Besuch im Palast, um seine Architektur und seine Schönheit zu bewundern. Es ist der größte gotische Palast in Europa … Und vergesst all diese Geschichten von der Prophezeiung. Die historische Realität ist oft viel überraschender als die Legenden. Einen schönen Tag noch!«

Applaus und einige bewundernde Pfiffe folgten Estelle, als sie sich entfernte. Sie wurde plötzlich nachdenklich … Wer war nur dieses kleine Mädchen?

Die stellvertretende Konservatorin verließ den Ehrenhof, um zur Verwaltungsabteilung des Palastes zu gehen. Sie durchschritt eine Tür mit der Aufschrift »Zutritt verboten«, gefolgt von einer zweiten und schließlich von einer dritten, die sich auf einen surrealistischen Gang öffnete. Innerhalb dieser jahrhundertealten Mauern fand man die Zeugnisse zahlreicher Epochen: ein seltsames Wirrwarr aus schweren, mit Nägeln beschlagenen Türen aus der Zeit der Päpste, beigefarbenen, zeitlosen Teppichböden, Industriemöbeln aus den siebziger Jahren und Computern vom letzten Schrei, die zugleich mit W-LAN vor einigen Monaten installiert worden waren.

Die junge Frau betrat ihr Büro und entdeckte dort zu ihrem Erstaunen einen seelenruhig schlummernden Mann, der die Füße auf den Tisch gelegt und die Hände vor der Brust verschränkt hatte. David Périsse. Ein attraktiver Vierzigjähriger mit mattem, sonnengewöhntem Teint. Trotz seines recht eleganten Anzugs verrieten einige Details seinen Hang zum Abenteuer, unter anderem ein patiniertes Lederetui an seinem Gürtel, in dem er ein Messer, einen Kompass und eine Lupe aufbewahrte. Letztere hatte ihm Estelle geschenkt.

Estelle lächelte und näherte sich ihm auf leisen Sohlen. Mit einer graziösen Bewegung strich sie eine braune Haarlocke zur Seite, die einen Teil seines Gesichts verdeckte. Jedes Mal, wenn sie ihn sah, fand sie ihn aufs Neue attraktiv. Sie hatte aber nicht die Zeit, sich ihren Erinnerungen hinzugeben. Davids Arme umschlossen ihre Taille und zogen sie auf seine Knie. Périsse hielt sie zärtlich umschlungen. Seine nachtblauen Augen fingen ihren Blick ein und ließen ihn nicht mehr los.

»Du hast mir so gefehlt. Wie sehr habe ich diesen Moment herbeigesehnt …«

Belustigt und zugleich genervt befreite sich Estelle aus seiner Umarmung und erhob sich hastig. Nichts verriet mehr ihre innere Aufgewühltheit. Wenn diese sich nicht ohnehin mit Davids Erwachen verflüchtigt hatte!

»Ich dachte, du würdest irgendwo in der hintersten Ecke Yukatans herumgraben …«

»Bis ich vor ein paar Tagen eine E-Mail von Brac erhalten habe …«

Beim Namen ihres Vorgesetzten runzelte Estelle verwundert die Stirn.

»Er hat mich gebeten, die präventiven archäologischen Untersuchungen an der Baustelle im Ehrenhof zu überwachen. Also habe ich den ersten Flieger genommen …«

»Seit wann gehorchst du ihm aufs Wort?«

Diesmal war Estelles Überraschung nicht gespielt. Sie hasste Brac, einen rücksichtslosen Karrieristen, der vor ein paar Monaten mir nichts, dir nichts Konservator des Palastes geworden war.

Sie konnte diesen spröden, nervösen Mann, der alle Angestellten terrorisierte, nicht ausstehen. Seit seiner Ankunft musste jeder über die geringsten Ereignisse und Handlungen Rechenschaft ablegen, während er Tag und Nacht im Palast herumspukte.

»Eigentlich habe ich nur akzeptiert, weil ich dann näher bei dir bin … Essen wir heute Abend zusammen?«

»Du bist immer noch ein miserabler Lügner, David, ich fühle mich ja so geehrt. Jetzt entschuldige mich bitte, ich muss arbeiten … und heute Abend habe ich schon was vor.«

David versuchte noch, Estelle zu erweichen, doch diese war bereits wieder auf dem Weg nach draußen, ganz damit beschäftigt, die soeben erfahrenen Neuigkeiten zu verdauen.

»Einer wie David Périsse darf auf keinen Fall das Geheimnis der Prophezeiung von Avignon enthüllen, Estelle! Das ist Aufgabe eines Mitglieds der Familie Esperanza, eines Menschen mit reinem Herzen! Du weißt es, Estelle, das ist unsere Bestimmung …«

Während sie ihn daran hinderte, sich von dem Châteauneuf-du-Pape nachzuschenken, den er ihr zu Ehren aus dem Weinkeller geholt hatte, versuchte Estelle ihren Großvater zu beruhigen. Je mehr Louis sich über Périsse und Brac aufregte, desto mehr bereute sie es, seiner Einladung zum Essen gefolgt zu sein.

»Sie geben ein schönes Paar ab, die beiden, der engstirnige Schnösel und der Indiana Jones für Arme!«

Estelle seufzte. Ihr Großvater benutzte immer verletzende Worte, wenn er in ihrer Gegenwart von David sprach. Dabei kannten sich die beiden Männer gut und schätzten einander. Der eine wie der andere liebte es, auf Entdeckungsjagd zu gehen und nach verborgenen Schätzen zu suchen. Aber alles hatte sich geändert, als Louis bemerkt hatte, dass Estelle und David …

»Die Prophezeiung ist eine Legende, Großvater, eine schöne Geschichte, an die ich geglaubt habe, als ich klein war, aber …«

»Das ist keine Geschichte, das ist die Wahrheit! Die Esperanzas sind die Hüter der Prophezeiung, Estelle. Das ist so, ob du es willst oder nicht!«

Ein diskretes Piepen erinnerte Louis daran, dass er die Tabletten für sein müdes Herz einnehmen musste. Estelle betrachtete ihn zärtlich, während er seine Medikamente schluckte. Für sie waren Louis und die Legende von der Prophezeiung untrennbar miteinander verbunden. Er hatte ihr mindestens tausend Mal davon erzählt, ohne dass sie jemals die Nase voll gehabt hätte. Sie hatte ihm sogar geholfen, im Papstpalast, dessen eifrigster Wächter er war, danach zu suchen. Durch ihn hatte sie dieses Flaggschiff, das erhaben auf der Rhône zu schwimmen schien, obgleich es mitten in der Stadt vor Anker lag, schätzen gelernt. In ihrer Kindheit hatte Estelle jeden Mittwoch, ihre gesamten Schulferien und all ihre Freizeit mit ihrem Großvater im Palast verbracht. Welch wunderbarer Ort für die Spiele und Wachträume eines neugierigen und aufgeweckten Kindes!

Unglücklicherweise hatte die fixe Idee von der Prophezeiung Louis immer mehr von der Realität und selbst von seiner Enkelin entfernt. Als Estelle heranwuchs, war sie gezwungen gewesen, von ihrem Großvater Abstand zu nehmen. Auch wenn sie heute wieder zurück im Papstpalast war, bewahrte sie eine gewisse Zurückhaltung ihm gegenüber … Die Spannungen zwischen manchen Familienmitgliedern hatten ihr keine Wahl gelassen.

»Der Tag rückt näher, Estelle! Alles, was bisher geschah, war nur ein Vorgeschmack, das ist klar. Beim nächsten Vollmond, in weniger als neunundzwanzig Tagen, wird sie sich offenbaren. Es ist unausweichlich.«

O nein … Kaum hatte Louis seine Pillen geschluckt, ging der Wahnsinn weiter. Estelle war müde und entschied heimzugehen. Schade um die Nachspeise, die sie mitgebracht hatte!

»Du kannst mir doch wohl noch fünf Minuten deiner kostbaren Zeit gönnen!«, hielt sie ihr Großvater zurück. »Man weiß nie, vielleicht bin ich morgen schon nicht mehr da …«

Estelle hasste es, wenn Louis ihr auf diese Tour kam. Und das Schlimmste war, dass es jedes Mal funktionierte. Wieder einmal setzte sie sich neben ihn und sah ihm zu, wie er seine Lesebrille aufsetzte und zwei beeindruckende, hochmoderne Computer einschaltete. Auf einem der Bildschirme erschien umgehend eine 3-D-Darstellung.

»Ein Nachtwächter des Palastes ist tot aufgefunden worden. Entgegen den Aussagen der Polizei war das kein Unfall, sondern Mord.«

»Wovon sprichst du? Du wirst paranoid …«

»Nein, ich bin nicht paranoid, wie du sagst. Der Junge hatte etwas gefunden. Deshalb wurde er getötet.«

Estelles Laune war endgültig verdorben. Sie hatte langsam genug von Louis' Spinnereien.

»Schau. Ich habe alle Räume des Palastes erfasst, bis auf die kleinsten Ecken, und besitze die GPS-Koordinaten von jedem Quadratmeter. Das hat mich Monate gekostet, meine Liebe, Monate …«

Estelle betrachtete ihren Großvater mit wachsender Sorge.

»Der Beginn dieser Arbeiten im Ehrenhof ausgerechnet jetzt, das kann kein Zufall sein … Du musst sie unbedingt überwachen!«

»Großvater, du machst mir Angst. Schalte diesen Computer aus, bitte …«

Aber Louis fuhr fort, Zahlen in eine Tabelle einzutragen, die den gesamten Bildschirm ausfüllte. Man spürte bei ihm eine Erregung, die im Laufe der Jahre offenbar noch angewachsen war.

»Périsse ist eine Bedrohung. Er ist ein hervorragender Archäologe. Auch er weiß, was gespielt wird, und sucht sie, du kannst mir glauben. Aber er sucht sie nicht aus lauteren Gründen …«

»Großvater, Schluss jetzt! Hör mir zu!«

Estelle fühlte Wut in sich aufsteigen. Sie konnte es nicht mehr ertragen, Louis dabei zuzusehen, wie er sich mit seinen endlosen Nachforschungen die Gesundheit ruinierte. Wieder einmal würden sie sich streiten, und am Ende würde sie gehen und die Tür hinter sich zuschlagen.

Sie wollte gerade laut losschimpfen, als Louis einen seiner Anfälle bekam und plötzlich anfing zu schwitzen und nach Luft zu schnappen.

»Er muss gestoppt werden, verstehst du, du musst ihn aufhalten, Estelle …«

Der Anfall gab Louis nicht die Zeit, seinen Satz zu Ende zu bringen: Er sank vor Estelle zu Boden.

Jean Esperanza parkte sein Mercedes Coupé vor dem großen, modernen Haus, das er mit seiner zweiten Frau Sandra bei der Geburt ihres Sohnes Julien hatte bauen lassen. Vor nunmehr einundzwanzig Jahren hatten sie diese groben, honigfarbenen Betonwürfel bezogen, die sich harmonisch in einen atemberaubend schönen Garten mit azurblauem Swimmingpool einfügten.

Jean hatte es im Leben zu etwas gebracht, und er wollte, dass man es sah. Sein Drang nach gesellschaftlicher Anerkennung war auch der Hauptgrund gewesen, der ihn dazu veranlasst hatte, Chef der kardiologischen Abteilung des Krankenhauses in Avignon zu werden. Ebenso stolz war er auf seine Frau Sandra Esperanza, eine weltbekannte Violinistin. Aber das wahre Glück hatte ihn vor fünfundzwanzig Jahren verlassen, an jenem Abend, an dem das Haus, in dem er mit Joyce, Estelles Mutter, gelebt hatte, in Flammen aufgegangen war … Die teuren Markenkoffer im Eingang verrieten Jean, dass seine Frau zurück war. Ein überraschtes Lächeln erschien auf seinem Gesicht, da sie eigentlich noch eine Woche lang in Japan sein sollte.

Sandra befand sich im Wohnzimmer, wo sie es sich auf dem Sofa gemütlich gemacht hatte. Sie trug ein Pashmina-Tuch, hatte die Beine angezogen und entspannte sich, während Julien ihr die Schultern massierte. Mutter und Sohn waren beide blond, hatten sehr hellblaue Augen und waren von einer Sanftheit, die Jean zwar bei seiner Frau erfreute, bei Julien aber ärgerte. Gern hätte er einen stärkeren, männlicheren Sohn gehabt. Aber der junge, androgyne Mann war das Ebenbild seiner Mutter, wohingegen die brünette und willensstarke Estelle in vielerlei Hinsicht Jean ähnelte.

»Ich habe meine Aufnahmen in Tokio verschoben, ihr habt mir zu sehr gefehlt …«

Jean ging zu ihr und küsste sie. Er zögerte kurz, ehe er sich seinem Sohn zuwandte. In letzter Zeit war ihr Verhältnis schwierig. Die offen zur Schau gestellte Nachlässigkeit Juliens machte ihn rasend. Eigentlich sollte er wie ein Verrückter für die Prüfungen im Juni büffeln. Stattdessen schlief er seit einigen Wochen beinahe jede Nacht außer Haus.

»Nun, wie läuft es an der Uni? Kommst du mit dem Lernen voran?«

»Kein Thema, passt schon …«

Jean seufzte. Schon wieder dieses unerträgliche Mir-doch-egal. Diesmal war er erleichtert, als Julien sich verabschiedete, um auf eine Feier zu gehen. Er konnte im Moment die Anwesenheit seines Sohnes nicht ertragen, wollte, dass dieser aus seinem Blickfeld verschwand.

Jean hatte nicht die Zeit, sich ein Glas einzuschenken. Sein Handy klingelte. Es war Estelle.

Louis lag in einem der Krankenzimmer auf Jeans Station. Am Leben, aber fuchsteufelswild. Die Spannung zwischen Vater und Sohn war spürbar. Hinter dem Zorn des Arztes über die Widerspenstigkeit des Patienten verbarg sich eine tiefe Verbitterung, die weder der Vater noch der Sohn jemals mehr würden beseitigen können. Zu viele Dinge waren in der Vergangenheit gesagt oder getan worden …

»Wenn du so weitermachst, dann komme ich das nächste Mal mit einem Grabkranz!«

»Hör auf, mir auf den Geist zu gehen, und lass mich mein Leben führen, wie es mir passt! Das würde uns beiden Erholung verschaffen.«

»Das hast du ja ohnehin schon immer getan. Ich sehe nicht, warum sich das ändern sollte!«

Die Ankunft von Odette, Louis' Schwester, einer alten Dame mit listigen Augen und ebenso feurigem Temperament wie ihr Bruder, erregte den Unmut des alten Herzkranken.

»Dich haben sie auch benachrichtigt? Ich sehe schon, ihr werdet enttäuscht sein, wenn ich die Nacht überlebe!«

Odette umarmte Estelle und Sandra, die sich in die Ecke neben der Zimmertür zurückgezogen hatten. Dann nahm sie in aller Ruhe und ohne auf die zornigen Worte ihres Bruders zu reagieren auf dem Sessel neben dem Bett Platz.

»Papa, Papa, warte auf mich!«

Estelle lief hinter ihrem Vater her, nahm seine Hand und lächelte ihm tröstend zu. Sie begriff, wie schwer es für Jean war, Louis zuzusehen, wie dieser sein Leben leichtfertig aufs Spiel setzte.

»Ich frage dich gar nicht erst, was ihn in diesen Zustand versetzt hat.«

Estelle zögerte, ehe sie antwortete. Sie konnte die Reaktion ihres Vaters vorausahnen. Aber dieser erwartete trotzdem, dass sie das fatale Wort aussprach.

»Er glaubt, dass die Prophezeiung sich in der nächsten Mondphase offenbaren wird …«

»Das wird nie aufhören, ich hoffe, du bist dir dessen bewusst! Versprich mir, dass dich dieser alte Verrückte nicht beeinflussen wird!«

»Dabei ist es doch eine schöne Geschichte …«

»Eine schöne Geschichte, die meine Mutter getötet und mich um meinen Vater gebracht hat!«

Auf dem Nachhauseweg legte Sandra ihre Hand auf Jeans Arm, der wortlos mit zusammengepressten Kiefern und starrem Blick den Wagen steuerte. Sie war immer für ihn da gewesen. Als sie ihn kennengelernt hatte, litt er noch unter dem Schock der Brandkatastrophe, die ihm seine erste Frau genommen hatte. Mit Liebe und Geduld hatte Sandra ihm geholfen, neu zu beginnen. Sie hatte ihm wieder Lust am Leben gegeben.

Heute jedoch teilte sie den Schmerz ihres Mannes. Sie fühlte, dass das Vergangene niemals tief genug vergraben gewesen war, dass es jederzeit wieder an die Oberfläche kommen konnte …

»Es wäre vielleicht an der Zeit, Estelle einzuweihen. Meinst du nicht?«

»Niemals!«

»Es ist deine Tochter. Die Entscheidung liegt bei dir.«

»Sie sind zurück! Sie wollen die Prophezeiung … Du weißt, dass ich nicht verrückt bin, du weißt es. Sie hatten bei den Nazis angemustert, um den Palast zu besetzen und sie zu finden! Und glaube mir, sie waren unheimlich gut informiert.«

Odette betrachtete ihren Bruder vom Sessel neben dem Krankenbett aus. In der Dunkelheit des Krankenzimmers konnte sie kaum dessen müdes Profil ausmachen. Sie beobachtete seine langsame, schmerzhafte Atmung. Ja, sie wusste, dass er die Wahrheit sagte, aber sie wusste ebenfalls, dass er ruhig bleiben musste, dass von nun an jede starke Aufregung für ihn gefährlich war. Und sie wollte ihn nicht verlieren, ihren großen Bruder, der sich seit ihrer Kindheit um sie kümmerte.

»Deine Prophezeiung hat uns nichts als Probleme bereitet. Und überhaupt, sie haben ja nichts gefunden, die Deutschen, und du auch nicht mehr als sie …«

»Sie haben nichts gefunden, weil sie fliehen mussten! Am 20. August 1944 waren sie kurz davor, etwas zu entdecken, aber die Amis sind gekommen, also haben sie ihre Zelte abgebrochen und alles in die Luft gejagt!«

Plötzlich wurde es still im Zimmer. Erinnerungen erfüllten auf einmal den Raum; Erinnerungen an einen Tag, der ihr Leben auf den Kopf gestellt und über ihre Zukunft entschieden hatte …

Eine stolzgeblähte Nazifahne flattert über der Porte des Champeaux im Wind und bedeutet der Stadt, die einstmals die Rivalin Roms war, dass Europa vom Dritten Reich beherrscht wird. Seit November 1942 und der Abschaffung der freien Zone muss die Stadt eine SS-Garnison dulden, die unter dem Vorwand, die wichtigsten historischen Denkmäler Frankreichs zu erfassen, jeden Stein des Palastes umdreht.

Dank seiner hervorragenden Ortskenntnisse kann Louis Esperanza, der jüngste Wächter im Dienst, jede Bewegung der Offiziere verfolgen. Er weiß, was sie suchen, und ist bereit, sein Leben zu lassen, um zu verhindern, dass sie ihr Ziel erreichen. An jenem Tag im August 1944 beobachtet er mittels eines erfindungsreichen Spiegelsystems in der Abflussrinne eines Wasserspeiers vier Offiziere, die dabei sind, den Boden im Ehrenhof umzugraben.

Die Offiziere schwitzen unter der Sonne und entledigen sich ihrer Uniformjacken … öffnen ihre Hemdkragen … bis sie schließlich im Unterhemd arbeiten; ihre Hosenträger fallen auf ihre khakifarbenen Jodhpurhosen herab.

In diesem Augenblick sieht Louis zum ersten Mal das Zeichen, das ihr rechtes Schulterblatt ziert, den Beweis dafür, dass die Familienlegende stimmte. Ja, das Böse kann in verschiedenen Gestalten auftreten, aber sein Ziel bleibt das Gleiche: sich die Prophezeiung von Avignon anzueignen und über die Welt zu herrschen. Louis beschließt, dass er die Prophezeiung finden und in Sicherheit bringen wird; er ist bereit, sein Leben dieser Aufgabe zu widmen, was er auch, ohne Rücksicht auf die Einwände anderer, egal ob Freund oder Feind, tun wird.

Später an diesem Tag fliehen die Deutschen vor den amerikanischen Truppen. Eine Gruppe junger Widerständler, die sich der Gefahr nicht bewusst sind, versucht, sie aufzuhalten. Louis kommt mit leichten Verletzungen davon, aber Augustin, sein bester Freund, wird getötet.

Als er Odette, seiner kleinen Schwester, den Tod ihres Verlobten mitteilt, sieht sie ihn ernst an und legt eine Hand auf den Bauch. Louis versteht, dass seine Schwester ihn brauchen wird. Sie wird nicht die anerkannte Witwe eines Widerstandshelden sein, sondern alleinerziehende Mutter …

Entschlossen stieß Odette mit von Gefühlen erstickter Stimme hervor:

»Ich will nicht, dass alles wieder von vorne beginnt, Louis. Ich will nicht, dass man das Vergangene heraufbeschwört.«

Louis antwortete nicht. Sein Blick war fest auf das Fenster gerichtet, durch das er die über Avignon und dem Papstpalast aufgehende Sonne bewunderte.

Im sonnendurchfluteten Ehrenhof arbeiteten die Gesellen der Compagnons du Devoir, der Adel des Kunsthandwerks, an der Sanierung eines gotischen Flachreliefs. Es handelte sich um ein zierliches ornamentales Steingeflecht, welche das mit dem göttlichen Dreieck der Dreifaltigkeit vereinigte Heilige Kreuz symbolisierte, ein typisches Motiv des Mittelalters.

Einer der Arbeiter in blauem Overall stand auf dem Gerüst mit einem Transistorradio zu seinen Füßen und löste sorgfältig einen mit Skulpturen verzierten Stein aus der riesigen Mauer. Plötzlich wurden die leisen, dumpfen Schläge des Hammers hohl. Der Meißel drang fast widerstandslos in die Wand ein. Der überraschte Handwerker setzte seinen Meißel einige Millimeter daneben an und schlug noch einmal darauf. Er erzielte das gleiche Ergebnis.

»Ich glaube, wie haben hier ein kleines Problem … Holt mir Périsse!«

Die Arbeiten waren unterbrochen. Eine tiefe Stille erfüllte den Hof. Alle hatten sich in der Nähe des Gerüsts versammelt, vor dem nun Périsse und Brac, der Konservator des Palastes, standen. Letzterer, ein spröder, strenger Fünfzigjähriger, schimpfte auf den Handwerker, dem er vorwarf, ein wertvolles Element des riesigen Steinschiffes, das unter Denkmalschutz stand, verwüstet zu haben … und auf Périsse, der ihn nicht davon abgehalten hatte.

Estelle nutzte den Streit der beiden Männer, um unbemerkt auf das Gerüst zu klettern und die beiden Löcher zu untersuchen, die der Meißel in die Wand gebohrt hatte. Ihr Puls beschleunigte sich, als sie ein Licht aus dem Inneren der Mauer wahrzunehmen glaubte! Während sie sich mühte, ruhig zu bleiben, kratzte sie vorsichtig mit dem Zeigefinger an der Oberfläche des Steins. Diese war hart und bröckelte nicht ab. Estelle versuchte also mit der Spitze eines Kugelschreibers das Innere des Lochs zu untersuchen ... da fiel ihr Blick plötzlich auf den Meißel und den Hammer, die der Handwerker auf dem Gerüst hatte liegenlassen.

»Kommen Sie bloß nicht auf die Idee!«, brüllte Brac, als er seine Untergebene mit dem Meißel und dem Hammer in der Hand erblickte.

Aber die Versuchung war zu groß, als dass Estelle ihr hätte widerstehen können. Sie musste es einfach wissen. Brac war noch nicht bis zum Gerüst gelangt, da hatte Estelle schon einen entschlossenen Schlag gegen die Mauer ausgeführt. Seine Drohungen gingen in einem gewaltigen Dröhnen unter, das vom Boden aufstieg.

Und tatsächlich begann der Boden des Ehrenhofs zu stöhnen und zu vibrieren, als ob er von der Hand eines Riesen geschüttelt würde. Das Dröhnen wurde bald ohrenbetäubend laut, während die rüttelnden Bewegungen der Erde sich auf die beinahe tausend Jahre alten Mauern übertrugen ...

Erschrocken versuchte Estelle, die auf dem buchstäblich wogenden Gerüst ins Schwanken geriet, einen Anschein von Gleichgewicht zu bewahren. Sie überwand ihre Angst, und es gelang ihr, sich nach unten gleiten zu lassen, ohne sich etwas zu brechen. Aber als sie glaubte, gerettet zu sein, wurden die Erschütterungen noch stärker.

»Passen Sie auf!«

Noch ehe sie begreifen konnte, was geschah, wurde sie von einem Mann zur Erde geworfen, der sich auf sie legte, um sie zu beschützen. Dann hörte der Boden plötzlich auf zu beben, das Dröhnen verebbte, und es kehrte wieder Ruhe ein.

Als Estelle wieder zu sich kam, lag ihr Retter noch immer auf ihr. Das Erste, was sie wahrnahm, war sein Blick. Grüne Augen, die golden glitzerten und in denen sich Mut und Willenskraft widerspiegelten. Dazu kam ein nicht zu übersehender Hauch von Provokation. Als er den Kopf hob, konnte Estelle sein Gesicht sehen: matte Haut, kurzgeschnittene kastanienfarbene Haare, ein kräftiges und männliches Kinn und ein breites, ironisches Lächeln. Der auf ihr liegende Unbekannte amüsierte sich offensichtlich über die zweideutige Situation, in der sie sich befanden. Auch Estelle fand es lustig und erwiderte das Lächeln. Sie versuchte vor allem, sich ihre Verwirrung nicht anmerken zu lassen.

»Entschuldigen Sie bitte, ich würde gern aufstehen.«

Einige Sekunden verstrichen … Dann erhob er sich und bot ihr die Hand, um ihr zu helfen, wieder in die Senkrechte zu kommen. Estelle hatte dabei die Gelegenheit, ihn von oben bis unten in Augenschein zu nehmen. Sehr groß, mit einer feingliedrigen Muskulatur und noch immer dieser durchdringende grüne Blick. Eine Raubkatze. Und unter den Raubkatzen ein Gepard von wildem Adel. Dieses Bild drängte sich Estelle auf, die ihre Augen nicht von dem Unbekannten abwenden konnte. Wer war er? Wie kam es, dass sie ihn noch nie gesehen hatte? Wenn ja, hätte sie ihn sicher nicht vergessen …

Da wurde sich die junge Frau der Situation bewusst. Im Ehrenhof herrschte vollständige Stille. Sie drehte sich um und sah, wie sich alle anderen dem Wunder zugewandt hatten. Die riesenhaft hohe Mauer, gegen die sich das Gerüst gelehnt hatte, war vollkommen eingestürzt und hatte eine steinerne Rosette zum Vorschein gebracht, die Notre-Dame in Paris, der schönsten Kathedrale Frankreichs, würdig war.

Die Erscheinung wirkte wie durchströmt von einem himmlischen Licht, das durch die bunten Farben alter Kirchenfenster gedämpft wurde. Fiat lux. Es werde Licht!, dachte Estelle in Erinnerung an die in der Genesis überlieferten ersten Worte Gottes. Sie war eine rationalistische, atheistische Wissenschaftlerin ... dennoch konnte sie ihre Augen nicht von diesem faszinierenden Schauspiel abwenden. Sie war nicht die Einzige.

Wie hypnotisiert beobachteten alle anderen im Ehrenhof anwesenden Männer und Frauen stumm und verblüfft die Erscheinung ... Plötzlich fiel einer der Arbeiter auf die Knie und bekreuzigte sich, gefolgt von einem Zweiten und dann einem Dritten ... Wenig später befanden sich etwa zehn Personen auf den Knien, und eine ältere Restauratorin stimmte einen Lobgesang an.

»Hopp, hopp, hopp! Sofort aufstehen! Wir sind hier nicht in Lourdes!«, schrie Brac und befahl Périsse, die Entdeckung mit einer Plane zu verhüllen und seinen Arbeitern klarzumachen, dass sie kein Wort über das Geschehene verlieren dürften.

Dann wandte er sich mit einem verächtlichen Lächeln Estelle zu. Sie beide hatten ein paar Dinge zu besprechen. Unter vier Augen.

Sie hasste ihn. Estelle konnte sich noch so sehr zur Vernunft ermahnen, sie hasste Brac, seit sie ihn zum ersten Mal gesehen hatte. Das war physisch, krankhaft und nicht in Worte zu fassen. Allerdings zahlte es ihr der Konservator auch in gleicher Münze zurück. Nachdem er Louis dazu gezwungen hatte, in Rente zu gehen, versuchte er auf fieseste Art und Weise, Estelle hinauszuekeln. Sein Einfallsreichtum kannte dabei keine Grenzen. Das ging von Versprechungen, ihr ehrenvolle Aufgaben in anderen Bauwerken zu übertragen, bis zu Sanktionsandrohungen …

Aber Estelle hatte neben ihrem starken Charakter ein erstaunliches Beharrungsvermögen. Auch jetzt bereitete sie sich darauf vor, ihn einfach plappern zu lassen. Sie fragte sich nur, warum er sie hierher geführt hatte, in den Garten des Papstpalastes, einen abgelegenen Ort, an dem eine beruhigende Stimmung herrschte. Die Antwort auf ihre Frage ließ nicht lange auf sich warten.

»Hier hat Ihr Großvater seine Arbeit verloren, als ich ihn dabei überrascht habe, wie er mit einer Stange auf diese antike Brunnenschale losgeschlagen hat …«

Estelle zuckte nicht. Sie war Bracs Schläge unter die Gürtellinie gewohnt.

»Er war überzeugt, dass sie den Beweis für die Existenz der Prophezeiung von Johannes XXII. enthielt … eine Familienlegende, wenn ich mich nicht irre …«

Trotz ihrer Verärgerung weigerte sich Estelle, auf Bracs Spiel einzugehen, und entschied sich, ihm erstaunt zuzulächeln.

»Das liegt euch in den Genen! Ihr Esperanzas glaubt, dass der Papstpalast euch gehört. Und das nur, weil eure Vorfahren die Nachttöpfe der Päpste von Avignon leeren durften!«

Diesmal verlor Estelle die Beherrschung. Die Beleidigung hatte sie mit voller Wucht getroffen. Sie dachte an Louis und wie sehr er diesem Ort ergeben war. Und an die Leidenschaft, die sie selbst für diese Epoche der französischen Geschichte empfand, über die sie sogar ihre Doktorarbeit verfasst hatte.

»Sie sind widerlich.«

»Und Sie sind beurlaubt, meine Liebe. Mit sofortiger Wirkung.«

»Das können Sie nicht machen!«

Aber Bracs böses Grinsen genügte, um sie vom Gegenteil zu überzeugen. Er hatte seinen Schlag, um nicht zu sagen seine Falle, gut vorbereitet. So lange schon hatte er auf diesen Moment gewartet! Estelle verfluchte sich innerlich dafür, dass sie ihrem Instinkt nachgegeben und diesen Hammerschlag ausgeführt hatte.

»Ich habe von deiner Suspendierung gehört, das ist unglaublich!«

David gab sein Bestes, um Estelle zu trösten, die in seinem Büro, das er in dem Container beim Palast eingerichtet hatte, hin und her lief. Die junge Frau konnte sich nicht damit abfinden, dass sie zum ersten Mal in ihrem Leben den Palast verlassen würde, ohne dorthin zurückkehren zu können, wann immer sie wollte. Brac hatte ihren Ausweis und ihren Hauptschlüssel konfisziert, wie bei einem Polizisten, dem man Dienstmarke und Revolver nimmt.

»Sag mir, was ihr sucht, Brac und du. Ich weiß, dass du mir nicht alles sagst, David.«

Einmal mehr entschied sich Périsse für eine Ausflucht. Er lächelte sein schönstes Lächeln und strich mit der Hand über Estelles Unterarm.

»Wir verbringen den Abend zusammen, und dann erzähle ich dir alles, einverstanden?«

»Und wann schlafen wir miteinander? Vor oder nach deinen Erklärungen?«

Ein verlegenes Hüsteln erklang von der Metalltür des Containers. Es war der Unbekannte, der Estelle gerettet hatte. Unmöglich zu sagen, ob das Funkeln, das in seinen Augen tanzte, Ironie ausdrückte ... Estelle nutzte seine Ankunft, um sich zu verabschieden, nicht ohne David vorher klarzumachen, dass sie die Sache nicht so einfach auf sich beruhen lassen und herausfinden würde, was er ihr verheimlichte.

Der Unbekannte hatte sie nicht aus den Augen gelassen. Ganz offensichtlich hatte ihm ihre schlagfertige Antwort gefallen. Périsse bellte ihn an, er solle gefälligst die Baustelle absperren lassen, wie es ihm Brac aufgetragen hatte.

»Und sorgen Sie dafür, dass jeder die Klappe hält, was die Rosette betrifft! Sonst können Sie und ich uns einen neuen Job suchen, weit, sehr weit entfernt von Brac!«

Die Rosette war nun mit einer khakifarbenen Baustellenplane aus Plastik bedeckt, die zwar ihre Form, nicht aber ihre Leuchtkraft verbarg. Ein milchiger Lichtkreis drang hindurch, obwohl die Nacht schon seit langem hereingebrochen war.

Der Unbekannte stand einsam vor ihr und betrachtete sie gerührt. Endlich war sie zum Vorschein gekommen ... so lange schon hatten SIE darauf gewartet.

In dieser Nacht, während der Mond über Avignon wachte, begann die Rosette plötzlich im Halbdunkeln des Ehrenhofs zu blitzen und zu funkeln. Lebendig wirkende Schatten tauchten auf und glitten über die Wände in Richtung der Wasserspeier, um mit ihnen zu verschmelzen. Und wieder erwachten die Wasserspeier zum Leben. Ihre Augen mit den senkrechten Pupillen öffneten sich, ihre Schuppen fingen erneut an zu glänzen, und ihre Fangzähne waren bereit zuzubeißen. Wie zu ihrer ruhmreichen Zeit nahmen sie den Palast in Besitz und ihre Funktion als Tempelwächter wieder auf. Wie in der Vergangenheit leisteten sie derjenigen den Treueeid, die sie vor allem und jedem beschützen würden.

Einer Feuersglut gleich erleuchtete die Rosette jetzt den Ehrenhof, über den sich die Ungeheuer aus Stein neigten, deren Zahl durch die sich stetig mehrenden Schatten immer größer wurde. Die Palastmauern schienen zu atmen. Nach siebenhundert Jahren Winterschlaf erwachte der Palast wieder zum Leben.

Über einen Videoüberwachungsschirm verfolgte Brac fasziniert die Szene. Er war der Einzige, der die Wiedergeburt des Palastes miterlebte. Wie lange hatte er auf diesen Augenblick gewartet!

Ohne den Bildschirm aus den Augen zu lassen, dachte der Konservator an das erste Mal zurück, als er von ihr gehört hatte. Die Zeremonie hatte sich in einem ehemaligen, leerstehenden Zuchthaus abgespielt. Heute konnte er es zugeben: An diesem Tag war er gelähmt gewesen vor Angst und hatte die Zähne zusammengebissen, um nicht die Fassung zu verlieren. Zum einen war da der Ort gewesen, an dem die Qualen der Gefangenen noch in der Luft lagen. Zum anderen dieser Geruch von Isolation und Leid, der noch nach Jahren in der Luft lag.

Brac hatte damals die Nacht in einer der leerstehenden Zellen verbracht. Da er nicht einschlafen konnte, hatte er die entlegensten Ecken untersucht und dabei Blutspuren auf dem Boden und an den Wänden gefunden. Die Haare seiner Unterarme stellten sich auf, als er sich an die Graffiti über die Folterungen erinnerte, die er hinter seinem Strohsack entdeckt hatte … Aber am meisten hatten ihn die Fingerspuren der Gefangenen schockiert, die sich so sehr angestrengt hatten, die Schießscharte zu erreichen, dass sie Furchen in die Steine gekratzt hatten. Wie viele Stunden verzweifelter Versuche, ein Stückchen vom Himmel zu sehen, mochten wohl dahinterstehen?

Brac lächelte belustigt über seine damalige Naivität. Zu jener Zeit wusste er noch nicht, wie er aus diesen kleinen Zeichen, die das Böse hinterließ, Kraft schöpfen konnte. Seither hatte er es gelernt und fand ein perverses Vergnügen darin …

Und dann hatte die Zeremonie stattgefunden. Die erste, an der er hatte teilnehmen dürfen. Die erste nach drei Jahren guter und ergebener Dienste im Kreise der Brüder. Auch da erinnerte er sich an jede Einzelheit, an sein aus grünem Wolltuch geschnittenes Zeremonienkleid, das unter der Nummer gehangen hatte, die auch sein Name war, damals die 103. Inzwischen trug er den Namen Bruder Dreiundzwanzig und hoffte, schnell dem ersten Kreis beitreten zu dürfen, vor allem dank der Entdeckung der Rosette.

Als Brac in seinen Mantel geschlüpft war, hatte er erstaunt festgestellt, dass dieser perfekt passte. Offensichtlich wussten sie alles über ihn, sogar seine Maße. Dies hatte ihn verwirrt, denn zu jener Zeit fragte er sich noch, wie sie alles wissen konnten. Anschließend war er zum Saal gegangen. Die Zeremonie hatte begonnen. Sie waren vollständig versammelt, insgesamt 151 Brüder. 151. Noch eine Primzahl. Er hatte zwar bemerkt, dass Primzahlen das Leben der Brüder bestimmten, aber noch nicht gewusst, warum.

Unter dem Gewölbe des Saals war der heilige Gesang der Brüder erklungen. Brac war davon so ergriffen gewesen, dass er den Eindruck gehabt hatte, in Trance zu fallen. Alle Sinnesfreuden, die er bis dahin gekannt hatte, sogar diejenigen, die er im Schmerz zu empfinden liebte, waren nichts im Vergleich zu der, die er erfahren hatte, als er ins Allerheiligste aufgenommen und in die Geheimnise und die Macht der Brüder eingeweiht worden war. Das war vor über zwanzig Jahren gewesen, und noch immer fühlte er eine durchdringende Hitze in sich aufsteigen, wenn er daran zurückdachte.

Brac kam wieder zu sich und griff nach einem Edelholzkästchen, dessen Intarsien ein gotisches J darstellten. Mit größtmöglicher Behutsamkeit hob er den Deckel. Das Licht blendete ihn so sehr, dass er beinahe die Schatulle fallen gelassen hätte. Als sich seine Augen an den Glanz gewöhnt hatten, konnte er sie bewundern: Auf einem Polster aus schwarzem Samt schien die Kugel des Alchimisten von innen heraus zu brennen. Sie verbreitete dieselbe glühende Leuchtkraft wie die Rosette. Brac lächelte erneut. Er kam noch schneller voran, als er zu hoffen gewagt hatte.

Ihre Herrschaft war nahe.

Mitten in der Nacht war Estelle schweißgebadet aufgewacht und hatte einen Augenblick lang gedacht, krank zu sein. Seltsame, wirre Träume hatten sie in ihrem Schlaf heimgesucht.

Zum Glück hatte der Tag besser begonnen. Ein Tag, der unter dem Zeichen der Liebe und der Freundschaft stand. Ein Tag, auf den sie setzte, um Brac und seine Machenschaften für ein paar Stunden zu vergessen!

Heute würde ihr bester Freund Gil am Amtsgericht den Lebenspartnerschaftsvertrag mit Mehdi, der neuen Liebe seines Lebens, unterzeichnen. Im Anschluss an den trockenen Verwaltungsakt war ein großes Fest im *Mule du Pape* geplant, Gils Café. »Ein Fest, wie wir es nicht machen konnten, als Gil und ich geheiratet haben«, hatte Elsa, seine Ex-Frau, dazu geäußert. »Damals hatten wir weder die Mittel noch das *Mule!*«

Der einzige Haken an der Sache war, dass Estelle auf Elsa würde aufpassen müssen, die sich nicht davon hatte abbringen lassen, an der Feierlichkeit teilzunehmen. Gil hatte gezögert, sie einzuladen. Er wusste, dass es ein Drama geben würde, wenn er es nicht täte, und dass, wenn er es täte, es ebenfalls ein Drama geben würde! Am Ende hatte er nachgegeben, auch weil Elsa behauptet hatte, dass ihr das helfen würde, einen Strich unter die Vergangenheit zu ziehen und in ihrem Leben nach vorne zu schauen.

Das ist auch höchste Zeit, hatte Estelle unwillkürlich denken müssen. Seit der Trennung von Gil wohnte Elsa bei ihr. Sie mochte Elsa gern, aber ihr Zusammenwohnen wurde langsam zu einer Belastung. Wie immer, wenn die frisch Geschiedene zu lange irgendwo blieb …

Estelle, Gil und Elsa kannten sich seit ihrer Schulzeit und

hatten sich seither nie aus den Augen verloren. Ihr Trio hatte die Palette aller möglichen Beziehungskonstellationen durchgemacht: Freunde, Geliebte, Ehemann, Ehefrau, Ex. Gil war der erste Junge, mit dem Estelle ausgegangen war. Aber sie waren schnell zu gute Freunde geworden, als dass sie sich weiterhin zwischen den Schulstunden und auf den Partys geküsst hätten.

Diese Entscheidung war eine Erleichterung für Elsa, die schon immer in Gil verliebt gewesen war. Mit Hilfe einer ordentlichen Portion Hartnäckigkeit schaffte sie es, sein Herz zu erobern und ihn ein paar Jahre später vor den Standesbeamten zu führen. Estelle war Elsas Trauzeugin gewesen, obgleich sie es vorgezogen hätte, Gils Zeugin zu sein. Aber Elsa wäre sicherlich verletzt gewesen.

Die Ehe hatte bald schon ihren anfänglichen Schwung verloren, so wie Estelle es unglücklicherweise vorausgesehen hatte. Sie wusste damals noch nicht wieso, aber sie hatte gefühlt, dass Gil nicht zu Elsa passte. Und dennoch: Trotz ihrer Streitereien und des oft stundenlangen Schmollens der jungen Frau verstanden sich die beiden wunderbar bei der Arbeit. Sie verdankten Estelle den Kauf des *Mule du Pape*. Das Café direkt neben dem Papstpalast hatte Louis' Schwester Odette gehört, die zu alt geworden war, um das Geschäft weiterzuführen. Sie war ganz hingerissen von dem reizenden Paar gewesen und hatte ihm schließlich das Café überlassen.

Mit Elsas Talent für Inneneinrichtung und Gils Gastfreundschaft war das Café zu einem der angesagtesten Treffs Avignons geworden. Das alte Bistro hatte sein inzwischen als »Retro« geschätztes Mobiliar behalten, die nüchterne Atmosphäre war jedoch durch einige barocke

Hinzufügungen wärmer geworden. Sechs aufsehenerregende Spiegel aus dem Lager einer stillgelegten Fabrik verbreiteten viel Licht im Raum und machten den Ort für die jüngere Generation attraktiv.

Man ging hin, um mit Kollegen Mittag zu essen, um mit Freunden einen Aperitif zu trinken, um abends bei ein paar Flaschen Wein Gott und die Welt zu bereden und um sonntags mit der Familie in der Sonne zu sitzen. Wenn wenig Betrieb herrschte, saßen die alten Stammkunden auf der Terrasse, tranken Anislikör und spielten Karten.

Und dann schleppte Estelle eines Abends Mehdi an, einen Freund von der Uni. Als sie nach der Abendschicht mit Elsa und Gil aßen, war Elsa die Einzige, die nicht die Blicke, das Lächeln und die leichten Berührungen zwischen den beiden Männern bemerkte. Seit diesem Tag wusste Estelle, dass es Liebe auf den ersten Blick gab. Sie hatte sie mit eigenen Augen erlebt.

Als Gil Mehdi erblickte, wusste er, dass er schon immer auf ihn gewartet hatte. Er hatte sich niemals gefragt, ob er eher auf Jungen oder auf Mädchen stand, sondern hatte den Zufall der Begegnungen sein Gefühlsleben steuern lassen. Er hatte immer auf die große Liebe gewartet. Wie in den Büchern, wie in den Filmen, wie in den Liedern. Und da kam Mehdi, setzte sich ihm gegenüber und lächelte ihn an wie ein Engel.

Die Trennung von Elsa entsprach dem, was er erwartet hatte. Elsa war ein verwöhntes, egozentrisches Kind, das sich hinter einer Maske aus sanftem Lächeln und großen, hellen Augen versteckte, und sie war nie auf die Idee gekommen, jemand könne ihr »das Leben verderben«, das Leben, über das seit ihrer Geburt nur sie entschied. Es gab

Tränen, Schläge, Selbstmorddrohungen, einen gescheiterten Suizidversuch. Sie hatte das gesamte Register an Verzweiflung und Schuldzuweisungen gezogen. Mitten im Sturm hielt Gil wacker stand, stellte sich allem und zeigte sich sowohl finanziell als auch menschlich von seiner großzügigen Seite.

Estelle bot Elsa an, eine Weile bei ihr zu wohnen. Elsa willigte ein. Wenngleich sie es auch nie offen sagte, so war dies doch für sie das Mindeste, was Estelle tun konnte. Immerhin war Estelle es gewesen, die Mehdi Gil vorgestellt hatte. Elsa glaubte ernsthaft, dass sie ohne sie noch immer »glücklich« mit ihrem Mann leben würde, der seit Monaten »wie ein Bruder« zu ihr war.

Heute, ein Jahr später, würden Gil und Mehdi in Gegenwart all ihrer Freunde die Lebenspartnerschaft eingehen, und Elsa, die noch immer Teil ihres Lebens war, würde dabei sein.

»Mein Psychiater sagt, dass ich so weit bin und dass alles gutgehen wird«, sagte die junge Frau, während sie Estelle half, den Reißverschluss ihres Kleides zu schließen. Sie warf einen neidischen Blick auf die harmonische Figur ihrer Freundin, fasste sich aber sogleich wieder und machte ihr Komplimente.

Einmal kurz mit der Bürste durch das Haar, ein bisschen Wimperntusche, und Estelle würde fertig sein. Sie seufzte, als sie ihr Schminktäschchen betrachtete, das vor Schminkstiften, Lipgloss und Eyelinern zu platzen drohte. Sie liebte es, Schminksachen auszuwählen und zu kaufen, benutzte sie dann aber nicht gern. Zum einen hatte sie nicht die Geduld, sich stundenlang zu schminken wie Elsa, zum anderen fühlte sie sich übertrieben geschminkt einfach nicht wohl. Jedes Mal, wenn sie sich stark schminkte, hatte sie das Gefühl, zu weit zu gehen und einen Narzissmus an den Tag zu legen, mit dem sie nicht zurechtkam, oder ganz offen die Blicke der anderen auf sich lenken zu wollen. Also entfernte sie im letzten Augenblick immer alles.

Jemand läutete an der Tür. Sicher ein Freund, der vorbeikam, um sie mit zum Rathaus zu nehmen …

Estelle öffnete. Vor ihr stand Louis. Er sah abgespannt und müde aus. Er hätte eigentlich im Krankenhaus sein sollen, wo die Ärzte ihn noch mehrere Tage zur Beobachtung dabehalten wollten. An seinem Blick erkannte Estelle, dass ihr Tag vermutlich nicht so ablaufen würde, wie sie sich das vorgestellt hatte. Die ersten Worte ihres Großvaters bestätigten ihre Befürchtungen:

»Das ist das Zeichen, Estelle! Alles passt! Der Beginn der letzten Mondphase und die Entdeckung der heiligen Rosette! Und du hast sie gefunden! Du und niemand anderes, begreifst du?«

Gil hatte beschlossen, das *Mule du Pape* nur während der Unterzeichnung des Lebenspartnerschaftsvertrages zu schließen. Mit anderen Worten: für ganze zehn Minuten, die der fast heimliche Akt in Gegenwart eines Beamten dauern würde, dem das Ganze vollkommen egal war.

Um diesen Mangel an Romantik und Begeisterung auszugleichen, hatte er ein großes Fest mit all seinen Freunden und den Gästen des Bistros organisiert. Letztere gehörten inzwischen zu seiner Familie; Menschen, mit denen er seinen Alltag verbrachte, um die er sich kümmerte, indem er sie empfing, nährte und auch tröstete, wenn es einmal nötig war. Er kannte ihr Leben, ihre Gewohnheiten und ihre Schwächen. All die Dinge, die eine solide und dauerhafte Bindung ermöglichen. Diese Freude daran, für andere zu sorgen, hatte er von Anfang an mit Mehdi gemeinsam.

Elsa hingegen hatte seit jeher die Mentalität einer Chefin gehabt. Sie bediente die Leute, ohne sie wirklich zu empfangen. Diese waren und blieben Restaurantgäste, die unentbehrlich für die Rentabilität des Lokals waren und somit wohl oder übel geduldet werden mussten! Sie hatte daher auch mit keinem von ihnen eine engere Beziehung aufgebaut. Sie war in ihrem Egoismus verschlossen und hatte weder verstanden, wieso die Leute Gil lieber mochten, noch wieso dieser »es so toll fand, den Diener zu spielen«. Sie hätten ohne weiteres mehr Kellner anstellen können, aber nein, er musste ja alles selber machen. Welch ein Zeitverlust!

Gil ging zu Mehdi hinter die Bar. Er fand ihn als Barmann zum Anbeißen. Alles an ihm gefiel ihm. Sein sanfter, von langen Wimpern umrahmter Blick, seine kräftigen Schultern und seine athletischen Beine, von denen er kaum die Augen abwenden konnte, wenn der junge Mann losging, um die Gäste zu bedienen … Alles in allem war das Glück vielleicht so einfach: sein Café, seine Kunden, sein Freund mit einem Tablett in der Hand, der ihm zulächelte. In einem Anfall von Zärtlichkeit hielt Gil Mehdi im Vorübergehen auf und drückte ihn fest an sich.

»Ich bin so was von glücklich, ich schwör' es, ich kann nicht mehr ohne dich sein.«

»Das passt ja gut. Ich habe vor, mich für einige Zeit hier einzunisten.«

Mehdi machte gerade Anstalten, Gil zu küssen, als die herausgeputzte Elsa auftauchte. An ihren glänzenden Augen erriet ihr ehemaliger Partner, dass sie ein wenig zu tief ins Glas geschaut hatte.

»Wollen wir nicht auf euer Glück anstoßen? Das macht man doch normalerweise bei solchen Anlässen, nicht wahr? Also los, Champagner!«

Mehdi brachte eine Flasche und drei Sektschalen. Er wusste, dass Elsa leider »inklusive« war, wie Gil zu sagen pflegte. Sie näherte sich Gil mit ihrem unschuldigsten Lächeln.

»Deine Mutter hat mich angerufen. Sie wollte wissen, wie es mir geht.«

Mehdi reichte ihr und Gil jeweils eine Sektschale.

»Ich habe mich immer hervorragend mit Marie-Ange verstanden«, fuhr sie fort. »Du kennst sie noch nicht, oder?«, fügte sie an Mehdi gewandt hinzu.

Gil wollte etwas einwenden, aber Mehdi antwortete schneller.

»Nein, noch nicht. Aber das kommt schon noch.«

»Ja, natürlich. Gil muss nur noch dazu stehen, dass er zur Schwuchtel geworden ist ...«

Diesmal unterbrach Gil sie und nahm ihr das Glas ab.

»Das reicht. Du hast zu viel getrunken! Ich wusste, dass ich dich nicht hätte einladen sollen.«

Estelle, die gerade ankam, sah das sich anbahnende Melodram. Sie ärgerte sich über sich selbst, weil sie nicht früher gekommen war. Dabei hatte sie Gil versprochen, auf Elsa aufzupassen. Gil warf ihr einen vorwurfsvollen Blick zu. Wo hatte sie nur gesteckt? Er hatte auf sie gezählt. Estelle blickte ihn Entschuldigung heischend an. Sie würde ihm nachher erklären, dass sie ihren Großvater hatte beruhigen müssen, der endlos über die Entdeckung der Rosette im Papstpalast geredet hatte. Da er sich geweigert hatte, ins Krankenhaus zurückzukehren, hatte sie es vorgezogen, ihn nach Hause zu begleiten und zu warten, bis er sich beruhigt hatte. Deswegen hatte sie die Unterzeichung des Lebenspartnerschaftsvertrages verpasst und kam erst jetzt!

Estelle gab Gil zu verstehen, dass er sie mit Elsa allein lassen sollte. Gil legte einen schützenden Arm um Mehdi und zog ihn in Richtung einer Gruppe von Freunden, die gerade eintraten und sie begeistert beglückwünschten.

»Hoch sollen sie leben! Auf das Liebespaar!«

Elsa lehnte an der Bar. Ihr Lächeln war erloschen, und sie trank einen tiefen Schluck aus der Sektschale. Estelle ging zu ihr und bot ihr einen Fruchtsaft an, um ihr zu helfen, wieder klarer denken zu können.

»Weißt du, was mich am meisten nervt, wenn ich den Freund meines Ex-Mannes sehe? Dass ich suchen kann, wie ich will, und keine Schwäche finde!«

»Du musst lernen, damit umzugehen, sonst ruinierst du dir das Leben. Du weißt genau, dass es nicht dein Fehler ist, wenn Gil … Das ist halt so.«

Elsas Verzweiflung rührte Estelle, und sie legte ihr zärtlich eine Hand auf die Schulter, aber Elsa wich brüsk zurück, als ob sie keinerlei körperlichen Kontakt ertragen könnte. Sie schluckte ihre Tränen hinunter und lächelte gezwungen.

»Geht schon, geht schon. Mir geht's schon besser. Aber mein Psychiater hat mir geraten, Gefühlsausbrüche zu vermeiden.«

Ohne weitere Erklärungen ging sie davon und gesellte sich zu einer Gruppe von Freunden, wo sie mit den anderen ihr Glas erhob, um das Paar zu beglückwünschen.

»Auf das Liebespaar, werdet glücklich, das ist das Schlimmste, was ich euch wünsche!«

Die Nacht brach herein. Bunte Girlanden erhellten die Terrasse des *Mule*, das von der beeindruckenden Silhouette des Palastes überragt wurde. Auf den Tischen hatte man das Buffet angerichtet. Der Châteauneuf-du-Pape floss in Strömen.

Gil ging zu Estelle, die beim Service half. Er war froh, sein Glück mit seiner besten Freundin und Vertrauten zu teilen. Gerührt umarmte sie ihn.

»Bald bist du dran«, sagte Gil. »Auch du wirst den Mann deines Lebens finden.«

»Die Klischees lassen grüßen«, erwiderte Estelle heiter, um dem Thema aus dem Weg zu gehen.

»Und trotzdem, wenn du sie erlebst, ist das voll geil, das kann ich dir sagen! Die Päpste und ihr hübscher Palast sind ja ganz nett, aber du brauchst einen Märchenprinz, mein Mäuschen.«

»Das sage ich ihr auch schon die ganze Zeit!«

Estelle lächelte, als sie Davids tiefe Stimme erkannte, der gerade gekommen war. Sie verstand sofort Gils Manöver, der sich mit einer Flasche in der Hand bereits in Richtung anderer Gäste entfernt hatte.

»Du bist zufällig vorbeigekommen und hast die Musik gehört.«

David grinste. Estelle fand ihn sehr anziehend in seinen schlichten Klamotten, einer Leinenhose und einem weißen Hemd. Er strahlte eine Mischung von männlichem Selbstbewusstsein und zweideutigem Charme aus. Als sie seine Wange mit einem Kuss berührte, der leicht und freundschaftlich sein sollte, nahm Estelle sein Parfum wahr, ein höchst seltenes, sehr männliches Eau de Toilette von Guerlain, das sie sofort an die intensive Sinnlichkeit ihrer gemeinsamen Nächte erinnerte …

Sie wusste, dass es nicht gut war, aber an diesem Abend fühlte sie sich empfänglich für den Charme Davids. Sie wollte, dass er sie zum Lachen brachte, mit ihr flirtete, ihr Sektglas, das sie soeben in einem Zug geleert hatte, wieder auffüllte … Gil hatte recht. Die Einsamkeit machte ihr vielleicht mehr zu schaffen, als sie sich eingestehen wollte.

Als ob er in ihren Augen gelesen hätte, nahm David sie bei der Hand und führte sie auf die Tanzfläche. Sie gesellten sich zu Elsa, die umgeben von Gils und Mehdis Freunden wild zum Rhythmus der Discoklassiker tanzte. Julien, Estelles Halbbruder, kam hinzu, und dann auch Gil und Mehdi, die sich unter tosendem Applaus unter die Tänzer mischten. Das Fest war offiziell eröffnet!

Fern vom Treiben im *Mule du Pape* sank das Château de Saint-Gemme nach und nach in das sanfte Halbdunkel der goldenen Dämmerung. In dieser gesegneten Ecke der Provence war die Natur schon immer großzügig gewesen und die fruchtbare Erde von Menschen kultiviert worden. Das erste Schloss war auf den Ruinen einer reichen römischen Villa erbaut worden. Im Laufe der Jahrhunderte waren zwei weitere Gebäude gefolgt, bis schließlich die gegenwärtige Pracht von Saint-Gemme entstanden war; eine der schönsten palladinischen Villen, die am Ende des 18. Jahrhunderts von einer adeligen Familie errichtet worden war.

Henri Esperanza war nicht in geringster Hinsicht adlig, aber er benahm sich ganz so. In den sechziger Jahren hatte er die Gelegenheit ergriffen und zurückgestufte Gebiete der Herkunftsbezeichnung Châteauneuf-du-Pape gekauft. Wenige Monate später hatten die fünfzig Hektar auf wundersame Weise ihre ursprüngliche Herkunftsbezeichnung zurückerhalten. Dieses Wunder hatte ein kleines Vermögen gekostet, aber Henri war das egal; er war reich. Wo er schon dabei war, hatte er auch gleich das Gebäude erstanden, in dem seine Mutter Odette Esperanza als Hausangestellte gearbeitet hatte, das Château de Saint-Gemme.

In der herrlichen Bibliothek, deren Wände mit alten Büchern in Ledereinbänden bedeckt waren, von denen eines wertvoller war als das andere, genoss Henri sein großes Glück. Im Laufe der Jahre hatte er eine außerordentlich bedeutende Sammlung von Wiegendrucken und päpstlichen Goldschmiedearbeiten angehäuft. In Europa galt er als Spezialist dieser Epoche. Ein Himmelsglobus aus dem Erbe Clemens VI. thronte neben einem menschlichen Schädel auf seinem Mahagonischreibtisch. Eine Gutenberg-Bibel, die am Anfang der Offenbarung des Johannes aufgeschlagen auf einem Pult lag, vervollständigte die Ausstattung. Der Schädel pflegte die seltenen Besucher, die den Raum betreten durften, zu überraschen. Den Gebildeteren unter ihnen erklärte Henri, dass es sich um eine Vanitas-Darstellung handelte, das symbolische Abbild der Flüchtigkeit des Lebens. Den anderen sagte Henri nichts. Er hasste ungebildete Menschen.

Henri trug einen Morgenrock aus Samt und Seide und Hausschuhe, in die seine Initialen eingestickt waren, ein H, das sich mit dem E für Esperanza überschnitt. Er betrachtete fasziniert einen alten Dolch, in dessen Griff ein gotisches J eingraviert war. Seine Augen wanderten bewundernd die lange Klinge entlang, so als ob er sie zum ersten Mal richtig wahrnahm. Aber dem war nicht so!

Mit beunruhigender Inbrunst strich Henri über das J. Einen Moment lang schien er wie hypnotisiert von dem Symbol. Dann brachte ihn ein diskretes Klopfen an der Tür in die Wirklichkeit zurück. Er legte den Dolch in die gepolsterte Schublade zurück, neben drei andere, identische Stichwaffen.

Die Hausangestellte trat ein und stellte das Speisetablett auf ein dafür vorgesehenes Möbel. Als Henri das Paket auf dem Tablett sah, lächelte er zufrieden.

»Jemand hat das für Sie abgegeben«, teilte die Bedienstete mit und verließ den Raum.

Henri hörte sie nicht mehr, er war bereits mit der Entdeckung seiner jüngsten Anschaffung beschäftigt. Damit würde er endlich die Regeln des Spiels diktieren. Eines Spiels, von dem er seiner Meinung nach zu lange ungerechterweise ausgeschlossen gewesen war.

Als seine Uhr piepte, streckte Louis die Hand automatisch nach den Pillen aus, die er zu festen Zeiten einnehmen musste, wenn er einen noch heftigeren Anfall vermeiden wollte. Er musste unbedingt bis zum Ende der Mondphase durchhalten, die vor vier Tagen begonnen hatte. Noch fünfundzwanzig Tage also. Dann würde er seine Mission erfüllt haben. Nichts mehr wäre dann wichtig, schon gar nicht sein eigenes Leben.

Ein Geräusch ließ ihn zusammenfahren. Es kam von dem kleinen Hof hinter dem Haus; dort, wo die uralte Linde stand, unter der fünf Generationen der Esperanzas herangewachsen waren. Die Letzte davon war Estelle, in die Louis so große Hoffnungen setzte. Schon bei ihrer Geburt hatte er gewusst, dass sie anders als alle anderen war. Als er einige Jahre später seine Vermutungen bestätigt sah, war er erleichtert, wenn auch eine Spur von Zweifel blieb. Doch Zweifel hatte er noch nie akzeptieren wollen. Estelle war seine Enkelin und Punkt!

Bei diesen Erinnerungen an die Vergangenheit fühlte Louis sein Herz schneller schlagen. Er atmete langsam ein und zählte bis zehn, um sich zur Ruhe zu zwingen. Er musste wohl oder übel zugeben, dass sein Sohn Jean recht hatte: Seine »Pumpe« war im Eimer, erschöpft durch zu viele starke Emotionen und Schlaganfälle.

»Noch fünfundzwanzig Tage«, wiederholte Louis, während er weiterhin tief ein- und ausatmete. Er war gerade dabei, sich wieder zu beruhigen, als erneut das Geräusch zu hören war.

»Wer ist da? Ist da jemand?«

Louis ging hinaus zur Linde und starrte in seinen kleinen Garten, der im Dunkeln lag. Er fühlte die Anwesenheit eines anderen. Er hatte dieses Gefühl seit längerem, aber an diesem Abend gab es keinen Zweifel mehr.

»Zeigen Sie sich, gütiger Gott!«

Da tauchte Henri auf, sein Neffe. Der alte Herr ließ sich ermattet auf einen der Gartenstühle fallen, von denen die

Farbe abblätterte. Er fuhr sich mit der Hand durch seine weiße Mähne und wischte die Schweißspuren von der Stirn.

»Du willst wohl, dass ich hier tot umkippe! Mit den Nerven eines alten Herzkranken zu spielen kann recht wirkungsvoll sein!«

»Entschuldige, Onkel. Ich dachte, das könnte dich interessieren …«

Mit einem zurückhaltenden Lächeln legte Henri ein Pergament auf den Eisentisch und wartete auf Louis' Reaktion. Dieser warf einen kurzen Blick auf das Dokument und gab es Henri zurück.

»Der Mondkalender, den Nostradamus erstellt hat. Den hab' ich schon seit langem! Vergeude nicht deine Zeit, Henri, ich habe es dir schon gesagt!«

Louis' harte Worte und die Verachtung, mit der er sie aussprach, trafen Henri mit voller Wucht. Einen kurzen Moment lang konnte man den Hass in seinem Gesicht lesen, dann fand er zu seiner Kälte und Schärfe zurück.

»Rede nicht in diesem Ton mit mir! Die Zeit drängt, du solltest meine Hilfe annehmen. Zusammen würden wir schneller vorankommen, wenn du nur wolltest.«

»Du kannst nicht der Auserwählte sein.«

»Ich bin genauso ein Esperanza wie du, meine Mutter, Jean, Estelle oder Julien!«

»Geld und Einfluss genügen nicht, Henri! Du wirst niemals ein reines Herz besitzen!«

Louis ging müde ins Haus zurück und ließ seinen erniedrigten, wütenden Neffen allein. Henri beschloss, von nun an keine Rücksicht mehr auf seinen Onkel zu nehmen. Es war Zeit, sich von seiner Familie zu lösen. Die Prophezeiung forderte diesen Preis. Er wusste es. Er hatte es schon immer gewusst.

Die Nacht war bereits weit fortgeschritten, und Louis fielen langsam, aber sicher die Augen vor seinem Computer zu. Wegen der Zeitverschiebung musste er lange aufbleiben, um sich mit jemandem am anderen Ende der Welt unterhalten zu können. Die Vernetzung der Welt mit Hilfe der Kommunikationsmittel war eine der Offenbarungen seines Lebens gewesen. Er war im Zeitalter der drahtlosen Telegrafie geboren und würde unter der Herrschaft des Internets sterben.

Draußen ließ der Wind die Blätter der Linde zittern. Erneut hatte Louis den Eindruck, beobachtet zu werden. Er wusste, dass es nicht Henri war, sondern jenes im Dunkeln verborgene Wessen, dessen Anwesenheit er seit einiger Zeit spürte.

II

Im *Mule du Pape* ging die Post ab. Die Discoklänge der Achtziger waren härteren, heftigeren Rhythmen gewichen. Es war nach zwei Uhr morgens, nun herrschten der DJ und seine Elektromusik. Mehdi, Gil und ihre Freunde, regelmäßige Disco- und Partygänger, tanzten begeistert zu Füßen zweier wunderbarer Gogo-Tänzer. Die beiden Apollos in XXS-Muskel-Shirts und eng anliegenden Shorts standen auf einem Tisch und bogen ihre muskulösen, geölten Körper herausfordernd. An der Bar hatten Whisky-Cola und Wodka-Apfel den Wein ersetzt. Die Gläser waren stets gefüllt.

Mit zwei Sektschalen in der Hand gesellte sich David zu Estelle, die ein wenig abseits saß. Die junge Frau ließ sich überreden, auf ihr Wiedersehen anzustoßen. David neigte sich vor und küsste sie in den Nacken. Estelle wusste, dass sie es bereuen würde, aber der Alkohol benebelte angenehm ihren Geist. Da David noch immer ein Zögern bei ihr verspürte, ergriff er ihre Hand und führte sie an seine Lippen. Er drückte einen leichten, ersten Kuss darauf, dann einen zweiten, heftigeren und sinnlicheren. Estelle ließ ihn gewähren, unfähig, ihn abzuweisen.

David hielt ihre Hand umfasst, küsste sie erneut und legte sie dann auf seine Wange. Er liebte es, wenn die junge Frau ihm das Gesicht streichelte. In diesen seltenen Augenblicken gingen sie über das rein Körperliche hinaus und ließen tiefere Gefühle als das Verlangen zutage treten. Auch das mochte er so sehr bei Estelle. Diesen plötzlichen Ernst, der ihren Blick verschleiern konnte und ihn so aufwühlte. Ihre Lippen näherten sich einander, als Davids Aufmerksamkeit von der Gegenwart einer hübschen Brünetten angezogen wurde, die sich abseits vom Gewühl hielt. Sie stand allein, als ob sie nicht auf das Fest gehörte, und ließ Mehdi nicht aus den Augen. David kannte sie, da war er sich ganz sicher. Er hatte sie erst kürzlich irgendwo gesehen. Auf einmal wandte das Mädchen sich um und blickte ihn vorwurfsvoll an. Dies verwirrte David endgültig.

»Ich genüge dir wohl schon nicht mehr?«, fragte Estelle, die die Blicke zwischen den beiden falsch auslegte und sich abrupt aus Davids Umarmung befreite.

»Ich frage mich nur, wo ich dieses Mädchen schon mal gesehen habe. Weißt du, wer das ist?«

Estelles ungestümer Charakter setzte sich durch. Sie wurde sich plötzlich bewusst, dass sie haarscharf an einem Fehler vorbeigeschrammt war, den sie teuer, zu teuer, bezahlt hätte.

»Sie heißt Nadège. Sie arbeitet hier im *Mule* als Kellnerin. Du wirst sehen, sie ist sehr nett!«

David versuchte, sie zurückzuhalten, aber der Zauber war gebrochen. Estelle entfernte sich und ging zu Elsa auf die Tanzfläche. Sie gab sich der Musik hin und entschied, sich von David nicht den Abend verderben zu lassen. Die Party war noch lange nicht zu Ende.

»Kennen wir uns? Haben wir uns nicht schon mal gesehen?«

David, der mehr über das einsame Mädchen herausfinden wollte, war zu ihr gegangen. Sie versuchte, ihm zu entgehen, aber er packte sie am Arm und hielt sie zurück. Er wollte verstehen, wieso dieses Mädchen ein solches Unbehagen bei ihm auslöste.

»Nadège, nicht wahr? Warum hast du mich vorhin so angestarrt?«

Aufs Neue blickte sie ihm so direkt in die Augen, dass er unsicher wurde. Sie schien in ihm zu lesen.

»Was du tust, ist nicht richtig, und du weißt es«, sagte sie.

»Wovon sprichst du? Was weißt du über mich?«

Das Mädchen hatte keine Zeit, David zu antworten. Alles ging sehr schnell. Ein Motorrad raste über den Platz auf das Restaurant zu. Der Fahrer zog ein Messer und schleuderte es in Richtung der Gäste. Ehe David verstand, was vor sich ging, sah er, wie das Mädchen vor ihm zusammenbrach. In ihrem Rücken steckte das Messer.

Augenblicklich verstummte die Musik. Panik breitete sich unter den Gästen aus, als sie Nadèges blutüberströmten Körper entdeckten. Estelle lief herbei, während David versuchte, die junge Kellnerin zu retten.

»Schnell, ruft den Notarzt! Estelle, hilf mir, die Blutung zu stoppen. He, Nadège, hörst du mich? Nadège, antworte!«

»Sie ist tot. Das bringt nichts.«

Estelle setzte sich neben David und legte ihm eine Hand auf die Schulter, um ihm zu verstehen zu geben, dass er nichts mehr tun konnte. Mit wachsendem Unbehagen blickte sie den leblosen Körper an. Von hinten sah ihr die auf dem Boden liegende Nadège zum Verwechseln ähnlich.

Dieselbe Figur, dieselbe braune Haarpracht. Sie wagte es nicht, David darauf aufmerksam zu machen, dass der fuchsienfarbene Pashmina, den er schamhaft über das Gesicht des Opfers legte, ihr gehörte. Nadège hatte ihn sich früher am Abend ausgeliehen, um ihre nackten Schultern zu bedecken. Dieses Mädchen ähnelte ihr, und sie stand mit David zusammen ein wenig abseits der Feiernden. So wie sie selbst den ganzen Abend über. Der ernste Gesichtausdruck von Louis kam ihr wieder in den Sinn, als er sie ermahnt hatte, vorsichtig zu sein. Aber wieso hätte jemand sie töten wollen? Das ergab keinen Sinn.

Da bemerkte Estelle Davids Miene. Er starrte auf die Tatwaffe. Er hatte Angst … Estelle verstand sogleich, wieso.

»David! Hast du gesehen? Das ist ein Dolch!«

Périsse erbleichte und schwieg. Dann erhob er sich und ging fort. Estelle wollte ihm zunächst folgen, aber ihre Neugier war zu groß. Sie untersuchte den Dolch aus der Nähe.

Auf dem Griff, der aus dem blutüberströmten Rücken Nadèges ragte, sah sie ein ins Metall geritztes gotisches J. Estelle kannte dieses J. Sie hatte es bereits auf einem schmiedeeisernen Siegel aus dem XIV. Jahrhundert gesehen. Dieses Siegel, Werkzeug der päpstlichen Gerichtsbarkeit und Initial Judas', diente dazu, alle mit einem roten Eisenabdruck zu brandmarken, die von dem apostolischen Strafgericht verurteilt worden waren. Was hatte dies mit dem Drama zu tun, das sich soeben vor aller Augen abgespielt hatte?

Die Blaulichter der Streifenwagen hatten die Lichterketten ersetzt. Die noch unter Schock stehenden Gäste waren im

Innenraum des Cafés versammelt, wo die Polizisten sie vernahmen, ehe sie sie nach Hause entließen.

In einer Ecke des Raumes tröstete Estelle Julien, ihren Halbbruder.

»Ich bin schuld daran, dass sie tot ist. Sie wollte die Nacht mit mir verbringen, und ich habe sie zurückgewiesen!«

Wie so viele Mädchen war Nadège Juliens Charme erlegen. Unter seinem sanften, engelhaften Blick schmolzen sie alle dahin. Aber vor allem durch seine Aufrichtigkeit eroberte er sie endgültig. Denn wenn Julien sich in ein Mädchen verliebte, so tat er dies mit Haut und Haar. Er lebte jede Geschichte mit voller Leidenschaft. Selbst wenn diese nie länger als ein paar Wochen dauerten! Denn Julien verliebte sich sehr oft. Das war das Grundproblem für seine Freundinnen.

»Ich mochte Nadège wirklich gern, ich hätte sie nicht fallenlassen sollen …«

»Du kannst nichts dafür, Julien. Das hätte nichts geändert.«

Estelle war immer für ihren kleinen Bruder da gewesen. Durch ihn und Sandra hatte sie nach zwei Jahren allein mit ihrem Vater Jean zu einem glücklichen Familienleben zurückgefunden. Wie um sich von Schuldgefühlen zu befreien, gestand Julien Estelle, wieso er Nadège zurückgewiesen hatte.

»Ich bin verliebt, Estelle. Das ist der absolute Wahnsinn.«

»Wie immer«, lächelte Estelle, die das Gefühlsleben ihres Bruders in- und auswendig kannte.

»Nein, ich schwöre dir, dieses Mal ist es anders, es ist … ich bin wie verrückt.«

Das Fieber, das sie in den Augen ihres Bruders sah, verfolgte Estelle noch lange, nachdem der Junge zurück zu seinen Freunden gegangen war. Er war hastig verschwunden, so als ob er nicht mehr sagen wollte.

Draußen waren mehrere Techniker der Spurensicherung und ein Rechtsmediziner dabei, alles um Nadèges Leiche herum einzusammeln, was später analysiert werden konnte. Fasern, Reifenspuren, Fingerabdrücke …

Trihn, ein junger, asiatisch aussehender Polizist, versuchte, so gut er konnte, Gils und Mehdis Zeugenaussagen aufzunehmen. Man erkannte auf Anhieb, dass es sich um seinen »ersten Toten« handelte und er vollkommen überfordert war.

»Sie hieß Nadège Mallet und arbeitete hier seit knapp drei Monaten als Kellnerin. Aber heute Abend war sie eingeladen«, erklärte Mehdi, während er die Arme vor der Brust verschränkte.

Er zitterte. Gil ergriff das Wort.

»Hören Sie, Lieutenant, wir hatten noch nie Probleme mit Drogen oder Schutzgelderpressung. So etwas hat es hier nie gegeben.«

»Und dennoch sieht es nach einer Tat der Mafia aus. Das Motorrad, die Tatwaffe …«, erwiderte Trihn, der seine Unsicherheit zu verbergen versuchte.

»Die Mafia agiert mit Schusswaffen, nicht mit einem Messer! Hat man Ihnen das auf der Polizeischule nicht beigebracht, Lieutenant?«

Alle drei wandten sich um und entdeckten Kommissarin Renard. Eine lebende Legende. Eine ergrauende Fünfzigjährige, deren leichtes Übergewicht einen Hang zu guten

Mahlzeiten verriet und deren scharfe Zunge unter ihren jungen Kollegen, die sie liebend gern terrorisierte, gefürchtet war. Diese einmalige Ermittlerin – »Mit einem solchen Namen hatte ich kaum eine andere Wahl!«* – leitete die Kriminalpolizei von Avignon seit etwa fünfzehn Jahren.

Renard trat zu ihnen und hielt ihrem Untergebenen eine Plastiktüte mit dem Dolch unter die Nase.

»Und dieser Dolch da mit diesem komischen J sieht überhaupt nicht nach Mafia aus, glauben Sie mir das!«

Trihn betrachtete ängstlich den Dolch in der Plastiktüte. Er konnte kein Blut sehen. Er atmete tief durch, aber das reichte nicht aus. Er spürte, wie er ohnmächtig wurde …

»Oh, der Kleine wird uns doch wohl nicht umkippen!«

Zu spät. Trihn sank bewusstlos zu Boden und landete auf Renards Füßen. Letztere befreite sich seufzend. Die Ermittlungen fingen ja gut an!

»Bist du sicher, dass ein gotisches J in den Dolch geritzt war? Sie sind zu allem bereit! Die arme Kleine …«

Instinktiv hatte Estelle Louis aufgesucht, den sie schlafend in seinem Sessel vorgefunden hatte. Sie hatte zunächst gezögert, aber sie musste einfach wissen, wieso er sie gewarnt hatte, ehe sie zur Unterzeichnung des Lebenspartnerschaftsvertrags gegangen war.

»Warum hast du mich gebeten, vorsichtig zu sein? Was verbirgst du mir?«

Louis lief wie ein Raubtier in seinem Käfig im Wohnzimmer auf und ab. Er blickte zu Estelle, schien zu zögern,

* »renard« heißt auf Deutsch »der Fuchs« (A.d.Ü.)

aber dann schüttelte er verneinend den Kopf. Nein, er verbarg ihr nichts.

»Nun sag schon, Großvater! Du wusstest, dass etwas geschehen würde!«

»Nein, natürlich nicht, sonst hätte ich verhindert, dass du dorthin gehst.«

Ohne Estelle die Zeit zu geben, weiter nachzufragen, packte er sein kleines Notizbuch aus schwarzem Leder, riss zwei, drei Blatt aus dem Drucker und griff nach seiner beigefarbenen Jacke mit den vielen Taschen.

»Wir dürfen keine Zeit verlieren. Sie sind zurück, alles fängt von vorn an!«

»Aber wer? Von wem sprichst du?«

»Komm, sage ich. Auf geht's, schnell!«

Louis befand sich bereits auf der Türschwelle und bedeutete Estelle, sich zu beeilen.

»Wo willst du denn mitten in der Nacht noch hin?«

Louis' Blick verriet alles. Estelle riss die Augen auf. Wieder einmal bereute sie es, zu ihm gegangen zu sein. Doch sie hatte nicht anders gekonnt, als ob sie von etwas getrieben worden wäre, das stärker war als sie.

»Denk gar nicht erst dran, Großvater. Wir kommen sowieso nicht rein, ich habe keinen Ausweis mehr.«

Louis begnügte sich mit einem Lächeln und entfernte sich mit entschlossenen Schritten.

Lucien, untersetzt, Anfang fünfzig, schob nervös den Gürtel seiner Uniform eines Papstpalastwächters hoch. Er öffnete die kleine Tür, die zum Ehrenhof führte, und trat zur Seite, um Estelle und Louis vorbeizulassen.

»Das ist das letzte Mal, Louis! Wenn Brac mir auf die

Schliche kommt, schmeißt er mich wegen schweren Dienstvergehens raus!«

»Ganz wie du willst, mein Lulu, aber dann kannst du dir einen anderen Pokerpartner suchen, der so wenig Schlaf braucht wie ich!«

Der Nachtwächter entfernte sich maulend, während Louis, gefolgt von Estelle, bereits auf die von der Plane bedeckte Rosette zusteuerte.

»Hier sind die Nächte lang. Es ist nichts los, die Wächter langweilen sich. Also habe ich meinen Platz als Vierter behalten …«

Estelle verzog belustigt das Gesicht.

»Und auf diese Weise kommst du immer in den Palast hinein. Vor Bracs Nase!«

»Bah, ich lass' mir doch von diesem Schweinehund nichts vorschreiben! Komm, hilf mir, ich möchte das Wunder sehen …«

Estelle stieg auf das, was vom Gerüst noch übrig war, und half ihrem Großvater, die Plane loszumachen. Diese plumpste zu Boden und wirbelte eine Staubwolke auf.

Louis sah nun zum ersten Mal die Rosette. Erhaben leuchtete sie schwach im Halbdunkel des Hofes.

Louis' Lippen begannen zu zittern. Die Aufregung war zu stark. Tränen trübten seinen von jahrelanger, erbitterter Suche verbrauchten Blick.

Als sie sah, wie ihr Großvater schamhaft versuchte, seine die Wangen herabrinnenden Tränen zu verbergen, fühlte Estelle, wie auch sie von Rührung ergriffen wurde. Noch lange würde sie sich an dieses Bild von Louis erinnern, der wie ein Kind vor der Rosette weinte. Diese architektonische Pracht bewies ihm, dass er zu Recht gegen alles und alle gekämpft hatte. Er war nicht länger ein alter Verrückter, der sein Leben lang einem Hirngespenst nachgejagt war.

»Die heilige Rosette, die symbolische Darstellung des Lichtwesens«, flüsterte Louis.

Die Wasserspeier schienen sie beide von hoch oben auf der Mauer zu beobachten. Estelle glaubte sogar einen Augenblick lang zu sehen, wie sie Farbe und Form wechselten. Sie bemerkte, dass der Mond besonders hell leuchtete und damit den Ehrenhof in eine silbrige, gleichsam übernatürliche Stimmung tauchte. Ein kurzer Blick zur Uhr bestätigte ihr, dass sie keine Zeit mehr zu verlieren hatten.

»Großvater, wir müssen uns beeilen.«

Louis riss sich aus der Betrachtung der Rosette, kam wieder zu sich und holte sein schwarzes Notizbuch hervor.

»Wir suchen ein kreuzförmiges Symbol. ›Im Gebet an das Lichtwesen ruhen die Kreuze, unter den Kreuzen ruht die erste Stufe ...‹«

»Woher hast du das?«, fragte ihn Estelle erstaunt.

Louis zeigte auf eine der Seiten, die er aus seinem Drucker genommen hatte, bevor sie gegangen waren. Belustigt sah er die Reaktion seiner Enkelin, als er ihr von Kobayaki erzählte, einem alten, japanischen Freund, der Professor für Geschichte an der Universität von Kioto und Spezialist für mittelalterliche, europäische Mythen war.

»Seit wann hast du denn japanische Freunde?«

»Internet!«, antwortete Louis von oben herab.

Die Zeit verstrich, und Estelle fürchtete, dass Brac sie überraschen würde. Sie wusste, dass er nachts manchmal allein durch den Palast lief. Unter den Wächtern kursierten Gerüchte, die ihm regelmäßig Abenteuer mit rätselhaften, immer in lange Mäntel gehüllten Frauen nachsagten. Bislang hatte sich Estelle immer über ihre Phantasien lustig gemacht und dies auf die einsamen Nächte in der riesigen Festung geschoben. Aber seit einiger Zeit schenkte sie diesen Aussagen mehr Aufmerksamkeit. Sie wollte es sich zwar nicht eingestehen, aber Louis' Andeutungen über die Ermordung des jungen Wächters hatten ihr doch zu denken gegeben.

Estelle war so in ihre Gedanken vertieft, dass sie ihn beinahe übersehen hätte. Beim ersten Hinschauen handelte es sich nur um einen weiteren zerbrochenen Pflasterstein, aber die Riffelungen, die darüber liefen, wirkten zu regelmäßig, sie konnten nicht zufällig entstanden sein.

»Großvater, schau mal hier ...«

Estelle wies auf den Stein, den sie mit einem Taschentuch abgewischt hatte.

»Sieh mal! Da ist eine kaum sichtbare Zeichnung. Man könnte meinen, dass die Riffelungen ein Kreuz formen!«

Louis kniete sich mühsam nieder und folgte mit den Fingerspitzen den in den Stein geritzten Linien, während Estelle fortfuhr, die Erde abzuscharren. Sie blies darüber, um den Rest Erde und Staub zu entfernen.

»Ja, das ist ein Kreuz ... ein Kreuz der Tempelritter«, murmelte Louis.

»Was bedeutet das?«, fragte die Konservatorin verwundert. »Clemens V., der erste Papst von Avignon, hat doch die Auflösung des Tempelordens verordnet. Wie kann es sein, dass wir dieses Symbol im Palast seiner Nachfolger finden?«

»Weil Johannes XXII. genau wusste, dass die Tempelritter beim Fall des christlichen Königreiches Jerusalem die Prophezeiung nach Europa gebracht hatten!«

Während Louis, halb im Staub liegend, weiter den Boden untersuchte, wurde Estelle von Erinnerungen überwältigt. Sie sah sich im Hof von Louis' Haus, unter der Linde, wo sie einen Großteil ihrer Kindheit verbracht hatte. Der Geruch von Mandelkeksen, die er extra für sie backte, der Mandelsirup, den es dazu gab, und die Geschichte von der Prophezeiung, die er ihr immer und immer wieder erzählte.

Estelle erinnerte sich gerührt an das erste Mal, als er sie ihr erzählt hatte. Sie war sieben Jahre alt gewesen.

An diesem Tag legt Estelle, während Louis ihr einen Imbiss zubereitet, ihr Kinderbuch zur Seite, in dem sie gerade gelesen hat, und sucht im wohltuenden Schatten der hundertjährigen Linde Zuflucht. Dort wecken alte Bücher, zusammengerollte Karten, antikes Pergamentpapier und ein herrenloses Pendel ihre Neugier. Sie kann nicht umhin, das Pendel zu nehmen und es hin und her schaukeln zu lassen, wie sie es bei ihrem Großvater schon oft beobachtet hat.

Der Gegenstand verliert an Interesse, als sie ein halb von einem Buch verdecktes Medaillon entdeckt. Es handelt sich um einen stilisierten Stern. Einen plastisch herausgearbeiteten Stern, der an einen kleinen, leeren Käfig erinnert.

Da taucht Louis plötzlich neben ihr auf, und seine Enkelin erschrickt. Sie reicht Louis den Anhänger und erwartet, gescholten zu werden.

Dieser macht zunächst runde Augen, dann aber beglückwünscht er sie zu ihrer Neugier: Im Leben muss man wissbegierig sein … Louis nimmt sie auf seine Knie und erklärt ihr, dass das Medaillon mit der Legende von der Prophezeiung in Verbindung steht, dem größten Schatz aller Zeiten.

»Du weißt, dass ich ein Geheimnis habe, nicht wahr? Und du würdest es gern kennen. Ich glaube, du hast recht, du bist alt genug.«

Louis rollt eine Karte auf dem Tisch aus und erläutert für sie den Weg, den der geheimnisvolle Schatz zurückgelegt hat: Zunächst war er von den aus der babylonischen Gefangenschaft befreiten Juden vor Tausenden von Jahren in den Tempel des Salomon gebracht worden und dann in Vergessenheit geraten. Jahrhunderte später wurde er von den Tempelrittern bei den Kreuzzügen wiederentdeckt. Nach dem Fall Jerusalems wurde der Schatz von dem Orden nach Europa gebracht, und Clemens V., der erste Papst von Avignon, brachte ihn schließlich an sich, als die Templer 1312 verschwanden.

»Und dann?«, fragt Estelle interessiert.

»Johannes XXII., der Nachfolger von Clemens V., versteckte die Prophezeiung. Und als die Päpste nach Rom zurückkehrten, blieb sie hier in Avignon.«

Estelle überlegt lange und ernst; sie analysiert die Legende mit einer für ihr Alter ungewöhnlichen Reife, während Louis sie gerührt beobachtet.

»Warum ist die Prophezeiung der größte Schatz aller Zeiten, Opa?«

»Weil sie die Zukunft vorhersagen kann, und wer die Zukunft kennt, verfügt über die absolute Macht, heute noch mehr als je zuvor. Deshalb bin ich Wächter im Papstpalast geworden, ich suche die Prophezeiung, aber vor allem hindere ich sie daran, sie zu bekommen!«

»Wen, Opa?«
Estelle wird sich noch lange an Louis' Gesicht erinnern, das plötzlich ganz hart wird. Dann drückt er sie fest an sich, erstickt sie fast mit Küssen in den Nacken.
»Das sind keine Geschichten für kleine Mädchen. Kleine Mädchen sollen von Schätzen und Märchenprinzen träumen …«

Louis suchte noch immer die Pflastersteine ab.

»Hilf mir, noch andere Kreuze zu finden. Oh, Estelle, jetzt wird nicht geträumt. Wir sind fast am Ziel, meine Liebe! Die Prophezeiung ist nicht weit, ich fühle es.«

Estelle schob ihre Erinnerungen beiseite, lächelte ihrem Großvater zu und kniete neben ihm nieder.

»Es war das schönste Märchen, das ich je gehört habe.«

»Das war kein Märchen! Den Beweis hast du heute.«

»Jeder könnte aus Spaß an der Freude diese Kreuze in den Stein geritzt haben«, flüsterte Estelle, die befürchtete, dass Louis sich von einem erneuten Misserfolg nicht erholen würde.

Sie wollte vermeiden, dass ein weiterer Anfall diesen gemeinsamen Augenblick vor der Rosette zerstörte. Louis war sich dessen bewusst. Wieder spürte er die Zurückhaltung seiner Enkelin. Doch ihr würde eine entscheidende Rolle bei der Suche zukommen, das wusste er.

»Natürlich glaubst du nicht an die Prophezeiung. Das ist dein gutes Recht. Aber frage dich mal, wieso du stellvertretende Konservatorin im Palast geworden bist. Meinst du, das war Zufall?«

Louis wartete Estelles Reaktion nicht ab. Er hatte soeben weitere Kreuze auf dem Boden entdeckt.

Er holte ein Stück Kreide aus der Tasche und machte sich daran, sie untereinander zu verbinden. Das Ergebnis erregte ihn in höchstem Maße.

»Schau, die Kreuze! Die formen eine Zeichnung, einen Stern …«

»Der genauso aussieht wie der, den du um den Hals trägst«, flüsterte Estelle, die der Anblick des Symbols ebenfalls sehr beeindruckte.

Louis warf seiner Enkelin einen gerührten Blick zu und legte mechanisch die Hand an seinen Anhänger: den kunstvoll gefertigten Stern, der Estelle als Kind so fasziniert hatte.

»Daran erinnerst du dich also noch?«

Plötzlich erklang eine tiefe Stimme hinter ihnen, und sie zuckten zusammen.

»Und der Vorname Estelle kommt von *stella*, ›Stern‹ auf Latein, nicht wahr? Welch eine rührende Familiengeschichte!«

Louis und Estelle erblickten David Périsse, der mit einem belustigten Lächeln auf den Lippen herantrat. Wie lange hatte er sie schon beobachtet?

Der alte Mann stopfte den Stern sofort wieder unter den Hemdkragen. Er wusste, dass Périsse klug und somit im Rennen um die Entdeckung der Prophezeiung ein gefährlicher Gegner war. Er musste unbedingt eine List, einen Plan finden, um ihn loszuwerden, und zwar schnell.

»Der liebe Périsse. Ich hatte mich schon gewundert, dass wir uns noch nicht über den Weg gelaufen sind.«

»Mein bester Louis, ich habe Ihnen gefehlt, geben Sie es zu. Genauso wie unsere Diskussionen, unser Austausch von Informationen und sogar unsere Streitereien!«

David Périsse war stellvertretender Konservator im Papstpalast gewesen, ehe er sich als Archäologe selbständig gemacht hatte. Er arbeitete jetzt sowohl für reiche Archäologieliebhaber als auch für historische Baudenkmäler.

Als Louis ihn vor einigen Jahren zum ersten Mal im Palast gesehen hatte, war ihm klar gewesen, dass Périsse von jener heiligen Flamme erfüllt war, die einen auf der Suche nach einem vergessenen Schatz den ganzen Planeten durchstreifen lässt. Als Doktor der Archäologie glänzte Périsse bei Forschungsarbeiten in der Bibliothek ebenso wie bei der Arbeit auf Ausgrabungsstätten. Er besaß den nötigen Instinkt, war pragmatisch und hatte eine bemerkenswerte Ausdauer.

Aus dem hochbegabten Universitätsprofessor und dem belesenen Autodidakten wurden Komplizen. Périsse hatte zudem nie an die Prophezeiung geglaubt, was in Louis' Augen ein echter Vorteil war. So galt er als ein alter Verrückter, und seine Nachforschungen erregten keinerlei Aufmerksamkeit, sondern wurden höchstens belächelt.

Ihr Verhältnis hatte sich verschlechtert, als Estelle an die Uni gekommen war und bei Périsse studiert hatte. Auch wenn Louis Estelle niemals direkt darauf angesprochen hatte, da er zu diskret war, als dass er sich in ihr Privatleben eingemischt hätte, so hatte er doch sofort die Anziehungskraft erahnt, die der gutaussehende Professor auf seine brillante Studentin ausübte. Wenig später hatten ihn die geröteten Augen seiner Enkelin über den Fortgang der Beziehung informiert.

Von diesem Tag an hatte Louis eine heftige Abneigung gegen Périsse entwickelt. Er konnte es nicht ertragen, dass man seine Enkelin verletzte. Aber vor allem die Zweifel über die wahre Natur dieser Beziehung hatten Louis beunruhigt. Dass ein so hervorragender und strebsamer Archäologe wie Périsse mit Estelle, einer Esperanza, ausging, erschien dem alten Mann, der noch nie an Zufälle geglaubt hatte, mehr als verdächtig. Périsse wusste etwas und würde eines Tages versuchen, sich Estelles zu bedienen, um an die Prophezeiung zu gelangen. Dies war in der Familie bereits vorgekommen und würde sich unweigerlich wiederholen.

»Wir suchen doch beide dasselbe, Sie und ich, nicht wahr?«

»Diesmal nicht, David. Sie haben hier nichts zu suchen, Sie haben nie an die Prophezeiung geglaubt!«

»Aber ich habe immer an Schätze geglaubt. Sie haben mir immer den Weg gezeigt. So wie dieser Schatz hier, zum Beispiel ...«

David zog eine Goldkugel aus seiner Tasche, von der er allerdings nicht wusste, dass ein Wasserspeier sie enthüllt und sie einen jungen Nachtwächter das Leben gekostet hatte.

Louis erblasste beim Anblick der Kugel. Er starrte Périsse an, als ob er dem Teufel persönlich gegenüberstände.

»Die Kugel des Alchimisten ...«

»Ich sehe, dass sie Ihnen nicht ganz fremd ist. Sagen Sie mir, wie man damit umgeht, und Sie können sie haben.«

Estelle hielt sich abseits und beobachtete die Konfrontation. Louis schien völlig aus der Fassung geraten zu sein wegen des Gegenstandes, den Périsse ihm spöttisch hinhielt. Sie hingegen hatte diese Kugel noch nie gesehen, genauso wenig hatte sie einen Text gelesen, der sich darauf bezogen hätte. Sie wusste von den »Alchimisten der Päpste«, die von diesen beauftragt wurden, Medikamente herzustellen, aber auch die Geheimnisse der Materie zu entdecken. Erzählte die Legende nicht, dass der berühmteste unter ihnen den Stein der Weisen gefunden hatte, der Blei in Gold verwandeln konnte?

Louis ging auf Périsse zu. Er konnte seine Augen nicht von der Kugel abwenden, die im selben Augenblick wie die Rosette zu leuchten begonnen hatte. Als ob beide Gegenstände aufeinander einwirken würden.

»Wer hat sie Ihnen gegeben? Für wen arbeiten Sie?«

Périsse verdrehte genervt die Augen.

»Das ist doch scheißegal. Was zählt, ist das Jetzt, das, was wir entdecken werden. Kommen Sie, Louis, auf diesen Moment haben Sie doch Ihr ganzes Leben lang gewartet!«

Louis zögerte, hin- und hergerissen zwischen Neugier und Misstrauen. Wenn Périsse in Besitz der Kugel war, dann hieß das … Aber der Archäologe drängte und ließ ihm nicht die Zeit, seine Überlegungen fortzusetzen.

»Also, was birgt sie nun für ein Geheimnis, diese berüchtigte Kugel des Alchimisten?«

»Sie ist ein Schlüssel. Geschaffen vom letzten Alchimisten der Päpste von Avignon. Geben Sie sie mir.«

Périsse tat wie geheißen und gesellte sich zu Estelle, die ihm einen fragenden Blick zuwarf. Welches Spiel trieb er da?

Louis betrachtete die Kugel einige Augenblicke lang, ehe er sich zur Rosette umdrehte. Er überlegte rasch, lief über den Ehrenhof und blätterte fieberhaft in den mit Anmerkungen und Skizzen vollgeschriebenen Seiten seines kleinen Notizbuches.

Einer plötzlichen Eingebung folgend legte er schließlich

die Kugel vorsichtig in die Mitte des Sterns, den er mit Estelle entdeckt hatte.

Alle drei warteten. Nichts geschah. Périsse verlor als Erster die Geduld.

»So einfach kann es nicht sein!«

Er bückte sich, um die Kugel wieder aufzuheben, als das steinerne Herz des Sterns sich senkte und einen Bronzekreis entblößte, der sich wie die Blende eines Fotoapparats öffnete. Die Kugel fiel in das Loch, als ob sie vom Boden verschluckt würde. Dann schloss sich die Blende wieder, und das Herz des Sterns nahm wieder sein ursprüngliches Aussehen an.

Sie vernahmen das Geräusch eines Aufpralls, so als ob die Kugel auf eine harte Oberfläche gefallen wäre. Dann folgte das Poltern eines einsetzenden Mechanismus, und es schien, als ob die Kugel durch verschiedene Rohre geleitet würde.

Louis, Estelle und Périsse hörten am Klang, wo der vermeintliche Schlüssel entlangrollte, der in unterirdischen Gängen im Felsfundament den gesamten Ehrenhof von links nach rechts und von oben nach unten zu durchlaufen schien.

Da sandte die Rosette plötzlich Tausende von Lichtstrahlen aus, die den Hof in grelles, blendendes Licht tauchten und die drei zwangen, ihre Augen mit den Händen zu schützen.

Erneut erwachte der Palast zum Leben, die Wasserspeier verzerrten im Mondschein die Gesichter, und die Schatten glitten über die Mauern, als suchten sie einen Ausgang. Schützend legte David seine Arme um Estelle, während Louis auf die Knie sank und die Augen hinter den Händen verbarg.

Da teilten sich die dichten Wolken am Himmel und ließen den Schein der Mondsichel durch, die übernatürlich leuchtete. Ein Strahl schoss herab und traf die Rosette in der Mitte. Er spiegelte sich auf der glänzenden Oberfläche wider und beendete seinen Weg auf einer Steinplatte in der Mitte des Ehrenhofs.

Es kehrte wieder Ruhe ein. Die Schatten verschmolzen mit den dunklen Ecken der Mauern.

»Hier müssen wir graben!«, schrie Louis und zeigte auf die Stelle am Boden, wo der Mondstrahl gelandet war.

Er warf David und Estelle, die noch immer umschlungen vor der Rosette kauerten, einen triumphierenden Blick zu.

Unter den Granitsteinen, von denen man immer geglaubt hatte, sie seien direkt auf dem Fels verlegt worden, entdeckten sie einen mit Erde gefüllten Hohlraum. Périsse lief ins Lager, wo das Baustellengerät aufbewahrt wurde, und kam mit zwei Schaufeln, zwei Spaten und einem Brecheisen zurück. Schon nach kurzer Zeit türmte sich die von Estelle und David herausgeschaufelte Erde zu einem ansehnlichen Berg an.

Louis saß daneben, erschöpft und blass, und beobachtete aufgeregt die Szene. Die ersten Sonnenstrahlen kündigten sich an. Sie mussten sich beeilen.

Estelle, die noch immer ihr elegantes, enganliegendes Kleid von der Feier trug, war nun von Staub bedeckt, doch sie kümmerte sich nicht im Geringsten um ihr Aussehen. Sie hatte die von David gebrachten schweren Geräte beiseitegelegt und grub nun mit einer Kralle und einer kleinen Bürste, um eine eventuelle Entdeckung nicht zu beschädigen. Plötzlich erklang ein dumpfes, metallisches Geräusch, und sie warf Périsse, dessen Augen genauso leuchteten wie die ihren, einen siegesgewissen Blick zu. Vorsichtig hoben die beiden einen Metallkasten heraus, den sie auf den Boden stellten, ehe sie sich einen raschen, leidenschaftlichen Kuss gaben.

»Estelle! Öffne diese verflixte Kiste!«, brummte Louis, der die Geduld verlor.

Estelle hob den eisernen Deckel. Zum Vorschein kam ein wertvolles, mit Gold und Silber geschmücktes Kästchen, das mit einem päpstlichen Wappen verziert war.

»Das Wappen von Johannes XXII.«, murmelte Louis.

»Jetzt bist du dran, Großvater …«

Erschüttert und mit zitternden Händen öffnete Louis unendlich vorsichtig das Kästchen. Ein Schatz aus Gold und Juwelen kam zum Vorschein: eine intakte päpstliche Tiara neben einem Bischofsstab des heiligen Petrus und ein mit wertvollen Steinen geschmückter Schrein.

»Der Schatz von Johannes XXII. … Das ist ein Vermögen!«

Louis nahm den Schrein und öffnete ihn. Er war leer. Verblüfft schüttelte er den Gegenstand und drehte ihn in alle Richtungen.

»Das verstehe ich nicht. Es gibt nichts, das auf die Prophezeiung deuten könnte …«

Während Louis fieberhaft den Schatz untersuchte, begann David bereits, eine Bestandsaufnahme der Edelsteine zu machen. Diesmal hatte er das große Los gezogen!

»Mindestens hundert Karat … Manche sind kaum geschliffen …«

»Es muss noch etwas anderes geben, eine Botschaft, irgendetwas!«, rief Louis. »Schau genau, Estelle, denk an das

Rätsel: ›Im Gebet an das Lichtwesen ruhen die Kreuze, unter den Kreuzen ruht die erste Stufe …‹«

Plötzlich verzerrte er schmerzerfüllt das Gesicht, legte die Hand auf sein müdes Herz und brach zusammen. Estelle stürzte zu ihm.

»Großvater? David, hilf mir, schnell!«

»Louis, bleiben Sie bei uns, Louis!«

»Einen Notarzt für Monsieur Esperanza! Und eine weitere Abmahnung für seine liebe Enkelin! Schändung eines Baudenkmals, das dürfte Sie eine Weile beschäftigen …«

Brac. Während Louis das Bewusstsein verlor, entdeckten Estelle und David den Konservator, der von zwei Palastwächtern eingerahmt hinter ihnen stand. Einer davon war Lucien, der sein Handy zückte, um den Notarzt zu rufen.

Estelle hatte dennoch Zeit genug, den anklagenden Blick aufzufangen, den Brac Périsse zuwarf. Sie wusste jetzt, was sie seit Beginn der Ausgrabungen im Ehrenhof gesucht hatten.

Der halb bewusstlose Louis packte die Hand seiner Enkelin und drückte sie so fest, dass es weh tat.

»Du weißt nichts, Estelle. Nichts.«

Die junge Frau gab ihm zu verstehen, dass er ruhig bleiben und nicht sprechen sollte. Ein stechender Schmerz in der Seite ließ Louis zusammenzucken.

»Großvater, nein! Bleib bei mir!«

Konservator Brac hatte die Schließung des Ehrenhofs für Besucher angeordnet. Das Team der Ausgrabungsstelle arbeitete um den Graben, den Estelle und David ausgehoben hatten. Die Männer suchten die Umgebung ab, um sicherzugehen, dass der gesamte Schatz Johannes' XXII. ans Tageslicht gebracht worden war.

Brac hatte sich mit Périsse in dem Container eingeschlossen, der diesem als Büro diente. Die Vorhänge waren vorgezogen, und trotz der unerträglichen Hitze waren die Fenster fest verschlossen.

Den Metallschreibtisch bedeckte ein Tuch, auf dem der Schatz von Johannes XXII. ausgebreitet war: die intakte, päpstliche Tiara, der Bischofsstab und der mit Edelsteinen eingefasste, ebenso leere wie rätselhafte Schrein. Er hätte eigentlich etwas enthalten müssen. Ein paar Knochenreste oder Reliquien des heiligen Bénézet zum Beispiel, dem Schutzheiligen der Stadt.

Périsse wischte sich nervös die Stirn. Zu der Hitze kam noch Bracs Gegenwart, die sein Unwohlsein verstärkte. Mehrere Male hatte er ein Leuchten in dessen Blick wahrgenommen, ein Leuchten, das er sich nicht erklären konnte, aber von dem er wusste, dass er es nicht mochte. Unter der Maske eines arroganten Beamten, der knallhart auf den Verordnungen und der hierarchischen Rangfolge bestand, versteckte sich etwas viel Bedrohlicheres. Allein schon der Hass, den er gegenüber Estelle und dem alten Louis empfand. Das war nicht normal. Nichts rechtfertigte eine so harte Reaktion. Jetzt, nach der Entdeckung des Schatzes, war David fest entschlossen, sein Geld einzustecken und sich davonzumachen …

»Nichts von dem, was wir suchen, ist hier drin. Sie sind verpflichtet, Ergebnisse vorzulegen, und die Ihnen eingeräumte Zeit verrinnt sehr schnell!«

Gar nicht sicher, dass der mich so davonlässt, dachte Périsse, der schon wieder diesen besonderen Glanz im Blick seines Gegenübers wahrnahm. Diesmal würde er aufhören, das war beschlossene Sache. Mit diesem Kranken wollte er nichts mehr zu tun haben.

»Diese Suche hat vor über sechshundert Jahren begonnen, da kommt es auf zwei Tage mehr oder weniger auch nicht an! Die Archäologie war noch nie eine genaue Wissenschaft und …«

Er hatte keine Zeit, seinen Satz zu beenden. Mit verblüffender Schnelligkeit ergriff Brac einen Zirkel, stieß ihn in Davids Handrücken und nagelte ihn direkt an den Schreibtisch.

Ein brüllender Schmerzensschrei ertönte in dem Container und hallte endlos zwischen den vier Wänden des Ehrenhofs wider. Périsse spürte Tränen in den Augen. Die Spitze hatte nicht nur das Fleisch durchbohrt, sondern sicher auch einen Nerv getroffen. Der Schmerz war schrecklich.

Mit Entsetzen betrachtete er seine wie ans Kreuz geschlagene Hand auf dem Schreibtisch. Während er zögerte, den Zirkel herauszuziehen, beobachtete Brack ihn mit kaltem Blick und unbewegtem Gesicht.

»Ich ertrage Ihre Unverschämtheit nicht länger, Périsse.«

»Sie sind ja komplett verrückt!«

Brac neigte sich zu ihm und hinderte ihn mit einer plötzlichen Bewegung, den Zirkel aus seiner Hand zu ziehen. Der Schmerz durchzuckte den ganzen Körper des Archäologen, der erneut aufbrüllte.

»Sie haben nicht ganz begriffen, wer wir sind und was

wir mit denen machen, die sich uns entgegenstellen. Beim nächsten Mal gibt's einen Dolch mitten ins Herz.«

Das Unwohlsein, das Périsse neben Nadèges Leichnam empfunden hatte, mischte sich mit unerträglichem Schmerz. Die junge Frau war also von *ihnen* getötet worden. Und Davids größte Befürchtung hatte sich soeben bestätigt: Brac war einer von *ihnen*.

»Sie haben dieses Mädchen umgebracht! Was hat sie Ihnen getan?«

Brac lehnte sich vor und flüsterte ihm ins Ohr:

»Ich habe es Ihnen gesagt, die Zeit vergeht, und unsere Geduld ist erschöpft. Machen Sie sich keine Sorgen um Ihre Hand. Das tut sehr weh, aber keine Sehne ist beschädigt. Sie werden nicht am Fortführen Ihrer Arbeit behindert sein.«

Brac verschwand aus dem Container und ließ David zurück, der gekrümmt vor dem Schreibtisch und seiner noch immer von dem Zirkel durchbohrten Hand saß. Ein Wort kam ihm unentwegt in den Sinn: Psychopath. Wütend packte er den Zirkel und zog ihn mit einem Ruck heraus.

Auf einem Krankenhaussessel wachte Estelle halb schlafend über Louis. Der Arzt, der den alten Mann bei seiner Ankunft in Empfang genommen hatte, hatte sich pessimistisch über die Wahrscheinlichkeit geäußert, dass dieser jemals wieder das Bett verlassen würde. Seither dämmerte Louis vor sich hin, bei Bewusstsein, aber sehr geschwächt. Hin und wieder öffnete er kurz die Augen, ehe er erneut in seine Träume versank.

Jean war zwischen zwei Herzoperationen vorbeigekommen. Seine verschlossenen, harten Gesichtszüge verrieten, wie sehr es ihm zu schaffen machte, seinen Vater sterben zu sehen. Als Arzt machtlos, da Louis nicht operiert werden konnte, und unfähig, mit ihm zu sprechen, hatte er wortlos neben seinem Bett gestanden. Als sein Vater erwacht war, hatte er gezögert, ehe er sich vorbeugte, um ihn zu küssen. Louis hatte Anstalten gemacht zu protestieren, aber diesmal hatte Jeans Blick ihn daran gehindert. Sein Sohn war gekommen, um sich von ihm auf seine Art zu verabschieden, und er konnte zumindest diesen Willen respektieren. Daher hatte Louis kein Wort gesagt, sich mit einem Lächeln begnügt und seinen Sohn mit einem Augenzwinkern beruhigt. Na ja, er hoffte auf jeden Fall, dass Jean sein Augenzwinkern gesehen hatte, denn seine Augenlider waren so schwer ...

Louis hatte keine Angst, denn er wusste, dass er noch nicht sterben würde. Nicht jetzt, wo die erste Stufe entdeckt worden war. Er hatte noch so viel bei dieser Suche zu erledigen. Das musste er Jean sagen, damit dieser aufhörte, solch ein Gesicht zu ziehen. Aber wieso kamen die Worte nicht über seine Lippen? Warum hatte er den Eindruck, sich außerhalb seines eigenen Körpers zu befinden, Zuschauer zu sein? Er musste seinen Sohn fragen. Immerhin war er der Arzt in der Familie.

Und dann war Jean wieder gegangen, hatte eine dringende Operation vorgeschützt und wie so oft bei der Arbeit Zuflucht gesucht. Dass er Leben rettete, hatte ihm oft ermöglicht, sein eigenes und die schwierigen Momente darin zu umgehen. Wieder einmal ließ er Estelle allein mit der Situation, wie auch schon damals, als sie noch ein Kind war und die Mutter ihr so sehr fehlte. Wieder einmal hatte er ihr erklärt, dass ihm »keine Wahl« bliebe, diesen Satz, den sie nicht mehr hören konnte, egal von wem, und dann war er fort.

Estelle verschränkte ihre Finger, streckte die Arme über den Kopf und dehnte sich lange. Es hatte sich derart viel Spannung in ihr angestaut, dass ihr der gesamte Rücken wie versteift erschien. Sie dachte an Marmor, an dessen Dichte, die man erahnt, ohne ihn auch nur zu berühren. Langsam hob und senkte sie den Kopf, wodurch sie ihrem Körper so etwas wie Beweglichkeit zurückgab.

Die junge Frau stand auf und ging zu ihrem Großvater hinüber, der mit einer Sauerstoffmaske auf dem Gesicht in seinem Bett schlief. Sie strich ihm zärtlich über die Stirn.

Mechanisch wühlte sie in ihrer Handtasche auf der Suche nach Kleingeld für den Automaten. Allmählich hatte sie furchtbaren Hunger.

Er sah, wie die junge Frau das Zimmer ihres Großvaters verließ und in Richtung Wartezimmer davonging, wobei sie mit Geldstücken klimperte. Dies ließ ihm ein paar Minuten, um zu holen, wofür er gekommen war. Das war vollkommen ausreichend. Er lief zur Tür des Zimmers und öffnete sie.

»Sie sind doch wohl hoffentlich noch nicht tot, oder?«

Da sein Besucher die Frage wiederholte, öffnete Louis die Augen. Diese metallische Stimme und eine Hand, die seinen Unterarm schüttelte, hatten ihn aus dem Halbschlaf gerissen. Er zuckte zusammen, als er Bracs Gesicht dicht vor sich erblickte. Was machte der Konservator des Palastes hier, der sich böse lächelnd über ihn beugte?

»Er lebt! Bravo, Esperanza, meinen herzlichsten Glückwunsch. Ich war der Erste, der Sie ›der Durchgeknallte‹ nannte, da will ich auch der Erste sein, um Ihnen meine Dankbarkeit für die Entdeckung des Schatzes auszusprechen ...«

Louis, der die Gefahr spürte, versuchte, den Alarmknopf zu betätigen, indem er langsam die Hand darauf zu bewegte, aber Brac, der einen sechsten Sinn zu besitzen schien, hatte den Schalter bereits gepackt. Mit einer Bewegung entfernte er ihn aus der Reichweite des alten Mannes.

»Also, also. Unser kleines Gespräch ist noch nicht zu Ende. Ein herrlicher Schatz, nicht wahr? Aber haben Sie sich nicht auch gewundert, dass der Schrein leer war?«

Louis analysiert blitzschnell die Lage. Er kam gegen Brac nicht an. Er konnte niemanden um Hilfe rufen. Als er Estelles Handtasche auf dem Stuhl neben dem Bett sah, fasste er wieder Zuversicht. Die Handtasche, er musste bis zur Handtasche kommen. Doch Brac packte sein Gesicht und zwang ihn, ihn anzusehen.

»Der Schrein, Esperanza, hätte ein päpstliches Siegel enthalten müssen, stimmt's? Das Siegel von Johannes XXII.!«

Louis' Gesichtsausdruck verriet ihn. Brac grinste.

»Ich hatte recht. Wo ist das Siegel? Ich bin sicher, Sie haben es.«

Brac beugte sich über den alten Mann. Sein Blick war jetzt kalt und stechend. Louis versuchte, sich aufzusetzen. Er musste die Handtasche erreichen. Doch Brac stieß ihn brutal aufs Bett zurück.

Plötzlich erschien wieder dieses Leuchten tief in Bracs Augen, das Périsse bemerkt und vor dem er hatte fliehen wollen.

»Judas, Sie sind ein Bruder des Judas!«, entfuhr es Louis.

Als er den bösen Schatten sah, der über Bracs Blick glitt, verstand er sofort, dass dieser Anfall von Weisheit sein letzter gewesen sein würde. Sein Todesurteil war gesprochen.

Im leeren Wartesaal hatte Estelle schließlich einen »großen Kaffee mit Zucker«, gefolgt von einem »kleinen Kaffee ohne Zucker« gewählt. Sie hoffte, so die ganze Nacht durchhalten zu können. Selbst wenn sie es sich nicht eingestehen wollte, hatte sie doch Angst, neben Louis einzuschlafen und zu spät aufzuwachen …

Louis' Tropf war bei dem Versuch, die Handtasche seiner Enkelin zu erreichen, zu Boden gefallen. Brac hatte dies nicht weiter beunruhigt, da er annahm, dass der alte Mann nur entkommen wollte.

Aber das Metallgeräusch hatte Estelles Aufmerksamkeit erregt. Die junge Frau wunderte sich, dass der Gang leer und kein Pflegepersonal in der Nähe war. Und wenn … Ihre Vorahnungen waren stärker als sie. Sie beschleunigte ihre Schritte in Richtung des Zimmers ihres Großvaters.

Brac drückte diesen gerade mit Gewalt auf das Bett und presste ein Kissen auf sein Gesicht. Louis fühlte die weiche Baumwolle, den frischen Geruch des Waschpulvers. Gar nicht so unangenehm, dieser Geruch, ganz im Gegenteil, aber er bedeutete dennoch, dass er ersticken würde. Er versuchte, sich zu befreien, aber Brac war stark, zu stark …

Das Piepen am Monitor wurde schneller. Louis spürte, wie ein Feuer ihm die Brust auffraß. Nicht die Lungen versagten ihm den Dienst, sondern sein Herz, sein altes, krankes Herz. Der Luftmangel hatte einen gleichsam animalischen Reflex panischer Angst verursacht, und sein

Gehirn hatte mit einer kolossalen Ladung Adrenalin geantwortet. Nun reagierte das Herz. Indem es anfing zu flimmern. Der Körper des alten Mannes verkrampfte sich unter den stechenden Schmerzen …

Als Estelle die Zimmertür öffnete, sah sie ihren Großvater quer über dem Bett liegen. Ein Kissen klemmte zwischen seinem Gesicht und der Sicherheitsschiene aus Metall. Sie kämpfte, um ihn wiederaufzurichten. Der alte Mann war so schwer wie ein Leichnam …

»Großvater! Großvater, nein, nicht jetzt! Ich bitte dich, nicht jetzt, das darfst du nicht … Verlass mich nicht …«

Louis lag sterbend in Estelles Armen. Sein Herz hatte ihn im Stich gelassen. Es war ihm gelungen, die Handtasche seiner Enkelin zu erreichen, aber er musste sie noch warnen. Außerdem musste er ihr das Medaillon geben.

Erneut fühlte Louis, wie er ins Jenseits abglitt, hilflos angesichts der Masse an Informationen, die er Estelle übermitteln wollte. Er musste ihr das Staffelholz übergeben, ihr die erste Stufe erklären …

»Die Brüder des Judas … Sie sind … Da, nimm das Medaillon …«

Mit letzter Kraft reichte er Estelle das sternförmige Medaillon, das er um den Hals trug.

»Nimm es. Schwöre mir … Schwöre mir … Die Brüder des Judas … Die Prophezeiung … Niemals … Niemals … Verhindere, dass sie sie bekommen … Schwör mir das …«

»Wer sind die Brüder des Judas?«

Louis hörte Estelles Frage nicht, er war wie benebelt von seinem Auftrag. Estelle musste die Prophezeiung beschützen, das war das Wichtigste, Estelle musste *sie* daran hindern, sie zu bekommen, das war der Auftrag der Esperanzas. Louis' Gedanken lösten sich auf und ließen nur noch dafür Raum: für den Auftrag der Esperanzas, den Auftrag, für den er sein Leben geopfert hatte.

»Schwöre mir … Beschütze sie!«

»Ich schwöre es dir …«

Estelle hatte gerade noch Zeit zu antworten, als das Piepen des Monitors sich in eine einzige grelle Note verwandelte.

»Großvater, nein! Großvater, ich bitte dich, lass mich nicht allein!«

Estelle spürte, wie sich ihre Augen mit Tränen füllten. Sie legte den Kopf behutsam auf den Brustkorb des alten Mannes. In ihrer Hand umklammerte sie den Stern, den er ihr vererbt hatte.

In der Eingangshalle des Krankenhauses wich Brac zur Seite, um das Team der Intensivstation vorbeizulassen. Man hatte ihnen soeben einen Herzstillstand auf der Reanimationsstation mitgeteilt. Ein fatalistisches Lächeln erschien auf seinen Lippen, als eine Krankenschwester ihm die Tür aufhielt. Das Leben, der Tod: Routine in einem Krankenhaus.

Er bewunderte einen Augenblick lang die Mondsichel, die den Beginn des Mondzyklus ankündigte, atmete tief ein und ging dann mit leichten Schritten davon.

Endlich würde Louis Esperanza ihn in Frieden lassen. So lange hatte er sich zurückgehalten, ihn sich vom Halse zu schaffen …

Aus dem Fenster ihres Büros der European Intelligence Agency hatte Dona Flores einen wundervollen Blick auf Brüssel und den Himmel. Jeder Morgen, den sie hier verbrachte, begann mit dem Ritual einer Meditation zum Sonnenaufgang. Sie sah zu, wie das Lichtgestirn erschien, und zog daraus ihre Kraft, die Kraft, die ihr half, trotz allem weiterzumachen.

An diesem Morgen, als ihre Assistentin ihr den Brief brachte, der den Tod Louis Esperanzas verkündete, war Dona Flores bereits dabei, sich zu sammeln. Sie wusste es.

Louis Esperanza war tot. Ein Kapitel der Geschichte war auf schmerzhafte Weise beendet. Wütend wischte sich Dona Flores die Tränen aus den Augen, ehe sie den Umschlag aufriss und eine ausführliche Zusammenfassung der Geschehnisse herauszog, die sie aufmerksam zu lesen begann.

Im Konferenzraum der EIA warteten die Vertreter der Mitgliedsstaaten darauf, dass die Sonderversammlung begann. Seitdem die Suche offiziell eingeleitet worden war, konnte man die Anspannung beinahe mit Händen greifen.

Dona Flores trat mit ruhigem Gesicht ein und setzte sich in den Präsidentensessel. Sie wandte sich sogleich an ihre Kollegen.

»Uns wurde soeben bestätigt: Der Schatz Johannes' XXII. wurde heute um sechs Uhr dreißig mitteleuropäischer Zeit entdeckt. Wie Sie alle wissen, handelt es sich um die erste Stufe …«

Eine Mischung aus Erregung und Furcht erfüllte den Raum. Plötzlich erschien auf einem der Flachbildschirme das Porträt einer jungen Frau. Es handelte sich um die Farbkopie von einem Personalausweis.

Dona Flores betrachtete lange das Foto, ehe sie sich an ihre Gesprächspartner wandte. Sie lächelte, als sie feierlich die Hauptinformation dieser Sondersitzung verkündete.

»Dies ist Estelle Esperanza, die Enkelin von Louis Esperanza. Sie hat diese Entdeckung ermöglicht. Das bestätigt unsere Vermutungen. Diese junge Frau weiß es noch nicht, aber sie nimmt eine besondere Rolle in der Suche nach der Prophezeiung ein.«

Der gesamte Raum betrachtete jetzt besorgt Estelles Porträt. Würde sie den Anforderungen gewachsen sein?

III

Nach ihrer Scheidung hatte sich Elsa wochenlang im Bett verkrochen. Ganze sieben Wochen lang, um genau zu sein. Unter ihrer Decke hatte sie geheult, geschrien, gehasst, vergeben, dann wieder gehasst. Anfangs hatte Estelle, bei der sie Zuflucht gefunden hatte, sie einfach machen lassen, denn sie fand die Reaktion verständlich. Als sie versucht hatte, Elsa aus dem Bett zu treiben, hatte diese gedroht, weit fortzugehen, damit man sie endlich in Ruhe ließe. Estelle hatte nachgegeben und sich gesagt, dass dieser Zustand nicht lange anhalten würde.

Als der Schmerz nach und nach verschwand, hatte Elsa alles getan, um ihn nicht vergehen zu lassen. Sie wollte nicht geheilt werden. Sie schwelgte in Erinnerungen, zwang sich, Fotos von Gil anzusehen, und hörte immer wieder seine Nachrichten auf dem Anrufbeantworter, die sie gespeichert hatte. Sie hoffte natürlich, dass Gil seinen Fehler einsehen, sie zurückholen würde und dass alles von vorn begänne. Schließlich hatte sie ihm ja gesagt, dass sie Mehdi dulden würde, wenn sie dafür zusammenblieben. Mehdi war ihr doch scheißegal. Alles, was sie wollte, war Gil.

Gil aber kam nicht. Die Tage und Nächte vergingen. Das Aufwachen wurde weniger schmerzhaft. Eines Tages begann sie sogar, sich zu langweilen. Fast unbewusst dachte sie an ihr einstiges Projekt, einen Antiquitätenladen zu eröffnen. Seit Jahren klapperte sie schon die Flohmärkte ab und besaß die nötige Phantasie, um alte Gegenstände neu zu gestalten und ihnen ein zweites Leben einzuhauchen. Sie hatte sogar schon einen kleinen Kreis an Kunden, denen sie einige Möbel verkauft hatte, die ursprünglich für die Einrichtung des *Mule du Pape* gedacht gewesen waren.

Entschlossen, ihren Schmerz aller Welt und vor allem Estelle, die sicher Gil auf dem Laufenden hielt, kundzutun, blieb Elsa aber weiterhin morgens im Bett. Doch sobald ihre Freundin aus dem Haus war, schaltete sie ihren Laptop ein und fing an, ihr zukünftiges Geschäft aufzubauen.

Als Elsa sich endlich wieder dem regelmäßigen Ablauf des Alltags fügte, fuhr sie direkt zu der alten, stillgelegten Autowerkstatt, die sie in L'Isle-sur-la-Sorgue, dem Mekka aller Trödler und Antiquitätenhändler der Provence, ausfindig gemacht hatte. Dort erwartete sie auch schon der Handwerker, den sie damit beauftragt hatte, das Gebäude in eine Werkstatt mit Laden zu verwandeln. Sogar die aus England bestellten Gemälde und die Fliesen aus Marokko kamen an diesem Tag an. Elsa war wieder da.

Inzwischen lief der Laden richtig gut. Die alte Autowerkstatt hatte ihr industrielles Aussehen durch die verzinkten Glastüren und die direkt auf die Wände gemalte Werbung beibehalten. Elsa hatte einen mit Tusche auf Alt gemachten Holzboden legen lassen und gedämpfte Schokoladentöne gewählt, um den Laden der neuesten Mode anzupassen. Eine vielfältige Mischung aus unbezahlbaren Stilmöbeln, zeitgenössischem Mobiliar und kleinen Ausstattungsgegenständen rundete die Einrichtung ab und machte den Ort besonders einladend und schrecklich verführerisch. So sehr, dass Elsa bereits erwog, zwei Vollzeitkräfte einzustellen, die ihr helfen sollten, die von ihren Kunden gesuchten Schätze zu finden.

»Ihr letzter Fund hat mir sehr gut gefallen.«

Henri Esperanzas tiefe Stimme überraschte Elsa, die dabei war, eine alte, verrostete Werkbank abzubeizen. Ein Bündel Geldscheine landete auf einem Siebziegerjahrestuhl aus weißem Plastik, der sicher noch vor Tagesende einen Käufer finden würde.

»Immer zu Diensten, Eure Exzellenz! Als ich gehört habe ›Mondkalender von Nostradamus‹, da dachte ich: Das wäre doch was für Henri Esperanza. Sie sehen, ich fange langsam an, Sie zu kennen.«

Henri war einer von Elsas treuesten Kunden. Die Tatsache, dass sie nicht zögerte, die Herkunft mancher Schätze, die sie für ihn auftrieb, zu »vergessen«, kam dem hochspezialisierten Sammler, der er war, sehr entgegen.

Henri setzte sich und betrachtete Elsa einige Augenblicke lang zögernd. Wie sehr konnte er ihr vertrauen? Sie stellte nie Fragen, aber was wusste sie wirklich von seiner Suche?

»Ich suche ein Geschenk, ein sehr spezielles Geschenk … Für meine Frau … Eine Armillarsphäre aus der Renaissance.«

Elsa nickte undurchdringlich.

»Klingt recht verzwickt, nicht wahr?«, fügte Henri lächelnd hinzu, wobei er die Reaktion der jungen Frau genau beobachtete.

Elsa stimmte höflich zu.

»Sie benachrichtigen mich also, sobald Sie was haben. Und für Überraschungen wie beim letzten Mal bin ich auch immer zu haben.«

Beruhigt ging Henri zu seinem Wagen zurück. Sie wusste und ahnte nichts. Für sie zählte einzig und allein das Geld. Das war eine wunderbare Sache, denn sie war wirklich begabt darin, Raritäten aufzuspüren.

Das Wartezimmer des Krankenhauses war zu dieser frühen Stunde noch leer. Einige Gestalten in Arztkitteln kamen hin und wieder vorbei, blickten neugierig herüber, wagten sich aber nicht zu den Automaten, vor denen Commissaire Renard stand.

Während ihr dritter Kaffee langsam in den Becher lief, fuhr sich Renard genervt mit der Hand durch die Haare. Schon zu normalen Tageszeiten konnte sie ihre Mähne kaum bändigen. Wie sah es erst aus, wenn man sie um sechs Uhr morgens aus dem Bett zerrte, um sie zum Schauplatz eines verdächtigen Todesfalls eilen zu lassen!

Als ihr Blick sich mit dem von Trihn kreuzte, verschlechterte sich ihre ohnehin schon miese Laune noch weiter. Ein Seehecht! Das war es, woran ihr neuer Mitarbeiter sie erinnerte. Und ein Schleimer noch dazu! Ah, schlau sah er aus mit seinem nagelneuen Notizbuch und der zerkauten Kappe seines Stifts.

»Also, ich fass' das mal zusammen: Ihr Großvater, herzkrank im letzten Stadium, stirbt … Und Sie glauben, dass ein geheimnisvoller Mörder ihn getötet hat …«

Estelle nickte. Sie saß auf einer der Bänke am Empfang. Seit mehr als einer Stunde antwortete sie auf die Fragen der beiden Polizisten.

»Ich bin mir einen Kaffee holen gegangen, und da habe ich ein Klirren gehört. Mein Großvater konnte von seinem Bett aus den Tropf nicht zum Fallen bringen …«

Renard zog zweifelnd eine Augenbraue hoch.

»Vielleicht war das ein letztes Aufbäumen! Haben Sie jemanden gesehen? Nein. Und kein Mensch in diesem Krankenhaus hat irgendwas Verdächtiges bemerkt.«

»Bevor er gestorben ist, hat er mir gesagt … Entschuldigen Sie …«

Estelle konnte nur mit Mühe ihre Tränen zurückhalten. Renard seufzte verdrießlich. Wie ihr das auf die Nerven ging! Trihn zögerte, aber dann ergriff er schließlich doch das Wort.

»Hm, und diese ›Brüder des Judas‹, von denen er Ihnen erzählt hat … Sagt Ihnen das was? Das hat vielleicht mit seinem Tod zu tun …«

Renard warf Trihn einen vernichtenden Blick zu.

»Jetzt mal langsam, Tran! Bis jetzt haben wir nichts außer einem Opa, dessen Pumpe nicht mehr mitmachte, und seiner Enkelin, die Schwierigkeiten hat, den Schock zu verdauen …«

»Trihn, ich heiße Trihn«, sagte er junge Leutnant errötend.

Renard machte eine vage, wegwerfende Kopfbewegung. Trihn oder Tran, für sie war da kaum ein Unterschied. Diese Estelle Esperanza allerdings interessierte sie.

»Sie waren im *Mule du Pape*, als das Mädchen, die kleine Nadège, getötet wurde … Und jetzt Ihr Großvater … Sagen Sie mal, in letzter Zeit wird ja recht ordentlich um Sie herum gestorben!«

Trihn wurde ganz anders, als er die brutalen Worte seiner Chefin vernahm. Er versuchte, Estelle zu beschwichtigen, die hilflos gegen ihre Tränen ankämpfte.

»Wir werden eine Autopsie beantragen, dann haben wir Gewissheit ...«

Doch Estelle hörte ihn schon nicht mehr. Sie sah ihren Vater, Jean, hereinkommen, eilte auf ihn zu und warf sich ihm in die Arme. Jean drückte sie an sich und entschuldigte sich, dass er nicht früher hatte kommen können.

Er brachte nicht den Mut auf, seiner Tochter zu gestehen, dass er soeben eine Stunde lang draußen auf dem Parkplatz hinter dem Lenkrad seines Wagens gesessen hatte, unfähig, dem Tod seines Vaters in die Augen zu sehen. Er hatte nicht einmal die Kraft gehabt, es seiner Frau und seinem Sohn mitzuteilen.

Renard fing seinen traurigen Blick auf und seufzte erneut, ihr war nicht ganz wohl in ihrer Haut. Ohne sich um das Schild »Rauchen verboten« zu kümmern, vor dem sie stand, zündete sie sich einen Zigarillo an, ehe sie sich mit schweren Schritten dem Ausgang zuwandte. Sie achtete erst gar nicht auf den missbilligenden Blick, den Trihn ihr zuwarf, verpasste es hingegen nicht, ihm noch eins mitzugeben, als sie an ihm vorüberging.

»Wenn das ein natürlicher Tod ist, ziehe ich Ihnen die Autopsie von Ihrem nächsten Lohn ab ...«

Julien saß an einem Tisch auf der Terrasse des *Mule du Pape* und streckte sich schmachtend. Die Ringe unter den Augen und sein ins Leere schweifender Blick sprachen Bände über seine letzte Nacht. Man muss dazu sagen, dass Julien frisch verliebt war. Noch nie war er so verliebt gewesen. Überhaupt war er noch nie wirklich verliebt gewesen.

Mehdi, der eingeweiht war, näherte sich mit einem Tablett unter dem Arm und setzte sich ihm gegenüber.

»Ich frage dich erst gar nicht, ob du gut geschlafen hast ... oder ob du überhaupt geschlafen hast ...«

Julien lächelte und zwinkerte ihm zu. Er mochte Mehdi gern. Neben Gil war er der Einzige, mit dem er sein Geheimnis geteilt hatte. Er wusste, dass er ihnen vertrauen konnte.

»Hast du an den kleinen Gefallen gedacht, um den ich dich gebeten habe?«

Mehdi verzog besorgt das Gesicht. Liebesgeschichten fand er sonst echt toll, aber in diesem Fall spielte Julien mit dem Feuer ... daher zögerte er, ob er den strengen großen Bruder oder den Kumpel spielen sollte.

»Gil will neu streichen lassen, um ein weiteres Zimmer im Sommer vermieten zu können ... wir sind seit zwei Monaten ausgebucht, voll verrückt!«

»Komm schon, bitte, bitte, lass mich nicht hängen ...«

Unter Juliens flehendem Blick gab Mehdi nach. Na egal, er wusste nur zu gut, dass sein Freund ohnehin auf nichts und niemanden hören würde. Er war zu süchtig.

»Ich warne dich, das ist das letzte Mal! Und ich weiß von nichts, ich will keinen Ärger mit Estelle.«

Während er heftig mit den Armen wedelte, um eine aus der Kaffeemaschine zischende Dampfwolke abzuwehren, beobachtete Gil die angeregte Diskussion zwischen Mehdi und Julien. Er selbst neigte ebenfalls dazu, sich als Juliens älteren Bruder zu sehen, den er schon als Kind gekannt hatte und aus dem inzwischen ein Jugendlicher und, seit kurzem, ein erwachsener junger Mann geworden war. Es freute ihn, dass er und Mehdi sich angefreundet hatten. Für ihn war der Begriff Familie weit gefasst. Freunde, Ex, Eltern: Alle waren willkommen, sofern sie seine Auffassung von Geselligkeit teilten. Nur sah er genau in diesem Augenblick jemanden, der eigentlich nicht hätte da sein dürfen.

Nadège stand in der Küchentür, totenblass, und blickte ihn aus tränennassen Augen an. Sie starrte Gil an und schien ihm etwas sagen zu wollen. Wie gelähmt von dieser Erscheinung, begriff dieser dennoch, was sie ihm mitteilen wollte. Er erriet, ohne ihn wirklich zu hören, einen Vornamen …

»Louis?«

Gil hatte keine Zeit zu reagieren. Das kochende Wasser der Kaffeemaschine spritzte auf seinen Unterarm. Sein Schmerzensschrei war so laut, dass Mehdi ihn vom anderen Ende der Terrasse aus hörte und herbeieilte. Gil stürzte in Richtung Küche, wohin Nadège verschwunden war. Er brauchte Gewissheit, er musste sie sehen!

Aber als er in die Küche kam, war da niemand. Keine Spur von Nadège. Verwirrt blieb Gil stehen. Er verstand die Welt nicht mehr. Nadège konnte nicht da sein, und doch hatte er sie gesehen! Und jetzt war sie wieder weg!

Mehdi kam zu ihm.

»Hast du dich verletzt? Zeig mal deinen Arm … Verdammt, schnell unter kaltes Wasser damit. Geht's? He, antworte!«

Gil drehte sich zu ihm um und schenkte ihm einen abwesenden Blick.

»Ich habe Nadège gesehen … Sie war hier …«

»Was?«

Gil wurde sich bewusst, wie albern er klang, und schüttelte den Kopf. Das musste die Müdigkeit sein, der Schock über Nadèges Tod. Ihre Anwesenheit war ihm so wirklich erschienen, er konnte sich das selbst nicht erklären. Er beruhigte Mehdi und folgte ihm hinter den Tresen, um kaltes Wasser über seine Brandwunde laufen zu lassen.

»Bleib so, solange es geht! Ich laufe schnell zur Apotheke rüber und schaue, ob sie was zum Draufschmieren haben. Na, da hast du ja ganz schön was abbekommen!«

Als er Julien sah, der hinter der Bar auf sie wartete, gestand Mehdi Gil, während er sich nach einem alten Schlüssel streckte:

»Zu blöd! Kaum raspelt jemand ein wenig Süßholz, schon gebe ich nach. Wie ein richtiger Backfisch! Da hast du den Schlüssel zum Dachboden …«

Da erst bemerkte er Juliens Gesichtsausdruck: Sein breites Grinsen war verschwunden, er war bleich.

»Ich hab' wohl was verpasst …«

»Mein Großvater ist heute Nacht gestorben …«

Die Neuigkeit grub sich Gil wie ein Faustschlag in den Magen. Louis war tot. Louis, dessen Namen ihm soeben die tränenüberströmte Nadège genannt hatte. Seine Gedanken überschlugen sich, sein Herz raste. Was hatte das alles zu bedeuten? Zum ersten Mal in seinem Leben hatte Gil eine düstere Vorahnung. Er sah zu Julien hinüber, der von Mehdi getröstet wurde. Er hätte ihnen gern gesagt … ja, was denn eigentlich? Er spürte diese Angst, die sich ihm in den Magen bohrte, aber er konnte sie sich nicht erklären.

Estelle hatte sich instinktiv auf das Anwesen der Familie zurückgezogen. Zusammengerollt auf einem der Sofas im Salon schmiegte sie sich an Julien, der ihr zärtlich über das Haar fuhr. Beide waren in eine Wolke von dumpfer Trauer gehüllt. Von Zeit zu Zeit wischten sie sich eine Träne von der Wange, wenn der Tod ihres Großvaters ihnen wieder bewusst wurde.

Auf der anderen Seite des Raumes stand Jean vor einem Fenster, gänzlich von der Betrachtung des Gartens in Anspruch genommen. Ununterbrochen ging er die Liste mit Anweisungen für den Gärtner durch, und ununterbrochen vergaß er sie wieder und fing von vorn an. Er weigerte sich, daran zu denken, dass er nun weder Mutter noch Vater hatte, dass er ein Waisenkind war. Waisenkind! Welch sonderbares Wort für einen Mann in seinem Alter. Und doch spürte er genau diese Einsamkeit. Ein Gefühl totaler Verlassenheit.

Jean betrachtete seine Kinder mit einer Zärtlichkeit, die sich mit Trauer mischte. Er konnte ihnen nicht beistehen. Dazu hätte er der Situation gewachsen und mutig sein müssen. Das sanfte Lächeln, das Sandra ihm zuwarf, schien ihn noch weiter von seiner Familie zu entfernen und führte ihm schmerzvoll sein Waisendasein vor Augen.

Estelle gingen Louis' letzte Worte nicht aus dem Kopf. Sie trauerte um ihren Großvater, aber die Umstände seines Todes ließen ihr keine Ruhe. Nicht nur ein alter Mann am Ende seiner Kraft war gestorben, sondern auch jemand, der sein ganzes Leben einer Suche gewidmet und es gar dafür geopfert hatte. Mehrmals bereits hatte Estelle versucht, mit ihrem Vater darüber zu sprechen, aber dieser versteckte sich hinter seinem Schmerz und weigerte sich, ihr zuzuhören.

Jean ließ ihr keine Wahl. Sie musste es einfach wissen.

»Papa, wer, glaubst du, hat Großvater umgebracht?«

Estelles brutale Frage überraschte alle. Vor allem Jean. Doch als Erste reagierte Sandra, sie war fassungslos. Louis war ermordet worden, und man hatte ihr und Julien nichts davon gesagt? Estelle wartete ab, wie Jean aus diesem Ungesagten, wenn nicht gar dieser Lüge herauskam, in der er seine Familie hatte halten wollen.

»Was redest du da, niemand hat meinen Vater umgebracht! Sein Herz hat ausgesetzt! Er war krank und hat sich seit Wochen geweigert, seine Medikamente zu nehmen ... Ich weiß das wohl am besten.«

Estelle schüttelte den Kopf. Sie hasste es, andere in die Enge treiben zu müssen, aber sie kannte ihren Vater gut genug, um zu wissen, dass er ihr keine andere Wahl ließ. Flucht und Gedächtnisschwund waren seine größten Schwächen. Das hatte sie leider schon zu oft erlebt. Diesmal würde sie ihn nicht so einfach davonkommen lassen, sondern ihn dazu zwingen, sich mit der Lage auseinanderzusetzen, ganz egal wie dramatisch sie war.

»Wer sind diese Brüder des Judas, von denen er gesprochen hat? Stehen sie in Verbindung zu der Prophezeiung?«

Jean erblasste, er fühlte sich von den Fragen seiner Tochter in eine Falle gelockt. Der Zorn packte ihn. Ein wütender und heftiger Zorn.

»Hör mir gut zu, Estelle: Ich will nie wieder von dieser Prophezeiung hören! Ist das klar?«

Da bemerkte er, dass seine Tochter Louis' sternförmiges

Medaillon trug. Dieses verdammte, symbolträchtige Medaillon. Er konnte nicht glauben, dass das, was er sein Leben lang befürchtet hatte, nun eingetreten war. Nein, Louis' Tod würde ihn nicht von der Prophezeiung befreien! Schlimmer noch, sein Tod würde nun Estelle in diese Suche stürzen, die er mehr als alles andere fürchtete.

»Was hast du da um den Hals?«

»Das ist von Großvater, er hat es mir kurz vor seinem Tod gegeben.«

»Du solltest es nicht tragen …«

Estelle blickte ihm rebellisch in die Augen. Endlich gab er sich einmal eine Blöße. Er gestand ein, dass er mehr wusste, als er vorgab.

»Warum? Weißt du, was es darstellt?«

»Mir wäre lieber, du würdest es mir geben …«

»Das ist ein Geschenk, ich behalte es.«

Jeans Gesicht war wutverzerrt, er schien zu allem bereit, um das Medaillon an sich zu nehmen. Sandra und Julien wohnten der Auseinandersetzung bei, ohne deren aggressiven Unterton zu begreifen.

»Bitte, Estelle, gib es mir!«

Die junge Frau legte instinktiv die Hand auf den Anhänger. Sandra nutzte die Gelegenheit, um sich einzuschalten und zu versuchen, die Lage zu beruhigen.

»Jean! Estelle, meine Liebe … Wir stehen alle noch unter Schock und …«

Jean ließ ihr nicht die Zeit, ihren Satz zu beenden. Er verließ abrupt das Wohnzimmer, und Estelle blieb allein mit ihren Fragen zurück.

Mit einem Schlüsselbund in der Hand stand Estelle auf der Vortreppe zum Haus ihres Großvaters. Gewöhnlich klopfte sie dreimal kurz. Dies war eine Art Code zwischen ihr und Louis gewesen. So wusste er, dass sie es war und er nicht zur Tür kommen musste.

Estelle zögerte einen Augenblick. Sie wusste nicht recht, weshalb sie hier war. Oder vielmehr wollte sie es sich nicht eingestehen.

Als sie das Wohnzimmer betrat, wurde sie von ihren Gefühlen überwältigt. Dieses vertraute Haus, diese Möbel, die sie so gut kannte, dass sie sie schon lange nicht mehr wahrnahm. Je länger ihr Blick durch den Raum wanderte, desto enger schnürte sich ihr die Kehle zu. Die Endgültigkeit von Louis' Tod wurde ihr mit einem Mal bewusst, als sie die Kaffeetasse ihres Großvaters sah, die noch auf der Armlehne des alten Clubsessels stand, den er so sehr geliebt hatte. Dieser alte durchgesessene Sessel, der ihn und seine Bücher stets empfangen hatte.

Völlig verloren fragte sich Estelle, ob sie die Tasse wie immer in die Küche bringen sollte oder ob … Sie hatte nicht die Kraft, diese lächerliche und doch so symbolische Geste zu vollziehen.

Sie atmete tief durch und öffnete weit die Glastüren zum Innenhof. Licht strömte in den Raum, als ob das Leben selbst zurückgekommen sei. Louis hätte nicht gewollt, dass seine geliebte Enkelin sich in Selbstmitleid erging, wo er sie doch mit einer Mission beauftragt hatte. Einer Mission, die mit der Suche nach diesen berüchtigten Brüdern des Judas begann …

Estelle setzte sich auf den Platz ihres Großvaters vor zwei Bildschirme, deren Hintergrundbilder sie schmunzeln ließen. Das eine zeigte eine Luftaufnahme des Papstpalastes, das andere ein eingescanntes Bild des Mondkalenders von Nostradamus. Der ganze Louis zusammengefasst auf zwei Bildern!

Aber Estelle konnte noch so sehr nach »Brüder des Judas« und all den Suchbegriffen, die ihr in den Sinn kamen, forschen, sie fand nichts, das mit dem Thema zu tun hatte. Das Rätsel blieb.

Das Klingeln ihres Handys riss sie plötzlich aus ihrer Suche. Am anderen Ende war Elsa. Sie hatte die Neuigkeit erfahren und rief an, um Estelle zu sagen, dass sie für sie da sei, dass sie ihren Schmerz teile. Estelle wusste nicht, was sie antworten sollte, aber der Anruf ihrer Freundin rührte sie. Während sie wie mechanisch von der Nacht im Krankenhaus erzählte und auf der Suche nach einem Kaugummi in ihrer Tasche herumwühlte, spürte sie auf einmal einen Gegenstand. Ganz unten in dem Durcheinander befand sich das schwarze Notizbuch ihres Großvaters.

Dieses Notizbuch war untrennbar mit Louis verbunden, der seine Zeit damit verbracht hatte, es zu füllen und mit Anmerkungen, Zeichnungen, Skizzen anzureichern. Wo auch immer er war, was er auch tat, zu jeder Zeit holte er es kurz heraus, kritzelte etwas hinein und steckte es in seine Tasche zurück. Das hatte Estelle immer fasziniert, im Gegensatz zu Jean, den es schrecklich genervt hatte. Für Letzteren war das Notizbuch das physische Symbol der Besessenheit seines Vaters!

Estelle beendete rasch das Telefongespräch und ergriff nach kurzem Zögern das Erinnerungsstück. Wie kam das

Notizbuch in ihre Tasche? Wer hatte es dort hineingelegt? So viele Fragen, deren Antworten sie erahnte, ohne noch alle Konsequenzen zu begreifen.

Wer außer Louis hätte das Notizbuch in ihre Handtasche gleiten lassen können? Es war ein Vermächtnis, ein Werkzeug, mit dem sie die Suche fortsetzen konnte.

»Man hat ihn tatsächlich umgebracht! Ein hartes Ende für so einen netten Opa!«

Die inzwischen vertraute Stimme von Renard erklang im Wohnzimmer. Estelle drehte sich um und erblickte die Kommissarin, Lieutenant Trihn und zwei Polizisten in Uniform.

»Wie bitte?«

»Sie hatten recht, Mademoiselle, laut den ersten Untersuchungen des Gerichtsmediziners wurde Ihr Großvater tatsächlich umgebracht. Auch wenn er letztendlich an Herzversagen gestorben ist, hat man ihn dennoch gewaltsam erstickt.«

Estelle verdaute die Neuigkeit, während Renard begann, links und rechts von ihr im Raum herumzuschnüffeln.

»Hoho, unser Opa war aber up to date! All die Computer … Heutzutage gibt es keine Senioren mehr!«

»Er interessierte sich leidenschaftlich für mittelalterliche Geschichte, Legenden und Esoterik. Das Internet ist eine hervorragendes Recherchemöglichkeit und …«

Renard verdrehte genervt die Augen, das Letzte, was sie nun brauchte, war eine Lektion über erweiterte Recherchen.

»Okay, danke. Schön, dieses Zeugs für Übergeschnappte da, Esoterik, usw. … Glauben Sie, dass er sich dabei mit ein paar Spinnern eingelassen hat? ›Brüder des Judas‹, der Name klingt ziemlich esoterisch.«

Estelle hatte große Mühe, ihr Missbehagen zu verbergen, als sie sah, wie Renard das Notizbuch ergriff, das sie auf den Schreibtisch gelegt hatte. Glücklicherweise hatte sie den richtigen Reflex und nahm es der Kommissarin ruhig wieder ab.

»Entschuldigung, aber das gehört mir. Das hat nichts mit meinem Großvater zu tun.«

Renard hielt das Notizbuch kurz fest und weigerte sich, es loszulassen. Die Blicke der beiden Frauen begegneten sich, doch Estelle wandte ihre Augen nicht ab.

»Na, wenn Sie es sagen ... Nun, diese Brüder des Judas?«

»Ich habe es Ihnen schon gesagt, noch nie davon gehört. Nur durch meinen Großvater.«

»Gut. Ich will Sie ja nicht vor die Tür setzen, aber wir haben hier jetzt eine Ermittlung zu führen.«

Estelle, auf die schon niemand mehr achtete, zögerte einen Augenblick, ehe sie ging. Sie musste es wissen ...

»Entschuldigen Sie, Commissaire, aber ... Glauben Sie, dass es einen Zusammenhang zwischen der Ermordung meines Großvaters und der von Nadège gibt?«

Renards Antwort traf sie wie ein Peitschenhieb.

»Einen Zusammenhang? Außer Ihnen sehe ich da im Moment keinen.«

Seit dem Umzug des Gefängnisses im Jahre 1871 befanden sich die Archive im Nordflügel des Palastes, insbesondere in der umfunktionierten päpstlichen Kapelle Benedikts XII. Wenn man diesen Raum zum ersten Mal betrat, wurde man von der Masse der aufbewahrten Dokumente buchstäblich erdrückt. Sie bedeckten nicht nur die Mauern, sondern auch die Bücherregale, die sich im ehemaligen Kirchenschiff endlos aneinanderreihten. Insgesamt vier Kilometer Regale! Die Fenster als einzige natürliche Lichtquelle verliehen dem Ort eine ruhige und gesammelte Atmosphäre.

Heute verehrte man nicht mehr Gott, sondern die handgeschriebenen Spuren, die seine treuesten Diener im Laufe der Jahrhunderte hinterlassen hatten.

An einem Schreibtisch im runden Zwischengeschoss begann Estelle einen neuen Recherchetag. Bis jetzt hatte sie noch nicht den geringsten Hinweis auf die Brüder des Judas gefunden. Keine Bruderschaft, kein Orden, kein Geheimbund … Nichts, das auf irgendeine Organisation verwies.

Über Louis' schwarzes Notizbuch gebeugt kehrte sie immer wieder zu dem einzigen Zeichen zurück, das sich auf die Brüder des Judas bezog, das gotische J, das sie auf dem Dolch gesehen hatte, der Nadège getötet hatte. Das J der päpstlichen Gerichtsbarkeit, das Initial Judas': Es diente dazu, die vom päpstlichen Gericht Verurteilten mit dem Abdruck eines roten Eisens zu brandmarken.

Wie aus dem Nichts erschien die Archivarin, die Hände voll mit alten Büchern in brüchigen Ledereinbänden. Ihr mausartiges Aussehen passte so gut zu ihrem Arbeitsort, dass sie ganz und gar mit dem Hintergrund verschmolz. Dies brachte Estelle immer wieder zum Schmunzeln, wenn sie ihre Dienste in Anspruch nahm.

»*Rätsel der heidnischen Symbole*, *Sekten und Esoterik*,

Riten und Rituale der Geheimbünde … Ist diese Lektüre als eine Hommage an den armen Louis gedacht?«

Ihr Großvater hatte also hier geforscht und noch dazu genau in diesen Büchern! Sie fasste wieder Hoffnung. Auf ihr Ersuchen hin holte die Archivarin weitere Werke, die Louis regelmäßig konsultiert hatte.

Plötzlich entdeckte Estelle beim Blättern eine Radierung, die ein gotisches J zeigte, das genau wie jenes auf dem Dolch aussah. Estelle, die sich über die Zeichnung beugte, spürte nicht sofort, dass ihre Gedanken betäubt wurden. Sie war sich auch nicht des aufdringlichen Singsangs bewusst, der sie wiegte und sie den Halt verlieren ließ.

Ohne den Vorgang beeinflussen zu können, hatte Estelle, deren Augen das J fixierten, das nun lebendig geworden schien und vor ihr tanzte, eine schreckliche Vision, in der sich Flammen und Schreie miteinander mischten. Ein unerträglicher Schmerz durchfuhr sie und entlockte ihr einen gellenden Schrei.

Überrascht von dem Schrei, der in der ganzen Kapelle widerhallte, zuckte die Archivarin zusammen und bekleckerte ihr Ausleihverzeichnis mit einem langen Tintenstrich.

Estelle kam wieder zu sich, noch etwas groggy, als ob sie aus dem Schlaf aufgeschreckt wäre. Das J vor ihren Augen war nun nur noch eine einfache Radierung, eine ganz gewöhnliche Darstellung eines heidnischen Symbols.

Was sie soeben erlebt hatte, erinnerte sie an die vielen Albträume, die sie nach der Katastrophe gehabt hatte … Es war ähnlich und zugleich ganz anders gewesen, denn diesmal hatte sie nicht geschlafen, als es passierte. Aber vor allem wusste sie nun, dass es sich hierbei um eine verdrängte Erinnerung handelte, nicht um einen Alptraum.

Mit energischen Schritten verließ Dona Flores den großen Konferenzraum und ging in ihr Büro. Sie hielt es hier nicht länger aus, sie musste schnellstens weg.

Ihre Assistentin reichte ihr ein gebundenes Dokument.

»Die Zusammenfassung vom Osloer Gipfel, die Sie unterzeichnen müssen, ehe Sie gehen, und dann haben Sie auch noch das hier erhalten … Es kam heute Nachmittag aus Avignon.«

Dona erkannte die Schrift und warf ihrer Assistentin einen fragenden Blick zu.

»Es wurde für Sie persönlich abgegeben, niemand hat etwas bemerkt.«

»Danke, Eve.«

Sobald sie allein war, ließ sie ihre hochmütige Hülle fallen und setzte sich hinter ihren Schreibtisch. Ein sanftes Lächeln erschien auf ihrem Gesicht.

Louis hatte ihr vor seinem Tod einen letzten Brief geschrieben …

»Der Schatz Johannes' XXII. – Meisterwerke der liturgischen Kunst«. Estelle stand vor dem riesigen Plakat, das die Ausstellung ankündigte, die der Papstpalast an diesem Abend eröffnete. Es bedrückte sie, dass sie wie alle anderen

Gäste ihre Einladung vorzeigen musste, um eintreten zu dürfen.

Sie wusste nicht einmal, wer ihr diese Karte geschickt hatte. Sicherlich Brac, nur um sie zu erniedrigen, indem er sie durch den Besuchereingang schickte.

Sie wusste, dass er außer sich war. Er, der die Entdeckung geheim halten wollte, war gezwungen gewesen, all das in höchster Eile zu organisieren. Der Palast wurde täglich von Schaulustigen heimgesucht, die zu allem bereit waren! Man hatte ihm sogar von einer Petition im Internet erzählt, die ihn beschuldigte, Informationen zurückzuhalten.

Estelle überquerte den Ehrenhof, stieg einige Stufen nach oben und betrat das *Musée de l'Œuvre*, in dem die Ausstellung stattfand. Hier trafen hohe Mauern aus unbehauenem Stein auf Vitrinen aus Glas und Stahl. Das Ergebnis war atemberaubend. Die gesamte Prominenz aus Avignon und der Kunstwelt drängte sich vor den Vitrinen, um die geborgenen Entdeckungen zu bewundern.

Estelle grüßte mehrere Anwesende und verzog sich anschließend in eine Ecke des Raumes, abseits der anderen. Die Neugier hatte sie hergetrieben, aber nach ihrem Ausschluss aus dem Palast und der Ermordung ihres Großvaters fehlte ihr die Lust für solche gesellschaftlichen Ereignisse. Brac, der sich in ein Jackett gezwängt hatte, stand auf einem kleinen Podest und palaverte in ein Mikrofon. Estelle gähnte schon im Voraus, sie kannte seine Geschwätzigkeit.

»Es ist mir eine große Ehre, Ihnen diesen Schatz zeigen zu dürfen, ehe er dem Vatikan, seinem gesetzmäßigen Eigentümer, übergeben wird … In unseren Archiven gab es in der Tat Spuren, die auf die Existenz dieser persönlichen Objekte Johannes' XXII. hinwiesen, aber wir glaubten, sie wären im Laufe der Geschichte über ganz Europa verstreut worden …«

Eine Hand, die eine Champagnerschale hielt, erschien in Estelles Gesichtsfeld, und im selben Moment richtete sich eine Stimme an sie.

»Das wird Ihnen vielleicht helfen durchzuhalten …«

Es dauerte einen Augenblick, bis Estelle den hinreißend lächelnden Mann im taillierten Anzug wiedererkannte. Er neigte sich zu ihr.

»Olivier Royal, ich bin Périsses Bauleiter.«

»Natürlich! Ich hatte übrigens gar nicht die Zeit, Ihnen zu danken, dass ich von Ihnen …«

»Wild zu Boden geworfen wurde? Ich habe es in reger Erinnerung …«

Estelle überhörte den Unterton. Am anderen Ende des Raumes beendete Brac endlich seine Rede.

»… Ehe ich Ihnen einen wundervollen Abend wünsche, möchte ich David Périsse meinen persönlichen Dank aussprechen, dem Mann, ohne den dieser Schatz noch immer wenige Meter von uns entfernt unentdeckt ruhen würde …«

Estelle wusste genau, dass Brac weder sie noch Louis erwähnen würde. Aber es schnürte ihr dennoch die Kehle zu. Louis würde in diesem Palast, dem er sein Leben gewidmet hatte, nicht die geringste Anerkennung zuteil werden.

Auf dem Podest fand David, der an diese Art gesellschaftlicher Ereignisse gewohnt war, das richtige Maß an Bescheidenheit und Schauspielerei. Zunächst zeigte er sich den Umständen entsprechend überrascht, ehe er Brac die

Hand schüttelte und das Mikrofon nahm. Estelle bemerkte als Einzige den Hass in den Blicken der beiden Männer.

»Ich danke Ihnen, sehr geehrter Herr Konservator, mir diese Grabungsstätte anvertraut zu haben. Es stimmt, eine solch wichtige Entdeckung ist immer ein ungeheuer bewegender Moment …«

»Das macht er toll, nicht wahr?«, flüsterte Olivier Royal voller Ironie Estelle ins Ohr.

Estelle nickte erstaunt über diese spitze Bemerkung, während Périsse seine Rede fortsetzte.

»… ein Moment, den ich Louis Esperanza verdanke, einem ehemaligen Palastwächter und besessenen Jäger verlorengegangener Schätze. Louis Esperanza, der vor wenigen Tagen tragisch ums Leben gekommen ist und dessen ich heute gedenken möchte.«

David hob sein Champagnerglas, und alle schwiegen andächtig. Während Brac ihn mit wütenden Blicken durchbohrte, gab Estelle ihm mit tränennassen Augen diskret ihre Dankbarkeit zu verstehen. Diese Rede war typisch David: Gefangen in seiner Rolle als einsamer Streiter, der keinerlei Bindungen eingeht, verbarg er zumeist seine wahren Gefühle, zu denen er nicht stand.

»… genauso wie seiner Enkelin Estelle Esperanza, der stellvertretenden Konservatorin des Papstpalastes, ohne die ich diese Entdeckung niemals gemacht hätte.«

Diesmal brandete Applaus auf, der Estelle völlig überraschte. Sie zögerte einen Augenblick, ehe sie dem Archäologen liebenswürdig zuprostete.

Als Estelle sich umdrehte, war Olivier Royal nicht mehr da. Ihr Blick schweifte durch den Raum. Royal war schlicht und einfach verschwunden. Die junge Frau wollte es sich nicht eingestehen, aber dieser Mann wirkte auf sie ebenso faszinierend wie anziehend. Sie kannte ihn nicht, und doch … Und doch war er ihr nicht fremd. Diese Erkenntnis verwirrte sie …

Sie hatte schließlich beschlossen, auch am Cocktailempfang teilzunehmen. Es kam nicht in Frage, Brac das Feld zu überlassen. Es kam nicht in Frage, ihn die Vertrauensverhältnisse untergraben zu lassen, die sie zu den einflussreichen Persönlichkeiten von Avignon aufgebaut hatte.

Sie erstarrte, als sie Henri angeregt mit dem Konservator diskutieren sah. Sie hatte nicht gewusst, dass die beiden Männer sich kannten. Daher überraschte sie deren vertraute, um nicht zu sagen komplizenhafte Haltung.

Neben Henri stand Nadine, seine Frau. Sie war knapp vierzig, trug jedoch ihr junges Alter aus Höflichkeit gegenüber ihrem deutlich älteren Gatten nicht zur Schau. Nadine, eine blonde, anmutige Frau von seltener Schönheit, war die perfekte Verkörperung einer großbürgerlichen Bohemienne. Sie war Malerin und scherte sich nicht um ihren Mann und sein Schloss, aber für nichts auf der Welt hätte sie das Atelier aufgegeben, das sie in einer Ecke des Schlossparks hatte einrichten lassen. Ihr Eintritt in Henris Leben war nicht unbemerkt vonstatten gegangen. Der Kontrast zwischen dem schweigsamen Sammler und dieser lebhaften, verführerischen Gelegenheitskünstlerin war wirklich auffallend. Nach zehn Jahren war Odette die Einzige, die Nadine gegenüber noch Zurückhaltung bewahrte und sie niemals richtig akzeptiert hatte. Das Zusammenwohnen verlief mehr recht als schlecht, die beiden Frauen ignorierten sich einfach herzlich. Jede hatte ihr Territorium auf dem Grundstück und ihre Zeit mit Henri genau festgelegt, der sich grundsätzlich aus ihren Streitereien herausgehalten hatte.

Estelle ging schließlich zu Périsse und stellte sich neben ihn. In bester Schauspielermanier nahm David die Glückwünsche eines vornehmen Paares der Avignoner Oberschicht entgegen, er in dunklem Anzug und mit hoher Stirn, sie in einer Strickjacke mit Goldknöpfen und mit samtenem Haarband. Davids Abenteuersinn begeisterte die Frau, die gebannt an seinen Lippen hing.

»Dieser Beruf muss ja so spannend sein ... all diese Schätze!«

»Es *ist* spannend!«

»Er macht das toll ...« Estelle lächelte, als sie an Olivier Royal und dessen beißende Ironie dachte. Ohne sie anzublicken, ergriff David ihre Hand und drückte sie fest. Estelle zögerte kurz, ob sie sie ihm entziehen sollte, aber sie fand in dieser Geste den Trost, den sie jetzt brauchte. Sie erwiderte den Druck von Davids Hand, der weiterhin fröhlich schwadronierte, wobei er nun mit doppeldeutigen Sätzen spielte.

»Ich musste lange kämpfen, bis dieser Schatz sich mir offenbart hat und ich verstand, wie wertvoll er war ...«

Diese Aussage, von der Estelle wusste, dass es eine Liebeserklärung war, berührte sie. Der Herr allerdings konnte kaum verbergen, dass er sich leicht ausgeschlossen fühlte und ihm die Faszination seiner Frau gegenüber Périsse langsam aber sicher auf die Nerven ging.

»Entschuldigen Sie uns nun bitte ... Ein Notfall, ein weiterer Schatz, wer weiß?«

Und David zog Estelle an der Hand hinter sich her. Ohne sie nach ihrer Meinung zu fragen, führte er sie zum Ausgang, wobei er links und rechts den Leuten zuwinkte, die gern mit ihnen gesprochen hätten.

»Du hast mir mehr gefehlt, als du ahnst …«

»Ich finde, dass du heute sehr in Form warst, aber ich glaube nicht, dass dein kleines Spiel mit mir funktionieren wird!«

Die Fenster des Schlafzimmers waren offen, und die Vorhänge flatterten im Wind, als David und Estelle sich, wie von einem Überlebensinstinkt getrieben, wild und heftig liebten. Ihre Körper fanden sich, erkannten sich wieder, als ob sie sich nie getrennt hätten. Alles vermischte sich in Estelles Gedanken, Louis' schmerzvoller Verlust, die Überraschung, ihren Liebhaber wiederzufinden, Davids wohltuende Hände auf ihrer Haut …

»Danke, dass du meines Großvaters gedacht hast.«

Estelle wischte heimlich eine Träne fort, die ihre Wange hinablief. David, der neben ihr lag und völlig fasziniert war von den sinnlichen Kurven ihres perfekten Körpers, schien gar nicht mehr aufhören zu können, sie zärtlich zu küssen.

»Das ist doch normal, er hat ja schließlich den Schatz entdeckt.«

David drehte Estelle auf den Rücken. Sein ozeanblauer Blick tauchte in den der jungen Frau. Er wusste, dass sie die Frau seines Lebens war.

»Hast du dich an der Hand verletzt?«

»Nur ein Unfall auf der Baustelle, nichts Schlimmes …«

David sah seine verbundene Hand an, und Bracs hasserfülltes Gesicht erschien ihm. Er jagte dieses Bild fort und vertiefte sich wieder in die Betrachtung von Estelles Körper.

»Du bist die einzige Frau auf der Welt, für die ich bereit wäre, mein Leben zu ändern. Willst du uns nicht noch eine Chance geben?«

»Doch, klar. Und in zwei Tagen läuft dir eine Studentin oder eine Praktikantin auf einer Grabungsstätte über den Weg ...«

Estelle hatte ihr Lächeln wiedergefunden. Sie wollte das Bett verlassen, aber David hielt sie zurück.

»Ich meine es ernst, Estelle. Ich habe gemerkt, wie viel du mir bedeutest und ... ich liebe dich, gib mir eine Chance.«

Seine Erklärung rührte die junge Frau. Sie kannte David gut genug, um zu wissen, wie schwer ihm diese Worte fielen. Sie hatte sie oft erahnt, aber noch nie aus dem Mund ihres Geliebten vernommen. Doch leider kamen sie zu spät. Sie wusste es und David übrigens auch.

Estelle legte eine Hand auf die Wange ihres Liebhabers und küsste ihn sanft auf die Lippen.

»Ich mag dich sehr, David. Aber ...«

Estelle brauchte ihren Satz nicht zu Ende zu führen. Alles war gesagt. Einen kurzen Augenblick lang konnte Périsse seine tiefe Enttäuschung nicht verbergen. Er zwang sich zu einem Lächeln, fand zurück zu seinem üblichen Schwung, aber der Ton stimmte nicht.

»Denk noch mal nach, du weißt, ich bin eine gute Partie! Mit mir würdest du reisen und endlich mal raus aus deinem Palast kommen, Prinzessin. Jeden Tag Exotik, Abenteuer ...«

Estelle verschwand im Bad, das an das Schlafzimmer angrenzte. Sie wusste, dass David ungern seine Schwächen offenbarte. Und, ganz selbstsüchtig gesprochen, hatte sie auch keine Lust, diese zu sehen. Ganz egal, was passierte, David würde immer ihr schwacher Punkt, ihre erste Liebe bleiben.

David lag mit hinter dem Kopf verschränkten Händen auf dem Rücken und dachte, dass er soeben die Chance seines Lebens verpasst hatte. Wie gern hätte er das Glück einer dauerhaften Beziehung, einer über lange Zeit aufgebauten Liebe erfahren. Mit inzwischen über vierzig Jahren musste er sich eingestehen, dass er sein Verführerdasein leid war. Er hatte noch immer genauso viel Erfolg bei Frauen wie früher, sogar mehr noch. Aber das Vergnügen war fort. Er wollte es nicht zugeben, aber er begann, Angst davor zu verspüren, allein zu altern. Er spürte, dass er sich manchmal schon wie ein alter Junggeselle fühlte. Das Gleiche galt für seine so hartnäckig verteidigte Freiheit, sie hatte inzwischen einen bitteren Vorgeschmack von Einsamkeit …

Da fiel sein Blick auf Estelles Laptop, der auf dem Boden neben dem Bett stand. Seine sentimentalen Grübeleien lösten sich in Luft auf, als ihm seine Nachforschungen in den Sinn kamen. Erneut triumphierte die Arbeit über sein Privatleben. So war er nun mal. Und selbst wenn er es manchmal bereute, wie in dieser Nacht, so würde er sich doch nicht mehr ändern.

Auf dem Bildschirm tauchte ein Fenster auf, das ein Passwort verlangte. »Estelle«, »Stella«, »Palast«, »Päpste« … Er musste sich beeilen, wenn er …

»Siehst du! Du bist einfach unmöglich!«

In ein Handtuch gehüllt betrachtete Estelle ihn mit einer Mischung aus Belustigung und Enttäuschung.

»Das hat doch damit nichts zu tun, das ist für die Arbeit. Hast du nichts über die Cardan-Gitter?«

»Doch, aber das hängt davon ab, welches Gitter du meinst ... Schau, ich hab' mir ein Merkblatt für dieses hier gemacht.«

Mit ein paar Mausklicks ließ Estelle ein Cardan-Gitter auf dem Bildschirm erscheinen. Es handelte sich hierbei um einen aus Gold geschmiedeten Gegenstand, der einem goldenen Spitzengewebe ähnelte und dazu diente, Nachrichten zu codieren. Das Prinzip war sehr einfach. Es genügte, das Gitter auf den zugehörigen Text zu legen. In den Löchern des Spitzengewebes erschienen dann bestimmte Buchstaben. Wenn man sie aneinanderreihte, ergaben sie die Nachricht, die man geheim halten wollte.

»Warum brauchst du das?«

»Na ja, ich hab' mir eins ausgeliehen ...«

»Doch wohl nicht aus dem Schatz? David!«

Davids Augen leuchteten jetzt mit dem Fieber eines Jägers, der auf einer heißen Fährte war. Er gab sich verführerisch.

»Es führt zwangsläufig irgendwohin, glaubst du nicht?«

»Zur Prophezeiung Johannes' XXII.? Wenn ich daran denke, dass du meinen Großvater als verrückt bezeichnet hast ...«

»Und das meinte ich auch so! Ich spreche vom Schatz der Tempelritter ...«

Estelle brach in ein nervöses Lachen aus. Die Ironie der Lage war zu groß.

»Der Schatz der Tempelritter? Na, wenn es nur das ist!

Weißt du, wie viele Spinner auf der Suche danach verrückt geworden sind?«

»Ich weiß nur eins: Wir sind einer riesigen Entdeckung auf der Spur …«

Reflexartig bedeckte David seine Wunde mit der Hand. Brac brachte sich ihm freundlich in Erinnerung. Ich muss mich beeilen, dachte er.

»Dieses Gitter gehört dem Vatikan, David, seinem einzigen rechtmäßigen Eigentümer!«

Périsse antwortete nicht.

»David, du musst dieses Gitter zurückbringen, hörst du mich?«

»Was ist das für ein Anhänger, den du um den Hals trägst?«

»Der ist von meinem Großvater, Stella, der Stern, erinnerst du dich?«

David antwortete nicht, sondern sah sich nach dem Ausstellungsprogramm um. Er kannte diesen Stern, er hatte ihn bereits gesehen, da war er sicher. Und zwar nicht um den Hals des alten Palastwächters, sondern …

»Da, schau, hier, auf einer Seite der Schatztruhe ist ein Stern ziseliert. Der gleiche wie deiner!«

Von Périsses Fieber angesteckt hatte Estelle ihm schon den Katalog aus den Händen gerissen und musterte das Foto.

»Bist du sicher?«

Leider konnte man den Stern, von dem David sprach, auf der Aufnahme nicht genau erkennen, aber ein kurzer Blickaustausch genügte ihnen, um eine Entscheidung zu treffen …

Zu dieser Nachtstunde war der Palast verlassen. Nur ein Wächter drehte einsam seine Runden, und David und Estelle wichen ihm problemlos aus, da sie den Ort kannten wie ihre Westentasche. Mit seinem Ausweis konnte David jede Tür öffnen, auch die zur Ausstellung.

»Ich frage dich erst gar nicht, wie es kommt, dass dein Ausweis Zugang zum Ausstellungsraum erlaubt ...«

Périsse grinste Estelle verschwörerisch an und gab ihr einen raschen Kuss. Beide spürten das herrliche Schaudern vor einer großen Entdeckung, das der Hauptgrund für ihre jeweilige Berufswahl gewesen war.

Als sie endlich im Ausstellungsraum angelangt waren, entdeckten sie plötzlich eine ganz in Schwarz gehüllte, gespenstisch wirkende Gestalt, die gerade den Schrein in eine große Umhängetasche gleiten ließ, ohne dass die Alarmanlage anging ...

Estelle zögerte keinen Augenblick: Um den Alarm auszulösen, stemmte sie sich gegen eine der Vitrinen und stieß sie um. Die schwere Glasmasse krachte zu Boden. Sogleich begannen die Sirenen im ganzen Palast zu heulen. Der Eindringling ergriff mit seiner Beute die Flucht ...

»Er hat den Schrein, David, er haut mit dem Schrein ab!«

»Nicht, Estelle! Das ist zu gefährlich!«

Aber Estelle hatte sich bereits dem Dieb an die Fersen geheftet. David war kurz davor, sie einzuholen, als sie in einem der dunklen Nebenräume verschwand. Estelle wurde brutal gestoppt und von den mächtigen Armen des Flüchtenden umfasst. Wie ein Schraubstock schlossen sie sich um sie und schnitten ihr den Atem ab. Der Mann besaß übernatürliche Kräfte und schien zu allem bereit, um seinen Auftrag zu Ende zu führen.

Zum Glück traf David nur wenige Augenblicke später ein und warf sich buchstäblich auf die Person, die dabei war, Estelle die Brust zu zerquetschen. Der Mann war gezwungen, die junge Frau loszulassen, die er mit einem Stoß mehrere Meter weit schleuderte, während er David einen Faustschlag verpasste, dass dieser, sich mit beiden Händen den Bauch haltend, vornüber zu Boden fiel.

Nachdem er so seine beiden Verfolger niedergestreckt hatte, setzte der Mann seine Flucht fort. Estelle erhob sich sofort und eilte zu David, der sich am Boden krümmte.

»Mach dir keine Sorgen! Es geht schon …«, stieß David mit schmerzverzerrtem Gesicht hervor.

Estelle machte sich also wieder auf die Verfolgung des Diebes. Dieser befand sich bereits auf der Loggia über dem Ehrenhof. Dank ihrer Ortskenntnis konnte Estelle ihn einholen, indem sie eine Abkürzung über den Wachgang nahm.

Es gelang ihr, ihm den Weg abzuschneiden, so dass er gezwungen war, eine steile Treppe hinaufzulaufen, die in den *Tour Saint-Laurent* führte … Dort saß er nun in der Falle zwischen dem Abgrund auf der einen Seite und Estelle auf der anderen, die ebenfalls die Treppe genommen hatte.

»Bleiben Sie stehen. Es gibt keinen Ausweg!«

Sie erblickte den Schrein am Boden zwischen ihr und dem vermummten Mann, dessen Augen sie nur erahnen konnte. Tiefe, schwarze Augen, die sie starr musterten.

»Wer sind Sie? Was suchen Sie?«

»In girum imus nocte et consumimur igni … In girum imus nocte et consumimur igni …«

Estelle fühlte, wie ihre Sinne sich vernebelten, als ob der Singsang sie ganz einhüllen würde. Die Augen des Mannes starrten sie noch immer an.

Beide beobachteten sich eine Weile, bis sie die Wächter auf der Turmtreppe hörten. Vom Lärm alarmiert, wich der Mann zurück, bis seine Absätze über der Leere schwebten. Hinter ihm ging es fünfzig Meter in die Tiefe.

Ohne sie aus den Augen zu lassen, verschränkte der Mann die Arme vor der Brust und ließ sich ausgestreckt nach hinten fallen. Estelle neigte sich mit einem Schrei über den Abgrund, nur um zu sehen, dass der Dieb sich in Luft aufgelöst hatte. Keine Spur eines Körpers zu Füßen der Mauern, keine Möglichkeit, dass er sich irgendwo hätte festhalten können. Er war schlicht und einfach verschwunden.

Die Ankunft der Wächter brachte Estelle wieder zu sich. Während sie in die abgrundtiefe Leere starrten, hob Estelle den Schrein auf. Sie bemerkte, dass eine Seite tatsächlich einen eingravierten Stern aufwies, der wie Louis' Anhänger aussah. Beim Hinunterfallen hatte sich außerdem durch den Aufprall im Inneren ein doppelter Boden geöffnet. Darin verbarg sich ein Goldsiegel. Von einem Instinkt getrieben, der stärker war als ihr Wille, ließ Estelle es in ihre Tasche gleiten.

»Er ist gesprungen. Zum Glück konnte ich ihm abnehmen, was er gestohlen hatte …«

Besorgt und ungläubig gesellte sich Louis' Freund Lucien zu ihr.

»Alles in Ordnung, Mademoiselle Estelle, hat er Ihnen nichts getan? Sind Sie sicher, dass er gesprungen ist? Einfach so, ins Leere?«

Estelle wusste nicht, was sie antworten sollte. Sie hatte keine rationale Erklärung für das Verschwinden des rätselhaften Diebes.

Estelle hatte sich zusammen mit David Périsse in dem Container, der ihm als Büro diente, eingeschlossen und untersuchte das päpstliche Siegel. Es bestand aus zwei Metallteilen, wobei das eine, wie bei einem Eurostück, in das andere eingelassen war.

Aufgeregt ließ David sie nicht aus den Augen. Er wusste, dass Brac früher oder später auftauchen würde.

»Na, wie sieht's aus, findest du was?«

»Ich habe so ein Siegel schon einmal im Magazin des Vatikanmuseums gesehen. Es dient dazu …«

Genau in diesem Augenblick gelang es Estelle, die beiden Metallstücke voneinander zu trennen.

»… eine Botschaft zu verbergen, die man geheim halten möchte.«

Fasziniert entdeckte David auf der freigelegten Randfläche des Innenteils Symbole, die sich vom übrigen Metall abhoben. Ohne abzuwarten, tauchte Estelle die Scheibe in Tinte und rollte sie auf einem weißen Blatt Papier ab. Eine Nachricht in gotischen Buchstaben erschien.

Der Edelmann im Gewand der Heiligen Mutter,
hat geschmiedet den Schlüssel zur Prophezeiung von Avignon.

Estelle schnappte nach Luft.

»David, die Prophezeiung! Das ist das erste Mal, dass wir eine direkte Anspielung auf die Prophezeiung in einem päpstlichen Dokument finden!«

»Lass mal sehen, vielleicht ist da noch was.«

Aber David blieb keine Zeit mehr, das Siegel genauer zu untersuchen. Jemand versuchte mit Gewalt die Tür des Containers zu öffnen. Die harsche Stimme, die David befahl aufzumachen, bestätigte seine Befürchtungen. Brac!

Rasch bedeutete er Estelle, sich zu verstecken. Er konnte sie nun nicht mehr aus dem Container schaffen, aber er wusste, dass sie viel mehr als nur eine weitere Abmahnung riskierte, wenn Brac sie hier entdeckte.

»Öffnen Sie sofort die Tür, das ist ein Befehl!«, brüllte Brac fuchsteufelswild.

Er versetzte der Metalltür solche Schläge, dass die Türangeln bebten. Kaum hatte er die Tür eingetreten, drängte er sich wutschäumend ins Innere des Containers. Während er sich an den Archäologen wandte, musterte er jede Ecke des Raumes.

»Keine Spur eines Einbrechers!«, knurrte er. »Den Schrein hat man mir zwar zurückgebracht, aber er war leer.«

Périsse gab vor, nicht zu verstehen. Brac ging auf ihn zu und starrte ihn kalt an.

»Vergessen Sie nicht, für wen Sie arbeiten, Périsse. Sonst fällt meine nächste Warnung deutlich schmerzhafter aus als die erste!«

Instinktiv beschützte Périsse seine verletzte Hand. Estelle, die unter dem Metalltisch hinter einem Schubladenelement auf Rollen kauerte, fühlte, wie die Furcht langsam von ihr Besitz ergriff. Sie verstand nun, woher Davids Handverletzung stammte, und ahnte, wie viel Angst er hatte. Brac war einer von ihnen, das wusste sie nun. Ein Bruder des Judas!

Unter Bracs drohendem Blick gab David nach. Er hielt ihm das sichergestellte Papstsiegel hin.

»Ich wollte es Ihnen gerade bringen. Ich konnte einfach der Versuchung nicht widerstehen, einen Blick darauf zu werfen, aber ich habe nichts Interessantes gefunden …«

David ging zur Tür des Containers und betete innerlich, Brac möge ihm folgen. Dieser musterte ein letztes Mal den Raum und näherte sich misstrauisch dem Schreibtisch. Estelle hielt den Atem an. Sie würde nichts zu lachen haben, wenn er sie fand.

Dann schloss sich endlich die Tür hinter den beiden Männern, und Estelle verweilte noch einige Minuten allein in ihrem Versteck, wo sie gegen ihre wachsende Furcht ankämpfte. Sie hatte die Angst wiederentdeckt, eine Angst, die sie seit jener Nacht nicht mehr verspürt hatte, jener verdammten Nacht …

Es herrschte noch völlige Dunkelheit, als Brac auf den Pont Saint-Bénézet einbog. Er hatte das Siegel. Endlich würde er für seine Mühen belohnt, sein wahrer Wert anerkannt werden. Als er sich der Brückenkapelle näherte, begann er voll kindlicher Vorfreude zu pfeifen. *Sur le pont d'Avignon …*

Eine massive Gestalt löste sich aus dem Schatten der Kapelle und kam auf ihn zu. Als sie einander gegenüberstanden, streckte der vermummte Mann nur seine schwarze, behandschuhte Hand aus. Brac legte das Siegel hinein. Mit außergewöhnlicher Gewandtheit trennte sein Gegenüber die beiden Metallstücke. Dann zog er seine Handschuhe aus, wobei er schmale, gepflegte Hände mit manikürten Fingernägeln entblößte. Ohne auf den Schmerz zu achten, schnitt er sich die Handfläche mit den scharfen Kanten des Siegels auf und tauchte das schimmernde Metallstück in sein Blut.

Aber als er damit über seine andere Handfläche fuhr, erschien nur eine einzige, wellige Linie. Die Symbole, die sich dort hätten befinden sollen, waren verschwunden. Jemand hatte sie ausgelöscht!

Als Brac den erbarmungslosen Blick des Mannes kreuzte, fühlte er, wie sein Herz anfing zu rasen. Er suchte nach einem Mittel, dieses Scheitern zu erklären, dachte an all das, was er für den Orden getan hatte, ohne je etwas dafür verlangt zu haben.

Der Blutgeschmack in seinem Mund überraschte ihn. Er drehte den Kopf und nahm die Silhouette des Palastdiebes wahr, der nun dicht neben ihm stand. Er spürte, wie sich die Dolchspitze noch einen Zentimeter tiefer in seine Lungen bohrte. Der Tod würde nicht sofort eintreten, das wusste er. Und er wusste es umso besser, als er, Brac, es gewesen war, der den jungen Rekruten ausgebildet hatte. Er war sein Schüler, Brac hatte ihm alles beigebracht.

Der grausame Schmerz erlaubte es Brac nicht mehr einzuatmen. Er erstickte, ohne dabei das Bewusstsein zu verlieren. Dies war die Todesart, die für jene vorgesehen war, die in ihrer Mission scheiterten.

Der Blick seines Mörders bestätigte Brac, dass er gute Arbeit geleistet hatte: Sein Schüler kannte kein Mitleid. Das Gesicht des Konservators begann, sich zu einer Grimasse zu verzerren. Zu jener Grimasse, die dem jungen Wächter den Spitznamen »Der Munch« eingehandelt hatte.

Die strahlende Sonne überflutete den kleinen Landfriedhof, auf dem Louis' Begräbnis stattfand, mit Licht. Vor dem Sarg spielte Sandra das *Adagio* von Barber. In tiefer

Trauer versunken lauschten die Angehörigen der verzaubernden Geigenmusik.

Ergriffen packte Estelle die Hand ihres Vaters. Obwohl er versuchte, seinen Schmerz zu verbergen, erwiderte Jean die Geste. Umgeben von Julien und Henri wirkte Odette wie in Trance. Sie konnte es einfach noch nicht fassen, dass Louis für immer gegangen war, nach all dem, was sie zusammen durchgemacht hatten! Die Kriege, die Freuden, die Dramen. Sie hatten sich ihr Leben lang gegenseitig gestützt, jeder hatte den fehlenden Partner des anderen ersetzt.

Die Esperanzas legten einer nach dem anderen eine weiße Rose auf den Sarg. Als Estelle an die Reihe kam, zögerte sie einen Augenblick und hielt vor dem Holzkasten inne, der einen Teil ihres Lebens barg. Sie dachte an die Botschaft, die sie im päpstlichen Siegel entdeckt hatte, und entschuldigte sich schweigend bei Louis für all die Male, die sie ihm nicht geglaubt hatte. Sie wusste nun, dass Louis alles andere gewesen war als der »alte Verrückte«, den Jean so oft beschuldigt hatte, ihre Familie zerstört zu haben.

Da erblickte sie es. Das kleine Mädchen in dem roten Kleid. Mit vom Weinen geröteten Augen saß es auf dem Rand eines benachbarten Grabes. Auch das Mädchen nahm am Begräbnis teil und beklagte Louis' Tod.

Estelle legte die Rose auf den Sarg und näherte sich dem Mädchen. Endlich würde sie verstehen. Aber als sie an dem Grab ankam, war die Kleine wieder einmal verschwunden.

Estelles Verwirrung nahm noch zu, als sie die Inschrift des verlassenen Grabes las. Es war das von Joyce Esperanza, ihrer Mutter, die sie mit fünf Jahren verloren hatte.

Sie war durcheinander, fühlte sich verlassen und konnte diesmal ihre Tränen nicht mehr zurückhalten.

»Ich bin da«, flüsterte auf einmal Jean hinter ihr und nahm sie in seine Arme.

»Hast du das kleine Mädchen gesehen?«

»Von wem sprichst du, mein Liebes?«

Estelle schüttelte den Kopf und lächelte traurig. Anstatt auf die Frage einzugehen, wies sie mit einem Nicken auf Joyces Grab.

»Sie fehlt mir so sehr. Ich wollte, sie wäre hier, um mich in ihre Arme zu nehmen, zu trösten und zu wiegen, wie sie es getan hat, als ich klein war.«

»Sie liebte dich sehr, du warst ihr Leben.«

Estelle schmiegte sich an ihren Vater. Am liebsten wollte sie einfach nur still dastehen, wieder Kind sein und jenes einfache Glück wiederfinden.

Julien war der Erste, der die Polizisten auf dem Friedhofsparkplatz bemerkte. Nadine war bei ihm und tröstete ihn zärtlich. Als ob er ahnte, was geschehen würde, blieb er stehen und wartete auf Estelle, bereit, sie zu verteidigen.

»Mademoiselle Esperanza? Wissen Sie, wo sich Professor Brac im Augenblick befindet?«

Commissaire Renard kam wie immer direkt zur Sache und scherte sich weder um die Situation noch um die Umstehenden.

»Keine Ahnung. Wieso, sollte ich das?«

Renard näherte sich mit fragendem Blick und beobachtete die Reaktion der jungen Frau, die langsam die Beherrschung verlor. Julien stellte sich zwischen die beiden, entschlossen, Estelle bis zu ihrem Wagen zu begleiten.

»Hören Sie, wir haben soeben unseren Großvater begraben, Ihre bescheuerten Rätselspielchen können Sie sich also …«

»Er ist im Leichenschauhaus. Er wurde tot aufgefunden. Ebenfalls ermordet. Wann haben Sie ihn zum letzten Mal gesehen, Mademoiselle?«

Estelle zögerte. Sie dachte an das entwendete Siegel, daran, wie Brac in den Container gekommen war und sie sich hatte verstecken müssen. Aber Renards anklagender Blick riet ihr, sich zu schützen, auch wenn sie dabei lügen musste.

»Ich weiß nicht mehr genau. Doch, bei der Einweihung der neuen Ausstellung im Palast.«

Renard nickte, schien ihr aber nicht im Geringsten zu glauben. Sie forderte Estelle auf mitzukommen. Allein.

Dona Flores bedeutete dem Chauffeur, auf sie zu warten. Sie wollte allein sein.

Louis' letzte Ruhestätte und der Friedhof lagen inzwischen verlassen da. Dona Flores blieb andächtig vor dem Grab stehen. Sie hatte immer gewusst, dass dieser Tag kommen würde. Dies gehörte zu den Dingen, die man aus seinem Bewusstsein verdrängte, von denen man aber wusste, dass sie geschehen würden.

Sie hatten so viel zusammen erlebt. So viele Geheimnisse miteinander geteilt, aber auch voreinander bewahrt. Ein Leben hatte nicht ausgereicht. Und doch: Welch ein Leben hatten sie gehabt!

In der blitzenden, sterilen Einrichtung der mit den neusten technischen Errungenschaften ausgestatteten Leichenhalle der Universitätsklinik von Avignon konnte Estelle ihren Blick nicht von Bracs Gesicht lösen. Fassungslos betrachtete sie die Grimasse, die seine Züge verzerrte. Eine Grimasse, die ein furchtbares Leiden ausdrückte …

»Wie ist er umgekommen?«

Renard antwortete nicht. Ein Mitarbeiter des Krankenhauses drehte auf ihr Zeichen hin den Körper auf die linke Seite. Da sah Estelle, dass Brac eine seltsame Narbe auf dem rechten Schulterblatt trug.

»Was ist das? Das sieht ja so aus, als ob man …«

»… ihn mit einem glühenden Eisen gebrandmarkt hätte, und zwar bereits vor einigen Jahren. Mademoiselle Esperanza?«

Estelle war herangetreten und starrte auf die Narbe: Ein gotisches J, genau wie jenes, das sie in den Palastarchiven entdeckt hatte. Erneut ertönten Schreie in ihrem Kopf, erneut fand sie sich vor einer Mauer aus Flammen wieder.

»Nein!«

Entsetzt bedeckte Estelle mit den Händen ihre Ohren, sank in sich zusammen und wäre zu Boden gefallen, wenn Renard sie nicht aufgefangen hätte.

»Oh, oh, fallen Sie uns bloß nicht in Ohnmacht! Schnell, helfen Sie mir, Sie da, mit dem weißen Kittel!«

Estelle spritzte sich Wasser in ihr aschfahles Gesicht. Sie betrachtete sich lange im Spiegel, als ob sie sich zum ersten Mal richtig sehen würde. Dann nahm sie all ihren Mut zusammen, entblößte ihr rechtes Schulterblatt und blickte erneut in den Spiegel. Mehrere Zentimeter gebleichter Haut ließen eine alte Narbe erkennen, die sich über ihre Schulter zog.

Sie verstand nichts mehr. Dieses allgegenwärtige J, die Existenz der Brüder des Judas, diese Morde. Wer tat so etwas und wieso? Konnte sich eine Legende wie die Prophezeiung in einen so schlimmen Alptraum verwandeln, dass Männer und Frauen auf solch gewaltsame Weise sterben mussten?

Estelle konnte gerade noch rechtzeitig ihre Bluse zurechtziehen, ehe Renard mit einem Glas Wasser in der Hand auftauchte.

»Sagen Sie mal, haben Sie wegen dieser alten Narbe eben nicht etwas überreagiert? Es sei denn, dieses J sagt Ihnen was …«

Estelle schüttelte den Kopf.

Aber Renard hatte keine Lust, sie so einfach davonkommen zu lassen. Sie spürte, dass Estelle Esperanza nicht offen zu ihr war.

»J wie Judas, und Judas wie Brüder des Judas, nicht wahr?«

»Vielleicht. Ich weiß es nicht.«

Aufgebracht blockierte Renard den Ausgang der Toilette und hinderte Estelle so am Hinausgehen.

»Gut, dann rede ich jetzt mal Klartext! Ich habe drei Leichen aus Ihrem Umfeld. Eine Kleine, die wenige Meter von Ihnen entfernt mit einem alten Dolch ermordet wird, in den ein gotisches J eingeritzt ist – ein gotisches J, das ich beim Konservator Brac wiederfinde, dem es in die Haut eingebrannt wurde. Genau jener hat Sie vor kurzem gefeuert. Und zum Schluss gibt es da unsichtbare Brüder des Judas, noch ein J – korrigieren Sie mich, falls ich mich täusche –, die Ihren Großvater umgebracht haben. Und wieder einmal trifft man Sie nur wenige Meter vom Opfer entfernt an! Wie soll ich all diese Rätsel lösen?«

»Indem Sie Ihre Arbeit machen und den Mörder aufspüren.«

»Oder die Mörderin. Wir dürfen unser Geschlecht nicht unterschätzen.«

»Verdächtigen Sie mich etwa?«

»Wieso, sollte ich?«

Estelle näherte sich erneut der Tür. Diesmal ließ Renard sie gehen. Ihr Gespür riet ihr, Estelle nicht in Untersuchungshaft zu stecken, zumindest nicht sofort.

Seine Mitarbeiter hatten Périsse soeben von Bracs Tod unterrichtet. Jetzt war es entschieden, er würde abhauen, so weit weg wie möglich. Schließlich war Brac derjenige gewesen, der ihn angestellt hatte, und Brac war nicht mehr. Er packte seine alte lederne Umhängetasche, die ihn überallhin begleitete, und begann, seine Sachen zusammenzusuchen.

Als er beim Klingeln seines Handys einen Satz nach hinten machte, wurde Périsse klar, wie nervös er war. Er erkannte die Stimme nicht, wusste aber sofort, mit wem er es zu tun hatte. Schweißperlen traten ihm auf die Stirn. Brac war nur einer unter vielen gewesen. Und er hatte die ganze Zeit über für sie gearbeitet, nicht für den Konservator.

»Wenn ich Ihnen doch sage, dass ich Fortschritte mache! Aber ich brauche Zeit, ein bisschen mehr Zeit. Was, wieso fragen Sie mich das? Ja, ich habe sie hier. Hallo? Hallo?«

Warum hatte der Anrufer von seiner Lederjacke gesprochen? Verwundert griff David danach und wollte gerade mit der Hand in eine der Tasche fahren, als ihn eine dunkle Vorahnung innehalten ließ.

Vorsichtig wog er die rechte Seite seiner Jacke. Die Tasche enthielt einen schweren Gegenstand. Bleich zog er einen Dolch heraus, dessen Griff von einem gotischen J geziert wurde. Reflexartig ließ er ihn zu Boden fallen.

»Verdammt! Fahrt zur Hölle!«

Der Dolch war voller Blut. Zweifellos das von Brac!

Périsse wusste, egal was er tat, er würde ihnen nicht entkommen. Er konnte nur eins machen: liefern, was sie verlangten.

Dazu musste er sich wieder auf die Jagd begeben.

IV

David saß hinter dem Lenkrad seines Wagens und beobachtete Elsa. Diese war vor ihrer Werkstatt dabei, ein kleines Louis-XV-Sofa mit einem zeitgenössischen Stoff zu beziehen. Die bunten Längsstreifen verliehen dem alten, abgenutzten Einrichtungsgegenstand ein neues Leben.

Zahlreiche Gerüchte kursierten um die junge Antiquitätenhändlerin, Gerüchte, laut denen sie Sammlern, die zu allem bereit waren, um ein begehrtes Objekt zu erwerben, als Mittelsmann diente. Wie dieser gute alte Henri Esperanza …, dachte David, der Estelles Onkel einmal dabei überrascht hatte, wie er ein Geldbündel in Elsas Handtasche gleiten ließ. Das Gerücht, das David hergeführt hatte, betraf ein Brandeisen in Form eines gotischen J. War dies ein erstes Bindeglied zu dem, was Périsse suchte? Allein Elsa war in der Lage, es ihm zu bestätigen …

Als Elsa David auf sich zugehen sah, dachte sie kurz, er komme wegen ihr, einfach so, weil er sie gern sehen wollte. Aber sie war nicht naiv und wusste, dass sie den attraktiven Archäologen noch nie interessiert hatte, außer in ihrer Eigenschaft als Estelles beste Freundin.

Als Teilnehmerin an David Périsses Seminar hatte Elsa hautnah die Liebe auf den ersten Blick zwischen dem Professor und der brillantesten Studentin des Jahrgangs erlebt. Sie wusste, wie standhaft ihre Freundin geblieben war, ehe sie dem Zauber des Mannes verfallen war, den sie damals »Monsieur Périsse« nannten. Wegen der beiden musste sie sogar lügen, denn ein Auffliegen dieser Beziehung hätte sowohl dem Professor als auch seiner Studentin großen Schaden zufügen können.

Später hatte sich Elsa über Estelle geärgert, weil diese David nach und nach fallenließ. Sie war wütend gewesen, denn sie hatte selbst einen Narren an ihm gefressen und liebte es, ihm bei einem morgendlichen Kaffee oder einem spontanen Aperitif im Loft über den Weg zu laufen. Das war typisch Elsa: eifersüchtig auf Estelle und sauer, wenn diese nicht länger so lebte, wie sie selbst es gern getan hätte!

Elsa schob diese Gedanken beiseite, drehte ihre Stereoanlage leiser und brachte David ihr charmantestes Lächeln entgegen.

»Seit ich allein bin, kann ich nicht mehr ohne Musik leben. Vielleicht ist das normal, oder nicht, auf jeden Fall weiß ich nicht, was mit mir los ist, ich ertrage die Stille einfach nicht mehr. Aber mir geht's besser! Du weißt, ich gehe seit kurzem sogar zu einem Psychiater.«

»Das ist gut. Wenn dir das hilft …«

Périsse zwang sich, so viel Überzeugung wie möglich in seine Antwort zu legen, und tat, als interessiere er sich für Elsa Monniers Privatleben.

»Willst du einen Kaffee? Ich wollte mir sowieso einen machen … Und bei dir? Bist du wieder mit Estelle zusammen?«

Périsse machte eine verschwörerische Miene, die möglichst zweideutig ausfallen sollte.

»Ich hatte erwartet, dich bei Louis' Begräbnis zu sehen … Und damit war ich nicht die Einzige …«

»Das ist eine lange Geschichte. Hör mal, ich habe gehört, dass du vor ein paar Wochen ein Brandeisen in Form eines gotischen J verkauft hast …«

»Ah! Kommst du deswegen?«

Die Enttäuschung las sich auf Elsas Gesicht. Ihr strahlender Blick trübte sich und machte ihrer Schlechtwetterlaune Platz. Auweia, dachte David und versuchte, seinen Fehltritt schleunigst wiedergutzumachen.

»Nein, überhaupt nicht, ich meine, nicht nur … Übrigens mag ich gern einen Kaffee, wenn du dir einen machst …«

Elsas Lächeln kehrte zurück. Sie hätte ihm ohnehin nicht die Wahl gelassen. Sie war zu glücklich darüber, dass er zu ihr gekommen war. Endlich einmal konnte sie ohne Estelle seine Gegenwart genießen!

»Das war vielleicht ein Theater mit diesem Brandeisen! Henri Esperanza hat es ersteigert, und der Verkäufer war so ein komischer junger Kerl, der nicht wollte, dass sein Name irgendwo auftaucht. Ich selbst habe nur zwischen ihm und dem Auktionator vermittelt.«

»Du hast nicht zufällig die Daten dieses Verkäufers in deinem Verzeichnis aufbewahrt?«

»Ich bring' dir das zusammen mit dem Kaffee. Aber das bleibt unter uns, okay? Setz dich, in zwei Sekunden bin ich wieder da …«

Elsa verschwand in der Werkstatt und ließ einen David zurück, der sich ärgerte, weil er ihr in die Falle getappt war. Er blickte mechanisch auf sein Handy, um nach der Uhrzeit und einem möglichen entgangenen Anruf zu sehen.

Nichts. Hoffentlich führte wenigstens die Spur um Elsa irgendwohin!

An diesem Tag der Trauer hatte sich die gesamte Familie Esperanza bei Nadine und Henri versammelt. Odette hatte darauf bestanden, sich in einer letzten Hommage an ihren geliebten Bruder um alles zu kümmern. Auf der Terrasse, die einen herrlichen Ausblick über das Anwesen und Avignon bot, beging jeder auf seine Weise diesen Augenblick, einige in Gedanken vertieft, andere krankhaft beschäftigt wie Odette, die mit umgebundener Schürze hin und her eilte und dafür sorgte, dass es niemandem an etwas fehlte.

Sandra näherte sich der alten Dame und nahm ihr mit sanfter Gewalt das Tablett ab, das sie unter den Gästen umherreichen wollte.

»Lassen Sie nur, Odette, ich übernehme das. Ruhen Sie sich aus.«

»Ich kann nicht. Wenn ich innehalte, denke ich nach, und wenn ich nachdenke, weine ich. Nach allem, was Louis und ich durchgemacht haben … Du weißt es, nicht wahr, meine Sandra?«

Jeans Frau nickte. Es erschütterte sie, die Frau, die sie als ihre Großmutter betrachtete, so tief betroffen zu sehen. Sie hätte ihr so gern geholfen, sie getröstet. Da Sandra wusste, dass keine Worte Odette helfen würden, ging sie mit ihr in die Küche.

»Ich glaube, das Mandelgebäck ist aus … Denken Sie, dass Sie noch welches machen können?«

Lasziv gegen das Terrassengeländer gelehnt blickte Nadine den beiden sich entfernenden Frauen nach und seufzte genervt.

»Sogar heute muss deine Mutter Dienstmädchen spielen. Nur um der Diva zu gefallen!«, fauchte sie Henri zu.

»Und du, musst du sogar heute zickig sein?«

Vom Ton ihres Mannes überrascht, zuckte Nadine zusammen. Dabei war ihr Verhältnis in letzter Zeit doch gut gewesen. Jeder schien endlich sein Terrain gefunden zu haben und ließ dem anderen die versprochenen Freiheiten. Ahnte er etwas von dem, was sie versuchte, mit aller Macht vor ihm zu verbergen? Nein, Henri konnte nicht den geringsten Verdacht geschöpft haben …

»Fang nicht schon wieder an, Estelle, nicht heute, bitte …«

Jean hatte alles getan, um nicht mit seiner Tochter allein zu sein, denn er wusste, dass sie ihm wieder von Louis und der Prophezeiung erzählen würde, und das wollte er um jeden Preis vermeiden. Nicht jetzt, nach all dem, was er durchgemacht hatte.

Zunächst die Beerdigung, die er wie einen schlimmen Traum erlebt hatte. Die Ankunft des Sarges, dieses Holzkastens, in dem sein Vater ruhte. Er erinnerte sich nur, dass er ihn klein gefunden hatte. Kleiner als er sich ihn vorgestellt hatte.

Und dann diese Frau, diese Kommissarin, die gekommen war und einen weiteren Mord verkündet hatte. Einen dubiosen Mord. Den Mord an einem Mann, den sein Vater gehasst hatte und den Estelle ebenfalls zu hassen begonnen hatte. Jean hatte die Leichenhalle in seinem Krankenhaus aufgesucht. Er hatte gewartet, bis er allein mit der Leiche war und dann deren rechtes Schulterblatt untersucht. Das gotische J befand sich in der Tat dort, wo er es erwartet hatte. Und die Leiche auf der Eisenplatte war Brac … Jean wurde plötzlich von solch starkem Hass gepackt, dass er ihn mit aller Kraft ins Gesicht geschlagen hatte. Sein Schlag ließ nur ein letztes Beben über das ausdruckslose, schlaffe Gesicht des Toten gleiten und den Kopf leblos zur Seite wegkippen. Jean war allein geblieben mit seiner Wut.

»Papa, hör mir wenigstens zu, ich habe dir nicht alles gesagt! Schau mal …«

Jean blieb stehen und drehte sich zu Estelle um. Er wusste, dass sie ihn nicht in Ruhe lassen würde. Er musste standhaft bleiben, sie von der Spur abbringen, auf keinen Fall durfte sie irgendeinen Verdacht schöpfen …

Estelle hielt ihrem Vater den Zettel hin, auf dem die Botschaft aus dem päpstlichen Siegel geschrieben stand. Jean kniff die Augen zusammen.

»Der Edelmann im Gewand der Heiligen Mutter,
hat geschmiedet den Schlüssel zur Prophezeiung von Avignon.

Was soll das heißen?«, fragte er erstaunt. »Sollte ich damit etwas anfangen können?«

»Das ist ein Rätsel. Es war im Schatz Johannes' XXII., den ich mit Großvater entdeckt habe, verborgen. Vielleicht ist das der Beweis, dass es die Prophezeiung gibt!«

Jean seufzte, gab ihr den Zettel zurück und wandte sich ab. Aber wie er erwartet hatte, ließ Estelle ihn nicht so einfach davonkommen.

»Und Großvater? Und Nadège? Warum hat man sie umgebracht? Auch Brac hat man ermordet. Er hatte noch dazu ein mit einem glühenden Eisen eingebranntes gotisches J auf der Schulter! Das J der Brüder des Judas, ich habe Hinweise darauf in den Archiven gefunden! Hältst du das alles für normal?«

»Ich weiß es nicht!«

Jean ließ sich nichts anmerken. Sogar als Estelle sich vor ihm aufbaute und auf ihr rechtes Schulterblatt zeigte.

»Ich habe fast die gleiche Narbe, an der gleichen Stelle!«

»Was? Jetzt bring mal nicht alles durcheinander! Du weißt genau, woher deine Narbe kommt.«

»Ich weiß nur, was du mir erzählt hast ...«

Da krempelte Jean wütend seine Hemdsärmel hoch, und auf seinen zwei Unterarmen kamen Brandnarben zum Vorschein.

»Du hast dich bei dem Brand verletzt, als ein Balken auf uns herabgefallen ist. Ich hielt dich in meinen Armen, um der Feuersbrunst zu entkommen!«

»Ich erinnere mich nicht daran ...«

»Du warst erst fünf ...«

»Ich erinnere mich auch nicht an Mama ...«

Als er Estelle, die auf einmal zerbrechlich wirkte, so bekümmert sah, verflog Jeans Wut.

»Sie hatte gerade noch Zeit, dich aus dem Flammenmeer zu retten, ehe sie endgültig von dem Feuer verschluckt wurde ...«

Nun selbst gerührt, legte er einen Arm um die Schultern seiner Tochter und drückte sie zärtlich.

»Nun, komm, vergiss diese Geschichten, gehen wir zu den anderen ...«

Estelle befreite sich langsam, aber entschieden aus seiner Umarmung.

»Warum weigerst du dich so sehr, über die Prophezeiung zu sprechen?«

»Weil ich nicht daran glaube, weil ich noch nie daran geglaubt habe! Mein Vater hat sich sein ganzes Leben lang mit seinen verrückten Geschichten lächerlich gemacht. Für solche Dummheiten hatte er immer Zeit! Aber seine Familie …«

»Bist du ihm immer noch böse?«

»Und wie! Willst du die Wahrheit über deinen heißgeliebten Großvater hören? Er hat seine Frau an Kummer sterben lassen, und anschließend hat er doch tatsächlich vergessen, dass er einen Sohn hat! Da hast du sie, die Wahrheit! So war Louis Esperanza, der wahre, den du so bewunderst! Ein alter Egoist!«

Wütend entfernte sich Jean und ließ Estelle verloren zurück. Sie war sich klar gewesen, dass sie ihrem Vater eine Reaktion entlocken würde, indem sie ihn in die Enge trieb. Aber sie hatte kein so schmerzerfülltes und ehrliches Eingeständnis erwartet. Jetzt bereute sie es.

Noch dazu war es Jean gelungen, neue Zweifel in ihr zu wecken.

Nadine begleitete den stellvertretenden Bürgermeister und seine Gattin zur Tür. Diese hatten Louis nicht einmal persönlich gekannt, aber aus Rücksicht auf Jean und Henri Esperanza waren sie gekommen, um der Familie in dieser schwierigen Stunde beizustehen. Nadine hatte ihnen in nichts nachgestanden, hatte die Klischees wie Perlen auf einer Perlenkette aneinandergereiht und eine den Umständen angemessene Miene aufgesetzt. Sie hatte Louis nie gemocht, und diese Abneigung hatte auf Gegenseitigkeit beruht. Odette und er, diese »bescheidenen Menschen«, die so »mutig gegen den Feind kämpfen«, waren der Inbegriff dessen, was sie hasste. Einfache Menschen, die schon viel zu lange auf Kosten ihrer Kinder lebten, die es zu etwas gebracht hatten. Diese ganze Heuchelei ging Nadine auf die Nerven.

Sie erwartete, in der Küche auf Odette zu treffen. Dies war der einzige Raum, an dem sich die alte Dame wirklich zu Hause fühlte. Wie zu ihrer Zeit als Dienstmädchen, dachte Nadine, die sie mit jedem Tag weniger ertrug.

Aber es war Julien, den Nadine antraf, als sie den großen, hellen Raum mit den goldgelben Kacheln betrat. Ihr Neffe lehnte mit gekreuzten Beinen gegen den Herd. Gerührt vom traurigen Blick, den Julien ihr zuwarf, ging sie zu ihm und drückte ihn an sich. Er roch gut, und seine Haut war so weich wie die eines Babys.

Julien grub sein Kinn in die Mulde ihres Schulterblatts und weinte leise. Nadine bewegte sich nicht, war einfach nur für ihn da.

»Ich finde, du bist sehr, sehr tapfer …«

Julien hob den Kopf, verwundert über den mütterlichen Ton seiner Tante, doch da erblickte er Henri, der ihm unergründlich zulächelte.

»Es stimmt, dass du sehr tapfer bist, Julien … Dein Vater sucht dich. Und ich war auf der Suche nach meiner Frau. Und da habe ich euch beide gefunden …«

Henri legte einen Arm um Nadines Schultern und ging mit ihr in den Garten. Julien blieb misstrauisch und allein zurück.

Auf der Suche nach der Adresse, die auf dem Zettel in seiner Hand stand: Nr. 37, rue des Lavandiers, fuhr Périsse langsam die Straße entlang. Vor seinen Augen zogen die Nummern vorbei. 33, ein altes, heruntergekommenes Gebäude. 35, ebenso. 39 …

»39? Was soll die Scheiße?«

Davids Wagen stieß heftig zurück und kam mit quietschenden Bremsen vor einem unbebauten Grundstück zum Stehen.

»Was soll die Scheiße, verdammt noch mal?«

Elsa musste sich getäuscht haben, als sie ihm diese Adresse gab!

Aufgeregt stieg David aus dem Wagen und lief auf dem Grundstück umher, mehr um sich zu beruhigen als in der Hoffnung, irgendetwas zu finden. Wieder einmal war er in einer Sackgasse. Wieder einmal wusste er nicht mehr, wo oder was er suchen sollte.

Als das Telefon zu vibrieren begann, war David so nervös, dass er einen Sprung zur Seite machte und sich an den Brombeersträuchern kratzte. Mit einem Ruck zog er den Arm aus dem Gestrüpp und zerschürfte sich dabei die Hand. Dann führte er die verletzte Hand mechanisch an den Mund. Der metallische Geschmack des Blutes verursachte ihm Übelkeit. Als ob er plötzlich seinen eigenen Tod vor Augen hätte. Er vergaß darüber ganz das Telefon und ging verstört zu seinem Wagen zurück.

Sein Urteil war gesprochen, das wusste er.

»David, hier ist Estelle. Na, ruf mich bitte zurück, wenn du diese Nachricht hörst, ich muss dir was Wichtiges erzählen.«

Die Nacht war hereingebrochen. In eine Decke gewickelt saß Estelle auf einem Liegestuhl im Garten. Sie machte sich Sorgen um David. Zuerst war er nicht zu Louis' Beerdigung gekommen. Dann dieses Schweigen, trotz der zahlreichen Nachrichten, die sie ihm hinterlassen hatte.

Ganz in Gedanken vertieft hatte sie Odette gar nicht wahrgenommen, die an sie herantrat und liebevoll ihre Hand nahm.

»Louis wurde von den Brüdern des Judas umgebracht.«

Geschockt von dieser mehr als unerwarteten Mitteilung drehte sich Estelle zu ihrer Großtante um.

»Du kennst sie?«

»Sie haben auch Augustin, Henris Vater, getötet, weil er ihnen in die Quere gekommen ist ...«

»Aber Augustin starb am Ende des Zweiten Weltkriegs.«

Odette nickte. Ihr Blick verklärte sich. Sie hatte Angst davor, in alten Erinnerungen zu kramen, aber Estelle verdiente es, die Wahrheit zu erfahren.

Die alte Dame erzählte, wie Augustin und Louis versucht hatten, die Nazis aufzuhalten, als diese vor dem Feind fliehen wollten. Gewiss waren die beiden Männer bei der Résistance, aber diese Aktion hatten sie allein geplant, zu allem bereit, um die Nazis daran zu hindern, mit dem zu fliehen, was sie bei den Ausgrabungen im Palast entdeckt hatten.

»Und was hatten sie entdeckt?«

Odette zuckte seufzend die Schultern. Die Ironie der Geschichte wollte es, dass Augustin »für nichts« sein Leben ließ: Sie hatten den Nazis nicht das Geringste abnehmen können, und es stand zu bezweifeln, dass diese überhaupt je irgendeinen Schatz gefunden hatten.

»Louis war überzeugt, dass sie Pläne und Kalender in ihren Besitz gebracht hatten ... und dass sie eines Tages wiederkommen würden.«

Die beiden Frauen schauderten, als ob dieser letzte Satz ihnen auf einmal bewusst machen würde, dass Louis auch in diesem Punkt sicherlich recht gehabt hatte.

»Sie haben ihre Seele dem Teufel verkauft. Sie wollen, dass das Böse auf Erden regiert.«

Odette bekreuzigte sich, dann ergriff sie Estelles Hände und blickte ihr tief in die Augen. Fast flehend.

»Höre auf den Rat deines Vaters, mein Schatz, misch dich da nicht ein, das ist zu gefährlich ...«

»Erzähl mir die ganze Wahrheit, und dann treffe ich eine Entscheidung.«

Einen Moment lang schien Odette zu zögern, dann besann sie sich.

»Das liegt nicht an mir ... Ich kann nicht. Halte dich aus alldem heraus. So viele mussten schon sterben. Ich will nicht, dass das von vorn anfängt.«

Der Ort verbreitete eine surreale Stimmung, die durch das schwache Mondlicht, das sich auf einem riesigen, in den Boden eingefassten, gotischen J aus schwarzem Marmor widerspiegelte, noch verstärkt wurde. Der in den Fels gehauene Raum bot durch seine gewaltige Größe wie auch durch seine Wände, die an einen Steinbruch denken ließen, einen beeindruckenden Anblick.

Mit leisem Stoffrascheln stellten sich einundzwanzig in lange olivgrüne Mäntel gehüllte Gestalten um das gotische

J. Langsam löste sich eine unter ihnen aus dem Kreis und bewegte sich in die Mitte.

»Heute heißen wir einen neuen Bruder willkommen. Er wird Dreiundzwanzig ersetzen, der in seinem Auftrag scheiterte …«

Da erschien, begleitet von zwei Boten in schwarzen Tuniken, ein Mann mit nacktem Oberkörper, bekleidet nur mit einer weiten, ebenfalls schwarzen Hose, die der eines Kampfsportanzugs ähnelte. Eine schwarze Kapuze verbarg sein Gesicht. Nur ein paar Schweißtropfen, die über seinen Oberkörper liefen, verrieten seine Furcht vor der bevorstehenden Zeremonie. Er fühlte sich bereit, feierlich zum Bruder des Judas gemacht zu werden.

Als er in der Kreismitte angelangt war, verneigte sich der Mann und grüßte die um ihn Herumstehenden, die ihn stumm beobachteten, dann beugte er ein Knie zu Boden. Im selben Moment ließen die Brüder ihre Stimmen erschallen und stimmten einen angsteinflößenden Gesang an.

»*In girum imus nocte et consumimur igni … In girum imus nocte et consumimur igni …*«

Einundzwanzig heisere, unmenschlich wirkende Stimmen hallten in dem riesigen Raum wider, trafen auf die Mauern und schienen endlos hin und her zu prallen.

In der Kreismitte legte sich der kniende Mann daraufhin mit dem Gesicht zum Boden auf das schwarze gotische J und spreizte Arme und Beine.

Ein blauer Lichtstrahl, der vom Mond zu kommen schien, traf auf sein rechtes Schulterblatt. Blitzschnell und mit übernatürlicher Präzision brandmarkte der Laserstrahl den Mann bis tief unter die Haut.

Ein brüllender Schmerzensschrei mischte sich unter die Beschwörungen, die inzwischen zehnmal lauter geworden waren. Die Brüder des Judas hießen ein neues Mitglied in ihrer Gemeinschaft willkommen, das von nun an wie sie ein gotisches J auf dem rechten Schulterblatt trug.

»Bruder, du heißt von jetzt an Dreiundzwanzig.«

Der Mann am Boden war zu schwach, um die Hand des Bruders zu ergreifen, der ihm aufhelfen wollte. Der Schmerz war so heftig, dass er ihn tief in sein Unterbewusstsein befördert hatte. Dort begegnete er beunruhigenden Schatten, einigen in Flammen tanzenden, gotischen J und auch einem Wasserspeier, der ihm grausam zulächelte. Es blieb ihm keine Zeit, Angst zu haben, denn die Dunkelheit verschluckte ihn bald vollkommen.

Unter der *Porte des Champeaux* am Haupteingang des Papstpalastes versuchte Estelle, den alten Lucien zu erweichen, damit er sie ins Gebäude ließ. Es war ihr noch immer nicht gelungen, David Périsse zu erreichen, und ihre Beunruhigung hatte sich in Angst verwandelt. David hatte Probleme, ernste Probleme, davon war sie inzwischen fest überzeugt.

»Ich kann Sie nicht reinlassen, Mademoiselle Estelle, ich kann nicht. Mit einer Abmahnung, verstehen Sie ...«

»Und wenn ich eine Karte kaufe?«

»Oh, tun Sie mir das nicht an ...«

»Hören Sie, Lucien, ich muss David Périsse sehen, es ist dringend!«

»Na, keine Ahnung, dann rufen Sie ihn doch an, ich ...«

Plötzlich tauchte Olivier Royal auf und wandte sich mit natürlicher Autorität an den Wächter.

»Ist schon gut, ich werde Mademoiselle Esperanza begleiten. Monsieur Périsse erwartet sie …«

Lucien zögerte misstrauisch, aber der Bauleiter ließ ihm keine Wahl: Er nahm Estelle einfach mit. Der Wächter seufzte und war im Grunde erleichtert, dass er Estelle nicht den Zugang versagen musste. Er mochte sie sehr und respektierte sie so, dass er hoffte, sie bald an Bracs Stelle als Konservatorin zu sehen. Aber auch wenn sie sicher alle nötigen Fähigkeiten hatte, schien ihm das in ihrem Alter recht unwahrscheinlich. Sicher würden die Palastmitarbeiter wieder so einen Schlipsträger aus dem Norden vorgesetzt bekommen, der ihnen beibringen würde, wie sie ihre Arbeit zu tun hatten.

»Nicht gerade sehr diskret, ihr Auftritt«, flüsterte Olivier Royal Estelle zu, die sofort die anwesenden Zivilpolizisten ausmachte. Sie wich Trihns Blick aus, doch dieser lief bereits mit entschlossenen Schritten auf sie zu.

»Ich muss Sie fragen, wo Sie hinwollen, Mademoiselle Esperanza.«

»Sie ist mit dem Archäologen, der die Ausgrabungen leitet, verabredet. Und sie ist bereits spät dran!«

Royal drehte sich mit verärgerter Miene zu Estelle um.

»Dabei wissen Sie genau, dass Périsse nicht gern wartet!«

Trihn trat zur Seite und ließ sie vorbei.

»Wieso helfen Sie mir?«, fragte Estelle, verblüfft über Royals Verhalten.

»Ich finde es nicht normal, dass Sie so ins Abseits geschoben werden. Sie wissen, seit Bracs Tod kursieren einige Gerüchte ... Wir wurden alle über Ihre Beziehungen zu ihm befragt.«

»Das ist wirklich die Höhe! Warum hätte ich ihn umbringen sollen?«

»Nur keine Sorge, die Jungs kennen Sie gut, und sie lassen sich auch nicht auf den Arm nehmen: Das sind klassische Polizeimethoden ...«

Royal war ganz entschieden ein Mann voller Überraschungen: sein Schauspieltalent, seine kurze und bündige Analyse der Lage ...

Estelle konnte sich ein Lächeln nicht verkneifen.

»Für einen Bauleiter sind Sie ganz schön auf Zack ...«

»Wenn Sie das sagen ...«

Erneut diese Spannung zwischen ihnen. Erneut Royals grüner Blick, den Estelle kaum ertrug. Hatte nur sie diesen Eindruck, ihn schon früher gesehen zu haben, ihn seit langem zu kennen?

»Was machst du hier?«

David Périsses Stimme bebte vor Wut. Sie hätte nicht kommen dürfen, sie hatte hier nichts zu suchen.

David hatte Estelle mit in den Container genommen. Er wollte nicht, dass man sie miteinander sah, er wollte nicht, dass man dachte, sie arbeiteten zusammen. Nervös ließ er die Metallrollos herab. Aber dann überlegte er, dass es noch viel verdächtiger war, sich so mit ihr einzuschließen, und so zog er sie sofort wieder hoch.

Völlig außer Fassung lehnte Estelle sich gegen den Schreibtisch und beobachtete, wie sich Périsse an den Fenstern zu schaffen machte. Alles in seinem Verhalten verriet Angst und Aufgeregtheit.

»Ich geh' nicht weg, solange du mir nicht sagst, was hier vorgeht.«

»Aber es geht gar nichts vor. Ich habe Arbeit bis über beide Ohren, das ist alles.«

»So viel Arbeit, dass du nicht einmal zu Louis' Begräbnis gekommen bist …«

Périsse schluckte.

»Es tut mir leid, es gab ein Problem auf einer der Grabungsstätten und …«

»Nicht mit mir, David. Sag mir die Wahrheit!«

»Aber da ist nichts! Komm, ich ruf' dich an, sobald ich ein bisschen klarer sehe. Okay?«

Er musste sie rausschmeißen. Vor aller Augen davonjagen, das war die einzige Möglichkeit. Versuchen, deutlich zu machen, dass sie ihm nichts nützte!

Aber Estelle ließ ihm keine Gelegenheit dazu, trat ihm heftig entgegen.

»Brac ist tot, man hat ihn umgebracht! Ich weiß, dass du für ihn gearbeitet hast und dass er ein Bruder des Judas war! In welch einen Schlamassel bist du da geraten, David!«

Périsse zuckte zusammen, als sie Bracs Namen erwähnte, dann ließ er sich schwer auf seinen Stuhl fallen. Er wusste nicht mehr, was er tun sollte. Er wusste nicht mehr ein noch aus.

»Die Wahrheit ist, dass ich in der Scheiße stecke, so richtig in der Scheiße. Du kannst mir nicht helfen. Niemand kann mir mehr helfen, es ist zu spät! Schau, was sie mit der Kleinen gemacht haben, mit Louis und … mit Brac.«

»Was ist los, David? Sag es mir … Weißt du etwas über diese Morde?«

Sie war so schön. Périsse strich ihr zart über die Wange.

Noch nie hatte er sie so geliebt wie jetzt. Noch nie war ihm so klar gewesen, welch ein Schatz sie war.

»Du bist ein guter Mensch. Du hast aus mir einen besseren Menschen gemacht, weißt du das … Und das war kein leichtes Unternehmen!«

Die mit Fatalismus gemischte Aufrichtigkeit, die sie Davids Stimme entnahm, erschreckte Estelle. All ihre Sinne standen unter Hochspannung. Die Lage war also noch ernster, als sie vermutet hatte.

»Was soll das?«

»Du wirst glücklich sein. Du wirst den Mann kennenlernen, der zu dir passt und der keinen Blödsinn treibt … Du wirst ein schönes Leben haben, ich weiß es.«

»David, ich bitte dich! Hör sofort damit auf.«

Er legte die Arme um sie und drückte sie an sich. Als er sein Gesicht in ihrem Nacken vergrub, vergaß er für einige Augenblicke seine Angst. Ihr Parfum erinnerte ihn an ihre Liebesnächte, an die Momente reinen Gleichklangs zwischen ihnen. Letztere waren selten gewesen, aber so intensiv, dass David sie noch bestens vor Augen hatte.

Er küsste sie, ehe er ihr wie ein letztes Flehen ins Ohr flüsterte:

»Sie sind zu stark! Ich bin ein zu großes Risiko eingegangen … und ich habe verloren. Misch dich da nicht ein, das ist zu gefährlich. Vergiss all diese Geschichten über die Prophezeiung.«

Er küsste sie so heftig, dass seine Lippen an ihre Zähne stießen. Erneut dieser leichte Blutgeschmack. Erneut diese Ahnung eines nahe bevorstehenden Todes.

David ging fort und ließ Estelle derart destabilisiert zurück, dass sie die Hand auf den Mund legte, als ob sie sich am Losschreien hindern wollte. Davids Gestalt verschwand bereits unter der *Porte des Champeaux*, als eine Träne, ein trauriger Vorbote baldigen Unglücks, Estelles Wange hinabrann.

Elsa hatte sich mächtig herausgeputzt und saß an der Theke eines der angesagten Cafés von Avignon. Seit einer Weile tauschte sie vielsagende Blicke mit einem hübschen Dunkelhaarigen, der herrlich haselnussbraune Augen hatte. Sie begann langsam die Geduld zu verlieren: Der Mann hatte eine ziemlich lange Leitung. Endlich entschloss er sich, aufzustehen und zu ihr herüberzukommen.

»Schade, wir können gar nicht anstoßen, dein Glas ist leer. Darf ich dich auf ein anderes einladen?«

»*Why not …*«

»Oh! Luigi, bring uns zwei Gläser.«

Elsa streckte sich lasziv. Heute Abend fühlte sie sich einfach toll … Vielleicht wegen der Sitzung bei ihrem Psychiater. Sie hatte viel von Estelle gesprochen, die sie um ihr Leben und die Aufmerksamkeit, die ihr die Leute schenkten, beneidete. Klar, ihre Freundin hatte vor kurzem ihren Großvater verloren, aber sie, Elsa, hatte noch nie einen Großvater gehabt. Aber das war den Leuten scheißegal! Kein Mensch hatte sie je deshalb getröstet!

»Bist du oft hier? Ich habe dich noch nie gesehen …«

Elsa verscheuchte ihre Gedanken, um sich auf ihr Gegenüber zu konzentrieren.

»Das ist normal, sonst komme ich inkognito«, erwiderte sie lächelnd.

»Ich heiße Bruno.«

»Erfreut, Bruno! Ich bin … Estelle.«

Estelle? Wieso dieses Zögern vor der Antwort? Unwillkürlich runzelte der junge Mann erstaunt die Stirn. Aber er hatte, objektiv gesehen, keinen Grund, ihr nicht zu glauben.

»Estelle, das ist ein schöner Name …«

»Nicht wahr?«

Zwei Champagnergläser wurden unauffällig vor sie auf die Theke gestellt.

»Dann auf Estelle …«

Elsa hob ihr Glas und stieß mit Bruno an. Auch ihm gefiel Estelle!

Estelle, die weit davon entfernt war zu ahnen, dass Elsa anderswo auf ihr Wohl anstieß, war über ihrem Schreibtisch eingeschlafen. Nach Davids überhastetem Aufbruch war sie zu sich nach Hause zurückgekehrt und hatte sich erneut darangemacht, die im Schatz aufgefundene Nachricht zu untersuchen. Sie musste Périsse helfen. Sie musste etwas finden, das dem Archäologen einen Aufschub gewährte.

Ein leises Piepen riss sie aus dem Schlaf. Die Suche, die sie auf dem Computer gestartet hatte, war beendet. *Der Edelmann im Gewand der Heiligen Mutter hat geschmiedet den Schlüssel zur Prophezeiung von Avignon …* »Heilige Mutter bezieht sich auf Notre-Dame …«, las Estelle. Natürlich! Doch plötzlich überfiel sie ein Zweifel, und sie schlug das schwarze Notizbuch ihres Großvaters auf. Sie fand darin die Darstellung eines Himmelsgewölbes, die sie bis dahin außer Acht gelassen hatte.

Vor allem aber machte Estelle folgende Entdeckung: Mehrere von Louis' Notizen bestärkten die Hypothese, dass Notre-Dame sich auf eine sehr bekannte historische Gestalt bezog, die oft verunglimpft worden, aber immer rätselhaft geblieben war …

Auf einmal schöpfte sie wieder Hoffnung, David helfen zu können. Estelle hatte eine Spur, zugegeben, eine recht unerwartete, aber immerhin eine vielversprechende Spur! Sie griff nach ihrem Telefon und betete, dass Périsse abheben würde.

Ein Wunder! Er antwortete bereits nach dem ersten Klingeln.

»David! Der Edelmann im Gewand der Heiligen Mutter, das ist Nostradamus! Heilige Mutter ist gleich Notre-Dame ist gleich Nostradamus. Ich hab's gefunden, David! Aber ich weiß nicht, wieso man sich auf ihn bezieht.«

In seinem Büro warf Périsse nervöse Blicke zur Tür des Containers, während er bei ausgeschaltetem Licht Akten und persönliche Gegenstände in seine alte, verschlissene Tasche packte …

»Du gehst nicht aus dem Haus, ich komme. Und sprich mit niemandem über das, was du gefunden hast. Mit niemandem, hast du verstanden? Ich bin schon auf dem Weg …«

Am anderen Ende nickte Estelle verwirrt. Erschüttert ließ sie die breite, weit geöffnete Fensterfront, die auf ihre Terrasse ging, nicht aus den Augen. Plötzlich schien ihr das Dunkel der Nacht bedrohlich. Sie wollte gerade auflegen und die Glastüren schließen, als Davids Stimme sie noch einmal innehalten ließ.

»Estelle! Hör mal, falls … Wie soll ich sagen … Erinnerst du dich an die spanische Studentin? Vergiss die spanische Studentin nicht. Jetzt schließ dich ein und warte auf mich, ich komme.«

Estelle war ganz in die Lektüre eines Buches über Nostradamus vertieft und zuckte daher zusammen, als es zweimal leise an ihrer Tür klopfte.

Als sie aufstand, um nachzusehen, ob es auch wirklich David war, musste sie sich gegen die Tür stützen, um nicht umzufallen. Alles um sie herum begann zu schwanken. Sie begriff schnell, dass es nicht das Loft war, das sich bewegte, sondern dass sie gerade das Bewusstsein verlor.

Bevor sie irgendetwas tun konnte, brach sie ohnmächtig zusammen.

Die ersten Sonnenstrahlen rissen sie aus dem tiefen, traumlosen Schlaf, in den sie gesunken war. Sogar durch ihre geschlossenen Lider schmerzte sie das Licht und zwang sie, sich zur Seite zu drehen. Ihr Kopf war schwer, ihr Mund trocken, ihre Glieder verspannt.

Sie musste sich anstrengen, um endlich die Augen zu öffnen. Und da erblickte sie ihn. Einen Moment lang wunderte sie sich über das Rot auf ihren weißen Betttüchern. Dann sah sie überrascht David neben sich liegen. Wie war er hereingekommen? Und warum hatte er so einen roten Schal um? Rot … Schon wieder diese Farbe, die Estelles Aufmerksamkeit auf sich zog, ohne dass sie endgültig aufwachte.

Dann, von einer Sekunde auf die andere, begriff sie.

Schreiend stürzte sie aus dem Bett und wandte den Blick ab, um ihn nicht mehr sehen zu müssen.

David lag mit glasigem Blick und durchschnittener Kehle auf dem Rücken, ein Dolch, in den ein gotisches J eingeritzt war, steckte mitten in seinem Herz. Das Blut war aus seinem Hals geschossen und hatte sowohl seine Kleidung als auch die Betttücher durchtränkt.

Estelle blieb keine Zeit, den Schock zu verdauen, denn die Polizei machte sich bereits an der Tür zu schaffen.

»Aufmachen! Polizei! Wir wissen, dass Sie da sind, Mademoiselle Esperanza! Öffnen Sie, oder wir treten die Tür ein!«

Estelle spürte Panik in sich aufsteigen, als sie die Stimme von Commissaire Renard erkannte. Sie zögerte, wusste nicht, wie sie reagieren sollte. Dann fiel ihr Blick auf das halboffene Fenster und ihr Instinkt befahl ihr, nicht zu zaudern.

Da keine Antwort erfolgte, warf sich Trihn gegen die Tür und drückte sie ein. Er schrie vor Schmerz auf, überzeugt, sich die Schulter ausgerenkt zu haben. Als Dank dafür, dass er dem Team den Weg freigeräumt hatte, schubste Renard ihn beiseite, so dass er erneut zusammenzuckte.

»Verdammt, bewegen Sie doch mal Ihren Arsch! Halt, Polizei!«

Mit ihrer Knarre in der Hand stürzte Renard zu den verschiedenen Türen und stieß sie heftig auf, bis sie Estelles Schlafzimmer fand.

Als der Lärm schließlich auch durch Elsas Ohrenstöpsel gedrungen war, kreischte sie hysterisch auf. Was war da los? Sie schrie noch lauter, als sie David Périsses Leiche und daneben Renard mit der Waffe in der Hand erblickte.

»Bring die doch mal einer zum Schweigen!«, brüllte Renard und eilte zum angelehnten Fenster.

Sie konnte gerade noch einen Blick auf die bereits in weiter Entfernung rennende Estelle erhaschen und erkennen, dass ihr weißes, ärmelloses T-Shirt blutbefleckt war.

Eine innere Kraft trieb Estelle dazu, so weit wie möglich zu fliehen. Ohne nachzudenken, hatte sie zu rennen begonnen, schneller und schneller, wobei sie sich untersagte, sich umzudrehen und nach hinten zu schauen. Undeutlich hörte sie Renard, die ihr zubrüllte, sie solle anhalten, aber die Laute verloren sich in ihrem noch benommenen Geist.

Plötzlich sah sie einen Wagen heranrasen. Augenblicklich begriff sie, dass sie ihm nicht mehr ausweichen konnte. Der Aufprall war heftig. Estelle wurde zu Boden geworfen, worauf der Fahrer aus dem Wagen sprang.

»Alles in Ordnung? Sind Sie verletzt?«

Verblüfft erblickte sie … Olivier Royal. Genauso überrascht und erschrocken wie sie starrte er auf ihr T-Shirt.

»Sind Sie verletzt, was ist los?«

Estelle wurde sich bewusst, dass sie voller Blut war. Dem Blut von David Périsse! Am Ende der Straße tauchten Polizisten auf und erkannten sie mit einem Blick.

In die Enge getrieben erhob sich Estelle und warf sich auf den Beifahrersitz in Olivier Royals Wagen.

»Bringen Sie mich ins Krankenhaus, schnell …«

Olivier zögerte einen Augenblick, als er die Polizisten sah, die auf sie zukamen. Estelle blickte ihn flehend an.

»Fahren Sie los, bitte, ich erkläre Ihnen alles unterwegs.«

Olivier drückte das Gaspedal durch, um die Polizisten abzuhängen. Commissaire Renard zielte kurz auf ihn und feuerte dann unwillig in die Luft. Wieder einmal entkam ihr Estelle Esperanza! Mit einem Unterschied: Diesmal hatte Renard freie Hand, um Estelle wiederzufinden und wegen Mordes zu verhaften.

Estelle saß völlig abwesend neben Olivier Royal und ließ sich von den Bewegungen des Wagens hin und her wiegen. Ihr Kopf war schwer, und ihre Gedanken, die sie wellenartig überfielen, vermischten sich.

»Haben Sie Schmerzen? Antworten Sie!«

Noch immer halb lethargisch begriff Estelle mehr oder minder, dass Olivier auf ihr weißes, von Blut beflecktes T-Shirt anspielte. Sie fuhr sich mechanisch mit der Hand über Brust und Bauch.

»Nein, ich habe nichts ... Ich bin nicht verletzt.«

»Woher kommt dann das Blut?«

Sie sah Olivier an, als ob sie ihn erst jetzt wahrnähme.

»Halten Sie an! Sofort! Was hatten Sie vor meinem Haus zu suchen?«

»Ich habe Sie herauskommen sehen und ... Ich wollte nur ...«

Estelles Hand schob sich heimlich zum Türgriff. Aber gerade als sie die Tür aufreißen und fliehen wollte, löste Olivier die Zentralverriegelung aus. Sie saß in der Falle!

»So kommen Sie mir nicht davon! Was ist passiert? Und wo ist Périsse? Antworten Sie!«

»David? Wieso fragen Sie nach ihm?«

»Er hat mich gebeten, ihn heute früh vor Ihrem Haus abzuholen … Stattdessen kommen Sie blutbefleckt angerannt! Ich denke, Sie schulden mir eine Erklärung, oder nicht?«

Estelle antwortete nicht sofort. Davids glasiger Blick und blutüberströmter Körper traten ihr so heftig in den Sinn, dass sie fühlte, wie sich ihre Augen mit Tränen füllten.

»David ist tot. Ich habe ihn heute früh beim Aufwachen quer über meinem Bett gefunden. Mit durchgeschnittener Kehle.«

Zur selben Zeit wurde David Périsses Leichnam aus dem Loft abtransportiert, während die Techniker der Spurensicherung weiterhin alle möglichen Proben und Abdrücke sammelten.

Auf der Türschwelle beendete Renard genervt ein Telefongespräch. Sie näherte sich Trihn und brüllte ihm in die Ohren, als befände er sich am anderen Ende des Raumes.

»Lieutenant Tran! Haben Sie eine Versetzung wegen Unvereinbarkeit der Charaktere beantragt?«

Anstatt verärgert Renards zigste Namensverwechslung zu verbessern, errötete Trihn, weil er in flagranti bei feigem Verhalten ertappt worden war.

»Da ermitteln Sie endlich mal in was anderem als in Diebstählen von Autoradios oder ein paar kümmerlichen Überfällen … Ich hab' Sie ja von Anfang an für einen Trottel gehalten, aber dass es so schlimm ist, konnte ich kaum ahnen!«

»Ich heiße Trihn. Wenn Sie mich schon mobben, dann benutzen Sie wenigstens meinen richtigen Namen, Commissaire!«

Diesmal spürte Trihn, wie er scharlachrot anlief. Er hatte all seinen Mut in die Antwort gelegt und wartete nun tapfer auf die Folgen. Renard musterte ihn einen Augenblick lang, ehe sie sich entfernte, als sei nichts geschehen.

»Na also! Er meutert, wird ja auch Zeit! Schön, was erzählt die Freundin, Elsa? Scheint etwas mitgenommen zu sein …«

»Sie ist um vier Uhr morgens nach Hause gekommen. Sie hatte ein wenig getrunken und ist sofort eingeschlafen … Sie hat nichts gesehen, nichts gehört …«

»Da muss sie aber einen tiefen Schlaf haben. Unser Freund hat sich sicher nicht in aller Ruhe abmurksen lassen!«

Renard ging zu Elsa, die entsetzt der Bahre nachschaute, auf der die von einem weißen Laken bedeckte Leiche David Périsses hinausgetragen wurde.

»Kennen Sie Estelle Esperanza seit langem?«

»Seit zehn Jahren. Wir haben uns im ersten Jahr an der Uni kennengelernt. Ich habe nach der Zwischenprüfung aufgehört. Estelle hat weitergemacht. Sie ist schon immer ehrgeizig gewesen …«

»Glauben Sie, dass sie in der Lage wäre zu töten?«

Die Brutalität der Frage überrumpelte Elsa, und sie antwortete nicht sofort. Renard entging ihr Zögern nicht, und sie beschloss, Elsa noch ein wenig auszufragen …

»Sie sind kein Bauleiter, nicht wahr?«

Olivier hatte den Wagen in einer ruhigen Seitenstraße angehalten. Er reichte Estelle, die ihre Tränen nicht länger hatte zurückhalten können, ein Papiertaschentuch.

»Nein … Ich habe mich einmal um die Bewachung einer Grabungsstelle von Périsse mitten in Bagdad gekümmert. So haben wir uns kennengelernt …«

»Wissen Sie, für wen er hier arbeitete?«

»Anfangs glaubte er, für einen amerikanischen Milliardär zu arbeiten, der genauso besessen vom Schatz der Tempelritter war wie er. Ihm wurde schnell klar, dass dieser Typ nur ein Mittelsmann einer gefährlichen Gruppe war …«

»Die Brüder des Judas. David und ich haben etwas gefunden, das ein materieller Beweis für die Existenz der Prophezeiung sein könnte …«

Estelle brach ab. Sie wurde sich bewusst, dass sie zu viel gesagt hatte. Sie wunderte sich über das Vertrauen, das ihr Olivier Royal einflößte. Schließlich kannte sie ihn ja nicht einmal.

Dennoch bahnten ihre Worte sich einen Weg in Royals Gehirn.

»Deshalb haben sie Sie letzte Nacht nicht zusammen mit David umgebracht …«

»Ich bin sicher, dass man mir Drogen verabreicht hat, ich war ihnen völlig ausgeliefert.«

Sie rieb sich die Augen und fasste sich an den schmerzenden Kopf. Der Nebel darin löste sich langsam auf und machte einem schrecklichen Kopfweh Platz.

»Sie rühren sich nicht vom Fleck, haben Sie verstanden?«

Ohne Estelles Reaktion abzuwarten, schwang sich Olivier aus dem Auto und verschwand in einer Seitenstraße. Auf einmal allein gelassen, fühlte sich Estelle unwohl in ihrem fleckigen T-Shirt. Ihr erster Gedanke war, eine SMS an ihren Vater zu schicken, um ihn zu beruhigen.

Kurz darauf vibrierte Jeans Handy auf dem Sofatisch im Wohnzimmer. Leider war es Commissaire Renard, die es sich schnappte. Nach ihrer kleinen Unterredung mit Elsa Monnier war Renard, ihrem Instinkt folgend, zu Jean geeilt. Sie fühlte, ja war sich sicher, dass sie ihre Aufmerksamkeit auf die Familie Esperanza konzentrieren musste, dass mit ihnen alles zusammenhing. So viele Morde in so kurzer Zeit, alle mehr oder weniger in Verbindung mit der Familie und besonders mit Estelle.

»*Bin okay, melde mich später*. Na, da können Sie ja beruhigt sein, Monsieur Esperanza, oder nicht?«

Renard grinste Jean ironisch an und warf Trihn das Handy zu, der es in der Luft auffing und dabei fast fallen ließ.

»Sie haben fünf Minuten, um den Sendemast zu lokalisieren, von dem aus die Nachricht abgeschickt wurde. Sonst dürfen Sie sich auf eine Versetzung freuen. Wenn Sie dann überhaupt noch da sind …«

Aufgemuntert durch die Wendung der Ereignisse wandte sie sich wieder Jean und Sandra zu und nahm die Befragung dort wieder auf, wo sie zuvor unterbrochen worden war.

»David Périsse war die erste Liebe Ihrer Tochter … Eine verratene Liebe, wenn man Elsa Monnier, ihrer Mitbewohnerin, glauben darf. Ihrer Aussage nach besprang Périsse alles, was sich bewegte!«

»Meine Tochter hat sämtlichen privaten Umgang mit David Périsse vor vier Jahren beendet.«

»Ach ja? Mademoiselle Monnier zufolge hat Ihre Tochter vor weniger als achtundvierzig Stunden die Nacht mit ihm verbracht …«

Jean musste diese Neuigkeit erst einmal verdauen.

»Glauben Sie, dass sie in der Lage ist zu töten?«, bohrte Renard nach.

Jean zögerte den Bruchteil einer Sekunde, ehe er antwortete. Der entschiedene Ton mit dem er »nein« sagte, überzeugte die Kommissarin nicht, die beschloss, ihn aus der Reserve zu locken.

»Man hat mir gesagt, Sie seien Witwer. Estelles Mutter kam bei einem Brand ums Leben ...«

»Das war vor über zwanzig Jahren, ich sehe nicht, was das ...«

»War Ihre Tochter am Tag des Brandes anwesend?«

Diesmal konnte Sandra nicht umhin, sich einzumischen. Seit dem Beginn des Gesprächs, das sich sehr schnell in eine lebhafte Vernehmung verwandelt hatte, hatte sie versucht, sich ein Bild von Renard zu machen, und diese schweigend beobachtet.

»Aber was stellen Sie sich denn vor?«

»Glauben Sie mir, Madame, die Wirklichkeit ist oft schlimmer als Ihr schlimmster Alptraum!«

Jean bedeutete Sandra, nichts mehr zu sagen. Er atmete tief ein und fing an zu erzählen.

»Es war ein Winterabend im Jahre 1983, es war dunkel ... Von der Straße aus sah ich in der Ferne einen Lichtschimmer ... Das Haus lag abseits, zu weit abseits. Niemand hatte die Feuerwehr gerufen. Als ich ankam, verschlangen die Flammen bereits die Mauern der ersten Etage ... Ich konnte meine Tochter retten ... aber nicht ihre Mutter.«

Sandra drückte Jeans Hand. Dieser blickte Renard herausfordernd an.

»Es war ein Unfall. Ein Kaminfeuer hatte einen Stoff entzündet ...«

»In welcher Etage? Wo war Ihre Tochter, als Sie sie gefunden haben?«

»Sie verschwenden Ihre Zeit, Commissaire. Meine Tochter war gerade fünf …«

Sichtlich aufgewühlt stand Jean auf und ging zum Fenster, um seine Gedanken zu ordnen.

Renard glaubte nicht an seine Aufrichtigkeit. Irgendetwas stimmte nicht. Sie ahnte, dass er ihr nicht alles gesagt hatte.

»Ich muss Ihnen leider mitteilen, dass die Anhänger der Verschwörungstheorie, die wir in der Regel als Paranoiker bezeichnen, diesmal voll und ganz recht haben.«

Ein leises Murmeln lief durch den Konferenzraum der European Intelligence Agency. Hinter dem Mikrofon auf der Tribüne zupfte Dona Flores nervös an den Rockfalten ihres anthrazitgrauen Kostüms, während in ihrem Rücken auf einem Plasmabildschirm nacheinander die Fotos mehrerer Personen unterschiedlicher Herkunft gezeigt wurden.

Als Louis' Porträt erschien, offenbarte Dona Flores keine Regung, sondern blickte konzentriert in den Raum, in dem sich die Vertreter der Mitgliedsstaaten der Europäischen Gemeinschaft und einiger anderer befreundeter Staaten versammelt hatten.

Dona Flores sah zu Aubagnac, dem Vertreter Frankreichs, hinüber. Dieser, ein sehr schmächtiger Mann im schwarzen Anzug, hatte Adleraugen, deren scharfer Blick von einer geschickt gebändigten Haarmähne gemildert wurde, was ihm jenen intellektuellen Hauch verlieh, der in Pariser Kreisen so sehr geschätzt wurde.

Mit verschlossenem Gesicht ergriff der Franzose das Wort.

»Unsere Analysten haben berechnet, dass die Brüder des Judas durch die Macht der Prophezeiung ihr Projekt zu einem erfolgreichen Ende führen könnten. Dieses völlig irrsinnige Projekt zielt darauf, die Finanzmärkte zu kontrollieren und die Völker den Interessen einer Handvoll machtbesessener Männer und Frauen zu unterwerfen.«

»Dies erinnert uns alle an die dunkelsten Stunden unserer Geschichte«, fügte Dona Flores düster hinzu, woraufhin Aubagnac fortfuhr:

»Der Auslandsgeheimdienst DGSE hat in Zusammenarbeit mit dem MI 5 einen der Finanzpartner der Brüder des Judas ausfindig gemacht: Es handelt sich um die International Liberty Bank. Die Londoner Zweigstelle steht ab sofort unter Überwachung.«

Während das Gemurmel, dem diese Neuigkeit Nahrung gegeben hatte, wieder auflebte, beugte sich Dona Flores zu Aubagnac.

»Man hat mich informiert, dass Estelle Esperanza von einem nicht identifizierten Individuum Beistand erhalten hat … Ist das einer Ihrer Männer?«, fragte sie den leicht aus der Fassung geratenen französischen Vertreter.

»Nein. Wir haben niemanden in ihrer unmittelbaren Nähe.«

»Das ist besorgniserregend. Ich glaube nicht an den barmherzigen Samariter!«

Im Wagen von Olivier Royal allein gelassen wurde Estelle von panischer Furcht erfasst. Was, wenn er sie ganz einfach hatte sitzenlassen, weil er sie für Davids Mörderin hielt? Sie hatte sich gerade entschlossen, ihr Schicksal selbst in die Hand zu nehmen und zu fliehen, als ein schweres Motorrad neben dem Wagen hielt.

Der behelmte Fahrer starrte Estelle an, die es mit der Angst zu tun bekam. Dann aber erkannte sie Royal. Letzterer sah sofort das Telefon in ihrer Hand.

»Beruhigen Sie mich, Sie haben das doch hoffentlich nicht benutzt?«

»Ich habe niemanden angerufen. Ich habe meinem Vater nur eine SMS geschrieben ...«

Noch ehe Estelle den Satz vollendet hatte, entriss ihr Royal das Handy und warf es in die Abflussrinne.

»Verdammt! Das ist schlimmer als ein Argos-Sender, dieses Teil! Sehen Sie denn nie fern? Na gut, steigen Sie auf!«

Olivier hielt ihr einen zweiten Helm hin.

»Gestohlen, wie auch das Motorrad. Setzen Sie ihn trotzdem auf?«

Estelle zögerte verstört. Erneut stieg Verzweiflung in ihr auf. Oliviers Wut verflog, und er hielt ihr nochmals den Helm hin.

»Kommen Sie, hier dürfen wir nicht bleiben ...«

Mit festen Schritten folgte Dona Flores ihren beiden Bodyguards durch die endlosen Korridore der European Intelligence Agency. Niemand außer ihr konnte wissen, wie entscheidend dieser Moment war. In wenigen Augenblicken würde sie ihr Amt als Präsidentin der Agentur niederlegen, um in den Kreis der ihren zurückzukehren und voll und ganz ihre Rolle bei dieser Suche zu übernehmen.

Als sie auf das Dach des Verwaltungsgebäudes trat, erwartete Aubagnac sie wenige Meter neben dem Hubschrauber, dessen Rotoren sich bereits drehten.

»Unsere zivile Luftüberwachung hat Ihnen soeben die Genehmigung erteilt, das Territorium zu überfliegen.«

Dona Flores begnügte sich mit einem lakonischen »Danke« und ging auf das Cockpit des Hubschraubers zu.

»Nur Sie wissen um die Bedeutung Ihrer Rolle in dieser Schachpartie.«

Ohne auch nur ihre Schritte zu verlangsamen, seufzte Dona Flores, die bestens geübt darin war, Sätze so zu formulieren, dass sie vielfältige Interpretationen zuließen.

»Ich habe diese Rolle nicht gewählt, mein lieber Jacques, ich habe sie geerbt. Wie Estelle Esperanza ihre Rolle von ihrer Familie geerbt hat … Sie wissen das so gut wie wir.«

Verärgert schluckte Aubagnac seinen Zorn hinunter, um sich nichts anmerken zu lassen, und versteckte sich hinter einer bestens einstudierten phlegmatischen Haltung.

»Viel Glück.«

Der Ton seiner Stimme ließ keinen Zweifel an der Ironie seiner Bemerkung. Dona Flores wandte ihm ihr schönes, ernstes Gesicht zu und schenkte ihm ein müdes Lächeln, ehe sie in den Hubschrauber stieg, der sie nach Avignon bringen würde.

»Die Kleine ist zäh …«

Commissaire Renard, die Estelles Telefon in der Hand hielt, erstickte beinahe an ihrer Wut. Neben ihr fuhr ein Techniker der Spurensicherung in weißem Overall unerschütterlich fort, den Rinnstein zu durchsuchen, in dem sie das Handy gefunden hatten. Renard sagte nichts, aber sie wusste, dass er seine Zeit vergeudete.

Ein paar Meter entfernt wies Trihn sie auf eine schwarze Spur auf der Straße hin.

»Es gibt nur eine einzelne Reifenspur, gleich neben dem Rinnstein. Sicher ein Motorrad … Und sie ist tiefer eingedrückt als normal. Ein Fahrer und ein Beifahrer vielleicht …«

»Lesen Sie auch im Kaffeesatz?«, bellte Renard.

Sie warf dem jungen Asiaten, der wie immer rot anlief, einen vernichtenden Blick zu. »Sagen Sie der Spurensicherung Bescheid, die sollen sich darum kümmern. Und sorgen Sie dafür, dass die Überwachung der Familie und der Freunde verstärkt wird. Wir hören sie ab. Festnetz, Handys, E-Mails, das volle Programm!«

Trihn rannte zum Wagen. Renard sah ihm missmutig nach. Wenigstens hatte ihn der Anschiss vom Morgen ein wenig auf Trab gebracht. Er war noch weit davon entfernt, ganz auf der Höhe zu sein, aber immerhin schien er sich anzustrengen.

Am nächsten Morgen, kurz nach Sonnenaufgang, durchquerte Olivier auf dem Motorrad weitläufige Weinberge und hielt schließlich vor einer kleinen, verlassenen Jagdhütte. Instinktiv suchte der junge Mann die Umgebung ab, ehe er eine teilweise von Pflanzen verdeckte Tür aus wurmstichigem Holz aufschob.

»Estelle, sind Sie wach?«

Das Blut stockte ihm in den Adern, als er, sobald sich seine Augen an die Dunkelheit gewöhnt hatten, entdeckte, dass sie nicht mehr auf dem Strohsack lag, auf dem er sie vor nicht einmal einer Stunde schlafend zurückgelassen hatte.

Seine Furcht nahm zu, als er erfolglos den Blick über die vielen Hektar Weinberge schweifen ließ. Keine Gestalt in Sicht, niemand. Hatte sie es mit der Angst zu tun bekommen? Hatte sie geglaubt, er hätte sie im Stich gelassen? Olivier begann schon, seinen kleinen Abstecher in das benachbarte Dorf zu bereuen, als er sie endlich weiter unten am Hang neben dem Fluss erblickte.

Er wollte ihr zurufen, aber der Anblick, der sich ihm bot, hielt ihn davon ab. Die junge Frau hatte, im Glauben, allein zu sein, ihr beflecktes T-Shirt ausgezogen und versuchte vergebens, die Blutspuren zu beseitigen. Trotz seiner Befangenheit konnte Oliver den Blick nicht von den perfekten Brüsten abwenden. Estelles zarte Verwundbarkeit und ihr Oberkörper, der einer Marmorstatue ähnelte, lähmten ihn. Noch nie zuvor hatte er solche Gefühle für eine Frau empfunden, noch nie zuvor hatte ihn jemand so verwirrt wie Estelle.

Ohne im Geringsten zu ahnen, dass sie beobachtet wurde, zog Estelle ihr T-Shirt wieder an, nachdem sie es mit aller Kraft ausgewrungen hatte. Sie errötete, als sie bemerkte, wie aufreizend ihre Kleidung war. Man sah die perfekten Rundungen ihrer Brüste, deren Warzen sich beim Kontakt mit dem noch feuchten Stoff aufgestellt hatten.

Ein schwacher roter Fleck am gegenüberliegenden Ufer zog ihre Aufmerksamkeit auf sich. Das kleine Mädchen aus dem Papstpalast kam, setzte sich an den Fluss und ließ ihre Füße in das eiskalte Wasser baumeln. Wie jedes Mal versuchte Estelle einen Blickkontakt herzustellen, aber das kleine Mädchen schien sie nicht zu bemerken.

Auf einmal ließ es sich ins Wasser gleiten und verschwand unter der Oberfläche, als würde es von dem unergründlichen Blau verschlungen. Ohne zu überlegen, warf sich Estelle in die kalten Fluten. Der plötzliche Kontakt mit dem eisigen Wasser nahm ihr den Atem, so dass sie den Halt verlor und von der Strömung mitgerissen wurde.

Trotz der Panik, die sie nun erfasste, sah sie das kleine Mädchen in dem roten Kleid, das wenige Meter vor ihr wie ein tanzender roter Punkt zwischen zwei Strudeln dahintrieb.

Estelle war schon immer eine gute Schwimmerin gewesen. Sie beschleunigte ihre Bewegungen, um zu dem Mädchen zu gelangen, aber auf einmal fand sie sich von Algen umgeben, die sich kräftezehrend um ihre Arme und Beine schlangen. Es begann, in ihren Schläfen zu pochen, Stimmen liebkosten ihre Ohren. Sie nahm ein Flüstern wahr, das sich bald in einen Gesang verwandelte, der ihren Namen wie ein Mantra endlos wiederholte.

Die Strömung riss sie mit unbarmherziger Kraft mit sich, das Wasser hatte sich blutrot gefärbt, und die Stimmen riefen sie jetzt mit brüllender Lautstärke. Estelle spürte, wie ihr die Sinne schwanden. In ihr kam der Wille auf, den Kampf gegen die Algen, die sie immer weiter in die Tiefe zogen, aufzugeben. Sie wollte sich zu den Stimmen gesellen und wieder Ruhe finden. Gern hätte sie sich einfach treiben und in diesen tiefen Schlaf gleiten lassen, der ihr so verlockend erschien …

Da packten sie zwei Arme und zogen sie an die Oberfläche, wobei sie die Fesseln der Algen durchbrachen. Estelle kämpfte nicht länger, ihr Blick war trübe, ihre Sinne betäubt. Kurz bevor sie auftauchte und endlich wieder einatmen konnte, sandte sie noch einen Gedanken an das kleine Mädchen, das verschwunden war. Dennoch machte sie sich keine Sorgen. Sie wusste, dass das Kind sie bald wieder besuchen würde, sehr bald …

»Kommt es oft vor, dass Sie sich ertränken wollen?«

Wutentbrannt rang Olivier nach Luft, während er neben Estelle, die er aus dem Wasser gerettet hatte, am Ufer lag. Nach der langen Zeit unter Wasser brannten seine Lungen höllisch, und seine Glieder erinnerten ihn schmerzend daran, wie er gegen die Strömung angekämpft hatte.

»Ich habe gesehen … Ich dachte, ich hätte … Ach, nichts. Danke, dass Sie da waren, die Strömung war einfach zu stark.«

Um Oliviers Forderungen nach einer Erklärung zu entgehen, erhob sich Estelle und ging auf die Hütte zu. Ohne Rücksicht auf die Scham der jungen Frau, die ihre Brust unter ihren verschränkten Armen versteckte, hielt Royal sie fest.

»Ich habe gehört, wie Sie zu jemandem gesprochen haben, ehe Sie unter Wasser verschwanden …«

Estelle blieb einen Augenblick lang stehen und überlegte, wählte dann aber wieder einmal eine Ausflucht.

»Das haben Sie sich eingebildet. Ich bin ausgerutscht und dummerweise ins Wasser gefallen, das ist alles.«

Als sie vor der Jagdhütte ankamen, griff Olivier nach einer Plastiktüte, die auf dem Boden neben der Tür lag, und hielt sie Estelle hin.

»Ich war kurz im Dorf und … Hier, ich dachte, das könnten Sie vielleicht gebrauchen …«

In der Tüte lagen eine Bluse, eine Jeans, ein buntgemustertes Kopftuch und einige Toilettensachen. Lächelnd besah Estelle diese Auswahl, die sie angenehm überraschte.

»Das Kopftuch ist für Ihre Haare. Ich dachte mir, das wäre besser, als sie abzuschneiden …«

Mit diesen Worten hielt er ihr die neuste Ausgabe der Lokalzeitung hin, deren Titelblatt sie mit Schrecken las.

»*Ein Mord, eine Verdächtige, zwei Flüchtende!* Jetzt ist es offiziell, Sie sind auf der Flucht, und ich bin Ihr Komplize! Für Sie ein Foto, für mich ein Phantombild …«

»Ich glaub' das nicht!«

Olivier drehte sich um, während sie sich umzog, und las den Artikel vor, der detailliert die Entdeckung der Leiche von David Périsse und Estelles Flucht schilderte. Renard scherte sich weder um die Wahrung von Ermittlungsgeheimnissen noch um Unschuldsvermutungen und nannte neben Estelle als Hauptverdächtige auch andere Personen, gegen die Ermittlungen liefen.

»Finden Sie es nicht seltsam, dass diese Polizistin sich so auf Sie versteift, dass sie genau in dem Augenblick bei Ihnen auftaucht, als Sie entdecken, dass David umgebracht worden ist?«

»Sie denken, dass sie zu den … Brüdern des Judas gehört?«

Olivier blickte skeptisch.

»Glauben Sie etwa an all das Zeug, die Prophezeiung, die Brüder des Judas?«

»Eins ist sicher, es gibt ein paar Fanatiker, die bereit sind zu töten, um die Prophezeiung zu finden und an sich zu bringen.«

»Sie haben mir nicht geantwortet. Glauben Sie daran?«

Estelle zögerte kurz und schrieb dann ihre Antwort auf die Rückseite der Zeitung, die sie Olivier reichte.

»*Der Edelmann im Gewand der Heiligen Mutter hat geschmiedet den Schlüssel zur Prophezeiung von Avignon.* Was soll das heißen?«

»Ich glaube nur an wissenschaftliche Beweise, und zurzeit habe ich nur das. Dieser Spruch bezieht sich auf Nostradamus. David hatte auch etwas herausgefunden. Er kam zu mir, um mit mir darüber zu sprechen … Wissen Sie, was das war?«

Olivier schüttelte den Kopf. Er beobachtete Estelle, die versuchte, Ordnung in ihre Gedanken zu bringen.

»Nostradamus hat den Schlüssel der Prophezeiung geschmiedet. Das ist der Sinn des Rätsels. Das heißt, dass Nostradamus den Schlüssel und damit Zugang zur Prophezeiung besaß.«

»Sind Sie sicher, dass Périsse Ihnen nicht einen verdeckten Hinweis hinterlassen hat, eine Botschaft?«

Estelle zermarterte sich das Hirn, um sich irgendein Detail, ein Zeichen ins Gedächtnis zu rufen. Aber da war nichts. Wenn sie in ihren Erinnerungen nach dem letzten Gespräch mit David suchte, kam ihr nur eins in den Sinn: die Angst, die den Archäologen beherrscht hatte. Eine Angst, gegen die Estelle selbst ankämpfen musste, um ihr nicht zu unterliegen.

»Was hat er Ihnen gesagt, als Sie das letzte Mal mit ihm gesprochen haben?«

Plötzlich blickte Estelle Olivier an, als wäre er der Messias persönlich. Ein Lächeln breitete sich auf ihrem Gesicht aus.

»Er hat die spanische Studentin erwähnt!«

»Die spanische Studentin?«

»Wir müssen auf den Campus der Uni von Avignon!«

V

Im Park der Universität mischten sich Estelle und Olivier unter die Studenten, die herumschlenderten, das schöne Wetter nutzten, um im Gras liegend für ihre Seminare zu lernen, oder sich einfach in der Sonne aalten. Estelle, deren Haare von Oliviers Kopftuch verhüllt waren, schmiegte sich an die Schulter, die der junge Mann ihr bot.

»Hier ist es«, flüsterte Estelle und setzte sich auf die Bank, auf die sie gezeigt hatte.

Während Olivier neben ihr Platz nahm, tat sie so, als ob ihr etwas herabgefallen wäre, beugte sich vor und inspizierte die Unterseite der Bank.

»Was ist denn bitte das Symbolische an dieser Bank?«

»Hier, an dieser Stelle, habe ich David dabei überrascht, wie er mit seiner neuen spanischen Praktikantin geflirtet hat, als wir gerade mal einen Monat zusammen waren ...«

»Und?«

»Ich habe ihm eine Ohrfeige verpasst, da ich damals noch nicht begriffen hatte, dass David einfach so war und sich nie ändern würde. Von diesem Tag an sind wir ... Freunde geworden.«

Olivier lächelte amüsiert über die Anekdote und Estelles Offenheit.

»Entschuldigen Sie meine Neugier ... aber schlafen Sie mit all Ihren Freunden?«

»Hat David Ihnen das erzählt? Er hat damit angegeben, nicht wahr?«

»Er war in der Tat recht zufrieden mit sich …«

Oliviers neckischer Ton ärgerte Estelle, die vergebens versuchte, ihn wegzustoßen: Er saß dicht neben ihr und umarmte sie fester.

»Verstehen Sie mich nicht falsch, Mademoiselle Esperanza! Ich spiele nur meine Rolle, das ist alles.«

Er zeigte auf zwei uniformierte Wächter, die nicht weit von ihnen vorbeigingen. Estelle drehte den Kopf zur Seite, so dass sie ihr Gesicht nicht sahen. Olivier nutzte den Augenblick, um sich ihrem Ohr zu nähern.

»Gut, offen gesagt, es ist nicht unangenehm …«

»Lassen Sie mich los.«

»Sonst verpassen Sie mir eine Ohrfeige? Und dann könnten wir … ›Freunde‹ sein?«

Estelle stieß ihm heftig den Ellbogen in die Seite und griff mit einer raschen Bewegung nach dem Umschlag, der unter der Bank klebte.

»Verstehen auch Sie mich nicht falsch. Ich wollte nur das hier nehmen.«

Sie schenkte ihm ein strahlendes Lächeln und schmiegte sich wie eine Katze an ihn. »Wir werden nie Freunde sein … Wir sind einfach nur Komplizen!«

Olivier setzte zu einer Antwort an, doch Estelle ließ ihn gar nicht erst zu Wort kommen. Sie hatte den Umschlag geöffnet und hielt nun ein kleines quadratisches Gitter aus Gold von etwa zehn Zentimeter Seitenlänge in der Hand.

»Das Cardan-Gitter, von dem David mir erzählt hatte! Er hatte es aus dem päpstlichen Schatz entwendet …«

»Ein Cardan-Gitter! Echt unglaublich!«

Das Stück in Estelles Hand war ein wahres Meisterwerk der Goldschmiedekunst. Es war so außergewöhnlich fein ziseliert, dass es an eine Spitzenklöppelei erinnerte, auf der eine Armillarsphäre dargestellt war, die Estelle auf den ersten Blick erkannte.

»Gut, und was stellen wir jetzt mit Ihrem Gitter an?«

»*Wir*? Wieso, sind *wir* etwa ein Team?«

»Ich habe keine Lust, dass Sie sich wie David abmurksen lassen, das ist alles.«

»Das ist zu nett von Ihnen!«

Oliver warf ihr einen ungeduldigen Blick zu, dem sie eine Weile standhielt, bis sie schließlich nachgab.

»Ich glaube, dass das Gitter für die Centurien angewandt wird, jene legendären prophetischen Texte des Nostradamus … Nostradamus wird in der Botschaft, die ich gefunden habe, erwähnt, und auf dem Gitter ist die Armillarsphäre dargestellt, die auch auf der Vorderseite der Originalausgaben seiner Texte abgebildet ist.«

»Und der einzige Originaltext ist der Text der ersten Auflage. Logisch.«

»Sehr logisch … Doch es gibt nur noch drei Exemplare der Originalausgabe. Das erste wurde in München von einem gewissen Adolf Hitler ausgeliehen und nie zurückgegeben; das zweite befindet sich in Wien und das dritte … bei meinem Patenonkel, Henri, dem großen Bücherliebhaber und Sammler esoterischer Objekte!«

»Zufall oder Fügung?«

»Es fällt mir immer schwerer, an eins von beiden zu glauben …«

Henri trat in die kleine Kapelle, die an das Hauptgebäude des Guts angrenzte. Sie lag sommers wie winters im Schatten, begraben unter den wuchernden Pflanzen, die nicht einmal den Vogelgesang aus dem Park durchdringen ließen. Manche fanden diesen Ort bedrückend, andere, wie Odette, liebten es, sich stundenlang dorthin zurückzuziehen.

Und als ob er es geahnt hätte, traf Henri dort auf seine Mutter, die vor dem kleinen Altar mit den Fotos derer kniete, die sie verlassen hatten.

Im Laufe der Jahre hatte sich Odette mehr und mehr in ihre Einsamkeit zurückgezogen, betete für die Verstorbenen und versuchte, die quälenden Erinnerungen an jene Vergangenheit, die sie nie völlig würde verdrängen können, zu beschwichtigen.

»Mutter, du wirst doch nicht den ganzen Nachmittag hier verbringen … Sei vernünftig, bitte …«

»Ich muss beten. Für Estelle, für Louis, für meinen armen Augustin. Für unser Seelenheil. Alles fängt von vorn an! Sie sind zurück!«

Verstört nahm Henri sie beim Arm. Liebevoll strich er über die faltige Haut der Frau, die sich ihr Leben lang für ihn aufgeopfert hatte.

»Aus Bösem kann auch Gutes entstehen, weißt du, Mutter …«

Odette durchbohrte ihn mit ihrem Blick, ehe sie sich wieder in ihr endloses Gebet vertiefte.

»Sag das nicht! Nicht vor denen, die deswegen ihr Leben gelassen haben …«

Odettes Worte hallten noch in seinem Kopf wider, als Henri Estelle in seiner Bibliothek entdeckte. Die junge Frau, die sich in Begleitung eines Mannes befand, war sichtlich auf der Hut, nachdem sie den Polizisten auf dem Gut durchs Netz geschlüpft war.

Von einer spontanen Gefühlsregung überwältigt schloss Henri sie in seine Arme, glücklich, sie gesund zu sehen, auch wenn er sich Sorgen machte, sie auf der Flucht zu wissen.

»Du solltest dich der Polizei stellen. Du musst deine Unschuld beweisen … Es hat keinen Sinn zu flüchten …«

»Wenn ich mich denen freiwillig ausliefere, werde ich Wochen, vielleicht sogar Monate in Untersuchungshaft verbringen. Verstehst du, Henri, alles spricht gegen mich! Das ist eine Falle!«

»Ich kann Freunde anrufen … Den Präfekten, er ist mir noch einen Gefallen schuldig …«

Estelle winkte ab. Sie erklärte ihrem Onkel den Grund ihres Kommens und bat ihn, seine Ausgabe der Centurien des Nostradamus einsehen zu dürfen. Bei diesen Worten leuchteten Henris Augen auf.

»Sag mir nicht, dass all das mit der Prophezeiung zu tun hat!«

Henri vergaß darüber die Ratschläge, die er ihr soeben noch erteilt hatte, zog sich höchst aufgeregt weiße Baumwollhandschuhe über und reichte Estelle ein weiteres Paar. Die Hand, die Olivier ihm entgegenstreckte, blieb leer, Beweis dafür, dass er nicht eingeladen war, an der Suche teilzunehmen.

Mit unendlicher Behutsamkeit öffnete Henri eine der Vitrinen seiner Bibliothek und entnahm ihr ein in Leder gebundenes Buch. Sein fiebriger Blick verriet seine krankhafte Leidenschaft für alte Werke und besonders dieses hier.

»David und ich haben entdeckt, dass Nostradamus den Schlüssel der Prophezeiung besaß …«

»Was hieße, dass Nostradamus zu seiner Zeit Zugang zur Prophezeiung gehabt hat!«

Henri wurde ganz blass vor Aufregung. Estelle ahnte das leise Zögern, das ihn überkam, bevor er ihr das Buch anvertraute.

Dann stellte er sich neben sie und vertiefte sich in die Betrachtung des Cardan-Gitters, das sie ihm reichte.

»Alle dachten immer, dass er als Astrologe und Sternforscher die Zukunft in den Gestirnen las«, bemerkte Estelle.

»Doch wenn man euch glaubt, dann las er sie in der Prophezeiung von Johannes XXII.? Das wäre eine phantastische Entdeckung! Schade, dass Louis nicht mehr da ist, um dieser Vermutung nachzugehen: Stell dir vor, Estelle, das ist revolutionär!«

Estelle konnte sich ein Lächeln nicht verkneifen, seine leidenschaftliche Begeisterung wirkte ansteckend.

Am Tresen des *Mule du Pape* erzählte Elsa Gil zum wiederholten Mal von dem traumatischen Erlebnis der Entdeckung von Davids Leiche im Nachbarzimmer.

»Ich hatte die Angst meines Lebens! Und all das Blut … Du kannst es dir nicht vorstellen … David lag quer über dem Bett, mit weit aufgerissenen Augen … Ich habe alles gesehen, weißt du, also, wenn man nach so was nicht traumatisiert ist!«

»Das muss furchtbar gewesen sein für Estelle …«

Unwillkürlich war Elsa eingeschnappt. Erneut bedauerte man Estelle, anstatt sich um sie zu kümmern.

»Da hat sie sich ja selbst hineingeritten! Wie kann man nur vor der Polizei fliehen … Tja, jetzt ist sie auf der Titelseite der *Vaucluse libéré*!«

Gil warf einen betrübten Blick auf die Zeitung, die vor ihm auf den Tresen lag.

»Das ist vollkommener Humbug! Sie ist unschuldig, das ist doch klar …«

»Ja, hoffentlich …«, sagte Elsa, während sie mit ernster Miene näher an Gil und Mehdi heranrückte. »Denn, wisst ihr, bei David und ihr ging es manchmal … sehr leidenschaftlich zu. Sie hatte kein leichtes Leben mit ihm!«

Die beiden Männer tauschten einen entsetzten Blick aus, während sie seelenruhig hinter den Tresen ging, um sich einen Kaffee zu machen.

»Das hast du doch hoffentlich nicht den Polizisten erzählt? Elsa, sag bloß nicht!«

»Ich hatte keine andere Wahl! Wenn du die Hexe gesehen hättest, die mich befragt hat …«

Während Elsa sich unter den fassungslosen Blicken des Paares weiterhin als Hausherrin aufspielte, überquerte Sandra die Terrasse des *Mule du Pape*, um dort Sylvain Epstein zu treffen, einen äußerst gutaussehenden etwa vierzigjährigen Mann. Sobald er sie erblickte, legte Epstein seine Zeitung beiseite und stand auf, um sie zu begrüßen.

»Guten Tag, Maître …«

Wie jedes Mal war Epstein von Sandras Schönheit wie geblendet. Alles an ihr schien perfekt, aber dieser unmerkliche Schleier von Nostalgie machte sie so einzigartig und charismatisch. Als ob die Leiden ihrer Vorfahren auf immer in ihrem Körper und ihrer Seele verankert wären.

Der Grund, weshalb sich Sylvain Epstein und Sandra seit einigen Monaten regelmäßig trafen, hatte genau mit dieser tragischen Vergangenheit zu tun. Der Großteil von Sandras Familie war während des Krieges in den Konzentrationslagern ausgelöscht worden. Nur ihr Vater und ihre Mutter waren der Tragödie entkommen, denn tapfere Menschen hatten sie und andere jüdische Kinder versteckt.

Ihre Eltern waren zusammen aufgewachsen, wobei jeder, so gut er konnte, die Familie des anderen ersetzte. Dann hatten sie, als ob sie beweisen wollten, dass das Leben stärker als alles andere war, eine eigene Familie gegründet, indem sie heirateten und Sandra zur Welt brachten.

Sandra hatte Maître Epstein kontaktiert, damit er ihr half, die Retter ihrer Eltern für ihr selbstloses Handeln und ihren Mut auszuzeichnen. Sie wollte, dass Louis und Odette Esperanza als Gerechte unter den Völkern ausgezeichnet würden.

Epstein drückte sanft Sandras Hand. Er versuchte, seine Aufgewühltheit so gut wie möglich zu verbergen; man hatte ihn über die Tragödie, die sich vor kurzem in der Familie Esperanza abgespielt hatte, informiert.

»Sandra ... Es tut mir leid ... Ich habe soeben erfahren, was Ihrer Stieftochter zugestoßen ist. Wenn ich Ihnen helfen kann ...«

»Estelle ist vollkommen unschuldig in dieser schmutzigen Geschichte. Mein Mann hat mit dem Staatsanwalt gesprochen, sie muss sich so bald wie möglich stellen, um sich verteidigen zu können.«

»Wissen Sie, wo sie ist?«

»Leider nicht.«

Epstein ergriff erneut Sandras Hand und drückte sie beruhigend. In diesem Augenblick hätte er alles gegeben, um sie umarmen und trösten zu können, aber er hielt sich zurück. Sie war die Frau eines anderen, und er wollte auf keinen Fall, dass sie seine Absichten missverstand.

Vertrauensvoll lächelte Sandra ihm zu und setzte ihn dann über ihre letzten Gespräche mit Odette in Kenntnis, die bisher kategorisch jegliche Art von Auszeichnung, Medaille oder sonst irgendetwas abgelehnt hatte.

»Ich glaube, dass sie sich endlich einverstanden erklären wird. Der Tod ihres Bruders hat sie sehr mitgenommen …«

»Das Komitee bedauert, Herrn Esperanza die Medaille der Gerechten unter den Völkern erst posthum zu verleihen. Wir hätten natürlich vorgezogen, dies zu seinen Lebzeiten zu tun …«

»Seit Jahren träume ich davon, Louis und Odette als Gerechte unter den Völkern geehrt zu sehen … Ohne die beiden gäbe es mich nicht.«

»Und die Welt wäre um eine der größten Violinistinnen unserer Zeit ärmer …«

Odette tauchte am anderen Ende des Platzes auf. Mit energischen Schritten näherte sie sich dem *Mule*, wie jeden Morgen seit über sechzig Jahren.

Sandra schaute zur Uhr.

»Sehen Sie, ich habe Sie nicht angelogen. Zu dieser Stunde sind Sie sicher, sie hier anzutreffen. Ein richtiges Metronom!«

»Man könnte meinen, dass Helden auch nur ganz normale Menschen sind!«, antwortete Epstein.

Odettes Augen leuchteten auf, als sie Sandra sah, dann aber verzog sie das Gesicht beim Anblick ihres Gegenübers.

»Monsieur Epstein! Wenn ich gewusst hätte …«

»So schnell gebe ich nicht auf!«

»Ich auch nicht, und ich habe nein gesagt, ich will Ihre Auszeichnung nicht.«

Sandra kam Epstein zu Hilfe, den Odette jedes Mal, wenn sie ihm begegnete, mit diebischer Freude herunterputzte.

»Odette, tun Sie es für Louis … Er hatte die Auszeichnung bereits angenommen. Ihn hätte es sehr stolz gemacht zu wissen, dass sie Ihnen gemeinsam verliehen wird.«

»Ich habe es dir schon hundert Mal gesagt, Liebes. Ich habe deine Eltern und all die anderen nicht gerettet, um sechzig Jahre später irgendetwas dafür zu bekommen. Ich habe das getan, weil … weil ich nicht anders konnte, ganz einfach!«

»Unser Komitee wäre sehr geehrt, wenn Sie die Medaille akzeptierten, Madame Esperanza. Sie haben zehn Kinder gerettet. Und deren Nachkommen wünschen sich, dass Sie die Medaille eines Gerechten unter den Völkern tragen.«

Odette hörte ihm schon nicht mehr zu, ihre Gedanken schweiften in die Vergangenheit. Dabei verlor ihr Gesicht jede Spur von Härte, und ihre Züge wurden traurig.

»Als wir sahen, wie all diese Leute von der Polizei mitgenommen wurden, ahnten wir, dass das kein gutes Ende nehmen würde … Gut, ich werde es mir überlegen, aber nur wegen Louis, nicht meinetwegen. Monsieur Epstein, entschuldigen Sie mich jetzt, ich muss mit Sandra reden! Unter vier Augen.«

Epstein begriff, dass die Audienz beendet war. Er ließ die beiden Frauen allein, nicht ohne noch einmal Sandras Hand gedrückt zu haben. Ohne Zweifel würde er alles für diese Frau tun. Aber auch wirklich alles.

Nachdem Epstein gegangen war, blickte Odette misstrauisch um sich und beugte sich zu Sandras Ohr. Als sie ihr verkündete, dass Estelle im Augenblick auf dem Gut und bei bester Gesundheit war, spürte Sandra, wie ihr Herz vor Freude einen Schlag aussetzte. Hastig griff sie nach ihrem Handy … dann aber überlegte sie es sich anders, als sie daran dachte, dass Jean und sie von der Polizei abgehört wurden. Sie würde ihrem Mann die frohe Botschaft direkt überbringen müssen.

Sandra umarmte Odette zärtlich, während diese sich damit vergnügte, Mehdi anzufauchen, weshalb ihr Tee »mit den vier Zuckerstückchen« noch nicht vor ihr stehe.

In der Bibliothek legte Estelle das Cardan-Gitter unermüdlich auf die einzelnen Seiten in Nostradamus' Buch der Centurien, wobei Olivier und Henri sie beobachteten, der eine aufmerksam, der andere etwas ungeduldig. Eine Arbeit, die Sorgfalt und Geduld erforderte, aber glücklicherweise erste Ergebnisse lieferte. Estelle hatte in der Tat mit Hilfe einer Lupe in den feingeschliffenen Verflechtungen winzige Ziffern entdeckt, die sich auf die Nummern der einzelnen Centurien bezogen und nicht auf die Seitenzahlen, wie Henri und sie anfangs geglaubt hatten.

Endlich erschienen also Buchstaben in den Feldern des

Gitters, Buchstaben, die Estelle nun in eine sinnvolle Reihenfolge bringen wollte, während Henri fortfuhr, weitere versteckte Buchstaben auf den prachtvoll kolorierten Seiten des Werks von Nostradamus zu suchen.

E–I-M-D-R-E-A-D-T-R-E-S-I

Die Buchstaben wirbelten durch den Kopf der jungen Frau und fingen an, Wortembryonen zu bilden, die sich wieder auflösten, um neue Formulierungen zu ergeben.

Olivier, der von den beiden ignoriert wurde, fühlte sich überflüssig und versuchte, so gut es ging, die Zeit totzuschlagen. Was ihn schließlich die Langsamkeit, mit der die Minuten verstrichen, vergessen ließ, war der Anblick Estelles.

Diese wirkte wie jenseits von Zeit und Raum, während sie sich auf die Buchstaben konzentrierte und vollkommen von ihren Überlegungen absorbiert war. Hin und wieder schien sie ins Hier und Jetzt zurückzukehren, dann ließ sie kurz ihren Blick durch den Raum wandern, um sich gleich darauf wieder in ihre Überlegungen zu vertiefen. Diese Fähigkeit, sich der Welt zu entziehen und vollkommen in ihrem Tun aufzugehen, faszinierte Olivier, der bald seinen Blick nicht mehr von der jungen Frau abwenden konnte.

»Ich habe den ersten Satz!«

Estelles Freudenschrei überraschte Olivier so sehr, dass er beinahe von der alten Leiter gefallen wäre, auf die er sich gesetzt hatte. Henri war bereits herbeigestürzt und entzifferte die Wortgruppen.

»*Die drei Matres verehrt* … Louis wäre so stolz auf dich, Estelle!«

Begierig, die nächsten Buchstaben zu entschlüsseln, beugte sich die junge Archäologin erneut über die Centurien. In kurzer Zeit gelang es ihr, einen ganzen Vierzeiler zu entschlüsseln:

Die drei Matres zu verehren
Feiern die Getreuen in Heeren
Clemens' Opfer will mehren
Und zu großer Stund die Ägypterin bescheren.

»Noch ein Rätsel! Verstehen Sie davon irgendwas?«, fragte Oliver, enttäuscht über die mangelnde Klarheit der Botschaft.

Henri nahm zufrieden seine Brille ab. Seine Augen glänzten.

»Das ist ein Vierzeiler. Er spielt auf Saintes-Maries-de-la-Mer an, mein Lieber!

»Ich versteh' nur Bahnhof ...«

»Die drei Matres, das sind die drei heidnischen Göttinnen, die von den antiken Völkern in der Camargue verehrt wurden.«

Estelle nickte und führte die Erläuterungen ihres Onkels weiter aus.

»Und als sie missioniert wurden, übernahmen die ersten Christen diesen heidnischen Kult und passten ihn an, dabei wurden dann aus den drei Matres die drei Heiligen, die über das Meer gekommen waren ...«

Olivier warf Estelle unwillkürlich einen bewundernden Blick zu. Als diese das bemerkte, errötete sie verlegen. Um ihre Verwirrung zu verbergen, beugte sie sich wieder über den Vierzeiler, während Henri die Erklärungen abschloss.

»Marie Salomé, Marie-Madeleine und Marie Jacobé! Die in Saintes-Maries-de-la-Mer verehrt werden ...«

Estelles Stimme bekam plötzlich einen ernsten Tonfall, als sie hinzufügte:

»Saintes-Maries-de-la-Mer …, dorthin bin ich als Kind mehrmals mit meinem Großvater gefahren!«

Die Erinnerung übermannte sie. Aber Wagengeräusche im Hof ließen sie erschrocken aufhorchen. Henri lief zum Fenster.

»Mist! Die Polizei!«

Panisch sammelte Estelle ihre Sachen ein und stopfte sie in die Ledertasche, die Henri ihr hinhielt. Dann eilte er zu der überladenen Bücherwand auf der anderen Seite des Raumes und löste einen Gleitmechanismus aus. Ein Teil des Regals wich zur Seite und gab den Blick auf eine Tür frei, die auf eine im Dunkeln liegende Treppe führte.

»Macht schnell! Der Gang verläuft unterirdisch und führt zu einem Gebüsch etwa zwanzig Meter vom Haus entfernt … Passt auf euch auf.«

Ehe sie in dem dunklen Loch in der Mauer verschwand, gab Estelle ihm einen hastigen Kuss auf die Wange. Olivier folgte ihr und schloss die Tür hinter ihnen.

Im Ehrenhof des Guts waren mehrere Streifenwagen zum Stehen gekommen und spuckten nun ein knappes Dutzend Polizisten in Uniform und in Zivil aus. An ihrer Spitze erschien Renard, die entschlossen war, dem Gutsbesitzer auf den Pelz zu rücken. Trihn folgte ihr dicht auf den Fersen.

In militärischem Ton teilte sie ihre Männer ein, ehe sie Henri entgegentrat, der auf der Freitreppe seines Anwesens stand.

»Wo sind sie? Sie werden uns ohnehin nicht entgehen …«

»Aber von wem sprechen Sie, Madame? Wir wurden einander nicht vorgestellt, und ich bitte Sie nicht herein.«

»Schön, Männer, dreht mir jeden Stein in dieser Hütte um … Jeden!«

Drei uniformierte Polizisten schoben Henri beiseite und marschierten ins Haus.

»Ihre dämlichen Kommentare können Sie sich sparen. Ich habe einen Durchsuchungsbefehl! Wo sind Estelle Esperanza und ihr Komplize? Wir haben einen Zeugen! Jemand hat gesehen, wie sie in Ihr Haus gegangen sind!«

»Das ist unmöglich, hier ist niemand außer meiner Mutter, meiner Frau und mir. Und unsere Hausangestellten, natürlich …«

Renard blieb kaum Zeit, sich aufzuregen, da kamen bereits Trihn und ein junger Leutnant namens Villers mit Julien in ihrer Mitte zurück. Julien, der außer einer Jeans nichts anhatte und wie ein Verrückter um sich schlug.

»Verdammt, lassen Sie mich los!«

Diesmal verlor Henri seine legendäre Gelassenheit und erbleichte.

»Was machst du hier?«

Aber er bereute noch im selben Moment seine Frage, als er leider zu spät bemerkte, dass er damit der Kommissarin unfreiwillig Hilfestellung leistete.

»Hast du gehört, was dein Onkel gesagt hat? Was treibst du hier? Warst du bei deiner Schwester?«

»Warum? War Estelle hier? Außerdem bin ich nicht verpflichtet, Ihnen zu antworten …«

»Du lügst sehr schlecht, du warst bei deiner Schwester! Du hast ihr bei ihrer Flucht geholfen! Ab in Gewahrsam mit ihm, das wird seinem Gedächtnis ein wenig auf die Sprünge helfen.«

In diesem Augenblick tauchte auch Nadine am Hauseingang auf. Sie begegnete kurz Henris Blick, der ihr schweigend bedeutete, nichts zu sagen. Aber sie kümmerte sich nicht darum und stellte sich neben Julien.

»Sie täuschen sich. Julien ist unschuldig.«

»Warum? Sind Sie sein Alibi?«

»Genau. Julien hat die Nacht mit mir verbracht. Und den ganzen Morgen. In meinem Zimmer …«

Etwas weiter weg beobachteten Estelle und Olivier die Szene hinter einem Busch versteckt. Als Estelle begriff, dass die rätselhafte Frau, die ihren Don Juan von Bruder in einen romantischen Verliebten verwandelt hatte, niemand anderes war als Nadine, musste sie den Schock erst einmal verdauen. Deshalb also hatte er nicht mit ihr darüber sprechen wollen …

Aber noch bevor sie ihre eigene Meinung zu dieser Affäre überdachte, machte sich Estelle Sorgen über die Reaktion ihres Onkels. Henri hüllte sich in besorgniserregendes Schweigen und ließ Julien nicht aus den Augen. Estelle machte Anstalten, ihrem Bruder, den sie immer beschützt hatte, zu Hilfe zu eilen, aber eine starke Hand hinderte sie daran.

»Sie können nichts für ihn tun, zumindest nicht jetzt.«

Olivier nahm sie bei der Hand und nutzte den Umstand, dass die Polizisten gespannt den Ausgang des Familiendramas abwarteten, das sich vor ihren Augen abspielte, um sich mit der jungen Frau tiefer in den angrenzenden Park zurückzuziehen, wo sein Motorrad hinter der Grundstücksmauer verborgen war.

Nachdem die Polizisten einen neuen Hinweis auf Estelles Aufenthaltsort erhalten hatten, verließen sie rasch das Gut, wobei sie Julien mitnahmen, um seine Aussage zu Protokoll zu bringen.

Auf der Terrasse, die oberhalb der Rhône lag, zögerte Nadine kurz, ehe sie zu Henri ging, der, noch immer stumm, in Gedanken verloren an einem Whisky schlürfte. Nicht die Angst vor ihrem Gatten hielt sie zurück, vielmehr war sie es leid, zum tausendsten Male die Szene zu erleben, die sich zweifellos gleich abspielen würde. Wieder einmal.

»Du lässt dich von deiner Verbitterung beherrschen, Henri … Das bekommt dir nicht. Und mir auch nicht.«

»Dabei waren die Spielregeln klar!«

Nadine näherte sich ihrem Mann und wollte sich wie eine Katze an ihn schmiegen. Beide waren erwachsen, und die Regeln ihrer Beziehung waren in der Tat genau definiert. Als Henri sie heftig zurückstieß, empörte sie sich nicht, sondern setzte nach.

»Du hattest nie etwas dagegen, dass ich mir bei anderen Männern das hole, was du mir nicht geben kannst … Nichts hat sich geändert.«

»Doch! Du hast die Regeln gebrochen!«

Nadine schenkte ihm ihr dämonischstes Lächeln.

»Dazu sind sie doch da … Es ist langweilig, immer das gleiche Spiel zu spielen, findest du nicht?«

»Mit Julien bist du zu weit gegangen! Du beendest schleunigst diese Liaison, ist das klar?«

Henri hatte ihr Handgelenk gepackt und drückte es mit einer Gewalt, die sie überraschte und ihr wehtat. Beide starrten sich einen Augenblick lang an, bis er sie losließ und im Haus verschwand.

Allein auf der Terrasse zurückgelassen musste Nadine sich eingestehen, dass sie ihren Mann noch nie so die Beherrschung hatte verlieren sehen. Sie rieb ihr schmerzendes Handgelenk, unschlüssig darüber, wie sie sich entscheiden sollte.

~

»Bruno? Hi, hier ist Estelle …«

»Hallo, meine Schöne, nett, dass du anrufst. Hast du schon Sehnsucht nach mir?«

»Komm doch einfach, dann wirst du schon sehen …«

»Achtung, sonst stehe ich gleich vor der Tür …«

»Ach ja? Wirklich? Okay, bis gleich, ich warte auf dich.«

Renard stoppte das Tonbandgerät, auf dem sie soeben dieses aufschlussreiche Gespräch mitverfolgt hatte. Sie befand sich in einem getarnten Lieferwagen, der am Ende der Straße stand, in der Estelle wohnte. Sie beglückwünschte den jungen Polizisten, der das Gespräch aufgenommen hatte, und hätte ihn am liebsten umarmt, als er ihr bestätigte, dass die beiden Turteltäubchen seit mehr als einer halben Stunde in der Wohnung waren.

Renard stand an der Spitze einer etwa zehnköpfigen Einsatzgruppe, darunter Trihn, der sich den Weg frei boxte, um auf ihre Höhe zu gelangen, und begann den Angriff. Sie befahl ihren Männern, die Tür einzutreten.

»Keine Bewegung! Polizei!«

Im Halbdunkeln zeichneten sich zwei engumschlungene, halbnackte Gestalten ab, die wie von der Tarantel gestochen aus den Tiefen des Sofas hochfuhren. Elsa, die links und rechts von zwei Polizisten gepackt wurde, begann zu kreischen und wehrte sich mit allen Kräften. Bruno, ihre Bekanntschaft aus der Bar, tat es ihr gleich.

»He! Was soll das? … Hilfe! Aua!«

»Nein, geht's Ihnen noch gut? Lassen Sie mich doch los! Estelle, was ist das für ein fauler Plan?«

Es dauerte eine Weile, bis Renard die Situation durchschaute. Wieso nannte dieser Mann Elsa Estelle? Wutentbrannt baute sie sich vor Elsa auf. Die Kommissarin konnte es nicht fassen, dass die Frau in der Wohnung nicht diejenige war, die sie suchten.

»Elsa, erklären Sie mir bitte, was Sie hier spielen …«

»Elsa? Aber was ist das für ein Irrenhaus hier? Bis vor kurzem hießt du noch Estelle!«, rief Bruno.

»Wo ist Ihre verdammte Freundin?«

Renard schubste Bruno, der natürlich ebenfalls herauszufinden versuchte, was vor sich ging, zur Seite und bellte mit aller Kraft die junge Frau an, die pathetisch in Tränen ausbrach.

Fern von dieser Aufregung ließ Estelle sich von der Geschwindigkeit des Motorrads dahintragen, drückte ihr Gesicht gegen Oliviers Rücken und umschloss dessen Taille mit ihren Armen, während sie auf einer menschenleeren Autobahn auf den Sonnenuntergang zurasten.

Das Motorrad nahm die Ausfahrt Saintes-Maries-de-la-Mer und hielt am Rande der kleinen Stadt, die von ihrer befestigten Kirche überragt wurde.

»Was tun wir jetzt?«, fragte Olivier besorgt. »Ich glaube kaum, dass wir ein Hotelzimmer nehmen können, die

Polizei sucht uns sicher in der ganzen Region per Steckbrief. Wir könnten höchstens am Strand schlafen ...«

Estelle fuhr sich mechanisch durch das Haar und streckte sich. Sie war lange Reisen auf einem Motorrad nicht gewohnt.

»Da sind wir nicht die Einzigen!«, erwiderte sie. »Morgen findet die große Zigeunerwallfahrt statt, und alle schlafen am Strand, so will es die Tradition. Aber ich weiß, wo wir unterkommen können. Ein Stück außerhalb der Stadt, in Richtung des Landguts Mas de la Cure ...«

Sie konnte ihm keine genauere Antwort liefern. Sie wusste nur, dass dies der Ort war, zu dem ihr Großvater sie mehrmals mitgenommen hatte ... und dass sie dorthin musste.

»Warum?«

»Ich weiß es einfach, das ist alles.«

Wenige Minuten später, als die Sonne gerade hinter einer Hügelspitze verschwand, hielt das Motorrad vor dem Tor eines einsam gelegenen Landhauses.

Beide durchschritten das imposante, schmiedeeiserne Eingangstor und gingen auf die Freitreppe zu. Estelle glaubte, in der Ferne Zigeunergesang zu vernehmen. Dann atmete sie tief ein, als würde sie fürchten, was sie hinter der Tür erwartete, und betätigte den schweren kupfernen Klopfer.

Die Tür öffnete sich, und auf der Schwelle erschien Dona Flores. Sie trug einen Rock mit provenzalischen Motiven und eine weiße Bluse. Ihr Haar fiel offen herab und wurde nur von zwei elfenbeinernen Kämen zurückgehalten.

Geblendet von den letzten Sonnenstrahlen musste sie

schützend eine Hand vor Augen halten, um die beiden Gestalten vor ihr auszumachen.

»Dona Flores? Ich bin die Enkelin von Louis Esperanza. Früher kam ich manchmal mit ihm hierher …«

Ein Lächeln erhellte Dona Flores' Gesicht, aber sofort fiel ein Schleier von Traurigkeit darüber und verfinsterte ihren schönen Blick.

»Wenn du hier bist, bedeutet das, dass du Hilfe brauchst, und du hast an der richtigen Tür geklopft. Komm rein, mein Kind. Dein Freund ist ebenfalls willkommen.«

Dona Flores und ihre beiden Gäste saßen nun bequem auf einer Terrasse, die sich auf einen prachtvollen Garten hin öffnete. Die Sonne war endgültig hinter dem Hügel verschwunden, und eine Vielzahl von Windlichtern sorgte für Beleuchtung.

»Um ganz offen zu sein, Estelle, ich wusste, dass du kommen würdest. Ich wusste es von dem Moment an, als ich vom Tod des armen Louis erfuhr.«

Estelle sah sie erstaunt an, während Dona Flores sich Tränen aus den Augen wischte.

»Ich verstehe nicht ganz. Erst beim Entziffern des Vierzeilers habe ich begriffen, dass … Also, ich …«

Dona Flores erriet sogleich die Zweifel, die Estelle überkamen. Sie neigte sich zu der jungen Frau und ergriff ihre Hände.

»Du weißt nicht, ob du mir vertrauen kannst, ich meine, vollständig vertrauen, nicht wahr?«

Estelle nickte und blickte Olivier Unterstützung heischend an. Aber dieser sah betont in eine andere Richtung.

»Du wirst bald lernen, deinem Herzen zu gehorchen,

Estelle. Allein dein Herz kann dir sagen, was richtig ist ... und was nicht.«

»Mein Großvater vertraute Ihnen. In meiner Kindheit hat er mich dreimal hierher mitgenommen.«

»Er wollte sicher sein, dass du Saintes-Maries-de-la-Mer niemals vergisst ...«

Olivier riss sich vom Anblick des Gartens los und machte seiner Verärgerung über die Wendung, die das Gespräch genommen hatte, Luft.

»Uns hat ein Vierzeiler hergeführt, der sich in einer Originalausgabe der Prophezeiungen von Nostradamus versteckte, nicht Estelles Erinnerungen!«

Zu seiner großen Überraschung war es Estelle, die ihm antwortete, nicht Dona Flores. Sie schien jetzt überzeugt, am richtigen Ort zu sein.

»Das stimmt nicht ganz. Als wir den Vierzeiler entzifferten, habe ich verstanden ... habe ich gefühlt, dass wir als Nächstes hierherkommen mussten.«

Olivier brach in ein ironisches Lachen aus. Sein Blick verletzte Estelle, die zornig aufstand, bereit zu einer Auseinandersetzung.

»Okay, einverstanden. Sie haben mich in Ihre Spinnerei mit der Prophezeiung hineingezogen, und jetzt hören Sie auch noch Stimmen!«

»Ich habe nie gesagt, dass ich daran glaube! Und ich habe Sie nicht gezwungen, mir zu folgen, Sie sind derjenige, der sich für meinen Retter hält!«

Ihre hitzigen Charaktere trieben sie wieder einmal zu einem Streit ohne Ende, den Dona Flores schließlich unterband, indem sie die beiden zwang, ihr zuzuhören.

»Kinder ... Kinder, bitte, hört mal: Das alles liegt jenseits unseres Willens. Die Prophezeiung hat euch zueinandergeführt!«

»Oh, das reicht! Bei allem Respekt, den ich Ihnen schulde, ich halte nichts von mystischen Spinnereien!«

Dona Flores schloss kurz die Augen. Nur ganz kurz, aber es schien, als ob die Zeit angehalten worden wäre.

Als sie die Augen wieder öffnete, war Oliver verwirrt verstummt.

»Olivier Royal … So heißt du, nicht wahr? Du bist nicht zufällig hier, das weißt du.«

Olivier reagierte nicht. Er war verunsicherter, als er sich eingestehen wollte. Es war, als ob sie in ihm wie in einem offenen Buch las.

Schließlich brach Estelle das Schweigen und befreite damit Olivier, der von Dona Flores' stechendem Blick gefangen gewesen war.

»Sagen Sie mir, was Sie über die Prophezeiung wissen. Mein Großvater hat mir sein Notizbuch und all seine Anmerkungen hinterlassen … aber es gibt ganze Teile des Rätsels, die sich mir entziehen.«

Dona Flores lächelte. Sie zögerte einen Augenblick, ehe sie sprach, in der Hoffnung, dass die beiden bereit für das waren, was sie ihnen jetzt erzählen würde. Das war höchst ungewiss, aber die Zeit drängte, und sie musste sprechen.

»Was ich weiß, ist, dass Louis sich sein Leben lang damit beschäftigt hat. Und dass er zu dem Schluss gekommen ist, dass sich die Prophezeiung zu einem bestimmten Zeitpunkt offenbaren würde … und zwar auserwählten Personen. Da ihr hier seid, bedeutet das, dass ihr die Auserwählten seid. Und dass der Zeitpunkt gekommen ist.«

Estelle war der Schock über diese Neuigkeit anzumerken,

Olivier hingegen blickte ins Leere. Er schien vor allem peinlich berührt zu sein von dem, was er für einen leichten Anfall von geistiger Verwirrung bei seiner Gastgeberin hielt.

Im *Mule du Pape* waren an diesem Abend alle Tische auf der Terrasse besetzt. Die Luft war so lau, dass die Menschen ihre Sommergewohnheiten wiederaufgenommen hatten, was bedeutete: Aperitif bis spät in die Nacht und Lust auf gesellige Nächte im Trubel der Stadt.

Im Keller war Gil gerade dabei, ein neues Fass Bier an die Zapfanlage anzuschließen, als ihn ein Luftzug im Nacken kitzelte.

»Bist du das, Mehdi? Kannst du mir bitte kurz helfen?«

Als er keine Antwort erhielt, drehte Gil sich um und wunderte sich, seinen Freund nicht zu sehen. Und doch war er überzeugt, seine Anwesenheit gespürt zu haben …

Kurz darauf drehte er sich wieder um, auf einmal von einer Panik erfasst, die er nicht sofort verstand. Aber sosehr er auch versuchte, sich Nadèges Anblick, oder vielmehr den ihres Gespenstes, aus dem Kopf zu schlagen, es gelang ihm nicht.

Mit zittrigen Hände schloss er rasch das neue Fass an, dann trugen ihn seine Beine genauso rasch in Richtung Treppe … wo er Nadège auf einer der Stufen sitzen sah. Die Angst wich dem Entsetzen, und Gil machte einen Satz nach hinten.

»O Scheiße …«

Die blasse Nadège durchbohrte ihn mit einem traurigen Blick aus ihren großen Augen.

»Lass das Tier frei … Gil … Das Tier …«

Entschlossen, sich zusammenzureißen, schüttelte Gil den Kopf und zwang sich zu einem Lachen.

»Ich sehe dich nicht, dich gibt es nicht …«

Aber Nadèges Hand legte sich auf seinen Arm, und beim Kontakt mit der eiskalten Haut zuckte er zusammen.

»Lass das Tier frei …«

Gil stand am Rande eines Zusammenbruchs. Hinter ihm befand sich der dunkle Keller, vor ihm ein Gespenst, das ihn am Fliehen hinderte. Er nahm allen Mut zusammen, schloss die Augen, stürzte sich mit gesenktem Kopf wie ein Sprinter nach vorn und rannte die Treppe hoch, immer zwei Stufen auf einmal nehmend.

Zu seiner riesigen Erleichterung versperrte ihm kein Hindernis den Weg. Nadège war weg. Aber als er oben angelangt war, fiel Gils Blick auf seinen Arm, dorthin, wo Nadèges Hand ihn berührt hatte, und er sah, dass seine Haut feucht war.

»Was ist das nur?«

Endlich trat er blass und schwer atmend hinaus auf die Terrasse, wo sein Blick kurz den von Julien kreuzte, der die kleine Steintreppe zum Dachboden hinauflief.

»Zieh nicht so ein Gesicht, wir sind nicht für ihn verantwortlich, wir haben ihm nur den kleinen Raum unter dem Dach überlassen …«

Gil zuckte zusammen, als er Mehdi hinter sich entdeckte. Letzterer erkannte an Gils erschrockenem Gesicht, dass er sich über die Bedeutung dieses Blicks getäuscht hatte.

»Das ist es nicht …«

»Was dann?«

»Ich weiß nicht, ich habe ein ungutes Gefühl …«

Mehdi lächelte Gil zärtlich an und legte ihm einen Arm um die Schultern.

»Das ist die Stimme des großen Bruders in dir. Er ist verliebt, nicht in die richtige Person, aber er ist verliebt, das ist alles!«

Mehdi entfernte sich, um die Bestellungen der Gäste aufzunehmen. Gils Blick wanderte wieder zur Treppe. Sein Unwohlsein war nicht verschwunden, ganz im Gegenteil.

Im Halbdunkeln des kleinen Dachzimmers nahm Nadine, die in Juliens Armen lag, die Hand ihres Geliebten und legte sie auf ihre Wange.

»Ein schrecklicher Tag …«

»Das geht zu weit, was machen wir jetzt, wo Henri Bescheid weiß?«

Nadine war auf der Hut, sie ahnte Juliens geheime Gedanken und drückte sich an ihn.

»Lass mich nicht allein, Julien, ich kann nicht mehr ohne dich leben.«

»Aber wir können so nicht weitermachen! Er wird uns das Leben zur Hölle machen! Du kennst ihn …«

»Du und ich, wir können uns nicht mehr verlassen, unmöglich …«

Ungestüm gab sie Julien einen sinnlichen Kuss, den der junge Mann erwiderte. Sie übte auf ihn eine Wirkung aus, die er sich nicht erklären konnte. Dabei hatte er viele Mädchen gekannt und nicht gezögert, den Erfolg, der ihm schon seit frühester Jugend beim weiblichen Geschlecht zuteil wurde, auszunutzen. Nachdem er schon mit dreizehn von einer Reitlehrerin entjungfert worden war, hatte er anschließend unzählige Mädchen erobert, ja gesammelt, sich wie berauscht, ohne jemals des Verführens leid zu sein.

Mit Nadine war von Anfang an alles anders gewesen. Zunächst schon mal, weil er sie niemals als eine mögliche Eroberung betrachtet hatte, da er denn doch zu brav war, als dass er sich getraut hätte, sich an die junge Frau seines Onkels zu wagen. Dann, weil sie ihm widerstanden hatte. Sie hatte sich stets über die Jagdtrophäen dieses jungen, heranwachsenden Don Juan amüsiert und bei gemeinsamen Abendessen und anderen Familientreffen immer die Rolle der Vertrauten gespielt.

Dann hatte sie ihm vorgeschlagen, für sie Modell zu stehen, und gleich beim ersten Mal hatte sie ihn aufgefordert, sich vollständig auszuziehen. Julien war dadurch so erregt worden, dass die erste Sitzung früher als vorgesehen wegen unschicklicher Erektion beendet werden musste.

Nadine hatte darüber gelacht und ihm erklärt, so etwas würde vorkommen … und es kam jedes Mal vor, wenn er sich vor ihr auszog. Noch immer wie zum Spiel hatte Nadine vorgeschlagen, ihm zu helfen, und noch ehe er irgendetwas antworten konnte, saß sie schon rittlings auf ihm und ließ ihn ein Vergnügen entdecken, dessen Existenz er nicht einmal vermutet hatte.

Von diesem Tag an war Julien abhängig von Nadine, als ob sich alle Gefühle, die er anderen Frauen verwehrt hatte, nun auf sie konzentrierten. Er liebte sie über alles, konnte ihre Haut, ihren Geruch und ihre Gegenwart nicht mehr entbehren. Er war wie verhext.

»Wir werden weit fortgehen …«

Julien sah Nadine verblüfft und ungläubig an.

»Fortgehen? Ist es das, was du willst? Wirklich?«

»Ja, Liebster, nur wir beide …«

Erneut war Nadine auf ihm und begann, ihn auszuziehen, wobei sie ihm sanfte Worte ins Ohr flüsterte. Erneut war Julien nicht mehr Herr seiner selbst, sondern wogte zwischen dem fleischlichen Vergnügen und dem Traum von einem gemeinsamen Leben zu zweit hin und her.

Meilenweit von solch leidenschaftlicher Stimmung entfernt, sah Renard mit einem Kaffee in der Hand zu, wie Elsa von zwei Polizisten abgeführt wurde.

»Ich habe nichts getan, ich bin unschuldig! Warum verhaften Sie mich?«

»Um Ihnen Zeit zum Nachdenken zu geben! Wenn Sie das nächste Mal den Namen einer Freundin ausleihen, passen Sie auf, dass sie nicht steckbrieflich gesucht wird!«

Trihn folgte Renard in deren Büro und hielt ihr einen Zettel mit einer Adresse hin.

»Schauen Sie, sie hat das hier rausgerückt, das dürfte Sie interessieren …«

»37, rue des Lavandiers? Was ist das?«

»Die Adresse des Verkäufers des gotischen Brandeisens, das Henri Esperanza ersteigert hat.«

»Hat Elsa Monnier auch da ihre Nase drin?«

Trihn lächelte breit, nicht unzufrieden mit sich selbst.

»Voll ins Schwarze: Sie hat Périsse diese Adresse am Tag vor seinem Tod gegeben. Und er ist dorthin gefahren!«

»Dann mal los! Avignon *by night*, Trihn, davon habe ich schon immer geträumt!«

Mit Freude stellte Trihn fest, dass Renard sich endlich

seinen Namen gemerkt hatte. Er sagte ihr lieber nicht, dass sein Arbeitstag seit langem beendet war. Was seine Überstunden betraf, machte er sich nichts vor: Die konnte er sich sonst wohin stecken.

Mit einer Maglite in der Hand suchten Renard und Trihn das unbebaute Grundstück zwischen den Nummern 35 und 39 der rue des Lavandiers ab. Die gute Laune hatte den jungen Polizisten inzwischen verlassen, es machte ihn wahnsinnig, durch Schlamm zu patschen und sich durch Brombeersträucher kämpfen zu müssen, ohne irgendetwas zu sehen.

»Hier ist nichts! Scheiße, es ist zu dunkel, man sieht ja gar nichts!«

»Nur die Ruhe, junger Mann, wird Zeit, dass Sie lernen, nicht gleich bei der ersten Schwierigkeit aufzugeben! Die gute Elsa Monnier lebt viel zu weit hinter dem Mond, als dass sie in der Lage wäre, jemanden absichtlich hinters Licht zu führen. Wenn sie Ihnen diese Adresse genannt hat, dann hat sie die auch von irgendjemandem bekommen!«

Als Renard ihm den Rücken zuwandte, nutzte Trihn die Gelegenheit und zuckte mit den Schultern. Er brummelte vor sich hin:

»Normalerweise gibt man jemandem so eine Adresse, wenn man nicht gefunden werden will!«

»Was murmeln Sie da?«

»Nichts …«

Noch dazu hatte sie Ohren wie ein Luchs, die alte Schachtel!

»Kommen Sie her, anstatt rumzujammern. Hier muss mal ein Haus gestanden haben … da sind die Spuren der

Fundamente. Schauen Sie: eine Treppe, die nach unten führt!«

»Das muss der Eingang zu einem Keller sein … Scheinbar hat man alles über der Erde abgerissen.«

»Aber nicht das Untergeschoss! Helfen Sie mir, den Eingang freizulegen.«

Ein Gang tat sich auf, und Renard leuchtete hinein. Trihn blickte seine Vorgesetzte unsicher an. Diese hielt seinem Blick stand und begann dann, die Stufen hinabzusteigen.

»Sie kommen doch mit?«

Trihn nickte und rang sich ein Lächeln ab. Ja, etwas Schöneres konnte er sich nicht vorstellen!

Mit ihrer Lampe erleuchtete Renard die Mauern des nicht mehr genutzten Kellers, die mit Hakenkreuzen und anderen Graffiti übersät waren.

»Hübsch. Es stinkt, aber es ist hübsch. Hier hat jemand ein Feuer gemacht …«

Instinktiv zog sie einen kleinen Plastikbeutel aus ihrer Tasche und füllte sie mit den Ascheresten eines Lagerfeuers.

Trihn seinerseits untersuchte einen Winkel des Kellers, der in so tiefes Schwarz getaucht war, dass er nicht einmal das Ende ausmachen konnte. Trotzdem wurde er schon bald auf einen Gegenstand aufmerksam.

»Können Sie mal hierher leuchten, da liegt was, sieht aus wie ein Paar Handschuhe …«

Noch ehe Renard ihre Taschenlampe auf den Winkel richten konnte, stieß Trihn einen Entsetzensschrei aus und ließ den Handschuh fallen, den er aufgehoben hatte.

»O verdammt!«

Es waren keine Handschuhe, sondern zwei Hände, die glatt am Übergang zum Handgelenk abgetrennt worden waren.

Während Trihn sich in einer Ecke übergab, untersuchte Renard die beiden Fleischklumpen, wobei sie an sich halten musste, um nicht selbst umzukippen. Die Hände bluteten nicht, sondern wirkten »lebendig«.

»Folgen Sie mir.«

Dona Flores führte Estelle und Olivier über zahlreiche Wege durch den Garten. Manche hie und da verteilte Fackeln schienen den Weg durch dieses grüne Labyrinth zu weisen.

Olivier näherte sich Estelle und flüsterte ihr wie ein Junge, der sich nicht von der Lehrerin erwischen lassen will, ins Ohr.

»Es scheint Sie nicht sehr zu freuen zu wissen, dass das Schicksal uns vereint hat!«

Estelle zuckte mit den Schultern.

»Im Augenblick vereint uns die Flucht vor der Polizei, und das Schicksal hat damit nichts zu tun! Ich glaube nicht mehr als Sie an mystische Spinnereien ... aber ich weiß auch, was ich empfinde!«

»Und was empfinden Sie für mich?«

»Nichts! Und machen Sie sich nur keine Illusionen, Sie sind überhaupt nicht mein Typ!«

Olivier grinste belustigt. Er glaubte ihr kein Wort.

Als sie um ein Gebüsch bogen und die Musik von Zigeunergeigen immer lauter wurde, bot sich Estelle und Olivier ein außergewöhnliches Schauspiel dar. Kinder, Erwachsene und Alte, insgesamt um die vierzig Personen, spielten auf Instrumenten und tanzten um ein riesiges Lagerfeuer. Funken wirbelten durch die Luft, und die sich rhythmisch bewegenden Körper badeten in den warmen Farben der Feuersglut.

»Wow … Was ist das?«

Dona Flores schenkte ihm ein zuversichtliches Lächeln und trat zu einem etwa fünfzigjährigen Mann, der der Anführer dieser Zigeunergruppe zu sein schien.

Sobald sie Dona Flores sahen, hörten die Frauen auf zu tanzen, die Kinder zu singen, die Musiker zu spielen … Nur noch das Knacken des Feuers und die Geräusche der nächtlichen Insekten waren zu vernehmen. Estelle rückte unwillkürlich näher zu Olivier.

Der Anführer kam mit energischen Schritten auf sie zu und musterte sie lange, ehe er beide respektvoll umarmte.

»Wir haben auf euch gewartet. Seit Jahrhunderten wartet meine Familie auf euch …«

Dann trat er zu Dona Flores und begrüßte sie ebenfalls.

»… Aber das Orakel hatte recht. Freunde, Brüder! Sie sind gekommen, sie sind da … Und die Prophezeiung wird sich der Welt offenbaren!«

Nach diesem letzten Satz durchbrachen Freudengesänge die Stille der Nacht, bengalische Feuer wurden entzündet und Gewehrschüsse in den Himmel abgegeben.

Olivier beugte sich zu Estelle.

»Wenn ich gewusst hätte, dass sie schon so lange auf uns warten, hätte ich etwas Passenderes angezogen!«

Das Zigeunerfest wurde mit noch stärkerer Inbrunst fortgesetzt. Estelle und Olivier wurden gleichsam von der Gruppe verschluckt, umarmt und beglückwünscht. Dann brachte man ihnen in großen Goldschalen zu trinken. Beide tauschten einen verblüfften Blick aus, aber als sie sahen, wie Dona Flores aus ihrer Schale trank, waren sie beruhigt und taten es ihr nach.

Mit freudigem Klatschen bedankten sich die Zigeuner dafür, dass sie ihre Gabe angenommen hatten. Mehrere Frauen umringten nun Estelle.

»Wir haben auf dich gewartet, meine Schöne, du bist gekommen. *Querida* …«

Da hatte Estelle auf einmal den Eindruck, dass die ganze Gruppe sich um sie drehte. Auf einmal fühlte sie sich als Beobachterin. Die Musik, die Menge, das Feuer, Dona Flores, die sie mit so viel Rührung betrachtete … all das erschien ihr im Geiste plötzlich viel klarer und zugleich verwirrender. Sie glaubte sogar einmal kurz, ihren Großvater zu sehen, der ihr zulächelte.

Während sie in einem Wirbel von tanzenden Frauen mitgerissen wurde, verlor sich Estelles Blick in den Flammen, die zu den Sternen am Himmel emporstiegen. Den Kopf im Nacken gab sie sich dem Rausch des Augenblicks hin.

Dann vernahm sie eine seltsame Melodie, die vom Garten herüberdrang, den sie vorher durchquert hatten. Wie verzaubert verließ sie die Gruppe und näherte sich dem Singsang.

»In girum imus nocte et consumimur igni … In girum imus nocte et consumimur igni …«

Als sie sich der Quelle des Gesangs näherte, wurde Estelle bald von einem Dutzend unheimlicher Gestalten in langen olivgrünen Mänteln umringt, die ihre beschwörende Litanei wiederaufnahmen.

»In girum imus nocte et consumimur igni … In girum imus nocte et consumimur igni …«

Da erklang eine tiefe Stimme und übertönte den Chor:

»Du gehörst uns, Estelle Esperanza! *Du gehörst uns!*«

Von Panik ergriffen rannte Estelle los, mitten hinein in ein Pflanzenlabyrinth, in dem sie sich hoffnungslos verirrte.

Hinter jeder Wegbiegung endeten die Pfade in einer Sackgasse, während die Chorstimmen unerbittlich näher zu kommen schienen. Kopflos hetzte sie weiter, stolperte und landete schwer auf dem Bauch. Die Stimmen hinter ihr kamen immer näher …

Sie sah, dass der Boden mit gravierten Steinen ausgelegt war. Und das Motiv? Ein gotisches J. Das J der Brüder des Judas. Der letzte Rest ihres Zweifels verschwand.

Die Brüder des Judas hatten sie aufgespürt und beanspruchten sie für sich. Als wolle sie diese Gedanken bestätigen, ertönte erneut die Stimme hinter ihr:

»Du gehörst uns, Estelle Esperanza! Du gehörst uns!«

VI

Keuchend wankte Estelle durch das Gewirr von Ästen und Sträuchern. Das Blut hämmerte so stark in ihren Schläfen, dass sie außerstande war, das Gleichgewicht zu bewahren. Doch kurz bevor sie endgültig in sich zusammensackte, wurde sie plötzlich von zwei Armen gepackt.

Da verwandelte sich ihre Angst in Panik, und sie begann, mit aller Kraft um sich zu schlagen, doch der Griff wurde nur umso enger.

»Beruhigen Sie sich, Estelle, alles ist gut …«

»Lassen Sie mich los, Hilfe!«

»Estelle! Sehen Sie mich an, ich bin es, Olivier!«

Estelles Schreie verstummten, als sie feststellte, dass ihr Angreifer niemand anderes war als Olivier Royal. Sie blickte verunsichert um sich und sah mit Erstaunen, dass das Pflanzenlabyrinth verschwunden und Dona Flores' Garten gewichen war.

»Ich war in einem Labyrinth gefangen! Und die Stimmen riefen mich … Das Labyrinth, Olivier, bin doch nicht verrückt.«

Olivier strich Estelle das Haar aus dem Gesicht und blickte tief in ihre verängstigten, hilflosen Augen.

»Jetzt ist alles gut, beruhigen Sie sich.«

Estelle lehnte sich vertrauensvoll an ihn. Mehr als je zuvor beruhigte sie seine Anwesenheit, seine muskulösen Arme, die sie an seine Brust drückten.

Sie lächelte ihn dankbar an, und Olivier näherte sich zaghaft ihren Lippen. Er küsste sie schüchtern, unsicher darüber, wie die junge Frau reagieren würde.

Estelle zögerte nur kurz, dann erwiderte sie ungestüm seinen Kuss. Olivier zog sie noch stärker an sich. Endlich konnte er den Gefühlen, die er seit ihrer ersten Begegnung für sie empfand, freien Lauf lassen.

Einige Meter entfernt war das Zigeunerfest in vollem Gange. Musik und Tanz mischten sich mit den Flammen, die dem abnehmenden Mond zu huldigen schienen. Inmitten der Zigeuner ließ Dona Flores das engumschlungene Paar nicht aus den Augen.

»Du hattest recht, Louis, die Prophezeiung erfüllt sich«, flüsterte sie.

In diesem Augenblick wurde der Zigeunergesang lauter, als feierte er den neu eingegangenen Bund.

Am nächsten Morgen kurz nach Sonnenaufgang machten sich Commissaire Renard und Lieutenant Trihn an die Arbeit. Über einen Edelstahltisch gebeugt untersuchten sie die beiden einbalsamierten Hände.

Für seine erste Autopsie hatte sich Trihn, so gut er konnte, vorbereitet: ein leichtes Frühstück und Tigerbalsam unter die Nase, um den verschiedenen Gerüchen dieses Ortes zu entgehen. Villers, einer seiner Kollegen, hatte ihm diesen Tipp gegeben. Aber er hatte leider vergessen, ihn darauf hinzuweisen, dass besagter Balsam schrecklich auf der

Haut brannte, wenn man zu großzügig davon auftrug … Gewissenhaft wie er war, gab sich Trihn, dessen Oberlippe nun höllisch brannte, alle Mühe, nicht vor Schmerz laut loszuheulen.

Renard bemerkte die geröteten Augen ihres Assistenten, deutete sie jedoch völlig falsch und glaubte, er sei aufgrund der grausamen Tat kurz davor, in Tränen auszubrechen, und verdrehte genervt die Augen. Zum Glück für Trihn kam Albert, der Gerichtsmediziner, zur Tür herein und ersparte ihm so eine jener bissigen Bemerkungen, die seine Chefin so liebte.

»Es ist verrückt, was zwei Hände uns alles sagen können!«, verkündete Albert ohne Einleitung.

»Das nennt sich Zeichensprache, nicht wahr?«, konnte sich Renard nicht verkneifen zu erwidern.

Beim Anblick von Trihns empörter Miene reagierte die Kommissarin genervt.

»Man kann doch Polizist sein und ein wenig Humor besitzen! Na ja, zumindest manche von uns …«

»Entschuldigung, ich dachte nur an das Opfer, das ist alles.«

Trihn war recht zufrieden, endlich hatte er es gewagt, ihr zu antworten. Unglücklicherweise war sein Ruhm nur von kurzer Dauer: Renard warf Albert einen bedeutungsvollen Blick zu, worauf dieser sich ins Fäustchen lachte. *Ach ja, der Junge …*

»Also, Albert«, sagte Renard, »was sagen sie uns denn genau, diese Pfoten?«

Doktor Albert wurde wieder ernst und beugte sich über seine Notizen.

»Also, also … Beide Hände stammen vom selben Opfer.

Abgetrennt post mortem ... Das ist ja eher eine gute Nachricht.«

Auf Trihns säuerlichen Gesichtsausdruck hin präzisierte Albert:

»Eine gute Nachricht für das Opfer, denn sonst hätte es nach dem Abtrennen Unmengen an Blut verloren, was zu einem qualvollen und langsamen Tod geführt hätte. Zwei glatte Schnitte, die Hände wurden sauber abgetrennt, ohne dass die Knochen beschädigt wurden. Wer das getan hat, wusste, wie er vorzugehen hatte ... zweifellos ein Mediziner. Auf jeden Fall jemand mit perfekten Anatomiekenntnissen.«

»Und was kann man über den Besitzer sagen?«

»Nach Größe und Behaartheit der Hände zu schließen ein Mann, offensichtlich Linkshänder ... und Raucher, wie die Nikotinspuren zwischen Zeige- und Mittelfinger der linken Hand beweisen. Verheiratet: Da, wo sich der Ring befand, ist die Haut nicht gebräunt ... Das war kein Handwerker, es gibt keine Hornhaut oder Spuren von Arbeitsunfällen ...«

Albert las weiter in seinen Notizen und lächelte plötzlich.

»Ach ja, das hier ist wirklich spannend ... Das Tüpfelchen auf dem i! Die Substanz, die zum Einbalsamieren verwendet wurde, ist sehr selten. Es handelt sich um eine Mischung von Chemikalien, die früher von den Sowjets verwendet wurde, um wichtige Persönlichkeiten zu mumifizieren!«

»Die Russen waren das Letzte, das uns in diesem Fall noch gefehlt hat!«, rief Renard.

»Es hat wirklich einen sehr charakteristischen Geruch.

Ich habe mir zwei Tage lang den Kopf zerbrochen, ehe ich draufgekommen bin.«

Der Gerichtsmediziner packte eine der Hände und hielt sie Renard hin, die leicht daran roch und dann das Gesicht verzog.

»Stimmt, schon ziemlich speziell …«

Trihn war beim Anblick der herumgereichten Hand erbleicht, und das, was er gefürchtet hatte, geschah: Albert hielt sie ihm hin.

»Wollen Sie mal riechen?«

»Das wird leider nicht möglich sein, ich …«

Der junge Polizist drehte sich hastig um und unterdrückte einen Brechreiz.

Elsa hatte in der Küche des *Mule du Pape* Platz genommen, wo Gil ihr ein üppiges Frühstück servierte. Sie hatte die Nacht in einer Zelle verbracht, und ihr Ex-Gatte hatte sie in der Früh bei der Polizei abgeholt. Sie hatte ihn angerufen, denn sie brachte nicht den Mut auf, allein in Estelles Loft zurückzukehren.

Gil, der ihr nun gegenübersaß, stellte seine Tasse ab.

»Aber wieso hast du dich für Estelle ausgegeben? Was sollte dieses Theater?«

»Ein Missverständnis, vergiss es …«

»Nein, Elsa, das tue ich nicht, wir müssen uns mal ernsthaft unterhalten, wir beide!«

Elsa nickte. Ihr war nicht ganz wohl in ihrer Haut.

»Ja, ich weiß, was ich gemacht habe, war idiotisch. Aber ich wollte eigentlich gar nicht, ich war nur ganz allein zu Hause und hatte einen Durchhänger … Ich weiß nicht, wieso ich dem Kerl nicht meinen richtigen Namen genannt habe. Und er ist mir wirklich vollkommen egal …«

Gil fühlte, dass das Gespräch aus dem Ruder zu laufen drohte. Er kannte Elsa genau, und er wollte nicht, dass diese einfache Bitte um eine Erklärung in eine endlose Diskussion über ihre ehemalige Beziehung ausartete.

»Du schuldest mir keine Rechenschaft, wir sind geschieden, wir können beide machen, was wir wollen. Darauf wollte ich nicht hinaus.«

»Was soll ich schon mit meiner Freiheit anfangen? Seit wir nicht mehr zusammen sind, geht es mir nicht gut, ich versuch' ja alles und … Ich bin dir nicht böse wegen Mehdi und dem *Mule* und all dem, ich versteh dich, weißt du. Aber es ist hart …«

Elsa brach plötzlich in Tränen aus und traf Gil damit völlig unvorbereitet. Er hatte es noch nie ertragen, sie weinen zu sehen.

»Entschuldige, na, komm her. Das wird schon, mach dir keine Sorgen …«

Er umschlang Elsa und tröstete sie, so gut er konnte. Kaum war sie in den Armen ihres Ex, lächelte sie ihn zärtlich an. Sie profitierte von der Lage und streichelte ihm sogar die Wange.

»Ich liebe es, wenn du nicht rasiert bist. Es hat mir immer gefallen, mit der Hand so darüber zu streichen.«

»Nein, hör auf mit diesem Spielchen …«

Gil schob Elsas Hand beiseite, aber die junge Frau hatte nicht die Absicht, von ihm abzulassen, ganz im Gegenteil.

»Ich will nur, dass du mich für eine Weile in die Arme nimmst, es ist alles so schwer im Augenblick.«

Gils Befürchtungen bestätigten sich: Er hätte nicht nachgeben sollen. Elsa begann, seinen Oberkörper zu streicheln, ihn auf den Hals zu küssen … Er versuchte, sie zurückzustoßen, aber sie hatte bereits angefangen, sein Hemd aufzuknöpfen, und strich mit der Hand über die Brust ihres Ex-Mannes.

Elsas Hände wanderten bereits zu Gils Schritt, und er wusste nicht mehr, was er tun sollte.

»Hör auf, sage ich! Elsa, bitte …«

»Das fehlt mir so sehr, du fehlst mir so sehr. Erinnerst du dich, das ging doch ganz schön ab bei uns beiden, oder? Sag, das fehlt dir doch auch.«

Im Halbdunkeln des Hinterzimmers ging Elsa nun voll zur Sache. Flink zog sie ihre Bluse aus, hakte ihren BH auf und präsentierte ihrem Geliebten ihre üppigen Brüste. Sie packte seine Hände und presste sie auf ihren Busen, während sie sich bog, um seine Liebkosungen zu empfangen.

Gil überlegte nicht länger und erwiderte ihre Küsse. Elsa konnte sich ein siegesgewisses Lächeln nicht verkneifen, als sie die Hose ihres Geliebten aufknöpfte.

Keiner der beiden bemerkte, dass Mehdi sie von der Terrassentür aus beobachtete. Mit zusammengepresstem Kiefer und Tränen des Hasses in den Augen blieb er kurz stehen, ehe er sich umdrehte und im Labyrinth der umliegenden Gässchen verschwand.

Als Estelle erwachte, hatte sie das Gefühl, dass sich jemand neben ihr befand. Sie drehte sich nicht sofort um, eine Vorahnung riet ihr, sich nicht zu bewegen.

»Du bist deinem Großvater sehr ähnlich …«

Estelle drehte sich um und erblickte Dona Flores, die neben ihr auf dem Bett saß und sie mit ihrem rätselhaften Blick musterte.

»Wieso hat Großvater seine Beziehung mit Ihnen während all der Jahre geheim gehalten?«, fragte sie.

»Er hatte wohl Angst, das Andenken seiner Frau zu verraten. Aber vor allem konnte, was uns vereinte, uns auch zu jeder Zeit trennen …«

Estelle hatte sich aufgesetzt und spitzte die Ohren.

»Meinen Sie die Prophezeiung?«

»So viele Männer und Frauen haben nach ihr gesucht. Gute und weniger gute Menschen … Louis wusste, dass Saintes-Maries-de-la-Mer eine wichtige Etappe auf der Suche nach der Prophezeiung war.«

»Und Sie? Haben Sie immer hier gelebt?«

»Auch wir wachen seit Urzeiten über die Prophezeiung.«

»Wer ›wir‹?«

»Die Frauen meiner Familie. Wir gehören der Bruderschaft der Diener Sarahs an. Sarah, die schwarze Jungfrau, die heilige Schutzpatronin der Zigeuner.«

Bei diesen Worten kamen Estelle die letzten beiden Verse des Vierzeilers in den Sinn, den sie dank des Cardan-Gitters entdeckt hatte.

Clemens' Opfer will mehren
Und zu großer Stund die Ägypterin bescheren.

»Die Ägypterin, das ist Sarah, nicht wahr?«, fragte die junge Frau.

Ihre Stimme war hoffnungsfroh: Sie wusste, dass sie auf der richtigen Spur war.

Dona Flores nickte.

»Sarah, die in einem Boot aus Palästina kam, zusammen mit Marie Salomé, Marie Jacobé und Marie-Madeleine. Sie war ihre Dienerin …«

»Ich weiß, dass Papst Clemens VI. der Kapelle von Saintes-Maries-de-la-Mer im Rahmen einer prachtvollen Feier eine Schenkung gemacht hat …«

»Falls du einen Gegenstand suchst, der Sarah ziert, musst du wissen, dass sie nur einmal im Jahr ihren wertvollen Schmuck trägt, nämlich am Tag der Prozession.«

»Und das ist heute … welch ein Zufall.«

Dona Flores kam Estelles Überlegungen mit einem unergründlichen Lächeln zuvor.

»Es gibt weder Zufall noch Fügung in dieser Suche. Ob du es willst oder nicht, dein Schicksal ist vorherbestimmt. Was auch immer es ist.«

Estelle dachte über die Bedeutung dieser Worte nach. Im Laufe ihrer Nachforschungen, die sich nach und nach – dabei hatte Dona Flores recht – in eine Suche verwandelt hatten, wurde ihr rationales Denken immer wieder auf eine harte Probe gestellt. Sie hatte noch nie an Schicksal geglaubt. Zumindest nicht bis zu diesem Tag …

Dona Flores riss sie aus ihren Überlegungen, als sie ihr einen durchaus realen Gegenstand reichte: eine dicke Videokassette, deren Format verriet, dass sie sehr alt war.

»Ich musste deinem Großvater versprechen, sie dir zu geben, solltest du eines Tages hierherkommen …«

Sie öffnete einen Wandschrank, in dem ein Fernseher und ein enormer Videorecorder standen.

»Wissen Sie … Wissen Sie, was darauf ist?«, fragte Estelle.

»Hab Vertrauen, folge deinem Instinkt, fürchte dich nicht …«

Entschlossen schob die junge Frau die Kassette in das Gerät und drückte auf »Play«.

Auf dem Bildschirm erschien Louis' Gesicht in Nahaufnahme. Er hatte die Kamera offensichtlich auf einen Tisch gestellt, was eine seltsame Bildeinstellung zur Folge hatte. Louis ging ein paar Schritte zurück und setzte sich mit dem Gesicht zur Kamera auf einen Sessel.

Estelle konnte ihre Gefühle kaum beherrschen, als sie die Stimme ihres Großvaters vernahm.

»Liebes, wenn du eines Tages dieses Video siehst, dann bist du dabei, meine Suche fortzusetzen. Ich bin stolz auf dich … Ich habe Dona Flores, meine liebe Freundin, gebeten, dir diese Kassette zu übergeben, damit du weißt, was dich erwartet. Schon mit der Entdeckung der ersten Stufe, die zur Prophezeiung führt, wirst du in Gefahr sein. Ich habe dir immer nur die leuchtende Seite der Legende der Esperanzas erzählt, aber es gibt auch eine dunkle Seite, vor der ich dich beschützen wollte. Manche sind zu allem bereit, um die Prophezeiung in ihren Besitz zu bringen, sich ihre Macht anzueignen. In der Vergangenheit haben Männer und Frauen in unsere Familie eingeheiratet, um uns auszuspionieren und unser Geheimnis zu stehlen … und das Blut der Esperanzas hat sich mit dem unserer schärfsten Feinde, den Brüdern des Judas, vermischt.«

Plötzlich trat hinter Louis ein kleines Mädchen ins Bild. Sie ähnelte dem kleinen Mädchen mit dem roten Kleid, das

Estelle schon öfter gesehen hatte. Louis nahm es auf die Knie und zeigte ihm die Kamera.

»Komm, Estelle, wink mal in die Kamera.«

»Mit wem redest du denn da, Opa?«

»Mit jemandem, der sich sehr freuen wird, dich zu sehen ...«

Da winkte das kleine Mädchen Estelle über den Bildschirm zu und umfing dann liebevoll Louis' Hals.

Wie hypnotisiert hatte sich Estelle dem Bildschirm genähert. Sie legte ihre Hand auf das kleine Mädchen.

»Das bin ich mit sechs Jahren ... Und ich ähnle dem kleinen Mädchen in meinen Visionen, aber zugleich bin ich es nicht. Ich verstehe das nicht!«

Dona Flores legte Estelle beruhigend eine Hand auf die Schulter.

»In deiner Familie gab es schon immer eine gewisse Macht, aber bei dir ist sie besonders ausgeprägt, ich spüre das ... Je näher du der Prophezeiung kommen wirst, desto stärker wird sie werden. Du brauchst davor keine Angst zu haben.«

»Und davor? Brauche ich davor auch keine Angst zu haben?«

Estelle öffnete ihr Nachthemd und zeigte Dona Flores ihr rechtes Schulterblatt mit der runden Narbe.

»Man hat mir immer erzählt, ich sei bei dem Brand verletzt worden, der meine Mutter das Leben kostete. Aber inzwischen bezweifle ich das ... Es sieht so aus, als habe man den Abdruck eines glühenden Eisens auslöschen wollen, ein J, zum Beispiel! Großvater wollte mir sagen, dass das Blut der Esperanzas sich mit dem der Brüder des Judas vermischt hat ... Wissen Sie etwas darüber, das mit mir zu tun hat?«

Zum ersten Mal wich Dona Flores ihrem Blick aus. Ihre Selbstsicherheit war verschwunden, und sie schien stark verwirrt.

»Ich kann dir nichts anderes sagen«, flüsterte sie schließlich, »als dass du deinem Großvater und dem, was er gesagt hat, vertrauen sollst …«

In seinem Zimmer packte Julien hastig eine Reisetasche. Er zögerte kurz, ehe er zum Fenster ging. Nachdem er sich versichert hatte, dass niemand ihn sehen konnte – weder seine Eltern noch die Polizisten, die seit Estelles Verschwinden das Haus überwachten –, warf er den Sack hinunter.

Die Tasche landete dumpf auf dem Boden zwischen zwei Lavendelbüschen.

In der Eingangshalle des Hauses stieß der junge Mann auf seine Mutter.

»Julien, dein Vater telefoniert gerade mit dem Staatsanwalt. Es geht um Estelle …«

Beinahe hätte er sich ihr anvertraut, aber dann entschloss er sich doch, sie später anzurufen. Das war sicherer.

»Okay, Mama, halt mich auf dem Laufenden, falls es Neues gibt, ich muss los!«

Sandra küsste ihn liebevoll, während er sie ein wenig fester als gewöhnlich umarmte. Sandra, die sich seit einiger Zeit Sorgen um ihren Sohn machte, spürte ein leichtes Unbehagen bei ihm und rief ihm noch einmal nach, als er schon fast zur Haustür hinaus war.

»Julien, ist alles in Ordnung? Bist du sicher? Gibt es noch etwas, worüber du mit mir sprechen möchtest?«

»Nein, nichts. Mach dir keinen Kopf.«

Julien winkte ihr zu und verschwand. Seine Mutter blieb ratlos zurück.

Sie musste mit Jean über ihre düsteren Vorahnungen sprechen. Ungeduldig wartete sie ab, bis ihr Gatte das Telefongespräch beendete. Aber kaum hatte Jean aufgelegt, machte er auch schon Anstalten aufzubrechen. Also wirklich!

»Der Staatsanwalt erwartet mich, er kann mich noch heute Vormittag empfangen.«

»Jean, Julien macht mir Sorgen. Vielleicht ist es wegen Estelles Verschwinden, aber er war vorhin ganz komisch …«

»Ich muss los, wir unterhalten uns darüber, wenn ich wieder da bin.«

Jean war auf dem Weg zu seinem Wagen, als Sandra ihn noch einmal aufhielt.

»Entschuldige, aber ich glaube wirklich, dass es Julien nicht gutgeht. Ich weiß nicht, was mit ihm los ist und …«

»Ich habe jetzt keine Zeit, ja? Überhaupt sprechen wir zu viel über Juliens Befindlichkeit, wenn du meine Meinung hören willst. Bis später!«

Der Wagen fuhr mit quietschenden Reifen davon, und Sandra blieb verstört zurück.

In einen seidenen Bademantel gehüllt wartete Nadine in ihrem luxuriösen Badezimmer fiebrig auf das Ergebnis des Schwangerschaftstests.

Als sie die Farbe des Streifens sah, überprüfte sie sogleich noch einmal die Erklärung auf der Verpackung: Ein blauer Streifen, ja, sie war wirklich schwanger! Ein ekstatisches Lächeln erhellte ihr Gesicht.

So lange schon! So lange schon hatte sie diesen Augenblick ersehnt!

Das Klingeln des Handys riss sie zurück in die Wirklichkeit. Sie hob nicht ab. Einige Sekunden später ertönte das elektronische Summen erneut. Nadine zögerte, als sie Juliens Namen las.

Julien saß auf dem Bett in dem kleinen Dachzimmer des *Mule du Pape*, die Reisetasche zu seinen Füßen, und wählte erneut die Nummer seiner Geliebten.

»Ich bin's noch mal. Hör mal, ich verstehe nicht, was los ist, ich kann dich nicht erreichen und frage mich, ob ich nicht zum Gut kommen soll …«

Als es klopfte, legte er rasch auf und eilte zur Tür, um aufzumachen.

»Verdammt, ich hatte schon Schiss!«

Vor der Tür stand jedoch Gil.

»Was ist, Gil? Gibt's ein Problem?«

»Nein, das heißt … Hör mal, ich will mich echt nicht in deine Angelegenheiten einmischen, aber Nadine hat mich gerade angerufen, um zu sagen, dass sie nicht kommt.«

»Was? Wie, sie hat dich angerufen? Aber ich kann sie nicht erreichen, ich hab's bestimmt schon hundert Mal versucht! Was soll die Scheiße?«

Gil seufzte. Es gefiel ihm nicht, die schlechte Nachricht überbringen zu müssen.

»Ich wusste es, verdammt, ich hatte ein schlechtes Feeling. Mir war sie von Anfang an nicht geheuer …«

»Warte, wovon redest du?«

»Es ist aus, Julien, sie hat die Nase voll von dir. Das hat sie mich gebeten, dir zu sagen!«

Außer sich vor Wut machte Julien Gil für alles verantwortlich. Er packte ihn am Kragen und holte zum Schlag aus.

»Warum sagst du mir das? Du lügst … Du lügst …«

Aber als er Gils Gesichtsausdruck sah, begriff er, dass dieser es ernst meinte. Er ließ sich auf das Bett fallen und vergrub das Gesicht in seinen Händen. Das Durcheinander seiner Gefühle, die nun auf ihn einstürzten und ihm den Boden unter den Füßen zu entreißen schienen, ließ Tränen der Hilflosigkeit und des Schmerzes in ihm aufsteigen, und er fing an, wie ein kleiner Junge zu weinen.

»Ist alles in Ordnung?«

Olivier hatte sich zu Estelle auf der Terrasse von Dona Flores' Landhaus gesellt. Mit verschränkten Armen und verschlossenem Gesicht blickte die junge Frau starr auf den Horizont, ohne die prachtvolle Landschaft wahrzunehmen, die sich vor ihr erstreckte.

»Alles prima, außer dass das Blut der Brüder des Judas in den Adern meiner Familie fließt … und damit in meinen! Aber Sie glauben ja nicht an diesen Quatsch, nicht wahr?«

Olivier zuckte schicksalsergeben die Achseln.

»Wer kann im einundzwanzigsten Jahrhundert noch an so einen Blödsinn glauben? Die Sache mit der verborgenen

Prophezeiung ist ja schon absurd genug … Aber gut, wieso nicht, alte Dokumente findet man heutzutage fast jeden Tag irgendwo …«

»Wir wissen noch nicht einmal, welche Form die Prophezeiung haben könnte«, bemerkte Estelle seufzend.

Sie wirkte so zerbrechlich … Olivier wollte lieber nicht weiterbohren. Er schwieg eine Weile, dann trat er an sie heran und flüsterte ihr ins Ohr:

»Und sonst, haben Sie gut geschlafen? Haben Sie von mir geträumt?«

Die junge Frau warf ihm einen seltsamen Blick zu und schlug die Augen nieder.

»Ich würde niemals wagen, Ihnen das zu erzählen. Das war so was von … heiß.«

Für einen kurzen Moment war Olivier sprachlos, doch dann lachte Estelle los.

»Wir haben uns geküsst, das war alles – deshalb muss man doch nicht gleich eine schlaflose Nacht verbringen!«

»Dann sind wir uns ja einig. Noch dazu wo ich nicht wusste, wie ich es Ihnen sagen sollte, aber ich stehe mehr auf Rothaarige …«

Einen Moment lang herrschte Schweigen. Es war Olivier, der es schließlich brach.

»Schön. Dona Flores leiht uns ihren Wagen. Wollen Sie noch immer zur Prozession?«

An diesem Wallfahrtstag empfingen die kleinen, verwinkelten Gassen von Saintes-Maries-de-la-Mer eine bunt zusammengewürfelte Menge aus Zigeunern in farbigen Festkostümen und von der ausgelassenen Stimmung beeindruckten Touristen.

Estelle und Olivier mischten sich unter die Leute, deren Ausgelassenheit immer größer wurde, je näher der Zeitpunkt der Prozession rückte. Während sie sich versicherten, dass ihnen niemand folgte, bahnten sie sich einen Weg zur Kirche der drei Heiligen, einem gewaltigen Schiff aus rosarotem Stein, das sich nüchtern, aber dennoch stolz über die kleine Stadt erhob.

Das Kircheninnere, in dem eine nach all dem Straßenlärm erstaunliche Ruhe herrschte, wurde von einem unnatürlich wirkenden Licht überflutet. Dort, auf ihren Booten, standen die Heiligenfiguren und warteten, bereit für die Prozession.

Olivier schien sich in der Stille der Kultstätte unwohl zu fühlen. Er folgte Estelle, die sich den Statuen näherte, deren Ausstrahlung sie faszinierte. Vor der jungen Frau erhob sich nun Sarah die Ägypterin, die schwarze Jungfrau, deren Brust von einer Vielzahl von Medaillen, Goldketten, Edelsteinen und Halbedelsteinen, Anhängern und Kreuzen bedeckt war.

Aber Estelle kam nicht näher heran. Sie wurde von den Trägern gestoppt, denen die Ehre zuteil war, auserwählt worden zu sein. Sie stellten sich im Kreis um ihre Heiligen und knieten nieder, um zu ihren Füßen in Andacht zu verharren.

»Hier können wir nichts tun. Wir müssen abwarten.«

Olivier stand etwas abseits, betrachtete ebenfalls die schwarze Jungfrau und schüttelte zweifelnd den Kopf.

»Gar nicht leicht, unter diesem ganzen Flitter ein Geschenk von Papst Clemens zu finden!«

»Dieser Flitter, wie Sie es nennen, ist die Glaubensbekundung unzähliger Männer und Frauen über mehr als tausend

Jahre hinweg. Ist es eine Gewohnheit von Ihnen, nichts zu respektieren?«

Olivier lachte. Er machte sich über Estelles Ernsthaftigkeit lustig, indem er sie darauf hinwies, dass sie auf einem in den Boden eingelassenen Grabstein aus schwarzem Marmor stand.

»Passen Sie selbst erst mal auf, wohin Sie treten, ehe Sie mir die Leviten lesen!«

Estelle machte hastig einen Schritt zur Seite und entzifferte mechanisch die Inschrift. Neben dem Namen befanden sich ein Stammbaum und ein stilisiertes Auge.

SYLAS REPENZAO
1748 – 1802

»Seltsam«, sagte sie. »Dieses Auge ist ein Symbol aus dem Mittelalter, das vor allem die Päpste benutzten. Es ist eine Aufforderung, das daneben Geschriebene aus einem anderen Blickwinkel zu betrachten.«

Erneut blitzten Oliviers Augen belustigt auf.

»Ich liebe es, wenn Sie das machen.«

»Wieso, was habe ich gemacht?«

»Ihr wahnsinnig ernster und zugleich sehr erregender Lehrerinnenton …«

Reflexartig krachte Estelles Arm gegen Oliviers Brustkorb, was diesem kurz den Atem raubte.

»… aber Ihr Mangel an Humor verdirbt alles!«, fuhr er fort.

Estelle hörte ihm schon nicht mehr zu. Sie war wieder vollkommen versunken in die Betrachtung des Grabsteins.

»Schon wieder ein Anagramm«, bemerkte Olivier.

»Pst, zwei Sekunden, ich versuche, mich zu erinnern, dieser Name sagt mir etwas …«

»Schauen Sie doch, ich sage Ihnen, es ist ein Anagramm: Ihr Name erscheint, Esperanza! Und es bleiben ein L, ein O, ein S und ein Y.«

Estelle riss die Augen auf.

»Loys Esperanza! Ich kann es nicht fassen, das ist einer meiner Vorfahren! Der Letzte, der der Legende zufolge wusste, wo die Prophezeiung versteckt war …«

Estelle untersuchte den Stammbaum. Plötzlich zuckte sie zusammen und zeigte aufgeregt auf einen der Namen.

»Ich hab's. Loys Esperanza ist ein direkter Nachkomme von Jacques Duèse! Deshalb also war mein Großvater so sicher, dass die Prophezeiung und die Familie Esperanza zusammenhängen … Und er hatte recht!«

»Könnten Sie bitte aufhören, in Rätseln zu sprechen? Wer ist dieser Typ?«

»Jacques Duèse ist der wahre Name von Papst Johannes XXII. Das bedeutet, dass meine Familie in direkter Linie vom zweiten Papst Avignons abstammt, der als Entdecker der Prophezeiung gilt!«

Odette saß verstockt und mit vor der Brust verschränkten Armen auf der Terrasse des *Mule du Pape*. Ihre schlechte Laune rührte von der Anwesenheit Lieutenant Trihns her, der neben ihr saß und nicht aufhörte, sie mit seinen Fragen zu belästigen. Der Junge fing langsam an, ihr mächtig auf die Nerven zu gehen!

»Unsere Familie ist eine Familie wie alle anderen. Wir haben nichts zu verbergen, nichts zu erzählen!«

»Entschuldigen Sie, Madame, aber immerhin ist Ihr Bruder ermordet worden, und Ihre Großnichte befindet sich auf der Flucht vor der Polizei. Nicht schlecht für eine Familie wie alle anderen, finden Sie nicht?«

»Pff, das alles ist doch albernes Zeug!«

Trihn schwieg kurz, ehe er zum Gegenangriff ausholte. Die Fragen, die er ihr jetzt stellen würde, brannten ihm schon die ganze Zeit unter den Nägeln.

»Ihr Sohn hat es auf alle Fälle im Leben zu etwas gebracht, und zwar recht schnell, sagen die Leute!«

»Die Leute sagen viel, wenn der Tag lang ist! Wussten Sie das noch nicht?«

Trihn war noch nicht bereit, die Flinte ins Korn zu werfen. Er lächelte sogar, als er sich vorstellte, wie diese Befragung verlaufen würde, wenn Renard sie mit ihrer legendären Schlagfertigkeit führen würde.

»Er hat sich mit dem Weinbau ein beachtliches Vermögen geschaffen, stimmt das?«

»Absolut! Er hat Weinberge gekauft, von denen niemand etwas wissen wollte, und hat hart gearbeitet.«

»Vor allem hat er die Herkunftsbezeichnung Châteauneuf-du-Pape für sie erhalten, und das nur wenige Monate nachdem er sie für ein Butterbrot gekauft hatte …«

Odette geriet einen Moment lang aus der Fassung, aber sie hatte sich schnell wieder im Griff.

»Warum fragen Sie mich das alles, wenn Sie es sowieso schon wissen? Überhaupt, Geschäfte sind nicht meine Stärke.«

In der Absicht, Trihns Fragen bald zu entkommen, nahm

sie Gil zum Zeugen und fuhr mit ihren Ausführungen fort.

»Fragen Sie ihn, nicht mich. Das *Mule* war alles, was ich hatte, und ich habe mich kräftig übers Ohr hauen lassen, als ich es ihm verkauft habe!«

Gil seufzte laut, während er Odettes Tee vor ihr abstellte.

»Odette, treiben Sie es nicht zu weit, und außerdem kann ich es nicht dulden, dass Sie der Kundschaft solche Märchen erzählen.«

»Ich habe keine Wahl, das ist eine polizeiliche Befragung!«

Als Gil wieder im Inneren des Cafés war, knallte er sein Tablett so heftig auf den Tresen, dass Mehdi zusammenzuckte.

»Die alte Ziege ist heute wirklich in Form!«

»Aber der Bulle will's ja auch nicht anders, er fragt sie schon seit über einer halben Stunde aus.«

Diese Antwort stachelte Gils Zorn noch mehr an.

»Was für eine Zeitverschwendung, Odette zu befragen, während Estelle sicher in Gefahr ist! Seit sie verschwunden ist, hat niemand etwas von ihr gehört. Und außerdem weiß doch jeder, dass Odette nichts zu verbergen hat, oder nicht?«

»Und woran erkennst du die Leute, die etwas zu verbergen haben?«, fragte Mehdi.

Dann packte er einen leeren Kasten und stieg in den Keller hinab, wo er ihn wütend mit Flaschen füllte.

Gil folgte ihm, ganz offensichtlich in Streitlaune, und herrschte ihn an:

»Okay, du bist mit dem falschen Fuß aufgestanden, aber langsam wird's anstrengend! Was genau ist denn bitte dein Problem?«

»*Mein* Problem? Du bist mein Problem!«

»Ach, was habe ich denn jetzt schon wieder angestellt?«

Mehdi baute sich vor ihm auf und warf ihm einen eisigen Blick zu.

»Ich habe gesehen, wie du Elsa gevögelt hast. Was soll das? Gehen dir die Weiber ab, oder was? Ich werde hier in diesem verdammten Lokal praktisch jeden Tag angemacht, aber deshalb betrüge ich dich noch lange nicht!«

Die Wut war aus Gil gewichen. Er fühlte sich einfach nur noch dreckig, weil er Elsa gnadenlos in die Falle getappt war.

»Hör auf, das ist doch Scheiße! Ich habe dich nicht betrogen! Als ich Elsa bei der Polizei abgeholt habe, da war sie … Du weißt, wie sie ist, wenn es ihr schlechtgeht.«

»Klar, die Schlampe hat dich gezwungen!«

Mehdis Verzweiflung ging Gil sehr nahe, und er hatte plötzlich Angst, ihn zu verlieren. Er wusste, dass Mehdi in Bezug auf Elsa mehr als nur geduldig gewesen war und dass dieses eine Mal der Tropfen sein konnte, der das Fass endgültig zum Überlaufen brachte.

Als Gil liebevoll versuchte, einen Arm um die Schultern seines Partners zu legen, reagierte dieser reflexartig mit einem Faustschlag, der dumpf in Gils Gesicht landete. In wenigen Sekunden verwandelte sich das Wortgefecht in einen heftigen Kampf. Bei dem Versuch, sich zu befreien, stieß Gil Mehdi fort, so dass dieser in einen Kasten voller Flaschen krachte, der an der Mauer hing. Ohne eingreifen zu können, sah Gil hilflos zu, wie sich der Kasten aus seiner Verankerung löste und seinem Partner schwer auf den Kopf fiel.

»Scheiße! Beweg dich nicht.«

Er stürzte zu ihm. Es gelang ihm, den Kasten hochzuheben und Mehdi zu befreien, der sich glücklicherweise nicht schwer verletzt hatte. Der Barkeeper rieb sich benommen den Kopf.

»Und noch dazu schlägst du mich! Manchmal frag' ich mich echt, wieso ich dich liebe ...«

Gil schloss ihn zärtlich in die Arme, bat um Verzeihung und schwor, dass er alles wiedergutmachen würde, dass Elsa für immer aus ihrem Leben verschwinden würde, dass er sich nicht mehr hereinlegen lassen würde ...

Aber Mehdi hörte ihm gar nicht zu, sein Blick wurde von etwas Seltsamem in der Kellermauer angezogen. Als der Kasten mit den Flaschen sich aus der Mauer gelöst hatte, waren einige Mauersteine herausgebrochen. Dahinter konnte man einen Hohlraum erkennen.

»Hast du das gesehen? Hinter der Mauer ist ein Loch. Sieht so aus, als wäre sie hohl. Komm, hilf mir ...

Zu zweit rissen sie die anderen Mauersteine heraus. Was sie in dem Hohlraum entdeckten, ließ sie vor Angst aufschreien: Ein abscheuliches Monster mit spitzen Zähnen bedrohte sie mit seinem diabolisch aufgerissenen Maul. Gil und Mehdi standen vor einem gotischen Wasserspeier, der sie bedrohlich angrinste.

»Wer ist denn auf die Idee gekommen, so ein Teil hier zu verstecken?«, rief Mehdi und erschauerte angewidert.

Gil war erblasst. Er wich vor dem Wasserspeier zurück, während in seinem Kopf Nadèges tonlose Stimme widerhallte, die er hier im Keller vernommen hatte.

»Das Tier, Gil, befreie das Tier ...«

Bei seiner Ankunft vor dem Kommissariat in Avignon konnte sich Trihn ein kleines zufriedenes Lächeln nicht verkneifen. Er hatte sich entschlossen, der Spur um Henri Esperanza zu folgen, und beglückwünschte sich dazu. Endlich einmal hatte er etwas, das er Renard erzählen konnte und womit er ihr beweisen würde, dass auch er einen Instinkt hatte.

»Ah, doch noch! Ein bisschen später, und wir wären ohne Sie los!«, brüllte ihm die Kommissarin entgegen, die, gefolgt von einem halben Dutzend Beamten, aus dem Gebäude kam. In ihrer Hand hielt sie ihr Holster mit ihrer Waffe.

Überrumpelt stotterte Trihn los und verlor im Handumdrehen seine magere Selbstsicherheit.

»Ich war bei Odette Esperanza, ich glaube, ich habe etwas über ihren Sohn …«

»Okay, super. Bei uns hat dafür der Zeugenaufruf gefruchtet. Und wissen Sie was? Gerade hat man uns Estelle Esperanza auf einem Silbertablett serviert. Sie spaziert mit ihrem Schutzengel in Saintes-Maries-de-la-Mer herum!«

Als sie am Wagen ankamen, machte Trihn Anstalten, auf der Fahrerseite einzusteigen, aber Renard schob ihn schonungslos beiseite.

»Nein, wir haben keine Zeit, lassen Sie mich ans Lenkrad!«

»Aber ich kann fahren, ich …«

Zu spät. Renard hatte bereits die Zündung eingeschaltet und drohte, ohne ihn loszufahren, wenn er sich nicht beeilte einzusteigen. Sie schaltete die Sirene ein und machte ein andächtiges Gesicht.

»Ich liebe diese Musik!«

Niedergeschmettert sah Trihn sie an, während sie beim Anfahren den Motor abwürgte und ihn fast durch die Windschutzscheibe fliegen ließ.

»Humor, Tran, Humor ...«

In Saintes-Maries-de-la-Mer hatte die Prozession begonnen. Zigeunerlieder, Kerzen und Weihrauch ...

In den Reihen der Getreuen folgten Estelle und Olivier dem Zug zu Ehren der Ägypterin Sarah und ließen das schmale Boot nicht aus den Augen, auf dem sich die schwarze Jungfrau aus der wogenden Menschenmasse erhob. Sie warteten auf den geeigneten Augenblick, um sich der Statue zu nähern.

Berauscht von der Inbrunst, die sie umgab, verspürte die junge Frau eine mächtige Erregung, als ob sie genau diesen Tag seit langem erwartet hätte. Sie hatte das Bedürfnis, Oliviers Hand zu ergreifen. Dieser akzeptierte die schüchterne Geste ohne eine weitere Frage, denn auch er fühlte sich von dieser seltsamen Stimmung gepackt.

Gemeinsam beschleunigten sie unisono ihre Schritte, um sich an die Spitze der Prozession zu begeben und endlich in Reichweite der Sarah-Statue zu gelangen.

»Können Sie mir eins erklären? Wie kommt es, dass eine Wissenschaftlerin wie Sie Geschmack an dieser Sache findet?«

Estelle zögerte, als ob sie tief in ihrem Inneren die richtige Antwort suchte.

»Ich weiß nicht, es gibt da einen ganzen Haufen an Vermutungen und Ereignissen, die auf einmal ineinandergreifen zu scheinen. Der Mondzyklus, von dem mein Großvater sprach, hat begonnen. Dann haben wir die Rosette gefunden, den Schatz entdeckt und die Botschaft in den Centurien entschlüsselt … und jetzt sind wir hier, am Tag der Prozession: Nichts davon geschieht zufällig. Die Prophezeiung selbst hat uns hierher geführt …«

»*Uns*? Ich bin kein Esperanza, Estelle. Ich bin nur zufällig in diese Geschichte geraten.«

Estelle blieb stehen und sah ihm geradewegs in die Augen.

»Zufällig? Ich glaube nicht mehr an Zufall!«

Diese spontane Antwort verwirrte Olivier mehr, als er wollte. Estelle ließ ihm keine Zeit für eine Erwiderung. Sie packte ihn bei der Hand und zog ihn entschlossen zur Spitze der Prozession.

Wenige Straßen weiter tobte Renard, weil sie von einer Absperrung aufgehalten wurde, die errichtet worden war, um den Strom der Menschenmenge zu lenken. Sie streckte den Arm aus dem Autofenster und hielt dem wacheschiebenden Gendarm ihren Dienstausweis unter die Nase, einem Riesen von einem Meter neunzig, der sie gelassen von oben herab musterte.

»Kripo Avignon! Öffnen Sie die Absperrung, wir jagen flüchtige Personen.«

»Tut mir leid, Commandant, aber ich darf kein Fahrzeug durchlassen, nicht einmal Kollegen.«

»Commissaire, nicht Commandant! Und dies hier ist ein Notfall, ich lasse Ihnen keine Wahl.«

Der Gendarm machte einen Schritt nach vorn und pumpte seine Brust auf.

»Und ich lasse Sie nicht Starsky und Hutch in meinen überfüllten Gassen spielen. Sie kämen so oder so nicht voran!«

Er verschränkte ungerührt die Arme vor der Brust, so dass Renard zu ihrem Ärger gezwungen war, ihren Männern zu befehlen, auszusteigen und ihr zu Fuß zu folgen.

»Auf geht's, beeilt euch, wir haben schon genug Zeit verloren.«

Und dann, an den Gendarm gewandt:

»Sie, mein Lieber, werden Ihren Lohn noch bekommen!«

Olivier und Estelle waren gerade auf Höhe der Ägypterin Sarah angekommen, als plötzlich in einer Gasse ein Schuss fiel, gefolgt von einem zweiten und einem dritten.

»Polizei, haltet sie!«

Renard war zu allem bereit, um sie zu stoppen, und schoss in die Luft, damit die dichtgedrängte Menge sie und ihre Männer durchließ.

Unter den Teilnehmern der Prozession machte sich Panik breit, und die Träger konnten das Boot nur mit größter Mühe im Gleichgewicht halten, bis einer unter ihnen stolperte und zu Boden fiel.

Vor den Augen Estelles und Oliviers, die versuchten, sich zu der Sänfte durchzukämpfen, schwankte die Heilige gefährlich, ehe sie auf das Kopfsteinpflaster kippte. Wie ein Elektroschock jagte eine Welle der Empörung durch die nun aufgebrachte Menge. Die Zuschauer drehten sich allesamt zu Renard und ihren Männern um, die soeben die Prozession entweiht hatten.

Estelle nutzte das Chaos und stürzte in einem Sekundenbruchteil zur Statue.

»Jetzt!«

Olivier half ihr, die Skulptur aufzuheben. Als sie die Masse an Halsketten und Schmuckstücken sah, zögerte Estelle. Dann packte sie blitzschnell, wie von einem mächtigen Instinkt getrieben, eine Art mit glänzenden Steinen geschmückte Katzenpfote. Sie wechselte einen raschen Blick mit Olivier, der mit einem Kopfnicken zustimmte.

Beide ließen von der schwarzen Jungfrau ab, tauchten in eine Seitenstraße und entkamen damit sowohl der Menge als auch den Polizisten.

Kurz bevor Renard und ihre Männer ebenfalls in die Gasse einbogen, konnten Olivier und Estelle sich auf einen Balkon retten, wo sie sich flach zu Boden warfen.

Während die Polizisten unter ihnen vorbeirannten, flüsterte Olivier, der auf Estelle lag, ihr ins Ohr:

»Romantisch, nicht wahr? Das erinnert mich an unsere erste Begegnung …«

Mit einer kräftigen Schulterbewegung warf Estelle ihn herum, so dass nun sie auf ihm lag.

»Mir ist es so lieber, das stört Sie doch nicht?«

Dann erhob sie sich, ohne ihm Zeit für eine Antwort zu geben, und hielt ihm die Hand hin, um ihm aufzuhelfen. Beide setzten ihren Lauf durch die Gassen fort, die immer ruhiger wurden, je weiter sie sich von der Prozession entfernten. Als sie endlich kurz stehen bleiben konnten, waren sie völlig außer Atem.

Olivier ließ den Anhänger, den sich Estelle um den Hals gehängt hatte, durch seine Finger gleiten. Verdutzt untersuchte er ihn von allen Seiten.

»Wie wussten Sie, dass es der richtige war?«

»So wie Sie …«

Nein, er glaubte nicht an diesen Unfug! Und doch musste er sich eingestehen, dass auch er den Anhänger »wiedererkannt« hatte. Warum?

Es blieb ihm keine Zeit, sich länger mit der Frage auseinanderzusetzen. Renard war soeben am Ende des Gässchens aufgetaucht, ein breites Grinsen im Gesicht.

»Schade für Sie, aber das ist eine Sackgasse.«

Augenblicklich waren Estelle und Oliver umzingelt und mit Handschellen gefesselt.

»Los, ab nach Hause!«, meckerte Renard. »Ich hasse Außeneinsätze.«

»Ich habe soeben mit dem Staatsanwalt telefoniert, und ich darf Ihnen nicht ohne ein gewisses Vergnügen offiziell mitteilen, dass Sie wegen der Morde an Professor Brac und David Périsse vorläufig festgenommen sind …«

Renard pflanzte sich vor Estelle auf, die in einem Vernehmungsraum saß und noch immer Handschellen trug. Die Müdigkeit war ihr ins Gesicht geschrieben. Tiefe Ringe unter ihren grünen Augen verrieten die Nachwirkungen dessen, was sie in den vergangenen Stunden hatte durchmachen müssen.

»Warum nicht gleich auch für den Mord an meinem Großvater, wo Sie schon dabei sind?«, zischte sie.

»Ich gebe die Hoffnung nicht auf, glauben Sie mir.«

»Das ist lächerlich, und Sie wissen es. Ich habe niemanden umgebracht, ich bin das Opfer von Machenschaften!«

»Ja, ich hatte vergessen: ›Sie‹ sind unter uns, und ›sie‹ wollen uns zerstören. Kommen Sie, das reicht jetzt, genug gespielt! Wo waren Sie in der Nacht, als Brac getötet wurde?«

Diesen Abend hatte Estelle mit David Périsse verbracht, der dies aus guten Gründen niemals mehr würde bestätigen können. Die junge Frau ahnte, in welcher Klemme sie steckte, und fühlte, wie der Mut sie verließ. Aber sie wollte vor dieser ekelhaften Kommissarin, die fest entschlossen schien, sie vollständig in die Enge zu treiben, keine Schwäche zeigen.

»Sie sollten lieber bei den Brüdern des Judas suchen! Die stecken hinter all diesen Morden.«

»Das ist aber interessant.«

»Sie kennen sie, Sie haben bereits einige Verbindungselemente, denn David arbeitete für sie, sie haben ihn umgebracht … und meinen Großvater …«

»Haben Sie einen Beweis für ihre Existenz? Wer sagt mir, dass Sie nicht eine von ihnen sind? Wer sagt mir, dass Sie sie nicht einfach als Vorwand nehmen, um Ihre eigenen Verbrechen zu verbergen?«

Bei diesen Worten erstarrte Estelle innerlich. Sie dachte an die Videonachricht, die ihr Louis gelassen hatte. Unwillkürlich warf sie Renard, die sie kalt musterte, einen verwirrten Blick zu.

Ganz entschieden war es nicht Trihns Tag. Der Leutnant sollte mit der Vernehmung von Olivier Royal beginnen. Zunächst war er noch ganz stolz gewesen, weil Renard ihm endlich einen Auftrag erteilte, der bewies, dass sie Vertrauen in seine Fähigkeiten hatte, aber er war schnell ernüchtert gewesen, als er begriff, dass Olivier sich weigerte, auf irgendeine seiner Fragen zu antworten. In der Tat verlangte Royal ununterbrochen, Commissaire Renard zu sprechen.

Ungerührt ließ die Kommissarin ihn ein paar Stunden

schmoren, ehe sie zu ihm ging. Sie würde sich von einem Kriminellen nicht vorschreiben lassen, wie sie sich zu verhalten hatte. Erst recht, da er sie deutlich weniger interessierte als ihre nun offizielle Hauptverdächtige.

»Nun … Olivier Royal, dreiunddreißig Jahre alt, nicht vorbestraft. Bis heute, denn nun sind Sie der Beihilfe zum Mord verdächtig.«

»0600858252.«

»Wie bitte?«

»0600858252.«

»Nicht mit mir, keine Anrufe, bevor ich es entscheide! Was ist das, die Handynummer Ihres Anwalts?«

»Nein, die Antwort auf viele Ihrer Fragen.«

Erstaunlicherweise ließ sich Royal keinerlei Müdigkeit oder Furcht anmerken. Renard war von seiner Kaltblütigkeit beeindruckt.

»Ich sage es Ihnen lieber gleich, ich hasse kleine Klugscheißer …«

»Das müssen Sie wissen.«

Renard grinste boshaft. Diese Art von Herausforderung reizte sie ungemein. Die Zeit und das System waren auf ihrer Seite, und am Ende gewann sie immer.

»Okay, Sie wollen Ihr Spielchen treiben. Ich habe Sie gewarnt.«

Sie hielt Royal ihr Handy hin und sah zu, wie er die besagte Nummer eintippte. Sobald eine Verbindung hergestellt war, riss sie ihm das Handy aus den Händen.

»Commissaire Renard am Apparat, mit wem spreche ich?«

Die Antwort schien die Karten komplett neu zu verteilen.

Olivier blieb in Gewahrsam, bis im Kommissariat die Nachtruhe eingekehrt war, und verließ dann unbemerkt zusammen mit Renard das Gebäude. Zuvor hatte sie eigenhändig das Entlassungsschreiben ausgestellt, das Oliviers Gefängnisaufenthalt beendete.

Offiziell war Olivier Royal nichts weiter als ein einfacher Zeuge, dessen Aussage man vorschriftsmäßig aufgenommen hatte.

Im Herzen der Londoner City warf der Mond seinen blassen Schein auf die in Nebel getauchten Wolkenkratzer.

In der obersten Etage eines dieser Gebäude ergriff ein eleganter, etwa fünfzigjähriger Mann seinen Regenmantel und einen Filzhut und machte Anstalten, sein Büro zu verlassen, das elegant Glas und Stahl miteinander verband. Er hatte diese Stadt und ihr rauhes Klima schon immer gehasst. Glücklicherweise hatte die Liberty Bank, deren Vorsitzender er war, zahlreiche Außenstellen in der ganzen Welt und würde bald über noch mehr verfügen.

Begleitet von seinem Leibwächter stieg der Mann gerade in den Aufzug, als sein engster Mitarbeiter ihn völlig aufgelöst aufhielt. Letzterer sprach ihn in einem Englisch an, dessen affektierten Akzent der Präsident nicht mehr ertragen konnte.

»Sir, man hat uns soeben über die Red Line kontaktiert. Scotland Yard ist unterwegs, gefolgt vom Dezernat Finanzkriminalität. Sie werden in jedem Moment auftauchen und …«

»Too late, Sixty-One …«, sagte der Präsident entnervt.

Der Leibwächter jagte dem jungen Briten eiskalt eine Kugel in den Kopf, so dass dieser in sich zusammensackte, bevor er seinen Satz vollenden konnte. Damit ereilte ihn dasselbe Schicksal wie die beiden persönlichen Assistenten des Präsidenten.

Kurz darauf begegnete ein Bentley mit getönten Fensterscheiben, der aus einem Parkhaus fuhr, mehreren Streifenwagen, die mit heulenden Sirenen und quietschenden Reifen vor dem Turm der Liberty Bank bremsten.

An diesem Morgen hatte es Nadine früh aus dem Bett getrieben, gepackt von einem gewaltigen Kreativitätsschub, wie sie ihn seit langem nicht mehr erlebt hatte. Vielleicht die Rätsel der Mutterschaft, dachte sie.

Nach einer Razzia beim »Farbenhändler«, wie sie das Geschäft zu nennen pflegte, in dem sie sich mit Farben und unterschiedlichsten Materialien eindeckte, eilte sie in ihr Atelier und betete, dass ihre Inspiration sie nicht wieder verließ.

Kaum war sie eingetreten, tauchte ein Schatten vor ihr auf. Erregt und ungeduldig packte Julien sie und drückte sie an sich, als wolle er sie niemals mehr loslassen.

»Hast du mir einen Schrecken eingejagt! Was machst du hier?«, japste Nadine.

»Du hast mir einen Schlüssel gegeben, hast du das schon vergessen?«

Nadine konnte sich aus seiner Umklammerung lösen und schloss hastig die Tür.

»Bist du jemandem begegnet? Henri hat dich doch nicht gesehen, oder?«

»Henri ist mir scheißegal, ich will wissen, wieso du nicht zu unserer Verabredung gekommen bist! Warum hebst du nicht ab, wenn ich anrufe? Was soll das?«

Nervös griff Nadine nach ihrer Schachtel Mentholzigaretten und zündete sich eine an.

»Ich kann nicht einfach so weg, das kann ich Henri nicht antun. Er ist mein Mann, er ... Aber wenn ich dich sehe, dann ... Ach, Julien, du musst mir helfen, geh fort, lass mich ...«

»Aber du liebst ihn nicht mehr, du willst mit mir zusammen sein!«

Juliens Spontaneität und seine Begeisterung schienen wieder einmal stärker zu sein als Nadines gute Vorsätze.

»Für dich ist alles so einfach! Du bist jung und frei ... Es stimmt, dass ich Henri nicht mehr liebe, aber ich respektiere ihn zu sehr, als dass ich mich einfach von einem auf den anderen Tag aus dem Staub machen könnte. Du wirst das verstehen, wenn du einmal verheiratet bist ...«

»Und wenn ich warte? Wenn ich dir Zeit lasse? Ich bin zu allem bereit!«

Als Antwort gab ihm Nadine einen Kuss, der einen weiteren, leidenschaftlicheren nach sich zog.

»Du hattest recht herzukommen, zwischen uns beiden kann einfach nicht Schluss sein. Aber wir müssen von nun an diskreter sein, einverstanden? Ich wusste, dass ich nicht würde widerstehen können, wenn ich dich sehe. Versprich mir, dass es das letzte Mal ist.«

Schmusend schmiegte sich Nadine an Julien und begann, ihn auszuziehen.

»Was immer du willst. Du machst mich verrückt ...«

»Hast du über mein Ultimatum nachgedacht?«

Henri wandte sich an Nadine, die zu ihm in die Bibliothek gekommen war, wie sie es hin und wieder tat. Wie sie es früher getan hatte, als ihre Beziehung noch auf echten Gefühlen basierte. Aber diese Zeit war schon lange vorbei, und Henri war noch nie ein nostalgischer Mensch gewesen.

Nadine antwortete nicht, sondern beobachtete ihn in stiller Vorfreude auf ihren Sieg.

»Also, sag mir, zu was hast du dich entschieden?«

»Ich bin schwanger.«

Die Neuigkeit traf Henri vollkommen unvorbereitet und mit einer Heftigkeit, die ihn selbst überraschte. In der Vergangenheit hatte er diesen Satz so heiß ersehnt, dass er schließlich unwirklich geworden war. Und jetzt, wo er nun tatsächlich auftauchte, hatte er natürlich eine ganz andere Bedeutung.

»Wie hast du …«

»Ich habe es für dich getan, damit du endlich einen Nachkommen der Esperanzas hast. Jetzt hör mir gut zu, Henri: Wenn du das Kind nicht willst, gehe ich, und du siehst mich nie wieder. Aber wenn ich bleibe, dann nicht um weitere Eifersuchtsszenen ertragen zu müssen. Überleg es dir gut!«

Nadine hatte jedes einzelne Wort ausgekostet. Endlich kam sie zum Zuge, nach all den Jahren der Entbehrungen und Opfer. Endlich würde sie ihr Schicksal in ihre Hände nehmen können.

»Damit es klar ist: Ich gebe Ihnen zwei Minuten und keine Sekunde länger.«

Renard erwiderte böse Jean Esperanzas Blick und drückte so noch einmal ihre Unzufriedenheit aus. Dank seiner einflussreichen Kontakte war es Estelles Vater gelungen, die Erlaubnis zu erhalten, seiner Tochter einen Besuch abzustatten, während sie in Polizeigewahrsam war. In Renards Augen war dies ein Verstoß gegen jegliche Gesetze, ein Machtmissbrauch, wie er im Buche stand. Aber die Kommissarin wusste genauso gut, dass ihr nicht viel anderes übrigblieb, als es zähneknirschend hinzunehmen.

Jean öffnete die Tür zu dem Raum, in dem Estelle ihn erwartete. Vor dem Eintreten drehte er sich zur Kommissarin um.

»Ich danke Ihnen.«

»Wirklich keine Ursache, man hat mir keine Wahl gelassen. Zwei Minuten, verstanden?«

Das Wiedersehen ging Jean und Estelle sehr nahe. Mit einem kurzen Blick konstatierte der Vater die dunklen Ringe unter den Augen seiner Tochter, aber es beruhigte ihn zu sehen, dass sie noch durchhielt.

»Tu mir so etwas nie wieder an! Ich hab' mir solche Sorgen gemacht …«

»Ich hatte schon Angst, du könntest nicht kommen. Ich muss so schnell wie möglich raus hier, wir dürfen ihnen nicht das Feld überlassen.«

»Wovon sprichst du?«

»Ich kann dir nicht alles erklären, aber … Hör zu, Papa, ich bin kurz davor, die Prophezeiung zu finden, bei ihrer Suche spiele ich eine wichtige Rolle, Großvater hatte recht.«

Jean traute seinen Ohren nicht. Er hatte sich auf vieles gefasst gemacht, aber nicht darauf, dass seine Tochter die Nachfolge seines verflixten Vaters antrat.

»Estelle, man hat dich wegen Mordes festgenommen, ich glaube, du bist dir nicht im Klaren, in welcher Lage du steckst ...«

»Aber jeder weiß doch, dass das kompletter Blödsinn ist. Ich habe niemanden umgebracht!«

»Estelle, es ist wirklich ernst. Ich habe mit dem Staatsanwalt gesprochen, und er hat mir geraten, einen sehr guten Anwalt zu nehmen.«

Estelle ging nicht darauf ein. Sie blickte ihrem Vater in die Augen, entschlossen, nichts zu verbergen und Jean zu zwingen, ebenfalls offen zu sein.

»Großvater hat mir eine Nachricht hinterlassen, in der er Mischblut erwähnt ... unser Blut und das der Brüder des Judas! Was hat er damit gemeint?«

Jean sah seine Tochter verzweifelt an. Ihm blieb keine Zeit zu einer Antwort, denn Renard tauchte hinter ihm auf und tippte ungeduldig auf ihre Armbanduhr.

»Zwei Minuten vergehen schnell, finden Sie nicht auch?«

Jean nickte. Mechanisch gab er seiner Tochter einen Kuss und drückte ihr eine Visitenkarte in die Hand, ehe er mit hängenden Schultern den Raum verließ.

»Der Anwalt heißt Maître Perry«, sagte er über die Schulter hinweg. »Er weiß Bescheid, er arbeitet bereits an deiner Akte.«

Mit zusammengepresstem Kiefer und trockenen Augen blieb Estelle noch eine Weile sitzen. Wieso weigerte sich ihr Vater so sehr, über die Vergangenheit zu sprechen?

Niedergeschlagen lag Estelle auf dem kalten Beton der Bank in der Zelle, in die man sie gesteckt hatte. Sie konnte sich nicht vorstellen, dass man sie vielleicht für mehrere Jahre hinter diese Mauern stecken würde. Und wenn sich Jean doch zu Recht Sorgen um sie machte? Wenn man sie tatsächlich für schuldig hielt und sie für all diese Morde verurteilen würde? Bei dem Gedanken lief es ihr kalt den Rücken hinunter.

Da vernahm sie die Stimme eines singenden Mädchens. Sofort wusste sie, dass es sich um das kleine Mädchen mit dem roten Kleid handelte. Sie stürzte zu den Gitterstäben der Tür und verrenkte sich, um das Mädchen zu sehen. Ohne Erfolg.

»Wer ist da? Zeig dich, ich weiß, dass du da bist …«

Als Antwort erklang wieder ein Gesang, der sich bald in Weinen und Klagen verwandelte, das Estelle machtlos anhören musste. Sie versuchte erneut, das Mädchen zu rufen, wollte es trösten, es zu sich locken.

Das metallische Klicken eines Schlosses setzte dem Klagen ein Ende, das Weinen hörte auf, stattdessen erschien Renards wütendes Gesicht in der Türöffnung.

»Sie können gehen, Mademoiselle Esperanza! Der Untersuchungsrichter hat ihre Verlegung in Untersuchungshaft verweigert, obwohl alles gegen Sie sprach. Sie können sich bei Ihrem Vater und seinen Beziehungen bedanken!«

Auf der Schwelle der Zelle hielt Estelle kurz inne, sie konnte kaum glauben, dass man sie so einfach wieder in die Freiheit entließ.

Als sie wenige Minuten später, noch ganz aufgeregt, das Gebäude verließ, erblickte sie Olivier Royal, der sie erwartete. Dann hatte man ihn also ebenfalls gerade freigelassen?

Während sie sich zusammen entfernten, erzählte Estelle ihm von ihrem Unbehagen bezüglich Renard.

»Es ist nicht normal, dass sie uns so einfach gehen lässt … Sie verbirgt etwas.«

Unerschütterlich gab Olivier vor, überrascht zu sein.

»Was meinen Sie damit? Sie hat einfach keine konkreten Beweise gegen uns, das ist alles.«

»Nein. Sie versucht, uns zu manipulieren, und das hasse ich.«

»Ich bringe Sie nach Hause.«

Estelle nickte lächelnd. Sie hatte sich an Oliviers Anwesenheit gewöhnt, er würde ihr fehlen. Aber ihre Wege würden sich bald trennen. Und sie sah wirklich keinen Grund, warum sie weiterhin zusammenbleiben sollten.

Kaum waren Estelle und Olivier in die Straße, in der die junge Frau wohnte, eingebogen, da überschlugen sich die Ereignisse. Ein erster alarmierender Hinweis waren zwei Wagen, die vor ihrem Haus standen. Auf dem Dach des einen: ein leuchtendes Blaulicht. Die Polizei.

»Das kann doch nicht wahr sein, das ist wohl ein Witz …«

Die Anwesenheit von Lieutenant Trihn, der ihnen entgegenkam, bestätigte, dass alles von vorn losging.

»Das hört ja nie auf mit Ihnen. Das ist das reinste Schlachtfeld da drin!«, sagte Trihn.

»Wieso, was ist passiert?«

Trihn blieb keine Zeit zu einer Antwort, denn Estelle stürmte bereits an ihm vorbei in ihr Loft, das vollkommen verwüstet worden war. Die Möbel waren umgeworfen, die Nippsachen lagen auf dem Boden verstreut, der Großteil davon zerbrochen. Sogar die Bilderrahmen waren von den Wänden gerissen worden.

Inmitten dieses Chaos schluchzte Elsa hysterisch in den Armen von Gil, der sie zu trösten versuchte.

»Das gibt's doch nicht. Meine ganzen Sachen, meine ganzen Souvenirs. Sie haben alles zerschlagen. Schau mal, sogar die chinesische Vase, die du mir geschenkt hast, erinnerst du dich, die grünblaue.«

»Alles halb so schlimm, mach dir keine Sorgen.«

Mehdi, der etwas abseits stand und angesichts des Ausmaßes der Zerstörung kaum wagte, irgendetwas aufzuheben, entdeckte auf einmal Estelle, die vollkommen perplex an der Tür stehen geblieben war, und lief zu ihr hin, um sie in die Arme zu schließen.

»Estelle! Schaut, sie ist zurück … Alles in Ordnung, wie geht es dir?«

Als Gil die Augen hob und seine Freundin sah, ließ er Elsa einfach stehen.

»O mein Gott, bin ich froh! Wir hatten uns solche Sorgen um dich gemacht …«

Und er schloss sie ebenfalls fest in seine Arme. Die junge Frau erwiderte seine Umarmung, aber ihre Aufmerksamkeit war auf die Wohnung gerichtet.

»Was ist passiert? Wisst ihr, was passiert ist?«

»Elsa hat es entdeckt. Beim Nachhausekommen hat sie die Wohnung so vorgefunden. Sie hat mich angerufen, und wir haben sofort die Polizei alarmiert.«

Estelle warf ihrer Freundin einen dankbaren Blick zu, aber diese teilte offensichtlich nicht Gils und Mehdis Erleichterung, sondern starrte Estelle missmutig an.

Da rief Olivier Estelle zu sich, um ihr etwas zu zeigen. An einer Stelle hingen nun, anstelle der herabgerissenen Bilder, recht spezielle Fotos an der Wand.

Neugierig trat Estelle näher. Ihr stockte das Blut in den Adern, als sie die Motive erkannte. In der Tat handelte es sich um Fotos von Elsa und ihr, allein oder zu zweit ... Heimlich geschossene Fotos, die ihr Alltagsleben eingefangen hatten, ohne dass sie es bemerkt hatten.

»Was soll das? Schaut mal, das sind heimliche Aufnahmen. Von Elsa und mir vor der Tür, und sogar im Wohnzimmer!«

Elsa trat neben sie, ebenfalls total verwirrt.

»Willst du damit sagen, dass man uns hier bei uns beobachtet hat?«

Die junge Frau streckte eine Hand aus, um ein Foto von der Wand zu nehmen, aber Olivier hinderte sie harsch daran.

»Rühren Sie das nicht an, überlassen Sie das der Polizei.«

»Aber das bin ich da auf dem Foto, das ist mein Privatleben, in das jemand eingedrungen ist ... Ist Ihnen das klar?«

In einem Anfall von Wut, der an Hysterie grenzte, packte Elsa Estelle bei der Schulter.

»Aber was passiert hier, Estelle? Was hast du getan?«

»Es tut mir leid, ich ...«

Reflexartig wollte Estelle ihre Freundin in die Arme nehmen und trösten, aber diese stieß sie brutal zurück.

»Lass mich! Es ist alles deine Schuld, wegen dir ist David umgebracht worden, und deinetwegen hätte man mich beinahe eingesperrt! Deinetwegen habe ich alles verloren! Mein ganzes Leben ist zerstört, NUR WEGEN DIR!«

Gil versuchte dazwischenzutreten, um sie zu beruhigen, aber Elsa war nicht mehr zu bremsen. Als sie ihrer Wut Luft gemacht hatte, begann sie zu schluchzen, während Estelle, von den Anschuldigungen bis ins Mark erschüttert, ins Leere starrte und nicht wusste, wie sie reagieren sollte.

Elsa klammerte sich an ihren Ex-Mann, flehte ihn an, sie weit weg von hier zu bringen, sie nicht fallenzulassen.

»Ich habe solche Angst …«

Da Gil zögerte, war es Mehdi, der nachgab und ergeben nickte. Natürlich konnte Elsa für eine Weile ins *Mule du Pape* kommen … Als Mehdi sich das sagen hörte, wusste er, dass er diese Worte noch oft bereuen würde. Aber was blieb ihm in solch einer Lage anderes übrig?

»Ich habe das Ergebnis der Fingerabdrücke! Sie wissen, die der …«

Trihn stand schüchtern in der Türöffnung zu Renards Büro und wagte nicht einzutreten, ehe sie ihm die Erlaubnis dazu erteilte.

Renard war gerade dabei, eine riesige Pizza in sich hineinzuschlingen, sie hob die Augen und blickte die Person an, die es wagte, sie beim Abendessen zu stören.

»Bislang haben wir nur ein Paar! Schön, also?«

»Also, in der nationalen Datenbank ist nichts. Genauso wenig im Vorstrafenregister …«

»Und das nennen Sie ein Ergebnis?«

Anstatt zu erröten und den Blick zu senken, grinste Lieutenant Trihn zufrieden. Diesmal würde er einen Treffer landen.

»Jawohl, denn ich weiß, wem die Hände gehört haben. Ich habe im Verzeichnis der Police Nationale gesucht, in dem die Fingerabdrücke sämtlicher Polizisten in Frankreich aufgeführt sind ... Und der Kerl war einer von uns.«

»Ein Polizist? Machen Sie Witze?«

»Kripo Lille. Er hieß Guillaume Lothaire. Fünfunddreißig, Capitaine. Verschwunden vor neun Monaten. Er ermittelte gegen die Brüder des Judas!«

Trihn kostete innerlich bereits seinen Triumph aus und wartete auf Renards Reaktion.

Leider kam er auch diesmal nicht dazu, von den süßen Früchten seines Erfolgs zu kosten. Die Kommissarin sank leichenblass hinter ihrem Schreibtisch zusammen. Ihre schlimmsten Befürchtungen schienen sich zu bestätigen.

»Ich wusste es! Diese zwei Hände hatten eine Bedeutung: Sie sind eine Warnung an uns. Und wenn diese Brüder des Judas verrückt genug sind, sich mit Polizisten anzulegen, dann heißt das, sie sind sehr, sehr gefährlich.«

Trihns vorsichtiges Grinsen verschwand sofort, als er Renards besorgte Miene sah. Die Angst seiner Chefin wirkte ansteckend ...

Olivier öffnete die Tür zu seiner Wohnung. Das ehemalige Stadtpalais in der Altstadt von Avignon hatte zwar viel von seinem Putz, aber nichts von seinem Charme verloren. Die

Nacht war hereingebrochen, und nur eine schwache Glühbirne erhellte das Treppenhaus.

»Es ist nicht gerade prachtvoll, aber sehr bequem, Sie werden sehen …«

Erschöpft von all der Aufregung hatte sich Estelle die Treppe hochgeschleppt und ließ sich nun auf eine der steinernen Stufen fallen. Ihr Blick hob sich instinktiv zur Mondsichel, die sie durch das Fenster im Treppenhaus schimmern sah.

»Ich weiß nicht, was ich hier tue. Alles geht viel zu schnell.«

Als Olivier sie so verletzlich dasitzen sah, hockte er sich neben sie. Im selben Moment ging die Treppenhausbeleuchtung aus, und es blieb nur der milchige Schein des Mondes.

»Sie zittern ja …«

Estelle wandte ihm das Gesicht zu, hob die Hand an seine Wange und streichelte sie zart.

»Zum Glück sind Sie da …«

Als ob er dieses Signal abgewartet hätte, umschlang Olivier sie, zog sie an sich und suchte ihre Lippen. Estelle erwiderte seine Umarmung, ihre Lippen fanden zueinander, und sie konnten endlich der lang unterdrückten Begierde freien Lauf lassen und sich voll und ganz dem anderen hingeben.

Oliviers Hände wanderten unter Estelles Kleider. Sie erschauderte, als ihre entblößte Haut den eiskalten Stein der Treppe berührte. Oliviers Liebkosungen weckten ungeduldige Lust in ihr.

Ihre Körper verschmolzen, und im blassen Mondlicht tauchten beide in die Tiefen der Leidenschaft.

Es war noch dunkel, als Estelle erwachte. Einen Moment lang fragte sie sich, wo sie war. Dann kam die Erinnerung an die lebhaften letzten Stunden zurück, und sie errötete. Sie war bei Olivier, auf dem Sofa im Wohnzimmer …

Die junge Frau streckte sich genüsslich, dann, als sie ihren Geliebten nirgends sah, stand sie auf, um ihn zu suchen.

In der Wohnung herrschte ein angenehmes Halbdunkel. Estelle stellte sich an eines der hohen Fenster mit geschwungenem Geländer und bewunderte wieder einmal den Mond.

»Olivier? Bist du da?«

Die Küche gefiel Estelle auf den ersten Blick. Sie war zwar nur spärlich eingerichtet, mit dem großen alten Tisch wirkte sie dennoch gemütlich.

Dieses wohlige Gefühl verließ Estelle ganz schlagartig, als sie auf der Suche nach einem Glas für die Flasche Orangensaft in ihrer Hand einen gänzlich leeren Schrank vorfand. Dann einen zweiten, einen dritten, bis sie feststellte, dass sämtliche Möbel der Küche leer waren. Als ob niemand hier wohnte …

In ihrem Kopf läutete eine Alarmglocke, und sie machte sich daran, den Rest der Wohnung zu durchsuchen. Auf Zehenspitzen streifte Estelle durch die zahlreichen Zimmer, die alle sehr spärlich eingerichtet waren, als sie auf einmal hörte, wie eine Dusche angestellt wurde.

Unbemerkt schlich Estelle an das Badezimmer heran, und durch den Türschlitz sah sie Olivier Royal, der nackt unter dem dampfenden Wasser stand.

Plötzlich ließ ein leises Piepen, gefolgt vom Brummen eines Vibrationsalarms, sie zusammenzucken. Olivier kam aus der Dusche, griff nach einem Handtuch und nahm den Anruf entgegen. Im Glauben, allein zu sein, sprach er mit leiser Stimme, nicht im Geringsten ahnend, dass Estelle nur ein paar Meter neben ihm stand.

»Ja, sie ist bei mir. Sie schläft … Es lief wie geschmiert, sie wollte nicht in ihrer Wohnung bleiben. Man muss sagen, dass ich wirklich das volle Programm gefahren habe! Ich weiß, seien Sie unbesorgt … natürlich ahnt sie nichts …«

Hinter der angelehnten Tür hatte Estelle den Eindruck, ihr Kopf würde platzen. Wut und Schrecken mischten sich in ihr. Ihre Gedanken überstürzten sich, sie verlor vollkommen die Orientierung.

Einem Trieb folgend legte sie die Hand auf den Türgriff, um denjenigen zur Rede zu stellen, der sie so schrecklich verraten hatte. Aber gerade als sie die Tür aufstoßen wollte, erstarrte sie mitten in ihrer Bewegung.

Olivier hatte sich umgedreht, und sie sah nun seinen Rücken, wo sie auf Höhe des rechten Schulterblatts ein in die Haut gebranntes gotisches J entdeckte.

VII

Das Krachen der Tür, die hinter der in Panik fliehenden Estelle ins Schloss fiel, war auch im Badezimmer zu hören. Olivier beendete umgehend sein Telefongespräch, knotete sich hastig ein Handtuch um die Hüften und eilte ins Wohnzimmer.

Er musste einsehen: Estelle war weg. Mechanisch tastete seine Hand nach dem gotischen J, das seine Schulter brandmarkte. Enttäuschung und Wut verzerrten sein Gesicht.

Mit der Kraft der Verzweiflung lief Estelle einen breiten, mehrspurigen Boulevard entlang, geblendet von den Scheinwerfern der entgegenkommenden Autos. Jede Person, der sie begegnete, erschien ihr verdächtig. Wie zum Beispiel die zwei Männer, deren durchdringende Blicke ihr zu folgen schienen, so dass sie von erneuter Panik erfasst weiterhastete.

»Olivier Royal hat ein gotisches J auf dem Schulterblatt! Was für Beweise brauchen Sie denn noch?«

Estelle saß Renard gegenüber, die ununterbrochen gähnte und betont gelangweilt auf ihre Uhr blickte.

»Royal hat das Recht, gotische Buchstaben zu haben, wo er will.«

»Tun Sie nicht so, als würden Sie nichts verstehen!«

»Ich sage es Ihnen noch einmal, Mademoiselle Esperanza, das Gesetz bestraft Selbstverstümmelung, doch was Sie mir da schildern, fällt nicht darunter.«

Angesichts solcher Böswilligkeit und dem betonten Desinteresse Renards wurde Estelle von einer schier grenzenlosen Wut gepackt.

»Er ist ein Bruder des Judas. Von Anfang an hat er uns manipuliert, uns alle! Vor allem mich! Deswegen war er an jenem Morgen, als ich aufwachte und Davids Leiche neben mir vorfand, vor meinem Haus! Denn er ist der Mörder! Und es ist gut möglich, dass er auch Brac und meinen Großvater umgebracht hat, er war da, immer auf dem Laufenden, weil er auf der Grabungsstätte im Palast arbeitete!«

Ein müdes Klatschen kommentierte ihre Ausführungen.

»Bravo, Sie sind sehr überzeugend. Ich verspreche Ihnen, dieser Spur nachzugehen. So, ich begleite Sie nicht zur Tür, Sie kennen ja den Weg ...«

»Wenn eines Tages die Wahrheit herauskommt, was bestimmt nicht Ihnen zu verdanken sein wird, dann möchte ich nicht an Ihrer Stelle sein, Commissaire!«

Renard hatte sich erhoben und ging zur Bürotür, um dem Wachmann zu bedeuten, dass er nicht eingreifen solle.

»Wissen Sie, dass Sie mir langsam auf den Geist gehen? Sie schneien hier einfach mitten in der Nacht herein und schmeißen mich aus dem Bett, nur damit ich mir Ihre Spinnereien anhören darf.«

»Soll ich etwa während der Öffnungszeiten wiederkommen?«

Diesmal verlor Renard die Beherrschung. Sie rief den Kollegen herbei und drohte Estelle, sie für den Rest der

Nacht in die Ausnüchterungszelle zu sperren. Vollkommen am Ende ihrer Kräfte ließ sich die junge Frau schließlich vor die Tür des Kommissariats führen.

Sobald Renard wieder allein in ihrem Büro war, stieß sie einen tiefen Seufzer aus, ehe sie den Hörer abnahm, um Olivier Royal anzurufen, der in seiner Wohnung auf und ab lief.

»Sie weiß es«, war alles, was Renard sagte.

»Hab' ich mir fast gedacht. Schön, und wo ist sie jetzt?«

»Ich hab' sie rausgeworfen.«

»Sie lassen sie doch wenigstens überwachen!«

Renard verdrehte die Augen, kurz davor, in die Luft zu gehen. Dann zog sie es vor, einen sarkastischen Ton anzuschlagen.

»Hm, nein, wieso auch? Natürlich folgt ihr jemand! Ich hab' sie ja schließlich nicht abhauen lassen!«

Dann knallte sie den Hörer auf die Gabel, erfreut, das letzte Wort behalten zu haben. Royal, dem die neue Wendung der Dinge gehörig zu schaffen machte, ließ sich schwer auf das tiefe Sofa fallen, auf dem er Estelle kaum zwei Stunden zuvor schlafend zurückgelassen hatte. Normalerweise jammerte er nicht gern über seine Fehler, aber diesmal konnte er nicht anders. Zu groß war die Furcht vor den Konsequenzen seiner mangelnden Wachsamkeit.

Im Zentrum Avignons fuhr Jeans Limousine mit ausgeschalteten Scheinwerfern langsam durch die im nächtlichen Dunkeln liegenden Gassen. Nervös suchte Estelles Vater die Umgebung ab, bis er endlich seine Tochter entdeckte, die sich an der Ecke eines kleinen Gässchens verbarg.

Jean sprang aus dem Wagen und eilte zu Estelle, die er in

die Arme schloss. Ihr Aussehen erübrigte jede Frage über ihre seelische wie auch physische Verfassung. Die müden Gesichtszüge und ihr leerer Blick spiegelten ihren Kummer wider.

»Mein Liebes, was ist dir denn passiert?«

»Royal ist ein Bruder des Judas, und ich bin ihnen direkt in die Falle getappt!«

»Beruhige dich, ich bin ja da ...«

»Er hat sie alle getötet ... Sie haben sie getötet ... und sie werden weitermachen!«

Estelle konnte ihren Satz nicht beenden. Die Tränen, die sie seit ihrer makabren Entdeckung zurückgehalten hatte, flossen nun in Strömen. In den schützenden Armen ihres Vaters brach sie schluchzend zusammen.

Zur selben Stunde ging in Hongkong über der Meeresbucht die Sonne unter und bot ein spektakuläres Bild, in dem sich Wolkenkratzer, ultramoderne Schiffe und chinesische Dschunken in packendem Kontrast mischten.

Hinter den Glasfenstern des Büros der Asian International Liberty Bank servierte Miss Wou, eine hinreißende Asiatin in einem enganliegenden Kostüm, dem Präsidenten feierlich den Tee.

Mit hartem Griff packte dieser die Hand seiner Mitarbeiterin und betrachtete den Siegelring, der mit einem J in japanischem Design verziert war. Die junge Frau entzog sich ihm mit einem kalten Lächeln, das dem Präsidenten gefiel.

»Sir, wir haben soeben erfahren, dass bei der Prozession

in Saintes-Maries-de-la-Mer ein Schmuckstück entwendet wurde.«

»Das weiß ich bereits«, sagte der Mann gereizt. »Was noch?«

Miss Wou reichte ihm eine durchsichtige Mappe, die heimlich aufgenommene Fotos enthielt, auf denen zunächst Estelle und Olivier eng umschlungen zu sehen waren, und dann Estelle allein, wie sie aus Oliviers Wohnung flüchtete.

»Olivier Royal hat sich leichtsinnig entlarven lassen. Estelle Esperanza hat entdeckt, wer er ist …«

Der Wutanfall des Präsidenten ließ Miss Wou zusammenzucken, die nur mühsam ihre Panik verbergen konnte. Ihr Chef war für seine cholerischen Anfälle bekannt.

»*Stupid guy!* Ich muss mit Sieben sprechen, und zwar sofort!«

»Ja, Sir … Noch etwas: Im *Mule du Pape* ist ein Wasserspeier entdeckt worden. Wir wissen noch nicht, was das zu bedeuten hat, aber wir arbeiten daran.«

»A Gargoyle? Really?«

Diese interessante Neuigkeit schien den Präsidenten wieder zu besänftigen, und er blieb tief in Gedanken versunken allein in seinem Büro zurück.

Wenige Stunden später schlug Elsa Gil vor ebendiesem Wasserspeier vor, einen Käufer dafür zu suchen.

»Wenn ihr das Ding loswerden wollt, kann ich euch sicher einen guten Preis aushandeln!«

»Ich weiß nicht recht …«

Das steinerne Monster starrte sie mit wilden Augen an und fletschte seine Zähne, als würde es gleich zum Angriff übergehen.

Jedes Mal, wenn Gil in den Keller hinabstieg, musste er sich beherrschen, um nicht vor Angst auf der Stelle kehrtzumachen und die Treppe hinaufzurennen. Er hatte sogar eine Decke über das Tier geworfen, aber er fand sie systematisch auf dem Boden wieder. Als ob der Wasserspeier sie abgeschüttelt hätte.

Natürlich hatte Gil niemandem davon erzählt, da man ihn sonst für übergeschnappt gehalten hätte.

»He, mach dir keinen Kopf, das ist doch nur ein Wasserspeier, nicht mehr.«

»Ich weiß, aber ... Es ist komplizierter, als es scheint.«

Elsa lachte hell auf und umfasste Gils Taille. Dieser war so in seine Gedanken vertieft, dass er gar nicht darauf achtete. Die schreckliche Gestalt hypnotisierte ihn noch immer.

»Was? Na, erzähl, steckst du in einer esoterischen Krise?«

Elsa kam Gil noch näher und drückte ihn nun fest gegen sich. Da sie seine fehlende Reaktion falsch auslegte, ging sie sogar so weit, den Kopf auf die Schulter ihres Ex-Mannes zu legen.

»Ihr zwei wollt mich wohl wirklich für blöd verkaufen!«

Überrascht von Mehdi, der sie mit Blicken durchbohrte, zuckten Gil und Elsa zusammen. Sich der Zweideutigkeit der Situation bewusst, stieß Gil Elsa zurück.

»Red keinen Unsinn. Ich habe Elsa gebeten, den Wasserspeier auf seinen Wert zu schätzen, das ist alles!«

»Es ist nicht, was du glaubst, hm ...«

Mehdi öffnete den Mund zu einer Erwiderung, als er sah, wie die Augen des Wasserspeiers lebendig wurden und ihn wild anfunkelten. Beim Anblick seines entsetzten Gesichtsausdrucks verlor Gil die Beherrschung.

»Was denn noch? Was ist los?«

»Habt ihr das gesehen? Habt ihr das nicht gesehen? Der Wasserspeier? Er hat uns angeschaut!«

Gil und Elsa drehten sich um und musterten den Wasserspeier, dessen Augen wieder zu Stein geworden waren.

»Ihr glaubt wohl, ihr könnt mich auf den Arm nehmen! Aber so nicht, meine Herren! Tot oder lebendig, der Preis ist derselbe!«

Elsa verzog sich, höchst erfreut, so einfach davongekommen zu sein. Gil näherte sich Mehdi, der noch immer wie gelähmt dastand.

»Du willst mich mit meinen Gespenstergeschichten auf den Arm nehmen, nicht? Das ist wirklich kein Spaß ...«

Mehdis Blick klebte jedoch am Wasserspeier.

»He, bitte sag, dass du nur Blödsinn machst, komm jetzt, Scheiße, hör auf!«

Als Mehdi sich zu Gil umdrehte, las dieser in den Augen seines Partners jene entsetzliche Furcht, die er selbst jedes Mal spürte, wenn er Nadège begegnete.

Elsa war auf dem Weg zu ihrem Wagen, den sie einige Straßen vom *Mule du Pape* entfernt abgestellt hatte, als sich vor ihr die Tür eines beeindruckenden Mercedes Coupés öffnete.

»Steigen Sie ein!«

Sie beugte sich vor und erblickte Henri hinter dem Lenkrad des Wagens. Nach kurzem Zögern folgte sie der Aufforderung.

»Monsieur Esperanza, welch schöne Überraschung!«

Der Wagen fuhr kraftvoll an und brachte sie aus der Stadt. Mit absichtlich zerstreutem Blick schielte Elsa durch das Seitenfenster, um herauszufinden, wohin Henri sie brachte.

»Ich zahle Ihnen genug, um Diskretion *und* Schnelligkeit erwarten zu können, denken Sie nicht auch? Also, was haben Sie mir zu sagen?«

»Ich bin dran, das habe ich Ihnen doch schon gesagt. Ich rufe Sie an, sobald ich es ausgehandelt habe …«

Henris Fuß drückte das Gaspedal durch, und Elsa wurde tief in ihren Sitz gedrückt. Sie griff nach dem Sicherheitsgurt, doch Henri lächelte ihr kopfschüttelnd zu. Keine Sorge, er war ein hervorragender Fahrer.

»Dieser Wasserspeier gehört mir, Elsa! Das *Mule du Pape* war schon immer in Familienbesitz!«

»Dann hätten Sie nicht zulassen sollen, dass Ihre Mutter es verkauft …«

Elsa bereute sofort, dass ihr diese verflixte Erwiderung entfahren war. Sie senkte instinktiv den Blick.

»Ich werde tun, was in meiner Macht steht, ich verspreche es.«

Henri lächelte wieder, die Augen auf die Straße gerichtet und die rechte Hand fest am Schalthebel.

Estelles Augen waren noch ganz verquollen vom Schlaf, als sie sich zu Jean gesellte, der neben dem Schwimmbecken vor einem üppigen Frühstück saß. Er hatte es speziell für sie zubereiten lassen, damit sie wieder zu Kräften kam. Estelle schenkte sich aber nur einen Kaffee ein, den sie in dem Gartenstuhl trank, in dem sie sich zusammengerollt hatte.

»Wie fühlst du dich?«

»Wie jemand, der verraten worden ist. Verraten von dem Mann, dem ich vertraut hatte.«

Schweigend ließ Jean seine Tochter nicht aus den Augen. Es beunruhigte ihn, sie in einem solchen Zustand zu sehen. Für gewöhnlich war sie lebhaft, kämpferisch, doch nun erschien sie niedergeschlagen, ja resigniert.

»Danke, dass du mir nicht sagst, dass du mich gewarnt hattest«, stieß sie hervor, entschlossen, das bedrückende Schweigen zwischen ihnen zu brechen.

Als sie sah, dass Jean nicht reagierte, entschied sie, sich ins kalte Wasser zu stürzen, wobei sie sich bemühte, die nötige Energie aufzubringen, um ihrem Vater die Stirn bieten zu können.

»Papa, du musst mir glauben. Die Prophezeiung existiert, ich habe Beweise. Es ist eine Suche mit Hinweisen, und einzig die Eingeweihten können die Botschaften entschlüsseln …«

Jean konnte seinen Ärger nicht verbergen. Er machte sich Vorwürfe, weil er kurz geglaubt hatte, diese Geschichte sei überwunden, dass Estelle zu sehr gelitten hatte, um noch weitermachen zu wollen.

»Estelle …«

»Nein, hör mir bitte dieses eine Mal bis zum Ende zu. Royal ist einer von ihnen, deshalb hat er sich mir angenähert. Die Brüder des Judas glaubten, dass sie mich durch ihn kontrollieren könnten. Und ich bin darauf hereingefallen.«

Jean schluckte. Die Scharfsichtigkeit der Analyse seiner Tochter traf ihn wie ein Peitschenhieb. Dann sagte er: »Es ist eine unendliche Geschichte, die mit jeder Generation von neuem beginnt. Ich habe dich angelogen, Estelle. Seit Jahren lüge ich dich an. Ich wollte dich beschützen, dich davor bewahren, dich in diese Suche zu stürzen.«

»Ich verstehe nicht, was du meinst.«

»Komm mit.«

Versteckt hinter einem Bücherregal befand sich ein kleiner Safe in der Mauer. Jean gab den Code ein, öffnete den Safe und holte eine kleine Schusswaffe heraus, die er Estelle hinhielt.

»Als Erstes möchte ich, dass du dies hier nimmst und dich von nun an nicht mehr davon trennst. Einverstanden?«

Estelle nahm den Revolver und war überrascht über die Kälte des Metalls und die Schwere eines so kleinen Gegenstandes.

»Du bist in der Suche weiter gekommen, als alle vor dir. Papa sah in dir das reine Herz, die Auserwählte, und er hatte recht ...«

Estelle machte ein erstauntes Gesicht. Sie hatte viel erwartet, aber nie im Leben diese Art von Enthüllungen durch ihren Vater.

»Warte, ich komm' da nicht mit. Du hast mir immer gesagt, dass die Prophezeiung die Spinnerei eines alten Verrückten sei, das waren deine Worte ... und jetzt sagst du mir, dass du auch immer daran geglaubt hast?«

»Ich hatte keine Wahl. Ich musste dich anlügen, um dich zu beschützen.«

»Aber … Und Großvater? Wusste er das? Wusste er, dass du auch daran glaubtest?«

»Ja, und er verstand mich. Ich habe einen hohen Preis für die Prophezeiung bezahlt. Auch ich wurde manipuliert, verraten.«

Jeans Worte hallten in Estelles Innerstem wider. Die junge Frau wurde plötzlich von einem ununterbrochenen Strom an Erinnerungen, Gedanken und Gefühlen überfallen. Die Flammen, die sie in ihren Träumen sah, der Schmerz, den sie auf ihrem rechten Schulterblatt und in der Narbe spürte, die sie für immer zeichnete, Louis' Enthüllungen auf der posthum übergebenen Videokassette … Die Dinge fügten sich ineinander, und auf einmal tat sich ihr die Wahrheit auf, ganz klar, unausweichlich.

»Meine Mutter gehörte zu den Brüdern des Judas, nicht wahr?«

Als Antwort senkte Jean nur die Augen, als wäre er außerstande, auf diese Frage zu antworten.

»Leugne es nicht! Großvater hat mir bei Dona Flores, einer Freundin von ihm, ein Video hinterlassen. Darin erklärt er mir eine Reihe von Sachen …«

»Der alte Fuchs …«

»Und du kennst natürlich Dona Flores.«

Jeans Blick verriet ihn, Beweis genug für Estelle, in welchem Maße ihr Vater über all die Jahre hinweg die Wahrheit vor ihr verborgen hatte. Er wusste alles. Er wusste alles, was sie mit so viel Mühe bisher entdeckt hatte.

»Erzähl mir von meiner Mutter, sag mir die ganze Wahrheit, das bist du mir schuldig.«

Aus einem Holzkästchen holte Jean schließlich die Erinnerungsstücke, die ihm noch immer keine Ruhe ließen. Nach über zwanzig Jahren ... Vor Estelles weit aufgerissenen Augen breitete er zahlreiche Fotos von Joyce aus, die aufgenommen worden waren, ehe sie für immer verschwand.

Während er sie Estelle präsentierte, als ob es sich um die Karten einer Wahrsagerin handelte, erzählte Jean seiner Tochter zum ersten Mal von der Frau, die er so sehr geliebt und die ihm so viel Leid zugefügt hatte.

Zum ersten Mal hatte er sie beim Theaterfestival von Avignon gesehen. Joyce gehörte einer Wandertruppe an, die sich auf die Flower-Power-Bewegung berief, und hypnotisierte die Zuschauer, sobald sie auf der Bühne erschien. Ihre strahlende Schönheit wirkte eher verzaubernd als betörend.

Jean konnte den Blick nicht mehr von dieser Erscheinung losreißen und hatte beschlossen, alle Vorstellungen zu besuchen, bis sie ihn bemerken und ihm zulächeln würde. Noch jetzt, so viele Jahre später, erinnerte er sich an das Lächeln, das sie ihm schließlich eines Tages geschenkt hatte. Von diesem Augenblick an hatte Jean gewusst, dass Joyce die Frau seines Lebens war und dass er nie mehr ohne sie würde leben können.

Als die Schauspieler dann die Stadt wieder verließen, hatte Joyce ihre Truppe ohne allzu große Bedenken aufgegeben. Sie hatte entschieden, bei Jean zu bleiben und diese aufkeimende und vielversprechende Geschichte voll auszuleben. Eine Geschichte, die schnell in eine Hochzeit im Stil der Zeit gemündet war, mit Schlaghosen und Gänseblümchen im Haar, dann ein Baby, das man in indische Windeln wickelte.

Beim Anblick der Fotos, die Jeans packende Erzählung illustrierten, musste Estelle weinen. Noch nie hatte sie ihre Mutter so jung, so heiter, so fröhlich gesehen. Noch nie hatte sie gesehen, wie Joyce sie in ihren Armen hielt und mit unendlicher Zärtlichkeit küsste. Selbst Jean vergaß einen Augenblick lang seine so charakteristische Härte und genoss einen Moment lang diese glücklichen Erinnerungen. Estelle nahm seine Hand, gerührt, endlich einen Augenblick vertrauter Gemeinsamkeit mit ihrem Vater zu teilen. Als er eine Aufnahme ihres alten Hauses sah, verhärtete sich Jeans Blick jedoch wieder, und seine Stimme bebte vor Zorn.

»Und dann kam dieser verfluchte Tag. Dein Großvater hatte Joyce schon immer misstraut, aber ich wollte ihm nie glauben. An jenem Tag habe ich realisiert, dass deine Mutter den Brüdern des Judas angehörte und mich manipuliert hatte, um ein Kind vom Geschlecht der Esperanzas zu bekommen ...«

Diese Worte kamen ihm nur schwer über die Lippen. Man konnte den Schmerz nur erahnen, den dieses grausame Gefühl des Verrats durch die Person, die er liebte, hinterlassen hatte.

»Dieses Monster hat dich mit einem Eisen gebrandmarkt und wollte dich an die Seinen ausliefern.«

»Ich hatte alles vergessen, aber jetzt erinnere ich mich ... Der Schmerz, die Schreie ... Es tat so weh.«

Jean rang um Beherrschung und fuhr fort.

»Als ich nach Hause gekommen bin und entdeckt habe,

was deine Mutter mit dir gemacht hatte, gab es einen heftigen Streit zwischen uns. Ein Vorhang hat Feuer gefangen, und das Wohnzimmer ist in Flammen aufgegangen. Sehr schnell hat sich das Feuer im ganzen Haus ausgebreitet …«

»Du hast es nach draußen geschafft, aber sie nicht …«

Jean nickte nach langem Schweigen.

»Ich habe es geschafft, in dein Zimmer vorzudringen. Ich habe dich gepackt, und wenig später stand ich draußen, während das ganze Haus nur noch ein einziger Feuerball war.«

Instinktiv legte Estelle ihm eine Hand auf die Schulter.

»Papa, glaubst du, dass ich … Wo ich doch das Zeichen trage, bin ich eine von ihnen?«

Estelle konnte den Gedanken nicht weiter ausführen. Jean schloss sie in die Arme und drückte sie an sich.

»Nein! Du bist ein reines Herz, Estelle. Zweifle nie daran!«

Estelle überkam kurz ein Gefühl absoluter Verlorenheit, dann aber erwiderte sie die Umarmung ihres Vaters, ihre Gedanken jedoch waren woanders, irgendwo verirrt zwischen den Fragen und dem neu aufkeimenden Zweifel, die sie befielen.

Leidenschaftlich liebten sich Julien und Nadine auf einer Matratze direkt auf den alten Terrakottafliesen des Ateliers. Rittlings auf ihrem Geliebten bot sich Nadine ihm frei und hemmungslos dar, zeigte die Lust, die in ihr emporstieg. Der junge Mann konnte seinen Blick nicht von den Brüsten, dem Hals und den geschlossenen Augen derer abwenden, die ihn um den Verstand brachte.

Als sie sich, überrascht vom Orgasmus, aufbäumte, ließ auch er sich zum Höhepunkt gleiten.

Seine Hände schlossen sich um Nadines Brüste, die den Schmerz dieser Geste genoss, da er das Vergnügen wiederbelebte, das sie langsam, in aufeinanderfolgenden Wellen verließ.

Reflexartig knöpfte Nadine die weite, weiße Bluse, die sie immer trug, zu und griff dann nach ihrer Packung Mentholzigaretten.

»Bleib, wie du bist …«

Julien wandte sich um, überrascht, in den Händen seiner Geliebten einen Fotoapparat zu entdecken. Nachdem sie eine Haarlocke aus dem Gesicht des jungen Mannes gestrichen hatte, machte Nadine mehrere Nahaufnahmen von ihm, seinen Händen, der Wölbung seines Rückens, den perfekten Rundungen seiner Pobacken, die nackt vor ihr lagen.

»So. Noch eins …«

Julien fand Gefallen daran, versteckte sein Gesicht halb unter dem Kissen, schenkte ihr sein schönstes Lächeln. Bis er Tränen in Nadines Augen sah. Der Fotoapparat genügte nicht mehr, um die Trauer zu verbergen, die sie plötzlich erfasst hatte.

»Ist etwas nicht in Ordnung? Warum weinst du?«

»Ich weine nicht.«

Julien setzte sich auf und strich seiner Geliebten durch das Haar.

»Normalerweise stehe ich dir für Gemälde Modell. Und jetzt machst du Fotos von mir. Wieso? Das ist das erste Mal.«

»Weil ich mich an dich erinnern will, Julien. Daran, wie

du bist, an deine feine Haut, deinen geschwungenen Mund, deine Taille …«

»Willst du mich verlassen?«

»Wir können uns nicht ewig verstecken …«

Nadine wich zur Seite, doch Julien packte sie beim Handgelenk. Sie verzerrte vor Schmerz das Gesicht.

»Was hast du? Hab' ich dir weh getan? Zeig her.«

Da entdeckte Julien einen blauen Fleck auf Nadines Unterarm. Einen Fleck, den sie mit Make-up übermalt hatte. Die Schminke hatte Spuren auf dem Ärmel ihrer weißen Bluse hinterlassen.

»War das Henri? Hat er dich geschlagen?«

Hilflos antwortete sie nicht. Über ihre Wangen rannen Tränen, die sie trotz aller Mühe nicht zurückhalten konnte.

»Sag mir, was passiert ist! Meine Liebste, ich bitte dich …«

»Henri hat meinen Schwangerschaftstest gefunden. Er ist ausgerastet, als er gesehen hat, dass ich von dir schwanger bin.«

»Wir bekommen ein Kind?«

Als er Nadine, die seine Reaktion zu fürchten schien, schüchtern nicken sah, wurde Julien von Rührung übermannt und drückte sie fest an sich. Die Frau, die er mehr als alles auf der Welt liebte, würde ihm ein Kind schenken!

In seinem Glücksrausch bemerkte er nicht, dass Nadine seine Begeisterung nicht teilte.

Im majestätischen Papstpalast waren die Vorbereitungen für die feierliche Verleihung der Medaille der Gerechten unter den Völkern, die am selben Abend stattfinden sollte, in vollem Gange.

Wie jedes Mal, wenn Sandra dorthin kam, verlor sie sich beim Überqueren des Ehrenhofs in der Betrachtung dieses zeitlosen Ortes. Mit dem Rücken zur *Porte des Champeaux* ließ sie sich von dem Schwindelgefühl mitreißen, das die hohen Mauern in ihr hervorriefen. Kurz schien es ihr gar, dass einer der Wasserspeier über ihr sie heimlich mit seinen wilden Augen beobachtete.

»Alles ist bereit für heute Abend …«

Sandra zuckte zusammen, als Sylvain Epstein sie unvermittelt aus ein paar Metern Entfernung ansprach. Sie fühlte, dass sie rot wurde, wie auf frischer Tat ertappt.

Sylvain wies zum Seitenflügel der *Großen Würdenträger*, in dem die Zeremonie stattfinden würde.

»Es wird ein unvergesslicher Abend werden«, fuhr er fort. »Haben Sie sich bereits für Ihr Musikprogramm entschieden?«

Sandra nickte. Sie war froh, dass noch jemand außer ihr sich für die bevorstehende Feier interessierte. Unermüdlich hatte sie die Stücke, die sie spielen würde, geübt, ohne jedoch auch nur im Geringsten Jeans Aufmerksamkeit zu erregen, der das Krankenhaus nur verließ, um sich in seinem Büro einzusperren. Aufgrund all der dramatischen Ereignisse, die ihr Mann in der letzten Zeit bewältigen musste, hatte Sandra ihn mehr umsorgt als je zuvor, aber sie hatte schließlich eingesehen, dass Jean sich von ihr abwandte, von ihr und ihrem Eheleben. Sogar ihr Sohn schien ihm zuzusetzen.

Was Sandra hingegen noch nicht einsehen wollte, war die Tatsache, dass durch Louis' Tod und Estelles Erlebnisse die Vergangenheit wieder heraufbeschworen wurde. Eine Vergangenheit, in der sie niemals ihren Platz haben würde, was auch immer sie tat.

Epstein wiederholte seine Frage über das Musikprogramm, erstaunt zu sehen, dass Sandra so schnell so tief in Gedanken versinken konnte. Sie lächelte ihm zu und entschuldigte sich für ihre Geistesabwesenheit.

»Ich werde im ersten Teil einige alte Klezmermelodien spielen, dann ein Werk Mozarts, die Sonate für Geige KV 381 ...«

»Das ist ein herrliches Stück. Ihre Interpretation in Rom letzten Winter war wundervoll.«

»Sie waren da?«

»Ja, und ich hatte das Glück, Sie auch in Berlin, London und Oslo spielen zu hören.«

Sandra fragte sich, wie sie auf ein solches Geständnis reagieren sollte.

»Welch Zufall, dass Sie jeweils in diesen Städten waren, wenn ich dort ein Konzert gab!«

»Um ehrlich zu sein, meine Anwesenheit hatte nichts mit dem Zufall zu tun. Ich bin ein Fan klassischer Musik ... und ein Fan von Ihnen.«

Die beiderseitige Verlegenheit war offensichtlich. Sandra senkte den Blick.

»Ich bin sehr gerührt ... Danke.«

Henri Esperanzas Ankunft, der sie beinahe über den Haufen rannte, als er mit energischen Schritten den Hof überquerte, beendete die Befangenheit der beiden. Sandra nutzte die Gelegenheit, um das Thema zu wechseln.

»Henri? Du kommst gerade recht, darf ich dir Maître Sylvain Epstein vorstellen ... Sylvain, Henri Esperanza.«

»Sehr erfreut, Sie endlich kennenzulernen, Monsieur Esperanza.«

Henri ergriff die Hand, die ihm Epstein entgegenstreckte, lächelte zweideutig und musterte den anderen eindringlich.

»Sie sind also der Mann, der meine Mutter seit Wochen um ihren Schlaf bringt!«

»Ihre Mutter ist eine sehr bescheidene Person, das verdient höchste Anerkennung.«

»Dies ist eine ihrer zahlreichen Qualitäten, in der Tat. Entschuldigen Sie mich jetzt, man erwartet mich.«

Epsteins verblüffter Blick folgte Henri, der sich mit raschen Schritten entfernte. Dann drehte sich der Anwalt zu Sandra um.

»Sympathisch ...«, sagte er gleichmütig.

Die Ruhe in der Palastbibliothek stand ganz im Gegensatz zu dem ununterbrochenen Kommen und Gehen der Touristen, die eines der meistbesuchten Baudenkmäler Frankreichs besichtigten.

Henri hatte sich auf Estelles Bitte hin zu ihr gesellt, und beide betrachteten nun einen spektakulären kleinen Baum aus Gold, der in einer gesicherten Vitrine stand. Dieses Meisterwerk der päpstlichen Goldschmiedekunst war der Giftbaum Johannes' XXII. Er war von der Größe eines Bonsais, aus reinem Gold, mit Edelsteinen bestückt, und an seinen Ästen waren mehrere Anhänger angebracht, von denen jeder aus einem anderen Material gefertigt war.

Diese Palette verschiedener Materialien, die vom Haifischzahn über Silber und Nickel bis zum reinsten Bergkristall reichte, sollte das Vorhandensein von gefürchtetem Gift in Speisen und Getränken anzeigen. Daher tauchte man sie unablässig in die Gerichte des Papstes, ehe dieser davon zu essen geruhte.

Unter den Anhängern war auch die Raubkatzenpfote, die Estelle und Olivier Royal bei der Prozession in Saintes-Maries-de-la-Mer vom Hals der Sarah-Statue genommen hatten. Nach stundenlangem Forschen und angestachelt durch eine Skizze im Notizbuch ihres Großvaters, hatte Estelle begonnen, sich für den Giftbaum zu interessieren. Aber Letzterer hatte keine neuen Erkenntnisse erbracht. Sie befand sich also in einer Sackgasse.

»Großvater vermutete sicher, dass dieser Giftbaum eine Rolle spielen würde. Ich konnte aber noch nicht herausfinden, welche!«

»Zeig mal.«

Henri nahm das Notizbuch und untersuchte aufmerksam Louis' Zeichnung.

»Vielleicht habe ich bei der Prozession nicht die richtige Reliquie genommen«, meinte seine Nichte. »Alles ging so schnell … Ich habe eher instinktiv gehandelt …«

Henri legte das Notizbuch zur Seite und betrachtete den Giftbaum.

»Ich habe jeden Millimeter abgesucht. Nichts. Kein Geheimmechanismus, keine Inschrift, nichts.«

»Na und? Du wirst jetzt doch wohl nicht aufgeben!«, empörte sich Henri. »Du musst dieser Spur weiter folgen … Schauen wir mal, was wir sonst noch finden können, okay?«

Henri streckte die Hand nach Louis' Notizbuch aus, doch Estelle kam ihm zuvor und nahm es. Henri lächelte, aber seine Verärgerung war spürbar: Offensichtlich wollte seine Nichte nicht alles mit ihm teilen.

»Ich habe das Glück, einen der größten Spezialisten für päpstliche Goldschmiedekunst im Mittelalter zum Paten zu haben«, sagte sie hastig.

»Und ich stelle all meine Kenntnisse in Ihren Dienst, meine Liebe«, antwortete Henri zweideutig.

Estelle erwiderte nichts. Sie war den undurchsichtigen Charakter ihres Onkels gewohnt.

Als wahrhaft leidenschaftliche Historiker hatten Estelle und Henri eines gemeinsam: Sie verloren jegliches Zeitgefühl, wenn sie in ihre Forschungen vertieft waren. Was das anging, wimmelte es in der Palastbibliothek nur so von brachliegenden Schätzen, inmitten derer sie von einer Entdeckung zur nächsten treiben und sich ohne Weiteres hätten verlieren können. Aber heute hatten sie ein klares Ziel, das sie den roten Faden behalten ließ.

»Du meintest doch, dass es nur noch zwei Giftbäume auf der Welt gibt?«, fragte Estelle, die auf einer der hohen Leitern balancierte, mit denen man die obersten Regale erreichte.

»Genau. Einen in Dresden, in Deutschland, und den im Palast.«

»Das alles ergibt keinen Sinn …«

Halb verborgen hinter dem Stapel in Leder gebundener Bücher, die er seit Stunden durchsah, hob Henri reflexartig die Hand, wodurch er die Aufmerksamkeit seiner Nichte auf sich zog.

»Hör mal … Laut diesem Register gibt es ein Stilleben, das den Giftbaum Johannes' XXII. darstellt. Der Vatikan hat es den Uffizien in Florenz geschenkt!«

Henri ließ seine Bücher beiseite und setzte sich vor Estelles Laptop.

»Schauen wir mal im Internet … Die Werke des Museums sind online einsehbar!«

Kurz darauf erhellte ein Lächeln sein Gesicht: Henri war immer wieder begeistert, wenn er mit wenigen Mausklicks das erreichte, wofür er früher mehrere Tage, ja Monate gebraucht hatte.

»Das Internet ist *die* Erfindung aller Zeiten!«, rief Henri, der den Bildschirm so drehte, dass auch Estelle das Gemälde sehen konnte.

Es handelte sich in der Tat um ein Stilleben. Auf einem Holztisch stand der Giftbaum Johannes' XXII. Als Erstes sprang Estelle der denkwürdige Anhänger in Form einer Raubkatzenpfote an einem der Äste ins Auge. Dieser Beweis dafür, dass sie sich nicht getäuscht hatte, machte der jungen Frau wieder Mut, auch wenn sie einen Stich im Herzen verspürte, als sie daran zurückdachte, wie Olivier Royal mit einem Kopfnicken ihrer Wahl unter den zahlreichen Halsketten der schwarzen Jungfrau zugestimmt hatte.

Neben dem Giftbaum türmte sich auf dem Gemälde ein Haufen Früchte. Aber was Estelles Aufmerksamkeit auf sich zog, war das gotische Fenster im Hintergrund. Durch diese Öffnung erblickte man eine Landschaft, in der sich mehrere Gebäude erhoben.

»Dieses Stilleben ist seltsam … Irgendetwas passt da nicht.«

Henri nickte. Auch er war in die Betrachtung des Gemäldes vertieft. Die malerische Qualität des Werkes war fragwürdig; nur die einzigartige Darstellung des Giftbaumes verlieh ihm einen gewissen Wert.

»Stimmt, die Komposition ist recht zusammenhanglos. Sogar die Perspektive ist schräg.«

»Aber trotzdem erinnert es mich an etwas. Als ob ich das Gemälde bereits kennen würde …«

»Neben dem Baum liegen Granatäpfel: Die Früchte der Erkenntnis.«

»Und darüber, hinter dem Fenster … Ich kenne die Landschaft! Ich weiß, von wo aus das Bild gemalt wurde. Komm!«

Estelle nahm Henri mit durch die geheimen Gänge des Palastes. Sie eilten endlose Wendeltreppen empor, schmale Korridore entlang, in denen man hie und da auf den Mauern über hundertjährige Graffiti erkennen konnte, bis sie schließlich über einen hochmodernen Aufzug, der inmitten dieser geschichtsträchtigen Mauern aus dem Rahmen fiel, die Spitze der *Tour de Trouillas* erreichten.

»Unglaublich: Mehr als sechshundert Jahre später hat sich die Landschaft kaum verändert!«, rief Estelle.

»Dennoch ist es nicht genau der gleiche Winkel. Wir scheinen uns tiefer zu befinden …«

Estelle nickte.

»Das kommt, weil unter den Vizelegaten die oberste Etage des Turms abgerissen wurde. Schau, das Gemälde zeigt die *Chartreuse von Villeneuve,* die *Tour Philippe le Bel* und das *Fort Saint-André*.«

Henri, der den Laptop mitgenommen hatte, vertiefte sich wieder in die Betrachtung des Bildes.

»Die Granatäpfel. Sie bewirken die schräge Perspektive. Aber man kann das Bild vergrößern. Schau, da …«

Die Früchte waren pyramidenförmig angehäuft. Zusammen formten sie einen Pfeil, der in Richtung des Glockenturms der Chartreuse zeigte.

»Da müssen wir suchen!«

Wieder einmal wusste Estelle, dass sie auf dem richtigen Weg war. Und wieder einmal bewirkte diese Gewissheit ein beklemmendes Gefühl.

»Großvater liebte es, dort spazieren zu gehen. Er war dem Ziel so nahe. So nahe …«

»Es ist ein außerordentliches, unglaubliches Gefühl, der Geschichte zu dienen.«

»Nochmals vielen Dank, Henri. Ich weiß nicht, wie ich es ohne dich geschafft hätte.«

»Ich begleite dich! Zu zweit sind wir unschlagbar! Das wollte dein unglücklicher Großvater nie verstehen.«

»Es tut mir leid, aber das muss ich allein machen.«

Sie wandte sich ab, um zu gehen, doch Henri verstellte ihr plötzlich drohend den Weg. Er packte sie am Unterarm.

»Für wen hältst du dich eigentlich? Hat Louis dir den Kopf verdreht mit seinen Geschichten vom ›reinen Herzen‹, der ›Auserwählten‹ und anderen Dummheiten? Aber ich bin auch ein Esperanza! Auch ich suche die Prophezeiung! Und zwar schon seit jeher!«

»Lass mich los. Du tust mir weh.«

»Sei nicht undankbar, Estelle. Ich habe dir jedes Mal geholfen, wenn du mich gebraucht hast!«

»Und dafür bin ich dir ewig dankbar, Henri. Aber ich muss diese Suche allein vollenden. Nach der Legende ist das …«

»Ich scheiße auf die Legende!«

Henri und Estelle waren an den Rand des Turms geraten und standen wenige Zentimeter vor dem Abgrund. Einen kurzen Augenblick glaubte Estelle, dass Henri nicht zögern würde, sie hinabzustoßen.

Lucien, der Palastwächter, tauchte hinter ihnen auf und beendete diesen Zweifel.

»Vorsicht!«

Instinktiv ließ Henri den Arm seiner Nichte los, die sofort zu Lucien ging.

»Alles in Ordnung, Lucien. Mein Onkel und ich haben nur die Landschaft bewundert ...«

Der Wächter musterte sie misstrauisch.

»Hm. Sie haben die Alarmanlage nicht ausgeschaltet, und da es hier recht gefährlich ist ...

»Henri, ich fahre mit Lucien nach unten. Ich schicke dir den Aufzug gleich wieder hoch.«

Mit diesen Worten verschwand Estelle, gleich gefolgt von Lucien, der Henri unwillkürlich noch einen letzten Blick zuwarf. Dessen falsches Lächeln konnte den Wächter nicht überzeugen. Was ging hier vor?

Estelle überquerte den kleinen, von Platanen umstandenen Platz, an dessen anderem Ende sich der majestätische Eingang der Chartreuse von Villeneuve-lès-Avignon befand.

Verzaubert von der Ruhe des Ortes hätte sie sich gern ein wenig auf eine Bank gesetzt, um dem melodiösen Geplätscher des Brunnens zu lauschen. Noch vor ein paar Wochen hätte sie sich ohne Weiteres diese Augenblicke einfachen Glücks gegönnt, sagte sie sich.

»Hallo, Estelle!«

Das Blut stockte ihr in den Adern, als sie Oliviers Stimme erkannte. Er konnte nicht weiter als zwei Meter hinter ihr stehen. Estelle versuchte alles, um sich ihr Entsetzen nicht anmerken zu lassen, und drehte sich um. In ihrer Hand hielt sie Jeans Waffe.

»Du machst mir keine Angst!«

Als er den winzigen Revolver sah, hob Olivier beschwichtigend die Arme.

»Wir beide müssen uns unterhalten. Wir haben uns nicht alles gesagt …«

»Du hast mich verraten, alles ist gesagt.«

Olivier starrte Estelle an und ging langsam auf sie zu.

»Ich bin kein Bruder des Judas, Estelle. Ich bin Polizist, ich habe mich bei ihnen eingeschlichen.«

»Und noch dazu hältst du mich für blöd!«

»Deshalb hat uns Renard so schnell freigelassen.«

»Ich habe deine Brandmarke gesehen, das ist ein untrügliches Zeichen …«

»Durchaus nicht: Es hat Monate gedauert, bis ich ihr Vertrauen hatte, und ich musste einwilligen, mich brandmarken zu lassen, um meine Treue zu beweisen.«

»Das klingt ziemlich gut, sehr logisch … Bravo. Aber ich glaube dir nicht!«

Da Olivier trotz ihrer Mahnungen nicht stehen blieb, hob Estelle zitternd ihre Waffe. Die Angst schnürte ihr die Kehle zu, Tränen der Enttäuschung und der Wut brannten ihr in den Augen.

Estelle wollte auf den Abzug drücken, als sie plötzlich das Weinen eines Kindes vernahm.

Olivier drehte sich um.

»Was macht die Kleine denn hier?«

Kaum versuchte er, sich dem Kind zu nähern, floh es und schien sich in den Mauern zu verflüchtigen.

»Wo ist sie? Sie kann sich doch nicht in Luft aufgelöst haben!«

Estelle stand wie angewurzelt. Sie schaute Olivier an, als ob sie ihn zum ersten Mal sähe.

»Hast du es auch gesehen? Hast du das kleine Mädchen gesehen?«

»Natürlich!«

»Und du findest das normal? Ein kleines Mädchen, das erscheint und dann wieder verschwindet …«

»Das ergibt überhaupt keinen Sinn!«

»Doch, es muss irgendeinen Sinn ergeben. Wir sehen ihn nur nicht.«

Olivier nutzte Estelles Unaufmerksamkeit und entriss ihr die Waffe.

»Ich habe dich nie angelogen. Ich bin kein Dreckskerl …«

Er entsicherte den Revolver und gab ihn ihr zurück.

»Du solltest ihn lieber entsichern, wenn du schon auf mich schießen willst.«

Estelle musterte ihn lange, sehr lange, dann wandte sie sich um und lief auf den Eingang des Klosters zu.

»Hilf mir. Ich suche eine Verbindung zwischen der Chartreuse und Johannes XXII. …«

Olivier folgte ihr lächelnd.

»Du bist doch die Historikerin!«

Olivier stand in der Mitte einer Kirche, deren Schiff sich weit auf den Hügel des Fort Saint-André öffnete. Er ging zu Estelle, die vor der Grabfigur Innozenz' VI. kniete und mit den Fingerspitzen über die steinernen Verzierungen fuhr.

»Das Kloster wurde von Innozenz VI. dreißig Jahre nach dem Tod Johannes' XXII. erbaut …«

»Hier gibt es nichts mehr, das ist eine leere Hülse«, sagte Olivier. »Keine Bilder, keine Statuen, außer der Figur hier.«

Konzentriert setzte Estelle ihre minutiöse Suche fort.

»Zum Gedenken an seinen Vorgänger ließ Innozenz VI. den Marmorthron Johannes' XXII. in dieser Kirche aufstellen, in die er sich gern zum Gebet zurückzog …«

Estelle zeigte auf den rechteckigen Abdruck eines inzwischen entfernten Sitzes auf dem Steinboden, genau unter der riesigen Öffnung im Kirchenschiff.

»… Bis zur Revolution blieb der Thron hier in der Kirche, aber im Jahre 1793 wurde das Kloster als Staatseigentum an einen Bauern verkauft.«

»Der seine Tiere darin untergebracht hat«, scherzte Olivier.

»Du triffst den Nagel auf den Kopf: Da er das Eingangstor für zu niedrig hielt, um seine Heuwagen einzufahren, wollte er hinter dem Chor ein weiteres Tor in die Mauern schlagen. Und dabei brachen die ganze Fassade und der Glockenturm ein!«

Olivier betrachtete das klaffende Loch und lächelte, als er sich vorstellte, was für ein Gesicht der Bauer beim Anblick der Katastrophe gemacht haben musste.

»Er muss sich in dem Augenblick sehr einsam gefühlt haben.«

Dann kam er wieder zum Kern von Estelles Ausführung.

»Du sprichst von einem Thron, aber ich sehe ihn nicht …«

»Weil er nicht mehr da ist! Bis zur Ankunft Prosper Mérimées 1825, des Ersten, der ein Verzeichnis der historischen Denkmäler Frankreichs erstellte, blieb der Thron unter dem Schutt vergraben.«

»Und Prosper ließ den Schutt zur Seite schieben …«

»Die Arbeiter haben den Thron quasi unbeschädigt vorgefunden. Und sie haben ihn über die Rhône geschafft. In Richtung?«

»Papstpalast?«

»Dort landen wir immer wieder …«

Als Estelle und Olivier in glücklicher Zweisamkeit das Kloster verließen, erklang plötzlich eine tiefe Stimme.

»Dreiundzwanzig!«

Zwei in Mäntel gehüllte Gestalten tauchten aus einer Seitenstraße auf: zwei Brüder des Judas, die sich nicht die Mühe machten, ihre Waffen zu verbergen. Estelle wollte davonlaufen, doch Olivier packte sie hart.

»Zu spät, meine Süße! Ich habe genug mit dir gespielt. Du hast mir alles gesagt, was ich wissen wollte.«

»Verdammter Dreckskerl!«

Einer der Brüder des Judas baute sich vor ihnen auf und wandte sich an Olivier, als ob Estelle nicht existierte.

»Der Große Kanzler des Ordens will das Mädchen, Dreiundzwanzig.«

»Okay, aber ich bin es, der sie ihm bringt.«

»Wie du willst.«

Estelle versuchte erneut, sich aus Oliviers Griff zu befreien.

»*Dreiundzwanzig*? Du bist wirklich ein Mistkerl!«

»Ja, ja. Komm, beiß mich doch, wo du schon dabei bist …«

Estelle gab nicht auf, versuchte alles, um sich loszureißen, doch umsonst: Olivier schleppte sie in Richtung der Seitenstraße, links und rechts flankiert von den beiden Brüdern.

Als sie sich einem großen schwarzen Geländewagen näherten, lockerte sich Oliviers Griff und ließ Estelle genug Spielraum, um ihm einen saftigen Tritt gegen das Schienbein zu verpassen. Er krümmte sich unter den Schmerzen, wobei er die junge Frau mitzog.

»Wenn du das noch einmal machst, leg' ich dich um!«

Aber sobald die beiden Brüder sein Gesicht nicht mehr sehen konnten, flüsterte er ihr leise ins Ohr:

»Auf mein Zeichen läufst du los und schaust dich nicht um!«

Da verstand Estelle, dass Olivier sie nicht verraten hatte. Sie blinzelte ihm zum Einverständnis zu.

Als einer der beiden Brüder die Beifahrertür öffnete, stieß Olivier ihn heftig ins Wageninnere und setzte ihn damit außer Gefecht.

»Renn, Estelle! Renn!«

Estelle rannte auf den Hügel über dem Fort Saint-André zu, während Olivier seinen Gegner mit der Wagentür bewusstlos schlug. Ehe Royal sich umdrehen konnte, presste sich ein kalter Revolverlauf gegen sein Genick und ließ ihn erstarren.

»Setz dich ans Steuer, oder du bist tot.«

So schnell sie konnte, lief Estelle den ansteigenden Weg hinauf, als der Geländewagen vor ihr auftauchte. Das Fahrzeug raste geradewegs auf sie zu. Am Steuer saß Olivier, auf dem Beifahrersitz der zweite Bruder des Judas.

Estelle fand die Kraft, noch schneller zu rennen, und es gelang ihr, den Eingang des Forts zwischen zwei beeindruckenden Wachtürmen zu erreichen. Wenige Sekunden später kam der Geländewagen ebenfalls durch das Tor geschossen und holte die junge, erschöpfte Frau rasch ein.

Umgeben von den hohen Mauern des Forts saß Estelle in der Falle. Nicht der kleinste Ausweg. Sie drehte sich um und sah dem Wagen entgegen, der auf sie zuraste. Reflexartig riss sie die Arme vors Gesicht, als ob dieser lächerliche Schutz sie retten könnte.

Der Geländewagen röhrte noch lauter, und Estelle fühlte ihr letztes Stündlein gekommen. Völlig entkräftet schloss sie die Augen und erwartete resigniert den bevorstehenden Tod.

... der nicht kam. Statt des gefürchteten Aufpralls herrschte völlige Stille im Fort. Eine so überraschende Stille, dass Estelle einige Augenblicke brauchte, ehe sie es wagte, die Augen zu öffnen.

Was sie dann entdeckte, sollte für immer in ihr Gedächtnis eingegraben bleiben: Wenige Millimeter vor ihr schien die Kühlerhaube des riesigen Geländewagens sie anzustarren.

Das Fahrzeug stieß abrupt zurück. Die Beifahrertür öffnete sich und der Bruder des Judas fiel heraus. Olivier stürzte aus dem Wagen.

»Alles in Ordnung?«

Die junge Frau stand noch unter Schock und wusste zunächst nicht, ob sie lachen oder weinen sollte, ehe sie sich Olivier in die Arme warf.

»Ich glaubte schon ... Ich glaubte, dass ...«

»Schon gut. Ich bin da. Ich habe dir gesagt, dass du mir vertrauen kannst.«

»Danke, dass du nicht einer von ihnen bist. Ich hätte es nicht ertragen.«

Olivier war völlig überrumpelt von Estelles Erklärung, und ihm fehlten die Worte. Er begnügte sich mit einem verständnisinnigen Blick.

»Hast du heute Abend schon was vor?«, fuhr sie fort.

»Eine Verabredung?«

»Die Überreichung einer Medaille … im Papstpalast.«

Oliviers Antwort bestand aus einem Lächeln.

Gil saß in der Stille der Küche des *Mule du Pape* und erledigte, was er am meisten auf Erden hasste: die Buchhaltung. Mit einem Bleistift und einem Taschenrechner bewaffnet kämpfte er gegen Zahlenkolonnen an, die sich hämisch seinem Verständnis entzogen.

Als würde ihn ein sechster Sinn warnen, drehte Gil sich langsam um und erblickte Nadèges Gespenst, das sich mit vor der Brust verschränkten Armen gegen den Herd lehnte und traurig lächelte.

»Hau ab, ich will dich nicht sehen, ich glaube nicht an Gespenster.«

»Sie werden es ihm sagen. Er gehört dem Geschlecht an, er muss es wissen …«

»Hau ab, Nadège! Du bist tot, verdammt! Ich kann nichts für dich tun!«

Nadège löste sich vom Herd und näherte sich Gil, der spürte, wie ihm ein eisiger Schauer den Rücken hinablief.

»Du musst mir helfen, Gil, ich habe meine Mission nicht vollendet. Sie sind jetzt da, das ist gut, aber du musst ihn beschützen …«

»Das muss aufhören. So kann das nicht weitergehen«, murmelte Gil, ehe er aus der Küche rannte.

Hinter dem Tresen der Bar geriet Mehdi mit Elsa, die Getränke einschenkte, aneinander. Ihre Anwesenheit im Café machte ihm schon zu schaffen, sie dabei zu sehen, wie sie sich wissentlich und mit Vergnügen auf sein Terrain begab, machte ihn schlicht hysterisch. In solchen Augenblicken hasste er Gil und war sauer auf ihn, weil er Elsas Spiel nicht besser durchschaute. Sie war giftig, und Mehdi wusste das genau.

»Ich habe dir bereits gesagt, dass du das nicht machen sollst! Die Bar ist meine Arbeit!«

»'tschuldigung … Ich wollte doch nur helfen. Das ist doch normal, ihr seid so nett und lasst mich hier übernachten. Ach ja, übrigens, ich habe ein Angebot für den Wasserspeier! Zweitausend Euro. Nicht übel, oder?«

Mehdi antwortete nicht. Er ging mit einem Tablett in der Hand auf die Terrasse hinaus, wo er plötzlich seinen Eltern gegenüberstand, von denen er nicht einmal wusste, dass sie in Avignon waren.

»Ma? Pa? Was macht ihr denn hier?«

»Wir bereiten dir eine Überraschung, und du meckerst? Hallo, Liebling!«

»Ihr hättet mir Bescheid geben können, dann hätte ich mich drauf eingestellt.«

»Wir sind nur für ein paar Tage gekommen«, beruhigte ihn Hassan, sein Vater, während seine Mutter Amina ihn eher abhorchte als ansah, um sicher zu sein, dass es ihm gutging.

Mehdi erblasste, als er Gil auf sie zukommen sah. So ausführlich er seinen Eltern vom *Mule du Pape* erzählt hatte, so beflissentlich hatte er Gil und den Platz, den der junge Mann in seinem Leben einnahm, verschwiegen.

»Mama, Papa, darf ich euch Gil vorstellen, meinen ... Partner.«

Neugierig wie immer hatte sich Elsa zur Gruppe gesellt und erfreute sich an der Szene. Mehdi stellte sie ebenfalls vor.

»Und das ist Elsa ... Gils Frau.«

Die Betroffene lächelte zweideutig und schüttelte Hassan und Amina herzlich die Hand.

»Tja, ja, ich bin Gils Frau!«

»Sehr erfreut, Madame«, sagte Hassan galant.

»Die Freude ist ganz meinerseits, Monsieur, ganz meinerseits ...«

Noch immer verstört über Nadèges Erscheinen, hatte Gil nicht reagiert. Nun war es zu spät, um die Lage noch zu wenden. Aber der schmerzerfüllte Blick, den er Mehdi zuwarf, gab diesem zu verstehen, dass ihm die Situation wahrlich nicht behagte.

Am tiefblauen Himmel dieses lauen Sommerabends war der Mond aufgetaucht. Henri lehnte am Türrahmen und sah seiner Mutter zu, wie sie die Küche des Gutshauses fertig aufräumte. Hier war ihr Bereich, hier fühlte sie sich wohl. Nachdem sie im Alter von dreizehn Jahren als kleine

Magd eingestellt worden war, hatte sie dort ihre restliche Kindheit, dann ihre Jugend und den Anfang ihres Lebens als erwachsene Frau verbracht. Jahre später war sie mit ihrem einzigen Sohn Henri, der das Landgut aufgekauft hatte, dorthin zurückgekehrt. Aber Odette hatte nie eine Gutsherrin werden wollen, oder vielleicht war es ihr schlicht nie gelungen.

All die Jahre lebte sie hier mit den aufeinanderfolgenden Köchinnen, die ihr Sohn ihr aufzwang und die sie immer wieder hinausekelte, da sie die Rolle, die sie als die ihre betrachtete, nicht aufgeben wollte. Ihr ganzes Leben hatte Odette damit verbracht, ihren Sohn zu ernähren, im wörtlichen wie im bildlichen Sinn. Sie hatte alles für ihn gegeben. Vielleicht zu viel.

Als sie Henris Anwesenheit bemerkte, holte Odette aus reiner Gewohnheit eine Tasse aus dem Schrank und bereitete ihm einen Tee aus eigener Mischung zu.

»Ich gehe da nicht hin. Ich habe nicht die Kraft dazu. Nein, es ist entschieden, ich gehe nicht zur Zeremonie, ruf an und sag ihnen, dass ich krank bin.«

»Mama, du hast diese Kinder gerettet. Du verdienst diese Medaille.«

Belustigt und gerührt angesichts der kindlichen Reaktion seiner Mutter näherte sich Henri und stellte eine kleine Schatulle vor sie auf den Tisch.

»O nein, das ist wirklich nicht nötig. In meinem Alter brauche ich so etwas nicht mehr.«

»Red keinen Unsinn. Mach sie auf.«

Die Schatulle barg eine wundervolle, alte Kamee. Mit Tränen in den Augen umarmte Odette ihren Sohn.

»Du warst immer ein guter Sohn, mein Kleiner …«

Henri steckte seiner Mutter den Schmuck an den Kragen und half ihr anschließend, die Schürze abzunehmen, die ihr einfaches Abendkleid aus schwarzer Seide schützte.

»Na komm, alle erwarten dich im Palast.«

Estelle, die prachtvoll aussah in einem Galakleid, das ihre perfekten Formen zur Geltung brachte, stieg die letzten Stufen der großen Ehrentreppe hinab und mischte sich unter die Gäste in dem riesigen Audienzsaal. Man hatte dort zahlreiche Reihen von Stühlen mit blutroten Sitzflächen und Rückenlehnen in Form von stilisierten Gewölbeschlusssteinen aufgestellt. Auf einer leicht erhöhten Bühne standen ein Flügel und ein Pult, hinter dem Sandra auf ihrer Geige spielen würde.

Estelle atmete erleichtert auf, als sie Olivier sah, der sich gegen eine Säule lehnte. In seinem dunklen, taillierten Anzug wirkte er sehr elegant. Außerdem entdeckte sie Renard, die etwas unbeholfen in ihrem schicken Ensemble herumstand. Die Kommissarin warf Trihn, der sich gerade am Buffet genießerisch die Finger leckte, einen missbilligenden Blick zu.

»Kompliment, Commissaire. Sie sind sehr elegant …«

»Oh, das ist nichts Besonderes. Ein altes Teil, das ich nie trage.«

Ehe sie weiterging, beugte sich Estelle belustigt zu ihr.

»Vergessen Sie nicht, das Etikett abzumachen.«

In ihrer Eitelkeit ertappt, errötete Renard und riss mit einem Ruck das Etikett ab, das unten an ihrer Kostümjacke herabhing.

Dona Flores' Anwesenheit bei dieser Zeremonie, die zu Louis' Ehren abgehalten wurde, überraschte Estelle nicht.

Aber es rührte sie zu sehen, wie ihr Vater die Dame aus Saintes-Maries-de-la-Mer willkommen hieß. Vielleicht würden die Familiengeheimnisse endlich gelüftet.

Es blieb ihr jedoch nicht viel Zeit, weiter nachzugrübeln: In einer Ecke des Saales waren sich Julien und Henri in die Haare geraten und kurz davor, mit den Fäusten aufeinander loszugehen. Um einen Skandal zu vermeiden, packte Estelle entschlossen ihren Bruder und nahm ihn mit in die Loggia im ersten Stock.

»Was ist denn in dich gefahren? Hast du an deine Mutter gedacht? Das ist ihr Abend, Julien! Seit Jahren freut sie sich darauf …«

Julien, der noch immer unter dem Eindruck der Auseinandersetzung mit Henri stand, konnte sich nicht beruhigen. Er wäre sogar wieder losgestürmt, wenn Estelle ihn nicht davon abgehalten hätte. Er hatte beschlossen, mit seinem alten Onkel abzurechnen und die Frau, die er über alles liebte, aus dessen Klauen zu befreien.

»Das verstehst du nicht! Du hast noch nie geliebt, du weißt nicht, wie das ist! Glaubst du, dass du mit deinen bescheuerten Liebesgeschichten ein Vorbild bist?«

Im Innersten getroffen, steckte Estelle die Beleidigung ein, auch wenn Julien offensichtlich nicht in seinem Normalzustand war.

»Entschuldige, Estelle, das wollte ich nicht sagen … Ich bin total verknallt, Nadine sagt, dass sie Schluss machen will, aber das ist nicht wahr. Das ist nur, weil Henri sie bedroht. Ich kann mir ein Leben ohne sie nicht vorstellen, ich schwör's dir, ich kann nicht …«

»Bist du sicher, dass sie aufrichtig ist?«

»Natürlich! Und ich bin total abhängig. Sie ist alles für

mich! Ich muss sie weit von hier fortbringen, weit weg von Henri …«

Estelle erlaubte sich kein Werturteil über die Geschichte, die ihr Bruder gerade erlebte. Allerdings tat sie sich mit Nadine als Mensch etwas schwer, sie hatte deren Art zu funktionieren noch nie verstanden. Bisher hatte sie das noch nicht über die Maßen gestört, aber jetzt, wo ihr kleiner Bruder mit im Spiel war, drängten sich ihre Zweifel über Henris Frau wieder an die Oberfläche.

»Nadine und Henri sind ein Paar. Ein seltsames, einverstanden, aber sie sind ein stabiles Paar. Ich bin nicht sicher, ob du dieses Match gewinnen wirst, und habe keine Lust, dich leiden zu sehen …«

»Aber der Typ ist das reinste Gift! Er ist von der Prophezeiung fasziniert! Ich habe mich informiert, er kauft alles zusammen, was es dazu auf dem Markt gibt! Er ist neidisch auf uns alle! Vor allem auf dich!«

Juliens Worte verwirrten Estelle, die an die Auseinandersetzung mit Henri zurückdachte, hier am selben Ort, im Palast. Sie hatte in den Augen ihres Onkels kurz ein Glitzern gesehen, das ihr die Schwärze seiner Seele offenbart hatte. Sie hatte sich sogar gefragt, ob er nicht einer der Ihren war …

»Du verstehst nicht, sie muss fort! Nadine ist schwanger! Sie trägt mein Kind!«

Diesen Schock musste Estelle erst einmal verdauen. Ernsthaft erschüttert von dieser Neuigkeit, streckte sie die Arme aus, um Julien zu beruhigen, als eine Stimme sie darauf hinwies, dass die Zeremonie bald beginnen würde.

Ehe sie wieder in den großen Saal traten, warf Estelle ihrem Bruder ein aufmunterndes Lächeln zu: Sie würde ihm in diesen schwierigen Zeiten beistehen und nicht gegen ihn sein. Sie würde ihn unterstützen, ganz egal welche Entscheidung er treffen sollte. Ja, Julien war ihr Bruder, und sie würde immer für ihn da sein.

»Aber tu nichts Überhastetes. Du musst verantwortungsvoll handeln, wie ein Erwachsener …«

Im großen Audienzsaal war das allgemeine Gemurmel einer erwartungsvollen Stille gewichen. In ihrem langen, nachtblauen Kleid schritt Sandra gemessenen Schrittes auf die Bühne, begleitet von Sylvain Epstein und der sehr beeindruckten Odette. Alle drei stellten sich hinter ein Mikrofon, neben dem man auf einer Staffelei ein Porträt von Louis aufgebaut hatte.

Sandra sprach als Erste. Ihre Stimme zitterte vor Rührung.

»Liebe Freunde, wir haben uns heute Abend hier versammelt, um den mutigen Taten Odette Esperanzas und ihres Bruders, Louis Esperanza, der uns zu früh verlassen hat, die Ehre zu erweisen …«

Mit schmerzerfülltem Gesicht schloss Odette die Augen.

»… Von Juni 1941 bis August 1944 versteckten Odette und Louis unter Einsatz ihres Lebens sieben jüdische Kinder, die deren Eltern ihnen anvertrauten hatten, bevor sie deportiert wurden. Unter diesen Kindern, die dank deren beider Mut und Großzügigkeit überlebt haben, befanden sich die kleine Sarah Rosenthal und Jacques Kessler, die fünfzehn Jahre später meine Eltern werden sollten …«

Sandra wischte sich eine Träne aus den Augen, wie auch Odette, die zugleich überwältigt und gerührt war.

»… Odette, wenn ich heute lebe, wenn ich lieben und geliebt werden kann, dann ist das einzig und allein dir und Louis zu verdanken.«

Sandra überließ Sylvain Epstein das Mikrofon.

»Madame Odette Esperanza, im Namen all derer, die Sie und Ihr Bruder Louis gerettet haben, im Namen ihrer Kinder und Enkel, habe ich die Ehre und die große Freude, Sie zu bitten, diese Auszeichnung als Gerechte unter den Völkern anzunehmen …«

Beschämt trocknete Odette ihre Augen mit einem kleinen, bestickten Taschentuch. Sie schien ihren Mut zusammenzunehmen, um vor all den Leuten zu sprechen, die ihr zusahen, wie sie mit der Medaille in der Hand dastand. Einen Augenblick lang wollte sie die Flucht ergreifen, aber dann machte sie einen Schritt nach vorn und legte los.

»Danke. Vielen Dank. Wir haben getan, was getan werden musste. Nicht mehr. Ich kann diese Medaille nicht annehmen, ich jedenfalls nicht.«

Ein überraschtes Raunen ging durch die Zuhörerschaft. Epstein und Sandra tauschten einen Blick des Unverständnisses aus, während in den Reihen der Esperanzas Bestürzung herrschte.

Erschüttert ergriff Odette mit glänzenden Augen wieder das Wort.

»Bitte haben Sie Verständnis. Meine Entscheidung ist gefällt. Sandra, Maître Epstein, seien Sie mir nicht böse. Wenn jemand diese Auszeichnung verdient, dann ist es Louis, mein lieber Bruder. Er hat mich dazu gezwungen, Mut zu zeigen, und ich werde ihm auf immer dankbar sein. Und in seinem Namen nehme ich *seine* Medaille an.«

Tosender Applaus ertönte. Sandra schloss Odette in die

Arme und drückte sie an ihr Herz. Bis zum Schluss bewies die alte Dame eine bewundernswerte Demut. Einzig Henri senkte den Blick. Nur er wusste, dass seine Mutter diese Auszeichnung nicht aus Bescheidenheit, sondern aus Schuldgefühl ablehnte.

Olivier nutzte den Augenblick, um Estelle unauffällig zu bedeuten, mit ihm zu kommen, während die Versammelten sich zu stehenden Ovationen erhoben.

»Der ganze Palast ist abgesichert. Jetzt oder nie!«, flüsterte Olivier und zog die junge Frau mit.

Während Sandras Geigenmusik durch die hohen Räume des Palastes zog, drangen Estelle und Olivier ins Herz der Anlage vor. Als sie einen im Halbdunkeln liegenden Gang entlangschritten, warf sich Olivier plötzlich in ein Nebenzimmer und riss Estelle mit sich, ehe er die Tür hinter ihnen schloss.

»Pst!«

Durch einen Schlitz sahen sie zwei schwarzgekleidete Gestalten. Brüder des Judas. Kaum waren sie verschwunden, schimpfte Olivier über ein drahtloses Mikrofon Renard aus und warf ihr vor, den Palast schlecht abgesichert zu haben.

»Hier wimmelt es von Brüdern des Judas! Was treiben Sie, verdammt noch mal?«

Am anderen Ende befahl Renard eindringlich:

»Das ist nicht möglich! Kommen Sie zurück! KOMMEN SIE SOFORT ZURÜCK! Das ist ein Befehl! Ich kann nicht für Ihre Sicherheit garantieren, wenn dieser verdammte Palast löchrig ist wie ein Schweizer Käse! Royal! Royal? Oh, dieser Idiot! Er hat seinen Sender ausgeschaltet!«

Abseits der Zeremonie ließ die Kommissarin ihre Wut an dem armen Trihn aus.

»Ja, was? Ich hab' ihn liebgewonnen, diesen Royal … nicht so lieb wie Sie, aber immerhin!«

Von Panik erfasst entfernte sich Renard und versuchte, ihre im Palast verstreuten Männer zu sammeln, während Trihn nach dem Eingeständnis seiner Chefin mit vor Scham und Verblüffung hochrotem Kopf zurückblieb.

Estelle führte Olivier durch immer enger werdende Treppen und Gänge.

»Weißt du wenigstens, wo wir hingehen?«

»Das ist ein Geheimgang. Mein Großvater hat ihn mir gezeigt. So sind wir absolut sicher, niemandem über den Weg zu laufen.«

Sie erreichten das untere Ende einer Wendeltreppe und blieben vor einer beeindruckenden mit Nägeln beschlagenen Tür stehen.

»Hier werden die Stücke aufbewahrt, die nicht ausgestellt werden, darunter gibt es einige Erinnerungsstücke von Johannes XXII.«

Die Tür öffnete sich mit einem unheimlichen Knirschen und gab den Blick frei auf einen in Dunkelheit getauchten Raum.

Während Olivier schimpfend ein Feuerzeug hervorholte, drückte Estelle einfach auf einen Schalter, und der Raum war mit einem Schlag lichtdurchflutet: Ein riesiger unterirdischer Saal, in dessen Mitte ein Pfeiler das Gewicht des Kreuzrippengewölbes trug. Liegende Grabfiguren, Gipsabdrücke und, gegen eine Mauer gelehnt, der Papstthron Johannes' XXII.

»Schau mal, hier … An der Seite des Throns. Es sieht wie ein Symbol aus: eine Tierpfote, die einen Stern hält!«

Instinktiv legte Estelle die Hand an ihren Hals, wo der sternförmige Anhänger an ihrer Halskette hing. Olivier lenkte ihre Aufmerksamkeit auf die Armlehnen des Throns.

»Der Stern ist ebenfalls hier eingeritzt!«

»Und auf der anderen Lehne gibt es ein Symbolwesen.«

Olivier war verwirrt, als er das Wesen sah. Das konnte kein Zufall sein. Er zwang sich, alle Gedanken zu verscheuchen, die zu viele Gewissheiten in Frage stellten, und wandte sich in einem, wie er hoffte, möglichst neutralen Ton an Estelle.

»Sieht aus wie ein Löwe. Was stellt es dar?«

»Das ist kein Löwe, sondern ein Greif. Schau: Er hat ein Paar Flügel auf dem Rücken. Es handelt sich um ein Fabelwesen, das einen Schatz bewachen soll …«

Estelle löste das Medaillon von ihrer Halskette und zeigte es Olivier.

»Großvater hat mir nie gesagt, woher es kommt. Aber es war ihm wichtiger als alles andere. Vielleicht ist es eine Art Schlüssel …«

Getrieben von seinem Instinkt, aber auch um sich Haltung zu verleihen, setzte Olivier sich auf den Thron. Er weigerte sich zu glauben, dass dieser Greif in Zusammenhang stehen könnte mit … Nein, das war nicht möglich.

»Ein Papstthron ist dafür gemacht, dass man sich draufsetzt, oder nicht?«, erwiderte er auf Estelles Bedenken. »Lass mich mal versuchen!«

Mit einer Geste selbstverständlicher Autorität legte er die Arme auf die Steinlehnen. Er strich mit den Händen über die Oberfläche.

»Hier ist ein Loch. Schau!«

Estelle beugte sich vor und entdeckte eine sternförmige Aushöhlung. Sie steckte ihr Medaillon hinein, das sich perfekt einfügte.

Es folgten ein Knacken und das Klicken eines Mechanismus. Estelle und Olivier tauschten einen fiebrigen Blick aus. Plötzlich gab die Armlehne auf der Seite des Greifen einen von außen nicht zu erahnenden Hohlraum frei, eine Art im Marmor versteckte Schublade, in der ein Goldzylinder lag. Estelle hielt den Atem an und hob die mit einem Wappen versehene Röhre heraus. Ihre Hände begannen vor Erregung zu zittern.

»Das ist das Wappen von Johannes XXII.! Und schau: Der Stern ist hier eingeritzt! Und hier der Greif!«

Keuchend machte Estelle sich aufgeregt daran, die Röhre aufzuschrauben.

»Mein Großvater hätte dafür sein Leben gegeben …«

Aber bevor sie den Zylinder öffnen konnte, schloss sich die Tür mit einem lauten Knall, und das Licht ging aus.

»Rühr dich nicht von der Stelle!«, rief Olivier.

Gelähmt und gehüllt in die undurchdringliche Finsternis, in die der Raum nun getaucht war, verlor Estelle jegliche Orientierung. Als Olivier sein Feuerzeug anmachte, stieß die junge Frau einen Entsetzensschrei aus. Wenige Meter von ihnen entfernt standen drei Brüder des Judas mit Schusswaffen in der Hand. Die Männer waren mit Taschenlampen ausgerüstet, deren Licht Estelle und Olivier plötzlich blendete.

»Danke dafür, dass Sie uns die Arbeit abnehmen …«

Die beiden Liebenden, die in der Falle saßen, hatten sich instinktiv einander genähert, machtlos gegenüber diesen bewaffneten Männern, die sie nun mit sich schleppten.

Im Audienzsaal ging Trihn zu Jean Esperanza und Renard. Letztere hatte ihre Befehle erteilt. Jean hatte das Verschwinden seiner Tochter bemerkt, und das, was Trihn ihm berichtete, verstärkte die leise Angst, die angefangen hatte, sich bei ihm einzuschleichen: Estelle und Olivier blieben unauffindbar, obwohl sie unmöglich den Palast verlassen haben konnten …

»All Ihre Polizisten, die meine Tochter überwachen sollten, haben nichts genützt! Die sind einfach unfähig, jawohl!«

»Verdammte Scheiße! Dabei hatte ich doch einen Joker: Royal ist kein Anfänger! Gut, Trihn, Sie machen alle Ausgänge dicht und durchsuchen den Palast.«

Im Saal erklang zum Ende eines von Sandra meisterhaft vorgetragenen Musikstücks tosender Applaus. Renard bohrte ihren Blick in Jeans Augen.

»Und Sie gehen zurück und setzen sich hin, als sei nichts geschehen!«

Kurz darauf, als Sandra zum finalen Adagio ansetzte, setzte sich Jean neben Dona Flores, die sich ebenfalls Sorgen um Estelle und Olivier Royal machte.

»Royal ist ein eingeschleuster Polizist, wussten Sie das?«, fragte er sie.

»Selbst nach all den Jahren glaubst du mir noch nicht, wenn ich dir das Herz der Menschen offenlege …«

Jean starrte die Frau an, die man das Orakel nannte. Dann wurde sein Blick eisig.

»Der einzige Fehler, den Sie begangen haben, heißt Joyce, und er verfolgt mich noch nach fünfundzwanzig Jahren.«

Dona Flores' legendäres Lächeln erlosch.

Aus den Tiefen des unterirdischen Gewölbes, in das die Brüder des Judas Estelle und Olivier gebracht hatten, erhob sich nun ein Flüstern, das nach und nach lauter wurde, sich verführerisch wiederholte …

Estelle spürte, wie ihre Kehle sich zuschnürte, als sie den Singsang erkannte, der sie schon in Dona Flores' Garten verzaubert hatte!

»In girum imus nocte et consumimur igni … In girum imus nocte et consumimur igni …«

Estelle und Olivier wurden nun buchstäblich in die Mitte einer Kapelle geschleudert, die grell von einem riesigen Feuer erleuchtet wurde, dessen Funken bis zur Gewölbedecke wirbelten.

Die Stimmen der unzähligen Brüder des Judas hallten düster wider, während alle Blicke sich auf die Gefangenen richteten.

»In girum imus nocte et consumimur igni … In girum imus nocte et consumimur igni …«

»Wir gehen des Nachts im Kreis und werden verzehrt vom Feuer«, übersetzte Estelle für Olivier, der kein Latein konnte.

»Tja, ich habe allerdings nicht die Absicht, mich lebendig verbrennen zu lassen«, scherzte der junge Mann, der versuchte, die Angst zu verbergen, die langsam Oberhand über ihn gewann.

Langsam, unausweichlich zog sich der Kreis der Feinde enger, etwa zehn Brüder des Judas umringten die mit Handschellen gefesselten Gefangenen. Beide wichen in Panik zurück und kamen dabei dem Feuer immer näher.

»Wenn du einen Plan hast, um uns hier rauszubringen, dann ist jetzt der Augenblick, ihn umzusetzen …«

In diesem Moment gab der Kreis der Brüder eine Passage frei, die zum Chor der Kapelle führte, wo ein leerer Sitz thronte.

Jene, die die Brüder Elf nannten, näherte sich dem Sitz und verneigte sich fromm vor dem Abwesenden.

»Ehre sei dir, Großer Kanzler des Ordens. Dein Name sei gepriesen.«

Alle Anwesenden wiederholten den Satz im Chor, mit einer Inbrunst, die Estelle erschaudern ließ. Unwillkürlich fasziniert von diesem unheimlichen Schauspiel, musste sie dennoch verzweifelt aufschreien, als sie den wertvollen Goldzylinder im langen Ärmel von Nummer Elf verschwinden sah, die sie herausfordernd anzublicken schien.

»Neeeeiin!«

Elf näherte sich Estelle und lächelte ihr mit einer Güte zu, die in einem scharfen Gegensatz zu diesem bösen Ort stand.

»Der Große Kanzler des Ordens hat uns von deinem Kommen unterrichtet, Estelle Esperanza. Heute ist ein wichtiger Tag in deinem Leben. Heute wirst du endlich in den Kreis der Deinen aufgenommen werden.«

»Ich gehöre nicht zu euch! Und ich werde niemals zu euch gehören!«

Elf kam noch näher. Das Lächeln hatte ihre Lippen nicht verlassen.

»Gehorche deinem Herzen. Es ist dein einziger Führer.«

Dieser Ratschlag verwirrte Estelle. Olivier bemerkte es und versuchte, ihre Aufmerksamkeit abzulenken.

»Estelle, lass dich nicht manipulieren!«

Kaum hatte er das gesagt, da verpasste ihm ein Bruder einen Schlag in den Magen, um ihn zum Schweigen zu bringen. Keuchend sank Olivier zusammen, während Elf fortfuhr, Estelle zu verzaubern, indem sie ihr nun beruhigend ins Ohr flüsterte.

»In deinen Adern fließt unser Blut, du bist eine von uns, ob du willst oder nicht. Du trägst das Zeichen, Estelle, du weißt das.«

Außerstande dem Ganzen etwas entgegenzusetzen, hörte die junge Frau zu. Sie kreuzte Oliviers ungläubigen Blick, der erwartete, dass sie mit aller Kraft leugnen würde. Aber sie schwieg.

»Das stimmt nicht, Estelle! Sag ihnen, dass es nicht stimmt!«

Da drehte sich Elf zu Olivier um. Ihr Blick wurde kalt und scharf wie eine Stahlklinge.

»Töte ihn, Estelle. Dreiundzwanzig hat die Deinen verraten. Schaff dir diesen Verräter vom Hals.«

Einer der Männer in Kommandouniform befreite Estelle und drückte ihr einen Dolch mit dem Symbol des Judas in die Hand, der genau wie jene anderen Waffen aussah, mit denen die vorausgegangenen Opfer getötet worden waren.

»Es ist ganz einfach, Estelle. Bestrafe ihn mit einem einzigen Stich ins Herz. Er hat dich verraten.«

Fassungslos sah Olivier, wie die Vernunft aus den Augen der Frau wich, die er liebte, während zwei Brüder ihn entschlossen auf den Boden pressten, so dass er unfähig war, sich zu bewegen. Estelle neigte sich über Olivier und zerriss mit einer heftigen Bewegung, die ihr gar nicht ähnlich sah, sein Hemd und entblößte seinen Oberkörper. Unter dem Einfluss der Stimme von Elf wirkte sie wie besessen.

»In deinen Adern fließt unser Blut. Du bist eine von uns, Estelle. Royal, ein Verräter ...«

»Tu das nicht, Estelle, ich flehe dich an!«

Einen Augenblick lang schien die junge Frau ein wenig von ihrem eigenen Willen zurückzuerlangen.

Dennoch näherte sich die Dolchspitze gefährlich Oliviers Haut, genau über seinem Herzen. Der junge Polizist hielt den Atem an, im Glauben, dass sein letztes Stündlein geschlagen hatte.

In einem letzten Gebet, als die Klinge sich in sein Fleisch zu bohren begann, flüsterte er mit geschlossenen Augen:

»Ich liebe dich, Estelle.«

Dann fühlte und hörte er nichts mehr. Die Zeit schien auf einmal stillzustehen.

Als er erneut die Augen öffnete, erblickte Olivier Estelle, die erschrocken das schmale Rinnsal Blut auf seinem Oberkörper anstarrte.

Dann schleuderte die junge Frau den Dolch mit aller Kraft ins Feuer.

»Ich bin eine Esperanza! Eine Esperanza!«, schrie sie, ehe sie kraftlos zu Boden sank.

Der Ehrenhof lag nun verlassen da. Die Zeremonie und der anschließende Cocktailempfang waren seit langem beendet. Nur die Polizisten blieben noch zurück, darunter zwei Hundeführer, die bei Renard und Trihn standen. Jean war ebenfalls da, genauso ängstlich wie wütend.

»Sie können den Palast nicht verlassen haben. Das ist unmöglich. Alle Ausgänge waren überwacht«, wiederholte Renard ununterbrochen, überfordert von der Lage.

»Die Hunde haben nichts gefunden«, fügte Trihn machtlos hinzu.

Jean entfernte sich und ließ Renard ratlos zurück. Trihn zögerte, ehe er zu seiner Vorgesetzten trat.

»Was tun wir jetzt?«

Die Kommissarin atmete tief durch, dann fand sie zu ihrer siegessicheren Art zurück.

»Was weiß ich! Wir drehen jeden Stein um! Noch einmal! Taugen Ihre Hunde was?«, fuhr sie einen der Hundeführer an, die stolz ihre Deutschen Schäferhunde an der Leine hielten.

Trihn verkniff es sich, laut loszuprusten, als er die brüskierten Mienen der beiden Hünen sah, die sich nichts zu erwidern trauten.

Fern von der Aufregung im Papstpalast schliefen Gil und Mehdi friedlich bei geöffnetem Fenster im Licht der Mondsichel, die über die Stadt der Päpste wachte.

Der Abend war angenehm verlaufen. Nach einer recht ruhigen Schicht hatten sie mit Mehdis Eltern zu Abend gegessen. Diese hatten sich gefreut, endlich einmal einen kleinen Ausschnitt aus dem Alltagsleben ihres Sohnes mitzubekommen. Bezaubert von ihrer Begeisterung hatte Gil sie sofort ins Herz geschlossen.

»Du hast nicht auf mich gehört, sie ist in Gefahr.«

Nadèges ernste Stimme drang in Gils Unterbewusstsein, der es zunächst vorzog, sie zu missachten, bis er schließlich schlagartig aufwachte.

»Du hast nicht auf mich gehört, sie ist in Gefahr.«

Gil öffnete die Augen und entdeckte Nadège, die dicht neben ihm auf der Bettkante saß.

»Sie ist in Gefahr, Estelle ist in Gefahr!«

Noch halb im Schlaf war sich Gil nicht ganz bewusst, dass er mit dem Gespenst sprach, das er so sehr fürchtete.

»Estelle? Aber wo?«

Nadège näherte sich und streckte einen Arm aus. Als er den eisigen Atem spürte, wich Gil brüsk zurück und schrie auf, wobei er gegen Mehdi stieß, der tief geschlafen hatte.

»Wie? Was? Was ist los?«

Gil warf sich in Tränen aufgelöst seinem vom Schlaf noch ganz benommenen Lebensgefährten in die Arme, der die Situation nicht sofort erfasste. Genau in diesem Augenblick platzte Elsa in ihr Schlafzimmer, ohne auch nur anzuklopfen.

»Alles in Ordnung? Gil, was ist los? Deine Schreie hat man noch am anderen Ende des Gangs gehört!«

Halbnackt zog Mehdi die Bettdecke über sich und bekam einen furchtbaren Wutanfall.

»Verdammt noch mal, schläfst du vor unserer Tür, oder was? Wo glaubst du, wo du bist, dass du einfach reinplatzt, ohne vorher anzuklopfen?«

»Das ist eine Manie bei dir, du siehst überall nur das Schlechte. Ich habe Gil schreien hören und …«

Mehdi stand auf. Mit der einen Hand hielt er die Decke fest, mit der anderen drohte er Elsa.

»Verzieh dich! Verzieh dich, verdammt, sonst werde ich gewalttätig, ich schwör's dir!«

Durch die Schreie alarmiert kamen Mehdis Eltern ebenfalls aus ihrem Zimmer.

»Na, Kinder, ist was nicht in Ordnung? Gibt es ein Problem?«

Beim Anblick seiner Eltern beruhigte sich Mehdi sofort.

»Nein, nein, keine Sorge, Pa, alles in Ordnung, nichts ist passiert! Geht wieder schlafen, alles ist in Ordnung …«

Gil zog Elsa am Arm in Richtung Schlafzimmer, um den Schein zu wahren, aber die junge Frau weigerte sich, auch nur einen Schritt zu machen, und lächelte böse.

»Ach, ich glaub' es nicht! Nein, da mach' ich nicht mehr mit! Es ist vorbei mit der lieben Elsa, die zu allem ja und amen sagt!«

Ehe Mehdi und Gil sie daran hindern konnten, nahm sie die Eltern als Zeugen.

»Wollen Sie die Wahrheit wissen? Die Wahrheit ist, dass Ihr Sohn Mehdi mir meinen Mann gestohlen hat! Wegen ihm haben Gil und ich uns vor zwei Jahren scheiden lassen!«

Mehdis Mutter Amina lächelte reflexartig, als würde sie nicht verstehen, was Elsa meinte.

»Nicht doch. Du erzählst Dummheiten …«

»Verstehen Sie denn nicht? Gil und Mehdi sind keine Geschäftspartner, nein! Sie sind Geliebte! Ihr Sohn ist schwul, wussten Sie das nicht?«

»Estelle? Estelle?«

Die Stimme schien von sehr weither zu kommen. Dann tauchten kleine Lichtpunkte in ihrem Blickfeld auf. Endlich gelang es ihr, die Augen ganz zu öffnen: Olivier kniete neben ihr.

»Was ist mit mir passiert?«

»Du wolltest mich umbringen.«

»Was?«

»Du standst unter ihrem Bann, du warst eine von ihnen. Ich dachte wirklich, du würdest es tun …«

Estelle schob Oliviers blutbeflecktes Hemd beiseite und strich über die Wunde, die aufgehört hatte zu bluten. Verlegen löste sie sich von ihm.

»Ich war nicht mehr ich selbst. Ich war wie … besessen.«

»Ich weiß.«

Zärtlich versuchte Olivier, sie an sich zu ziehen, aber die junge Frau widersetzte sich.

»Nein, lass mich los, verstehst du denn nicht? Schau!«

Mit einer zornigen Geste zog Estelle ihr Oberteil hoch und entblößte ihre Schulter.

»Als ich fünf war, wurde ich von meiner Mutter gebrandmarkt! Man sieht noch heute die Narbe. Das Blut der Brüder des Judas fließt in meinen Adern!«

Dann brach sie schluchzend zusammen, kauerte sich in einer Ecke der Zelle nieder und schlug um sich, als Olivier versuchte, sie zu trösten.

»Hör zu, du irrst dich, du bist nicht eine von ihnen. Du wirst es nie sein! Du bist nicht wie sie. Sonst hättest du den Dolchstoß zu Ende geführt …«

»Und was hat mich daran gehindert?«

Olivier packte sie beim Kinn und zwang sie, ihn anzusehen.

»Ich sagte, dass ich dich liebe.«

Dann beugte er sich vor und küsste Estelle zärtlich. Sie ließ ihn gewähren, bis sie schließlich seinen Kuss erwiderte.

Plötzlich erklangen Schritte im Gang und näherten sich der Zelle. Olivier und Estelle setzten sich mit einem Ruck auf, bereit, es mit ihren Gegnern aufzunehmen.

»Mit dir habe ich keine Angst zu sterben«, flüsterte die junge Frau Olivier zu und schmiegte sich an ihn.

Die Zellentür öffnete sich, und ein Bruder des Judas erschien.

»Folgt mir!«, befahl ihnen eine autoritäre Frauenstimme.

Im unterirdischen Labyrinth wies sie ihnen den Weg. Mit einem Seitenblick gab Olivier Estelle zu verstehen, dass sie keinen Ausreißversuch wagen durften. Die Tatsache, dass der Bruder eine Frau und allein gekommen war, deutete seiner Meinung nach eher auf eine Falle hin als auf eine Gelegenheit zur Flucht.

»Wer sind Sie?«

Der Bruder des Judas blieb stehen und drehte sich zu ihnen um, ohne sein von einer breiten Kapuze verdecktes Gesicht zu enthüllen.

»Schweigt!«, befahl sie barsch.

Dann ging sie weiter.

Nach mehreren Weggabelungen öffnete die Frau eine Tür, die in die Granitmauern geschlagen war.

»So, hier ist es. Hinter dieser Tür liegt die Freiheit«, erklärte sie, ohne eine weitere Erklärung abzugeben.

Sie wollte schon wieder zurückgehen, als Estelle sie nochmals ansprach.

»Warum tun Sie das? Warum gehen Sie dieses Risiko ein?«

Ein Schweigen, das eine Ewigkeit zu dauern schien, empfing Estelles Frage. Dann nahm der Bruder seine Kapuze ab und enthüllte endlich sein Gesicht.

Da widerfuhr Estelle der größte Schock ihres Lebens, eine Umwälzung ihres tiefsten Inneren, wie sie es nie wieder erleben würde. Als wäre es aus ihrer Kindheit wiederauferstanden, war vor ihr das Gesicht einer Frau erschienen, die sie, trotz der vielen Jahre fern von ihr, unter Tausenden erkannt hätte. Ihre Mutter. Joyce Esperanza.

»Mama!«, rief Estelle mit gebrochener Stimme.

Joyce bemühte sich nach allen Kräften, sich nichts von der Rührung anmerken zu lassen, die auch sie überkam.

»Ich habe dir das Leben geschenkt, Estelle. Ich könnte nicht an deiner Hinrichtung teilnehmen. Das geht über meine Kräfte …«

Zögernd, fast widerwillig strich sie ihrer Tochter über das Gesicht, dann fasste sie sich wieder.

»Leb wohl.«

Ehe Estelle reagieren konnte, hatte Joyce sich bereits umgedreht.

»Mama? Mama …«

Estelle wollte ihr folgen, aber Olivier hielt sie davon ab.

»Nein, bleib bei mir!«

Alles ging sehr schnell. Olivier stieß Estelle durch die Tür, die Joyce geöffnet hatte, und schloss sie sofort. Sie befanden sich in einer Art Schleusenkammer mit Mauern aus weißgestrichenen Hohlblocksteinen. Royal zog die junge Frau zu einer zweiten Tür, über der das beruhigende Schild »Ausgang« angebracht war und die er mit einem entschlossenen Schulterhieb aufstieß. Einen Sekundenbruchteil später befanden sich beide mitten im Getümmel und Lärm eines großen Avignoner Einkaufszentrums.

Diesen äußeren Umständen gegenüber gleichgültig, riss

sich Estelle aus Oliviers Griff und stürzte sich auf die nun verschlossene Tür. Sie schlug mit aller Kraft dagegen und schrie wie ein Kind, dem man mit Gewalt die Mutter genommen hat.

»Mama! Mamaaaa!«

VIII

Einige Stunden später ging eine Einsatzgruppe der Polizei unter der Führung von Commandant Olivier Royal zum Angriff über und durchstieß mit einem Rammbock die Brandschutztür, durch die Estelle und er nach draußen gelangt waren.

Sobald das Loch in der Tür groß genug war, schlüpfte Olivier in die Schleusenkammer, dicht gefolgt von Renard, die sich nicht scheute, Ellbogenhiebe auszuteilen, um sich einen Weg durch die anwesenden Polizisten zu bahnen.

»Los, zur Seite, lasst den Damen den Vortritt! Hat man euch keine Manieren beigebracht?«

Olivier befahl daraufhin, die zweite Tür zu öffnen, die zu den unterirdischen Gängen führte. Als diese endlich nachgab, erblickte Royal dahinter etwas, was ihn sprachlos machte.

Da, wo vorher ein Gang gewesen war, lag nun ein riesiges, leeres Parkhaus, das sich noch im Bau befand. Diesmal war Renard überzeugt: Erneut war sie von Royal auf den Arm genommen worden.

»Sie wollen mich wohl verarschen, oder was? Zuerst verschwinden Sie spurlos, und jetzt erzählen Sie mir irgendwelche Geschichten von unterirdischen Gängen und einem geheimen Stützpunkt. Welches Spiel spielen Sie eigentlich?«

Unerschütterlich zeigte Olivier auf Blutspuren an der Innenseite der Tür, die sie soeben gewaltsam geöffnet hatten.

»Dies sind Spuren von *meinem* Blut. Lassen Sie die Fingerabdrücke an dieser Tür sichern: Sie werden dabei meine und die von Estelle finden. Ich glaube nicht, dass wir andere finden werden, aber man weiß ja nie …«

»Einen Kaffee und die Rechnung auch gleich noch, *Commandant*?«

»Nein, aber Ihr Handy, Commissaire. Ich brauche es.«

Royal nahm das Telefon, ging zur Seite, tippte eine Nummer ein und ließ die vor Wut tobende Renard einfach stehen.

Jacques Aubagnac saß bequem hinter einem beeindruckenden Schreibtisch im Stil Napoleon III., einem Möbelstück, das seiner Stellung als Staatsminister entsprach, und hob den Hörer ab, als er eine unauffällige rote Diode aufleuchten sah. Reglos lauschte er aufmerksam dem Bericht, den Olivier Royal ihm erstattete.

»Du wusstest, dass meine Mutter noch am Leben ist, nicht wahr?«

Estelles Frage war so entschieden gestellt, dass alles Leugnen vergebens gewesen wäre. Jean wurde klar, dass der Augenblick, den er so sehr gefürchtet hatte, gekommen war: die Aussprache mit Estelle.

Seit er sie vor etwa fünfundzwanzig Jahren über Joyce' Verschwinden belogen hatte, wusste Jean, dass diese Auseinandersetzung unausweichlich war. Er hatte sie gefürchtet, seine Entscheidung aber niemals, ganz egal, was er sich ausgemalt hatte, bereut.

»Warum hast du mich all die Jahre über belogen?«

»Für dich wie für mich ist deine Mutter vor langer Zeit gestorben, und das ist auch besser so. Ich konnte dich nicht einer Frau überlassen, die unter dem Einfluss von Verrückten steht!«

»Trotz allem ist ›diese Frau‹, wie du sie nennst, meine Mutter …«

Jean explodierte. Erneut überkamen ihn die schmerzhaften Erinnerungen.

»Sie ist so weit gegangen, dich zu brandmarken! Der beste plastische Chirurg musste ran, um dieses Zeichen zu beseitigen, dessen Spuren du noch immer trägst! Von diesem Tag an war sie nicht mehr deine Mutter, verstehst du das?«

»Du hast mich angelogen, Papa! All die Jahre … Es wäre an mir gewesen, ein Urteil über ihr Verhalten zu fällen.«

»Mit fünf Jahren, Estelle, ist kein Kind in der Lage, über seine Eltern zu urteilen, selbst wenn es die schlimmsten Folterknechte sind! Ich habe diese Entscheidung für dich getroffen!«

Estelle wandte sich von ihrem Vater ab, vergebens bemüht, die Gefühle zu verbergen, die sie überwältigten.

»Großvater wusste es natürlich auch …«

Jeans Schweigen bestätigte es.

Dann fragte Estelle ihren Vater, ob er wusste, wo sie ihre Mutter finden konnte.

»Nein, und selbst wenn ich es wüsste, würde ich es dir nicht sagen.«

»Weißt du, Papa, ich weiß nicht, ob ich dir das je werde verzeihen können.«

Mit Tränen in den Augen lief Estelle davon und ließ Jean keine Gelegenheit, sich weiter zu rechtfertigen.

Sie fand Trost in Oliviers Armen, der vor dem Haus an seinem Motorrad lehnte und sie erwartete.

»Bring mich weit von hier weg, weit weg von all diesen Lügen, dieser Geheimniskrämerei ...«

Olivier hielt ihr einen Helm hin.

»Das passt hervorragend. Ich muss dir nämlich jemanden vorstellen. Einen ganz besonderen Greifen.«

Estelle musste sich mit Royals geheimnisvollem Lächeln zufriedengeben. Sie drückte sich an ihn und fand durch die Nähe zu ihm etwas von ihrer inneren Ruhe wieder.

Durch sein Bürofenster blickte Jean niedergeschlagen dem Motorrad hinterher. Als er sich umdrehte, stand Sandra vor ihm und sah ihn mit vor Zorn blitzenden Augen an. Sie hatte offensichtlich die Wahrheit über Joyce gehört.

Anstatt sich zu verteidigen, zog Jean den Angriff vor.

»Meine Ex-Frau ist tot! Dieses Teufelswesen existiert nicht mehr für mich! Sie ist das Fleisch gewordene Böse: Schau, sie kommt zurück, und unsere Familie wird auseinandergerissen!«

»Du und deine Lügen sind es, die unsere Familie in Gefahr bringen, nicht sie. Versteck dich nicht hinter ihr, Jean. Steh zu deinen Fehlern.«

»Du kannst das nicht verstehen, du weißt nicht, um was es hier eigentlich geht.«

Sandra gab ihre sonstige Zurückhaltung auf und platzte vor einer Wut, die sie viel zu lange zurückgehalten hatte.

»Wach doch endlich auf! Schau dich um! Siehst du nicht,

dass wir uns voneinander entfernen, dass wir praktisch nicht mehr miteinander reden? Du bist vollkommen besessen von dieser Prophezeiungsgeschichte!«

»Estelle ist in Gefahr! Meine Tochter ist in Lebensgefahr! Sie ist Teil eines Plans, der unsere Kräfte übersteigt, und ich kann nichts tun! Ich habe Angst um sie, kannst du das nicht verstehen?«

Immer die gleiche Leier. Wieder einmal würde Sandra versuchen, Jeans Aufmerksamkeit auf Juliens Probleme zu lenken, von dem sie ahnte, dass er zerbrechlich war, und wieder einmal würde ihr Mann diese ignorieren, weil er sie für zweitrangig hielt.

Sandra gab sich geschlagen. Sie war es leid, sich mit dem Mann anzulegen, den sie so lange unterstützt hatte, leid, ihn voller Rachegelüste zu sehen, als den Gefangenen einer Vergangenheit, zu der er noch immer nicht voll und ganz stehen konnte.

»Du hörst mir nicht zu, du sprichst nicht mit mir. Ich bin da, Jean, ich war immer da, wenn du mich gebraucht hast. Aber jetzt kann ich nicht mehr, ich bin das alles leid.«

Mit diesen Worten verließ Sandra das Zimmer und ließ Jean angesichts der ungewöhnlichen Kälte, die seine Frau soeben gezeigt hatte, hilflos zurück. Dann fegte er mit einer wütenden Handbewegung das gesamte Frühstücksgeschirr vom Tisch.

Joyce war zurück, und sie würde wieder einmal versuchen, sein Leben zu zerstören.

»Guten Tag, ich gehöre zu Madame Esperanza, Nadine Esperanza, die gerade gekommen ist.«

Julien ließ der Sprechstundenhilfe der Ultraschallpraxis keine Zeit zu reagieren. Er war Nadine gefolgt und entschlossen, mit ihr über das Baby, ihr gemeinsames Baby, zu sprechen, das er nicht Henris Klauen überlassen wollte.

»Monsieur, bitte ... Warten Sie!«, rief die Sprechstundenhilfe.

Aber Julien trat bereits in das Wartezimmer, wo er Nadine vorfand. Und Henri, der eine drohende Haltung einnahm, kaum dass er seinen Neffen sah.

Kurz aus der Fassung gebracht, entschied sich der junge Mann, seinen Onkel zu ignorieren und sich nur an seine Geliebte zu wenden.

»Warum antwortest du nicht mehr auf meine Nachrichten? Du hast sogar die Handynummer gewechselt, das ist echt das Letzte! Ich liebe dich! Es ist unser Kind, das du in dir trägst, unser Kind! Ich bin sein Vater!«

Nadine hatte keine Gelegenheit zu antworten: Henri kam ihr in einem kalten und erbarmungslosen Ton zuvor.

»Nadine ist meine Frau, also bin ich der Vater. Ob dir das gefällt oder nicht. Also sei jetzt so gut und verschwinde.«

»Nadine, du brauchst ihn nicht«, fuhr Julien fort. »Du darfst keine Angst vor ihm haben. Ich bin da, ich werde dich beschützen! Ich will dieses Kind mit dir aufziehen, es ist unser Kind, ich bin kein alter Opa!«

Henri verzog sein Gesicht zu einem ironischen, ja bösen Lächeln.

»Also gut. Da du so darauf bestehst ... Lassen wir also Nadine zwischen dir und mir wählen, denn das willst du ja. Nadine?«

Die Zeit schien plötzlich stehenzubleiben. Julien lächelte Nadine zu, um sie zu ermutigen, ihr Herz sprechen zu lassen.

»Henri ist mein Mann, und ich werde mein Kind mit ihm aufziehen. Das ist meine Entscheidung, das ist, was ich möchte.«

Ihre Antwort traf Julien wie eine schallende Ohrfeige. Der junge Mann hatte den Eindruck, dass die Welt um ihn herum einstürzte. Er versuchte, Nadine dazu zu bringen, ihre Meinung zu ändern, aber mehr noch als die Worte seiner Geliebten sorgte Henris boshaftes Grinsen dafür, dass er die Fassung verlor.

Am Boden zerstört verließ er das Zimmer, da er Henri nicht die Freude gönnen wollte, ihn weinen zu sehen.

Olivier und Estelle waren bis zum Stadtrand Montélimars gefahren. Das Motorrad kam vor einer Werkstatt zu stehen, deren Fassade mit ihren geschwungenen, aerodynamischen Linien ganz im Stil der sechziger Jahre gehalten war. Ein Stil, der den Tankstellen der legendären Nationalstraße 7 zu ihrem Ruhm verholfen hatte.

An der Fassade der Werkstatt zum Goldenen Löwen, blinkte tapfer ein Schild, das eine Art geflügelten Löwen darstellte. Er war etwa einen Meter hoch, rot und gold.

»Findest du nicht, dass dieser goldene Löwe dem Greifen auf dem Thron Johannes' XXII. verdächtig ähnlich sieht?«

Aufgeregt zeigte Olivier auf das Schild, während Estelle nicht glauben konnte, dass sie nur deswegen diesen weiten Weg zurückgelegt hatten.

»Ja, vielleicht. Wer immer die Werkstatt so nannte, hat sich wohl getäuscht. Was bringt uns das?«

»Es ist die Werkstatt meines Vaters. Während meiner gesamten Kindheit hatte ich diesen Greifen vor Augen.«

Ein gutmütiger, lebhafter Mann von etwa sechzig Jahren näherte sich ihnen, während er sich vergebens die ölverschmierten Hände an einem Tuch abwischte.

»Oh! Nie sagt er vorher Bescheid, der Oli, wenn er auf Besuch kommt!«

Michel Royal, Oliviers Vater, umarmte seinen Sohn, wobei er Estelle nicht aus den Augen ließ.

»Und nie stellt er seinen alten Vater vor!«

»Michel, mein Vater … Estelle Esperanza …«

Estelle lächelte belustigt über Oliviers Verlegenheit gegenüber seinem Erzeuger, der sich ganz offensichtlich über den Zweck ihres Besuches täuschte.

»Und seine Mutter wird sich freuen, Sie kennenzulernen!«

»Estelle ist eine gute Freundin, Papa, nur eine gute Freundin.«

»Aber natürlich! Keine Sorge, du kannst auf mich und meine legendäre Diskretion zählen …«

Vertieft in die Betrachtung des Goldlöwen, lächelte Estelle Michel zu.

»Wissen Sie, warum dieser … Löwe hier angebracht ist?«

»Eigentlich ist es ein Greif, eine Art geflügelter Löwe, wenn Sie so wollen. Das ist das Wappen unserer Familie.«

Michel hatte Estelle und Olivier in einen hinteren Winkel der Werkstatt geführt. Auf der Suche nach einem bestimmten Gegenstand wühlte er in einem Haufen Schrott und Trödel herum.

»Dieser Greif ist ein Familienerbstück. Aber bis heute hat das Oli nie wirklich interessiert. Ah hier, da sind sie ja!«

Triumphierend hielt er ein paar über hundert Jahre alte Steinmetzwerkzeuge in die Höhe.

»Das gehörte meinem Großvater, deinem Urgroßvater, Oli. Du hast ihn nicht gekannt, er war Steinmetz. Damals war es so, dass man als Sohn eines Steinmetzes selbst Steinmetz wurde. Als er begriff, dass ich der Familientradition nicht folgen würde, war mein Großvater so bekümmert, dass mir die Idee kam, sein Erkennungszeichen über der Werkstatt anzubringen. Für mich handelte es sich um einen Löwen. Mit Flügeln, aber trotzdem um einen Löwen …«

Auf dem Hammer und dem Meißel erkannte Estelle den Greifen wieder, der in das Metall eingraviert war. Olivier und sie blickten sich erwartungsvoll an.

»Hätten Sie vielleicht eine Lupe? Oder eine Wasserflasche?«

Michel brachte eine durchsichtige Flasche, die Estelle unter einer Werktischlampe als Vergrößerungsglas benutzte. Da tauchte vor ihren Augen eine Buchstabenreihe auf, die teilweise Lücken aufwies …

»Ein R, ein A, ein L, ein E. Nur zwischen dem R und dem A ist noch Platz für einen Buchstaben. Es kann also nicht Royal sein …«

»Klar, es ist Reale, mit einem ›e‹. Unser italienischer Name, ehe er französisiert wurde.«

Estelle starrte ihn an.

»Reale! Der Architekt von Papst Johannes XXII. hieß Reale. Wäre es möglich, dass Sie von ihm abstammen?«

Olivier war sprachlos. Wenn es sich hierbei nicht um einen reinen Zufall handelte, dann wurden dadurch so viele Gewissheiten in Frage gestellt …

»Na, nicht übel, was! Papstarchitekt! So ein Vorfahre macht was her!«, sagte Michel mit einem breiten Lächeln und ahnte nicht im Geringsten, welch eine Aufregung seine Besucher ergriffen hatte.

Julien parkte den Wagen vor dem Tor zu Henris Grundstück.

Nichts schien ihm mehr real. Weder seine Liebesaffäre mit Nadine noch die Wendung, die diese genommen hatte, seit er erfahren hatte, dass seine Geliebte schwanger war. Und jetzt saß er hier in seinem Wagen und versuchte, eine Waffe, die er an den Stadtmauern Avignons gekauft hatte, mit Kugeln zu laden, die ihm der Verkäufer in die Jackentasche gesteckt hatte.

»Scheiße!«, fluchte Julien nervös, als eine der Kugeln unter den Sitz rollte.

Er beugte sich, um sie aufzuheben, hielt aber inne, um die Szene zu beobachten, die sich vor ihm auf der Terrasse des Gutshauses abspielte.

Als er sah, wie Nadine sich von Henri umarmen ließ, glaubte er zunächst, die beiden spielten nur Theater. Aber sie waren allein und brauchten niemandem etwas zu beweisen.

Sanft legte Henri seiner Frau die Hand auf den Bauch,

welche wiederum ihre Hand auf die ihres Mannes legte. Beide schenkten sich ein Lächeln voll Zuneigung und Vertrautheit.

Julien starrte auf die Waffe in seinen Händen. Seine Welt stürzte in sich zusammen …

»Julien? Nein! Tu das nicht!«

Sandra stand in der Tür zum Zimmer ihres Sohnes und streckte die Hand aus, um Julien, der die Pistole gegen seine Schläfe gedrückt hielt, daran zu hindern, das Unwiderrufliche zu begehen.

Dann verschwand Sandras Angst, und sie überraschte sich dabei, wie sie ruhig und bestimmt handelte, als ob hier und jetzt, in diesem Zimmer, ihre Mutterrolle Gestalt annehmen würde. Sie hatte Julien das Leben geschenkt, es war ihre Aufgabe, ihn daran zu hindern, sich zu töten, ihm klarzumachen, wie wertvoll sein Leben war.

»Hör zu, Liebling. Du wirst dir vor meinen Augen keine Kugel in den Kopf jagen. Ich bin deine Mutter, das kannst du mir nicht antun. Du kannst dein Leben nicht einfach so beenden. Dein Leben ist wertvoll, es ist zerbrechlich …«

»Ich kann nicht mehr, Mama.«

»Du kannst dich nicht umbringen, Julien, denn in dir leben all jene, die nicht zwischen Leben und Tod wählen durften, denn du und ich, wir leben für all jene, die vor uns da waren. Wir leben in einer friedlichen Welt: Wir müssen für sie und ihr Gedenken kämpfen.«

Julien brach in Tränen aus, sein Finger krümmte sich ein wenig mehr um den Abzug. Sandra näherte sich ihrem Sohn, dessen Tränen zwei Rinnsale auf seinen unrasierten Wangen bildeten, und schob die Waffe von seiner Schläfe.

Wie ein kleiner Junge warf Julien sich ihr in die Arme.

»Entschuldige. Ich bitte dich um Entschuldigung, ich wollte das nicht. Ich weiß nicht mehr weiter.«

Sandra umfasste das Gesicht ihres Kindes und blickte ihm tief in die Augen.

»Hat dir die Liebe so sehr das Herz gebrochen?«

Zusammen mit Michel und Dany, der Mutter von Olivier, einer schönen blonden und quirligen Sechzigjährigen, saßen Estelle und Olivier um einen Tisch. Die beiden jungen Leute mussten ein Gewitter an Fragen der Werkstattbesitzer über sich ergehen lassen, die sich über die Rückkehr ihres verlorenen Sohnes freuten.

»Und wie habt ihr euch kennengelernt? Arbeiten Sie auch in der Verwaltung, Estelle?«, fragte Dany.

»Wissen Sie, Oli hat uns vor Ihnen noch nie wirklich eine ›Freundin‹ vorgestellt«, fügte Michel hinzu.

Beim Anblick von Oliviers vorgetäuschtem Erstaunen musste Estelle lachen, während Michel und Dany sich verständnisvoll zulächelten. Die junge Frau legte schließlich los.

»Ich bin stellvertretende Konservatorin im Papstpalast …«

Einige Stunden später sahen Trihn und Villers, einer seiner Kollegen, von ihrem Beobachtungsposten in einem Zivilfahrzeug, das sie in der Nähe der Werkstatt zum Goldenen Löwen geparkt hatten, dabei zu, wie ein Licht nach dem anderen im Haus ausging.

Trihn drückte die Tasten seines Handys.

»Alle Lichter sind aus, sie fahren nicht vor morgen früh wieder weg …«

Renards sanfte Stimme bellte ihm ins Ohr, dass er gefälligst auf seinem Posten bleiben sollte. »So lange wie nötig!«, unterstrich die Kommissarin.

Während der Nacht hörte der rotgoldene, geflügelte Löwe mit dem veralteten Schriftbild nicht auf zu blinken.

In Avignon herrschte eine drückende Hitze, und trotz der weit geöffneten Fenster bewegte sich kein Lüftchen im Schlafzimmer von Gil und Mehdi.

Geweckt vom ständigen Hin- und Herwälzen seines Lebensgefährten, der nicht einschlafen konnte, streichelte Gil ihm liebevoll den Oberkörper. Aber Mehdi unterbrach ihn und blickte ihn ernst an.

»Meine Eltern haben noch immer kein Wort mit mir gewechselt, seit Elsa ihnen die Wahrheit über uns verraten hat.«

»Gib ihnen Zeit.«

Gils Hand wanderte erneut zu Mehdi, aber Letzterer hatte sich halb aufgesetzt und stützte den Kopf mit einer Hand ab.

»Siehst du, was mich am meisten nervt, ist, dass sie es von dieser doofen Kuh erfahren haben und nicht von mir!«

Gil setzte sich ebenfalls auf. Gerade noch hatte ihm eine Kuschelstunde vorgeschwebt, doch jetzt drohte eine ernsthafte Diskussion.

»Entschuldige, sie ist keine doofe Kuh«, verbesserte sich Mehdi. »Nur eine Nervensäge.«

Gil blieb keine Zeit zu einer Antwort, denn das Klirren von Glas, das aus dem Café kam, erregte ihre Aufmerksamkeit. Kurz darauf folgte ein zweites.

»Hast du das gehört? Es fängt wieder an!«

Gil und Mehdi zogen sich rasch eine Jeans und ein T-Shirt über und liefen die Treppe hinunter in das verlassene Café.

Nachdem er sich vergewissert hatte, dass er gefahrlos hinter den Tresen gehen konnte, holte Gil einen Baseballschläger aus einem Versteck, den er dort für alle Fälle aufbewahrte, bisher aber noch nie hatte benutzen müssen.

Da gab Mehdi ihm ein Zeichen: Aus dem Keller drang ein Lichtschein nach oben, der wie der Strahl einer Taschenlampe aussah. Mit dem Schläger in der Hand machte Gil sich daran, die Treppe hinabzusteigen, als plötzlich eine große schwarze Gestalt heraufkam und ihn so heftig zurückstieß, dass er das Gleichgewicht verlor.

»Was treiben Sie in meinem Haus? Bleiben Sie stehen!«

Der Mann floh, während Gil und Mehdi in den Keller eilten, wo sie ein zweites, ebenfalls in eine Kapuze gehülltes Individuum vorfanden, das sich vergebens bemühte, den Wasserspeier von seinem Sockel zu reißen.

Plötzlich erhellte das Deckenlicht den Keller und fing die Gestalt ein, die, zur Verteidigung bereit, einen Dolch in Form eines J in der Hand hielt. Mit erschreckender Geschicklichkeit schleuderte sie die Waffe ab, woraufhin Mehdi eingeschüchtert zurückwich, während Gil mit seinem Schläger in der Hand versuchte, die Stellung zu halten.

»Mehdi! In Deckung!«

Der Dolch strich wenige Zentimeter am Ohr des jungen Mannes vorbei, doch während dieser ergeben die Augen schloss und sein letztes Stündlein gekommen fühlte, brach der Angreifer mit dem Dolch im Hals vor dem Wasserspeier zusammen!

Als Mehdi die Augen wieder öffnete, sah er seinen Vater Hassan, dessen mitleidsloser Blick ihn verblüffte. Er war unbemerkt hinter ihnen in den Keller getreten, hatte den Dolch aufgehoben und geworfen, um die schwarzgekleidete Gestalt außer Gefecht zu setzen.

Mit olympischer Ruhe näherte sich Hassan seinem Opfer.

»Ein Bruder des Judas weniger.«

Er riss dem Opfer die Kapuze herunter: Zum Vorschein kam das Gesicht einer jungen, etwa dreißigjährigen Frau, die Gil und Mehdi fassungslos wiedererkannten. Vor ihren Augen lag die Leiche der Getränkevertreterin, mit der sie seit einigen Wochen zusammenarbeiteten!

»Aber was ist hier los?«, klagte Gil, der an Nadèges Gespenst und den Wasserspeier dachte.

Der Wasserspeier … Mehdi ließ ihn nicht mehr aus den Augen, überzeugt, dass dieser ihn erneut, ganz kurz nur, mit seinem scharfen Blick durchbohrt hatte.

Seit Stunden schon war die Nacht über Hongkong hereingebrochen. Drei saß einsam in dem verlassenen Bürogebäude der Asian International Liberty Bank und betrachtete den Goldzylinder, den die Brüder Estelle und Olivier abgenommen hatten.

Enttäuschung stand ihm im Gesicht geschrieben, als er per E-Mail erfuhr, dass das Unternehmen im *Mule du Pape* gescheitert war. Einerseits ärgerte ihn das Eingreifen eines unbekannten Dieners der Sarah, andererseits ließ es ihm das Format ihrer Gegner erst wirklich bewusst werden.

Die Prophezeiung würde sich nicht so leicht zeigen … Bis zur endgültigen Enthüllung stand noch ein langer und schwieriger Kampf bevor. Aber über dessen Ausgang bestand kein Zweifel. Die Brüder des Judas waren inzwischen so einflussreich und ihr Großer Kanzler des Ordens, ihr oberster Führer, so mächtig, dass sie schlichtweg nicht scheitern konnten.

Diese Nacht hatte Jean eine schwere Operation vorgetäuscht, um nicht nach Hause fahren zu müssen. Natürlich hatte er gesehen, dass Sandra mehrmals angerufen hatte, aber er war nicht drangegangen.

Wie hätte er seiner Frau erklären sollen, dass er in Wirklichkeit die Nacht damit verbracht hatte, ziellos durch die Straßen Avignons zu fahren, jetzt, wo er wusste, dass Joyce in der Gegend war? Er war sich erbärmlich vorgekommen, wie er im Schritttempo durch die verlassenen Straßen kroch, auf der Suche nach einem Gespenst, das ihn über zwanzig Jahre, nachdem es verschwunden war, noch immer verfolgte.

Jean war hinter dem Lenkrad seines Wagens eingenickt und wurde von der erwachenden Stadt aus dem Schlaf gerissen, die ihn zu seinem Leben zurückfinden ließ, das mit den ersten Sonnenstrahlen wieder seinen normalen Lauf nehmen würde.

Als Jean ins Wohnzimmer kam, sah er Sandra neben dem schlafenden Julien, der in ihre Arme geschmiegt dalag, auf dem Sofa sitzen. Sandra legte einen Finger auf die Lippen und kam zu ihm in die Eingangshalle.

»Dein Sohn hat versucht ... sich umzubringen.«

Sandras Stimme brach. Jean drückte seine Frau an sich, wohl mehr, um nicht selbst zusammenzubrechen, als um sie zu trösten.

»Was? Aber wieso? Hat er dir gesagt, wieso?«

Und plötzlich hatte Jean Angst wie noch nie zuvor in seinem Leben. Er sah eine Zukunft vor sich ohne Kinder. Er sah, wie seine Familie zerstört wurde, wie alles, was er über Jahre hinweg aufgebaut hatte, hinweggefegt wurde, ohne dass er irgendetwas tun konnte.

»Alles fängt von vorn an. Die Prophezeiung, Joyce' Rückkehr ...«

»Hör auf damit! Ich spreche von deinem Sohn! Ich habe dich gewarnt, dass es ihm schlechtging! Wo warst du, als er dich gebraucht hätte?«

»Ich hätte nichts ändern können, diese Macht habe ich nicht.«

Sandra warf ihrem Mann einen zornigen Blick zu. Es schien, als ob ein Fremder vor ihr stünde. Als ob der Mann, den sie geheiratet hatte, verschwunden wäre.

»Du bist erbärmlich.«

Henri hasste Überraschungsbesuche. Umso mehr wenn sie ihm von Leuten abgestattet wurden, die heimlich für ihn arbeiteten, wobei es auch bleiben sollte.

»Erzählen Sie keinen Unsinn, Elsa, ich habe nicht versucht, sie auszutricksen, wie Sie behaupten! Ich habe keinen Einbruch organisiert, um diesen Wasserspeier zu stehlen. Und ich verbiete Ihnen, hier einfach unaufgefordert aufzutauchen.«

»Vorsicht, Monsieur Esperanza, Sie werden ausfallend. Ich will Ihnen nur helfen ... oder halt nicht.«

Henri folgte Elsas Blick und entdeckte Lieutenant Trihn, der aus einem Zivilfahrzeug stieg. Während Nadine vor das Gutshaus trat, um den jungen Polizisten zu begrüßen, schob Henri Elsa in Richtung Garten.

»Ich werde Sie kontaktieren, bis dahin zähle ich auf Ihre Diskretion ...«

Elsa nickte mit einem spöttischen Lächeln, ehe sie ging.

»Wieso sollte ich einen Diebstahl organisieren, wenn ich die Mittel habe, alles zu kaufen?«

Henri wollte Trihn daran hindern, Elsa beim Verlassen des Grundstücks zu beobachten, aber der wachsame Polizist ahnte, was er vorhatte, und machte sich ein diebisches Vergnügen daraus, der jungen Frau nachzusehen, bis ihr Wagen hinter dem Parktor verschwand.

»Es ist lustig, dass Sie Ihre ›Mittel‹ erwähnen, Monsieur Esperanza. Stellen Sie sich vor, dass ich gerade zufällig auf einen Bericht des Dezernats Finanzkriminalität gestoßen bin, der sich mit dem Ursprung Ihres Vermögens befasst. Inhaberschuldverschreibungen.«

»Ich habe nichts zu verbergen. Das ist vollkommen legal.«

»Die Schuldverschreibungen, ja. Deren Herkunft allerdings weniger, Monsieur Esperanza.«

»Vorsicht, das ist an der Grenze zur Rufschädigung.«

»Oh, machen Sie sich keine Sorgen, die Vergangenheit interessiert mich nicht ... Was mich interessiert, ist die Gegenwart, das, was heute passiert, die aktuellen Verbrechen, die sich anhäufen!«

Henri nahm eine Zigarre und zündete sie an. Langsam fand er wieder zu seiner Ruhe zurück.

»Tut mir leid, aber ich kann Ihnen immer weniger folgen, junger Mann.«

»Das ist doch ganz einfach: Neben ihrem Onkel Louis und ihrer Nichte Estelle wissen Sie am meisten über die Prophezeiung und die Brüder des Judas. Ich weiß, dass meine Bitte etwas seltsam klingen mag, aber ich würde gern Ihr rechtes Schulterblatt sehen.«

Henri lächelte Trihn zu und bot ihm eine Zigarre an.

Odette hatte das Gespräch zwischen Henri und Trihn ausspioniert, und das Gehörte hatte sie aus der Fassung gebracht. In panische Angst versetzt, stieg sie auf den Dachboden des großen Gutshauses. Dort bahnte sie sich einen Weg durch die Möbel, den Krimskrams, die kaputten Sessel und wackligen Stühle bis zu einem sehr alten Wandschrank, dessen Türen weit offen standen. Mit einer geübten Bewegung löste sie den Mechanismus aus, der die Wand des Schranks zur Seite gleiten ließ und einen Gang zu einem Geheimzimmer freigab.

Farbige Zeichnungen an den Wänden und altes Spielzeug auf dem Boden zeugten davon, dass hier einmal Kinder gewesen waren ... In den Ecken stapelten sich alte Kleidungsstücke. Daneben Fotos, ein siebenarmiger Leuchter aus stumpfem Kupfer und ein Radioapparat aus der Vorkriegszeit. In einer Vertiefung lag eine in einen Schal eingerollte, alte Geige, die Odette vorsichtig herausnahm, einige Sekunden lang betrachtete und dann wieder an ihren Platz legte.

Daraufhin kniete die alte Dame nieder und verlor sich in einem endlosen Gebet, das beinahe ein Flehen war. Ein Gebet, in dem Henris Name unaufhörlich wiederkam.

Dank der Unterstützung von Renard und Olivier hatte Estelle, wie sie es Oliviers Eltern gesagt hatte, ihren Rang als stellvertretende Konservatorin zurückerhalten und konnte sich wieder frei im Palast bewegen.

An diesem Morgen war das Gebäude noch für Besucher geschlossen, und sie genoss es, die Ruhe und Gelassenheit wiederzufinden, die sie innerhalb dieser Mauern immer geschöpft hatte. Mit energischen Schritten führte sie Olivier in einen großen Raum voller Renaissancestatuen, Kopien päpstlicher Grabfiguren, Heiliger, Wasserspeier und anderer biblischer Ungeheuer.

»Glaubst du, dass du hier Informationen über den Wasserspeier finden kannst, den man heute Nacht im *Mule du Pape* stehlen wollte?«

»Mich interessiert weniger der Wasserspeier als ein Symbol, nur ein Symbol, und im Moment weiß ich noch nicht, welches ... Was ich dir zeigen will ... ist das!«

Estelle stand vor einer hohen Mauer, in die Hunderte von Namen eingemeißelt waren: die Namen der Künstler,

Handwerker, Gesellen, Maurer und Architekten, die den Palast erbaut hatten. Sie zeigte auf einen besonderen.

»Hier, schau! Massimo Reale!«

Olivier trat näher. Die Intensität des Gefühls, das ihn durchströmte, überraschte ihn. Als ob ihm erst jetzt klar würde, dass er bisher versucht hatte, sich etwas vorzumachen, obwohl er wusste und fühlte, dass auch er eine Rolle bei der Suche nach der Prophezeiung spielte. Aber vor allem wurde ihm bewusst, und das wollte er sich noch nicht eingestehen, dass er Estelle nicht zufällig getroffen hatte.

Letztere nahm ihn mit in den großen Archivraum. Um sie herum verliefen endlos Regale entlang des gotischen Gewölbes.

Eine alte Bibliothekarin kam mit einem dicken Buch in einem Ledereinband auf sie zu und reichte es vorsichtig Estelle.

»Hier ist, worum du mich gebeten hast, meine Liebe. Das päpstliche Rechnungsbuch aus dem Jahre 1325.«

»Eine recht spezielle Literatur ...«

Ehe sie sich abwandte, legte die Bibliothekarin Estelle gerührt die Hand auf den Arm.

»Weißt du, dein Großvater fehlt mir sehr. Ich habe niemanden mehr, mit dem ich über all das reden kann.«

»Er mochte Sie sehr.«

»Na, das Leben geht weiter. Ich werd' mich mal wieder ans Katalogisieren machen ...«

Während sie behutsam das dicke Buch aufschlug, warf Estelle Olivier, der der alten Dame nachsah, einen zärtlichen Blick zu.

»Was katalogisiert sie denn?«

Die junge Frau zeigte mit Kennermiene auf die mehrere hundert Meter Archivregale, die sie umgaben.

»Aha, da muss man das Katalogisieren wirklich mögen!«, flüsterte Olivier.

Estelle hatte sich bereits wieder in ihre Nachforschungen vertieft.

»Hier ist es!«, rief sie nach ein paar Minuten. »Die Aufträge, die der Papst Massimo Reale, dem italienischen Architekten, zum Bau der Wohnungen des Pontifex erteilt hat. Die gezahlten Summen, die ausgeführten Arbeiten und die beschäftigten Arbeiter. Und schau, hier ist auch der Greif wieder.«

Tatsächlich befanden sich unten auf jedem Vertragsformular das Siegel Johannes' XXII und ein anderes, kleineres, in der Form eines Greifen, der aussah wie der, den sie auf den Werkzeugen von Oliviers Vorfahr gesehen hatten.

»Olivier, du bist wirklich ein Nachfahre des Architekten von Papst Johannes XXII.!«

»Und du eine Nachfahrin von Johannes XXII. ...«

Aufgeregt blickten sie sich an. Weder Estelle noch Olivier bemerkten, dass das kleine Mädchen im roten Kleid sie von einem Regal aus lächelnd beobachtete. Dann las Estelle weiter.

In der unendlich langen Liste der aufgeführten Bauarbeiten hielt ihr Finger bei der Bezeichnung *Camera Reale* inne.

»*Camera Reale* ... Já, natürlich, das ›Zimmer des Königs‹! Bisher glaubte man, dass es sich um einen Bußraum für die Herrscher handelte, die kamen, um beim Papst zu beichten ...«

»Aber es kann genauso ›das von Reale gebaute Zimmer‹ oder »›das Zimmer von Reale‹ heißen. Weißt du, wo es ist?«

»Rate mal.«

Als Estelle den schweren Band auf der leeren Theke ablegte, fiel ein an »Estelle Esperanza« adressierter Briefumschlag zu Boden. Überrascht blickte sie sich nach allen Seiten um, aber außer den in ihre Bücher vertieften Lesern sah sie niemanden, und Olivier war bereits auf dem Weg zum Ausgang. Aus den Augenwinkeln konnte sie gerade noch erkennen, wie am anderen Ende des Raumes hinter einer davoneilenden Gestalt eine massive Tür ins Schloss fiel.

Estelle öffnete den Umschlag und unterdrückte einen Ausruf der Überraschung, als sie den Inhalt sah.

Auf einer eleganten Karte aus Velinpapier in gebrochenem Weiß, stand nervös hingekritzelt: »Komm allein … Joyce.«

Estelle war zu Olivier gegangen, ohne ihm von der Karte zu erzählen, die sie gefunden hatte. Beide traten durch die schmale und sehr niedrige Steintür, über der das Wappen des Papstes Johannes XXII. und die Inschrift *Camera Reale* eingraviert waren.

»Ich verstehe, warum man immer glaubte, dass dieses Zimmer als Bußraum für die Könige diente. Zum Zeichen der Reue mussten sie vor den Symbolen der Kirche den Kopf einziehen«, scherzte Olivier.

Sie kamen in einen Raum, der im Vergleich zu den sonstigen Dimensionen des Palastes überraschend klein war, außerdem fehlte es auch an der sonst so pompösen Ausstattung. Obwohl sie sich jeden Millimeter des Raumes genauestens vornahmen, fanden sie nicht den geringsten Hinweis. Nichts, das ihre Aufmerksamkeit erregt hätte.

Plötzlich verkrampfte sich Estelles Hand in ihrer Tasche und umklammerte die in der Bibliothek gefundene Karte.

»Du bist ja ganz blass, Estelle … Hörst du mich? Estelle!«

Die junge Frau antwortete nicht, sondern brach bewusstlos zusammen.

An der frischen Luft im Ehrenhof des Palastes, unter der noch immer von einer Plane bedeckten, gotischen Rosette, kam Estelle in den Armen des besorgten Olivier nach und nach wieder zu sich.

»Ich fühle gar nichts mehr. An sich soll die Prophezeiung uns zu sich führen, aber ich fühle mich einfach nur leer.«

»Wir haben uns vielleicht bei dieser Geschichte mit dem Greif geirrt, und die Camera Reale ist eine falsche Spur …«

Estelle fuhr wütend hoch.

»Nein! Ein Teil in mir ist böse, das weiß ich jetzt. Und ich fühle, wie das Böse versucht, wieder an die Oberfläche zu gelangen.«

»Das glaubst du, aber es stimmt nicht. Du bist auf der Seite der Guten, Estelle. Du hast nichts mit deiner Mutter gemeinsam! Du hast mich nicht getötet, als man es von dir verlangt hat. Was für Beweise brauchst du sonst noch? Ich habe absolutes Vertrauen in dich.«

»Ich weiß nicht mehr, was richtig oder falsch ist. Und dann ist da das hier …«

Estelle war kurz davor, Olivier von der Karte zu erzählen, aber das Klingeln seines Handys hinderte sie daran.

»Royal. Was? Wissen Sie, wer es ist?«

Olivier drehte sich betroffen zu Estelle. Offensichtlich hatte man ihm soeben eine schlechte Nachricht mitgeteilt. Die junge Frau steckte die Karte in ihre Tasche zurück. Das würde warten müssen.

Royal erklärte ihr, dass er dringend zu Renard müsste, und nahm ihr das Versprechen ab, dass sie direkt zu Jean und Sandra zurückkehren würde. Er wachte persönlich darüber, dass sie in ein Taxi stieg, und ließ sie nur ungern allein.

Er beugte sich durch das offene Fenster des Wagens und gab Estelle einen besonders leidenschaftlichen Kuss.

»Ich liebe dich auch …«, flüsterte sie ihm zu, als der Wagen losfuhr.

Das Taxi hielt vor einer Ampel unter den Stadtmauern. Nervös bemerkte Estelle einen Streifenwagen wenige Meter hinter ihnen.

»Merkwürdig, man könnte meinen, die folgen uns«, meinte der Taxifahrer.

Estelle zog einen Geldschein aus der Tasche und forderte den Fahrer auf, sie abzuhängen. Der Mann grinste sie breit an, während er das großzügige Trinkgeld einsteckte.

»Wie lange habe ich auf diesen Moment gewartet!«

Das Taxi beschleunigte und zwang die Polizisten, es ihm gleichzutun, wenn sie ihre Spur nicht verlieren wollten. Aber wieso, verflixt noch mal, war die Polizei noch immer hinter ihr her?, fragte sich Estelle.

An einer Kreuzung ordnete sich das Taxi in letzter Minute rechts ein und verließ die Nationalstraße. Bis die Polizisten angehalten hatten, um zurückzustoßen, war es bereits verschwunden.

»Nun, wo soll's jetzt hingehen, junge Dame?«

Estelle hielt ihm die Karte hin.

»Zu dieser Adresse.«

Mit heulenden Sirenen hielten vier Streifenwagen, darunter der von Renard, am Ufer der Rhône, nicht weit vom Pont Saint-Bénézet entfernt. Uniformierte Beamte sicherten den Zugang ab und rollten Absperrbänder aus. Renard wollte darüber hinwegsteigen, blieb hängen und schimpfte munter drauflos. An diesem Morgen war sie von übelster Laune.

Sie nahm einen Anruf auf ihrem Handy entgegen. Die Stimme, die ihr in den Ohren dröhnte, berichtete ihr, dass man Estelle Esperanzas Spur verloren hatte.

»Also, das ist die Krönung! Nicht genug damit, dass es Leichen hagelt! Gut, geben Sie mir Trihn! Was? Wie? Nein, das darf doch nicht wahr sein!«

Wutentbrannt beendete Renard das Gespräch und fauchte Olivier an, der gerade an sie herantrat. Sie war ganz entschieden von Nichtsnutzen und Grünschnäbeln umgeben, die keine ihrer Anordnungen befolgten. Olivier lächelte, als er hörte, dass Estelle die Polizisten abgehängt hatte. Er wusste, warum man sie beschatten ließ, konnte es ihr aber nicht sagen, um nicht einen Plan aufs Spiel zu setzen, der, wenn alles reibungslos verlief, zum Erfolg führen könnte … Er hörte Renard nur noch mit halbem Ohr zu, die nun über Trihn schimpfte und ihren Stellvertreter beschuldigte, »bescheuerte Initiativen« zu ergreifen, um dann nicht da zu sein, wenn man ihn brauchte.

»Ich gehe jede Wette ein: Mein lieber und guter Lieutenant ist wieder einmal losgezogen, wohin, das weiß der Geier, um die Welt auf den Kopf zu stellen!«

Als Renard in die Kapelle Saint-Bénézet trat, um den Tatort zu besichtigen, konnte sie einen Moment lang nichts sehen, bis sie sich an das Halbdunkel gewöhnt hatte. Was sie dann entdeckte, ließ sie zum ersten Mal in ihrem Leben verstummen und erstarren. Sie hatte nur die Kraft, die Hand auf den Mund zu legen, als ob diese lächerliche Geste ihr helfen könnte, ihr Entsetzen zu überwinden.

Mitten in der Kapelle lag Trihns lebloser Körper vor ihnen auf dem Rücken, einen mit einem J verzierten Dolch im Herzen!

Wortlos beobachtete Olivier, wie Renard sich dem Leichnam näherte und zunächst ihre Arbeit erledigte, ehe sie in Tränen ausbrach.

»Verdammte Schweinehunde. Dazu hatten sie kein Recht, nicht ihn! Nicht ihn!«

Vor der schweren Tür eines prachtvollen Privatpalais mit karger Fassade zögerte Estelle einen Augenblick, ehe sie den riesigen Türklopfer betätigte.

Kurz darauf wurde sie in einen kleinen Salon geführt, wo die Hausangestellte sie vor einem Teeservice aus massivem Silber Platz nehmen ließ. Beim Verlassen des Raumes teilte das Dienstmädchen ihr mit, dass »man« sie in wenigen Augenblicken empfangen würde.

Sobald Estelle allein war, wäre sie am liebsten wieder geflohen. Sie ging zum Fenster, das direkt auf die Straße zeigte, und überlegte einen Augenblick lang, ob sie es öffnen und hinausklettern sollte.

Da zog heller Gesang, der aus dem Garten kam, ihre Aufmerksamkeit auf sich. Estelle näherte sich der Terrassentür, die ins Freie führte, und erblickte verblüfft ein zartes Mädchen, das ein jungfräuliches, weißes Kleid trug und auf einer Steinbank saß.

Das Mädchen sang wie ein Wesen aus einer anderen Welt und wurde dabei nur vom sanften Rieseln des Wassers aus einer nahen Quelle begleitet.

Estelle öffnete die Terrassentür und versuchte, das Gesicht dieser kleinen Fee zu erkennen. Neben ihr saß eine Frau und hielt ihre Hand. Estelles Herz schlug schneller, als sie sah, dass diese Frau ihre Mutter war. Natürlich hatte sie erwartet, sie wiederzusehen, dennoch hatte sie ihre Gefühle nicht mehr unter Kontrolle.

Als das Mädchen aufhörte zu singen, nahm Joyce es in ihre Arme und wiegte es sanft, wie ein krankes Kind. In diesem Moment erblickte sie Estelle.

»Du hättest nicht kommen sollen. Ich hatte dir gesagt, dass du nicht versuchen sollst, mich zu finden, du bist in Gefahr.«

»Warum dann diese Nachricht?«

Wie auf frischer Tat ertappt, reichte Estelle ihr die Karte. Joyce nahm sie und las sie mit Erstaunen.

»Das ist nicht meine Schrift.«

»Ich muss verstehen, ich brauche Antworten!«

»Die wirst du von mir nicht bekommen. Geh jetzt. Bitte.«

Estelle rührte sich nicht vom Fleck. Sie sah nun aufmerksam das Mädchen an, das sich verängstigt an Joyce drückte.

»Mama …«

Und plötzlich sprang ihr die Wahrheit ins Gesicht: Das Mädchen ähnelte ihr wie eine Schwester!

»Mama? Sie nennt dich Mama?«

»Muriel ist deine kleine Schwester, ich war schwanger, als Jean mich aus eurem Leben vertrieben hat. Sie war alles, was mir blieb. Ich hatte Angst, dass dein Vater, wenn er von ihrer Existenz erführe, sie mir auch wegnehmen würde. Ich hatte schon eine Tochter verloren, ich wollte nicht noch eine zweite verlieren.«

Schockiert konnte Estelle den Blick nicht von dem Mädchen abwenden, das sich beruhigt hatte und inzwischen einen Hauch von Sanftheit ausstrahlte.

»Muriel war schon immer anders. Aber sie ist ein Kind voller Liebe und Intelligenz.«

»Meine Schwester, ich habe eine Schwester …«

Als hätte sie Estelles Seele durchleuchtet, löste sich plötzlich Muriel nach einem kurzen Moment der Beobachtung von ihrer Mutter und ergriff die Hand ihrer großen Schwester. Estelle zögerte und lächelte ihr schließlich zu.

Diese kurze Atempause, diese so zerbrechliche Familienidylle zerplatzte, als uniformierte Beamte auftauchten, gefolgt von Renard, die sich mit bitterböser Miene vor Joyce aufbaute.

»Madame, würden Sie uns bitte folgen.«

Was war los? Joyce warf Estelle einen vorwurfsvollen Blick zu.

»Du bist schlimmer als dein Vater! Du hast mich verraten!«

»Ich verstehe das nicht! Ich bin allein gekommen. Lassen Sie mich los!«, schrie Estelle, als die Polizisten versuchten, sie abseits zu halten. »Ich muss mit ihr sprechen … Mama!«

Olivier, der ebenfalls anwesend war, kümmerte sich um Estelle und hielt sie zurück, während man ihre Mutter abführte. Etwas weiter weg tröstete die Hausangestellte Muriel, so gut sie konnte.

»Dazu hatten Sie kein Recht, Sie haben mich reingelegt«, fauchte Estelle, als Renard zu ihr trat.

»Wieso ich?«, erwiderte die Kommissarin zynisch.

Renard nahm Estelles Handtasche, wühlte darin herum und holte einen Minisender hervor, den sie Olivier reichte.

»Das gehört Ihnen, nicht wahr?«

»Das hast du getan? Und ich habe dir vertraut!«, empörte sich Estelle.

»Wir nehmen Sie auch mit. Hopp, wir haben keine Zeit zu verlieren!«

Zwei uniformierte Beamte kamen und legten Estelle Handschellen um, als wäre sie eine gemeine Kriminelle. Die junge Frau wehrte sich, doch die beiden Männer ließen ihr keine andere Wahl, als ihnen zu folgen.

»Das musste nicht sein, das wissen Sie genau!«, griff Olivier ein, verletzt, weil Renard ihn so hereingelegt hatte.

Er hatte die Wanze nur in die Tasche geschmuggelt, um Estelle gegen ihren Willen zu schützen, denn er wusste genau, dass sie unüberlegt handeln konnte.

»Mademoiselle Esperanza trifft keine Schuld an alledem!«

Renard warf ihm einen bitteren Blick zu und schleuderte ihm mit vor Zorn heiserer Stimme ins Gesicht:

»Und was sage ich Trihn? Dass auch ihn an alledem keine Schuld trifft? Jetzt lassen Sie mich bitte meine Arbeit machen.«

Seit der Bekanntgabe von Trihns Ermordung war die Stimmung im Kommissariat gedrückt. Gerüchte kursierten, wonach er der zweite Polizist sei, der sein Leben lassen musste, weil er sich zu nahe an die geheimnisvollen Brüder des Judas herangewagt hatte. Der Name von Guillaume Lothaire, von dem man nur die Hände gefunden hatte, wanderte von Büro zu Büro.

Gern hätte Renard ihre Männer beruhigt, aber sie war selbst in einem furchtbaren Zustand und musste sich schwer am Riemen reißen, um nicht zusammenzubrechen. Zum ersten Mal verlor sie einen ihrer Männer, noch dazu den kleinen Trihn, den sie liebgewonnen hatte wie einen Sohn.

Renard setzte wieder ihre Maske der knallharten Kommissarin auf, zündete sich einen Zigarillo an und ging zu Royal, dem sie die Akte zuwarf, die sie soeben erhalten hatte.

»Also, diese Dame heißt Carla di Montefeltro, Witwe des Fürsten di Montefeltro, alter päpstlicher Adel. Fehlt nur noch der Name Johannes XXII. …«

»Ich sehe, Sie fangen langsam an zu begreifen …«, sagte Olivier mit erstaunlicher Kälte.

Renard ging darauf nicht ein und fuhr mechanisch fort.

»Montefeltro ist wohl ihr richtiger Name; ihre Ausweispapiere sind auf jeden Fall in Ordnung. Das Stadtpalais ist ihr Nebenwohnsitz in Frankreich. Angeblich wohnt sie in London, Zürich und Rom …«

»Wie wollen Sie nun konkret vorgehen?«

»Was meinen Sie? Ich kann sie ja nicht in Untersuchungshaft stecken, nur weil sie ein J auf dem Schulterblatt trägt! Noch dazu hat sie einen Anwalt, der mich bedrängt, kaum dass ich dieses Büro verlasse!«

»Ich hatte Sie gewarnt, Commissaire …«

»Was, soll ich lieber nichts tun und zulassen, dass eine Bande Verrückter meine Polizisten umlegt? Haben Sie bereits vergessen, was sie mit Ihrem Vorgänger gemacht haben?«

»Mit traditionellen Methoden kommen wir hier nicht weit. Außerdem glaube ich nicht, dass Lieutenant Trihn von den Brüdern des Judas ermordet wurde …«

»Ach ja, und der Dolch, der seine Brust zierte, ist der vielleicht von ganz allein dahin gekommen?«

Lieutenant Villers, der Trihns Posten übernommen hatte, kam mit einem Fax in der Hand herein.

»Entschuldigen Sie die Störung, aber wir haben einen ersten Bericht des Gerichtsmediziners: Trihn starb an den Folgen eines Genickbruchs, zweifellos bei einem Sturz. Der Dolch wurde ihm also erst nach seinem Tod ins Herz gestoßen und der Körper vom ursprünglichen Tatort weggeschafft.«

Olivier blickte zu Renard. Er hatte recht gehabt.

»Danke, Villers. Setzen Sie die Spurensicherung darauf an. Sofort!«

Kaum hatte sich die Tür hinter dem Beamten geschlossen, brach Renard zusammen.

»Das ist meine Schuld! Ich hab' ihn ins Verderben geschickt!«

Die Kommissarin begann herzzerreißend zu weinen.

»Das gefällt Ihnen, mich in solch einem Zustand zu sehen, nicht wahr?«

Olivier antwortete nicht, sondern reichte ihr wortlos ein Taschentuch. Renard schneuzte sich laut und vernehmlich.

Ein paar Büroräume weiter saß Estelle in einem Vernehmungsraum und kochte innerlich vor Wut. Sie war gewaltsam verhaftet, mit Handschellen gefesselt und hierhergebracht worden, ohne mit irgendjemandem sprechen zu können. Als Olivier zur Tür hereinkam, ließ sie ihm nicht einmal die Zeit, den Mund zu öffnen.

»Dreckskerl! Du hast mich schön ausgenutzt! Da erzählst du mir was von Liebe, von Vertrauen … Und das alles nur, um meine Mutter zu verhaften! Du bist wohl zu allem bereit für deinen ›Auftrag‹, so dass du auf nichts und niemanden mehr Rücksicht nimmst!«

»Gut, hast du dich ausgetobt?«

»Hör auf mit dieser Masche von wegen die Hysterische und der tapfere Ritter! Diese Tour funktioniert nicht bei mir!«

»Ich kann nichts dafür, du bist es, die mir nicht vertraut hat. Und dann weißt du so gut wie ich, dass deine Mutter der einzige identifizierte Bruder des Judas ist, wir konnten sie nicht in Freiheit lassen.«

»Sie hat uns das Leben gerettet, hast du das schon vergessen? Ist das deine Art, danke zu sagen, indem du sie dieser durchgeknallten Renard auslieferst?«

Olivier konnte seine Verärgerung kaum verbergen.

»Lieutenant Trihn wurde mit einem J-förmigen Dolch im Herz aufgefunden.«

Estelle brauchte eine Weile, um die Nachricht zu verdauen.

»Und werde ich verdächtigt?«

»Nein.«

»Dann kann ich ja gehen …«

Estelle warf Olivier einen eisigen Blick zu, den er einen Augenblick lang erwiderte, ehe er die Tür öffnete.

»Du bist frei.«

Die junge Frau verließ die Zelle ohne ein weiteres Wort an Olivier. Als sie an ihm vorbeiging, packte er sie am Arm.

»Estelle, täusch dich nicht im Gegner. Du kennst mich besser als jeder andere, das weißt du …«

Die junge Frau biss die Zähne zusammen, um äußerlich so kühl wie möglich zu bleiben, und schlug die Tür mit einem Knall hinter sich zu.

Estelle hatte im *Mule du Pape* Zuflucht gesucht, wo Gil und Mehdi allen Widerständen zum Trotz versuchten, nach den dramatischen Ereignissen in ihrem Keller, die ihnen natürlich einige Nachfragen seitens der Polizei eingehandelt hatten, ihre gute Laune zu behalten. Sie gaben sich alle Mühe, im Café für die alltägliche, entspannte Stimmung zu sorgen. Unterhaltungsmusik, warme Beleuchtung und ihr beständiges Lächeln taten Wirkung und ermöglichten ihnen, nichts von der Aufregung der vergangenen Tage durchschimmern zu lassen.

Auf der Terrasse fand Estelle in der Gegenwart von Dona Flores, die ihr gegenübersaß, den Trost, den sie so dringend brauchte.

»Bitte helfen Sie mir, Dona Flores, ich sehe nichts mehr, kein einziges Zeichen. Nur Fehlschläge, falsche Spuren oder Sackgassen. Olivier hat mich verraten. Ich bin ganz allein …«

Dona Flores nahm ihre Hände und schloss einen Augenblick lang die Augen.

»Glaubst du, dass ich das Orakel bin, Estelle?«

»Ich weiß nicht. Vielleicht. Ich weiß nicht, an was ich noch glauben oder wem ich vertrauen soll …«

»Und dennoch hast du mich gerufen, damit ich dir helfe.«

»Sie sind die Einzige, die mir helfen kann.«

»Du vergisst eine Person. Eine sehr wichtige, gar entscheidende Person …«

»Wen?«

Dona Flores lächelte geheimnisvoll, was Estelle die Hoffnung gab, eine unerwartete Hilfe erscheinen zu sehen, an die sie schon nicht mehr geglaubt hatte. Wer? Ja, wer konnte ihr helfen?

»Du, Estelle! Du bist eine Wissenschaftlerin. Du musst dich selbstverständlich von deinem Herzen leiten lassen, aber auch von all dem, was du gelernt hast. Gegen das Böse kämpft man nicht mit guten Gefühlen, sondern mit seiner Vernunft, seiner Intelligenz und seinem Mut.«

Empfänglich für diese Worte, die sowohl Mahnung als auch Ansporn waren, senkte Estelle den Blick zu Boden.

Mehdi kam mit einem Tablett in der Hand an ihren Tisch. Der junge Mann war angespannt und ließ den Innenraum des *Mule du Pape*, wo seine Eltern saßen, nicht aus den Augen.

»Bitte schön, zweimal Vanilletee«, sagte er zerstreut.

»Danke, Mehdi.«

Als der junge Mann sich abwandte, ergriff Dona Flores ihn am Handgelenk.

»Es ist Zeit, zu ihnen zu gehen und mit ihnen zu sprechen.«

»Wie bitte?«, fragte Mehdi. »Ich habe Sie schon irgendwo gesehen, nicht wahr?«

Dona Flores lächelte. Mehdi, der offensichtlich ihrem Charme erlegen war, erwiderte das Lächeln.

Verwirrt über diesen unerklärlichen Austausch, konnte Estelle sich nur erneut wundern, welche Macht die Dame aus Saintes-Maries-de-la-Mer über die Menschen ausübte, denen sie begegnete.

Kurz darauf baute sich ein entschlossener Mehdi vor dem Tisch auf, an dem seine Eltern saßen und in ein Kartenspiel vertieft waren.

»Ich wollte nicht, dass ihr auf diese Weise davon erfahrt, von diesem Biest, aber ja, ich bin schwul, das ist mein Leben, das bin ich. Ich liebe Gil, und wir haben einen Lebenspartnerschaftsvertrag geschlossen.«

»Mehdi, Liebling, sei beruhigt. Dein Vater und ich haben uns lange unterhalten. Du scheinst mit Gil glücklich zu sein, das ist das Wichtigste für uns.«

»Deine Mutter hat recht. Es ist nur schwer für uns zu akzeptieren, dass du keine Kinder haben wirst, du wirst der Letzte einer sehr langen Geschichte sein …«

Mehdi atmete tief ein und sah seine Eltern verblüfft an.

»Es ist höchste Zeit, dass wir mit dir sprechen, mein Kind. Wir hätten es schon seit langem tun sollen.«

Diesmal machte Mehdi runde Augen. Sein Coming-out verlief nicht nur ganz anders, als er gedacht hatte, die Situation nahm nun auch noch eine surreale Wendung.

»Worüber mit mir sprechen? Ich war es, der sein Leben vor euch versteckt hat und …«

Er ließ sich von seinem Vater führen, der einen Stuhl vom Nachbartisch herangezogen hatte.

»Setz dich, mein Sohn.«

Zögernd ließ Mehdi sich auf dem Sitz nieder, während seine Mutter seine Hand ergriff und fest drückte.

»Erinnerst du dich an die Geschichte vom edlen Ritter, die dir dein Vater jeden Abend erzählte, als du klein warst?«, begann sie.

»Die Geschichte von Saladin?«

»Zu seiner Zeit, im vierzehnten Jahrhundert, durfte er in eine mächtige und ehrenhafte Bruderschaft eintreten, die Bruderschaft der Diener Sarahs«, sagte Hassan.

»Was wir dir nie gesagt haben, Liebling, ist, dass Saladin der Vorfahre eurer beider Vorfahren war, deiner und der deines Vaters.«

»Ich folge euch da nicht ganz ...«

Trotz seiner Bemühungen konnte Hassan seine Begeisterung kaum verbergen und verkündete großartig:

»Heute ist es an dir, in die Bruderschaft einzutreten! Du hast Glück, der Zeitpunkt ist gekommen!«

»Welcher Zeitpunkt?«

»Die Prophezeiung wird sich offenbaren!«

Äußerst peinlich berührt und überzeugt, dass seine Eltern heimlich getrunken hatten, stand Mehdi auf, um zu fliehen. Aber sein Vater hielt ihn mit einem harten Griff fest.

»Hör deinem alten Vater dieses eine Mal zu, mein Sohn.«

Renard hatte Trihns Kalender genauestens untersucht und war zu dem Schluss gekommen, dass Henri Esperanza der Letzte gewesen sein musste, der ihn lebend gesehen hatte. Sobald dieser Name in ihr Bewusstsein gelangt war, hatte der Hass den Trübsinn verdrängt, und sie hatte sich zum Gutshaus aufgemacht, um mit dem alten Mann, dem man Hörner aufgesetzt hatte, ein Hühnchen zu rupfen.

Brutal knallte Renard den mit einem J verzierten Dolch, der in Trihns Körper gesteckt hatte, auf Henris Schreibtisch. Durch die Plastiktüte, in die er eingepackt war, sah man noch die Blutflecken des jungen Leutnants daran haften.

»Sie kennen diesen Dolch, nicht wahr?«

»Hat man damit Lieutenant Trihn umgebracht?«

»Antworten Sie einfach auf meine Fragen, dann sparen wir Zeit.«

»Ich besitze mehrere davon, da ich mich auf Objekte aus dem vierzehnten Jahrhundert und der Epoche der Päpste von Avignon spezialisiert habe.«

»Und vor allem aus der Epoche Johannes' XXII., ich weiß! Fehlt denn keiner?«

Während der Vernehmung überflog Renard unter Henris beunruhigtem Blick die verschiedenen Bücher der Bibliothek.

»Nicht, dass ich wüsste. Vorsicht, Commissaire, das ist eine sehr empfindliche Originalausgabe.«

Renard schob das Werk brutal ins Regal zurück und blickte Henri in die Augen, der sich jeglichen weiteren Kommentar verkniff.

»Wo waren Sie heute Morgen gegen elf Uhr?«

»Verdächtigen Sie mich etwa des Mordes an Ihrem Stellvertreter? Na, wenn es weiter nichts ist!«

»Im Augenblick stelle ich einfach nur Fragen.«

In diesem Moment trat Nadine in den Raum. Sie stellte sich auf so feierliche Weise rechts neben Henri, dass man meinen konnte, sie hätten diese Szene vor der Ankunft der Kommissarin geprobt. Diesen Eindruck zumindest hatte Renard, als die junge Gattin ihrem Mann zu Hilfe kam.

»Um elf Uhr, als Lieutenant Trihn ging, war ich bei meinem Mann. Danach waren wir die ganze Zeit zusammen.«

»Das Alibi kommt ja wie gerufen. Sie sind wirklich eine perfekte Gattin!«

Wenig später, als Henri und Nadine, befreit von der Kommissarin, mit Odette in ihrem riesigen Esszimmer zu Abend aßen, ertönte das Klingeln des Telefons aus dem Nebenzimmer. Henri stand auf, um abzuheben, und ließ die beiden Frauen allein. Nadine lächelte der alten Dame scheinheilig zu, woraufhin diese sich wieder intensiv der Betrachtung ihres Tellers widmete. Wenn es nach ihr gegangen wäre, hätte sie diese unerträglichen, angeblich familiären Abendessen schon längst abgeschafft, um sich in der Küche allein ein paar kleine Happen zuzubereiten. Aber Henri legte Wert darauf, er wollte, dass seine Mutter und seine Frau an einem Tisch aßen. Vermutlich ein letztes Überbleibsel der Illusion dessen, was ihr Familienleben hätte sein sollen.

Henri kam zurück, gab vor, eine dringende Verabredung zu haben, und verließ endgültig den Tisch. Kaum war er gegangen, nahm Odette ihren Teller und schlurfte unter Nadines geringschätzigem Blick zur Küche.

Die allein zurückbleibende Frau blickte sich müde um: Das Esszimmer musste neu gestrichen werden. Das Braunrot hatte doch nicht die besänftigende Wirkung, von der ihr der letzte Innenausstatter vorgeschwärmt hatte.

Während der Mond ein schwaches Licht über dem Park verbreitete, schritt Henri energisch zum Rosengarten, wo Julien auf ihn wartete.

»Du spielst ein gefährliches Spiel, mein Junge.«

»Wirklich? Dabei bin nicht ich es, der die Bullen über meinen Tagesablauf belügt …«

Henri warf ihm einen vor Zorn blitzenden Blick zu.

»Wovon sprichst du?«

»Ich war im Park. Ich habe dich mit dem Polizisten gesehen.«

Henri war sichtlich getroffen, aber er weigerte sich dennoch, die kleinste Schwäche zu zeigen.

»Wie viel willst du?«

Der Vorschlag ließ Julien höhnisch auflachen, der innerlich darüber jubelte, die Lage nun zu beherrschen.

»Ich scheiße auf deine Kohle! Das Einzige, was ich will, ist Nadine.«

Kurz nach Mitternacht verließ Joyce das Kommissariat mit ihrem Anwalt, einem sechzigjährigen, grauhaarigen Mann im Maßanzug.

Renard stand in der Tür und blickte ihr mit einem bitteren Geschmack im Mund nach. Sie drehte sich zu Olivier um.

»Wer sind diese Leute? Kaum haben wir sie verhaftet, sind sie schon wieder frei! Sie schrecken nicht einmal davor zurück, Polizisten umzulegen. Und wir haben keine Möglichkeit, ihnen irgendetwas zu beweisen, sondern stehen am Ende da wie ein Haufen unfähiger Idioten!«

»Sagen Sie das nicht, Commissaire, wir kommen voran. Aber das Böse schleicht sich überall ein ...«

Renard verdrehte die Augen und ging mit hängenden Armen zu ihrem Büro.

»Oh, schon gut. Dieses mystische Zeug geht mir sonst wo vorbei. Ich will Trihns Mörder finden, das ist alles. Das bin ich ihm schuldig!«

Wenige Meter vor dem Kommissariat erwartete eine Limousine mit getönten Fensterscheiben Joyce und ihren Anwalt, der seiner Klientin eifrig die Beifahrertür öffnete.

Beim Einsteigen erstarrte sie plötzlich: Ihr Blick war auf Jean gefallen, der auf der gegenüberliegenden Straßenseite stand und offensichtlich auf sie wartete.

»Kommen Sie, bleiben wir nicht hier«, riet der Anwalt.

Aber seine Worte stießen auf taube Ohren.

Unerschütterlich ließ Jean Joyce nicht aus den Augen. Er hatte alle Zeit der Welt. Seit mehr als zwanzig Jahren wartete er auf diesen Augenblick. Er hatte es nicht mehr eilig ...

Im Herzen des verlassenen Palastes hatte Estelle Dona Flores in die Camera Reale geführt. Sie hatte sich mit einer High-Tech-Lampe ausgerüstet.

»Bevor die Maler des vierzehnten Jahrhunderts ihre endgültigen Fresken malten, entwarfen sie eine erste Skizze, um die Größenverhältnisse zu bestimmen. Diesen Entwurf nannte man Sinopie, und zwar wegen des dazu verwendeten roten Ockerpigments, das aus Sinop am Schwarzen

Meer stammte. Und diese Lampe müsste sie sichtbar werden lassen.«

Brummend ging das Gerät an und produzierte einen bläulichen Strahl, den Estelle über die Wände wandern ließ. Plötzlich zeichneten sich die ersten zarten Linien der gesuchten Entwürfe ab.

»Da, schauen Sie!«

Im Schein der Lampe erkannte Dona Flores ebenfalls eine Freske aus feinen Motiven, die verschwanden, sobald sie nicht mehr beleuchtet wurden.

Die Freske, die in verschiedene Gemälde unterteilt war, zeigte zwei Personen: eine Frau, deren Stirn mit einem Stern verziert war, und einen Ritter, der einen Schild trug, auf dem ein Greif abgebildet war.

»Die Dame mit dem Stern und der Ritter mit dem Greif«, flüsterte Dona Flores.

Die Freske stellte ihre Abenteuer auf verschiedenen Bildern dar, die je nach den Bewegungen der Lampe auftauchten und wieder verschwanden. Einen Moment lang dachte Estelle an das Rolandslied und die Wandteppiche aus Aubusson, die dieses Epos darstellten. Schwindelgefühl erfasste sie, als sie bemerkte, dass man hier in gewisser Weise mehrere Jahrhunderte im Voraus ihre und Oliviers Geschichte erzählt hatte. Je mehr sie ihrem wissenschaftlichen Geist vertraute, desto mehr drängten sich ihr die Darstellungen des Sterns und des Greifs als Symbole für die offenbarte Wahrheit auf, die ihre Familie seit Generationen beeinflusste.

Dona Flores' Stimme riss sie aus ihrer Benommenheit. Das Orakel kommentierte aufgeregt die Freske und was sie endlich enthüllte.

»Der Ritter mit dem Greif und die Dame mit dem Stern gehen zunächst getrennt, bis sie sich begegnen und sich zusammen zu einer Quelle begeben, die inmitten von Felsen entspringt. Der Ritter reicht der Frau einen Kelch, gefüllt mit Wasser aus dieser Quelle, und sie trinkt. Da erstrahlt ihr Körper von Licht ...«

Im Schein der bläulichen Lampe lächelte Dona Flores leicht und geheimnisvoll, während Estelle eine in Altfranzösisch verfasste Bildunterschrift entzifferte.

»Und beide werden mit vereintem Herzen die Quelle der Zeit finden. ›Die Quelle der Zeit‹ ... Olivier und ich müssen sie finden, stimmt das?«

Dona Flores nickte.

Da fiel der Schein der Lampe auf einen weiteren Teil der Wand, der das Ende der Geschichte zu offenbaren schien. Ein letztes Bild stellte den Ritter mit dem Greif friedlich ruhend, mit vor der Brust gefalteten Händen, dar. Dazu erläuterte eine Überschrift: »Der getötete Ritter wird der Dame sein Leben schenken.«

IX

Im verlassenen Ehrenhof des Papstpalastes beobachteten die Wasserspeier aus ihren steinernen Augen Estelle, die vor der heiligen Rosette stand. Der bohrende Blick dieser Wesen drang bis in die Tiefen ihrer Seele, während sie darum rang, einen Sinn in dieser Suche und der undankbaren Rolle, die sie dabei spielen musste, zu finden.

»Olivier wird sterben. Ich muss die Quelle der Zeit finden und er sterben!«

Estelle drehte sich um und sah Dona Flores, die abseits stand, wütend an. Sie machte das Orakel verantwortlich, als hingen ihre Zukunft und die von Olivier von dieser geheimnisvollen Frau ab.

»Da mache ich nicht mit! Ich setze doch sein Leben nicht aufs Spiel! Es ist Schluss.«

»Das geht nicht. Du musst dich mit ihm verbünden ...«

Beschützend legte Dona Flores eine Hand auf Estelles Arm, doch die junge Frau befreite sich nervös.

»Das ist euer Schicksal!«

»Unser Schicksal? Ich habe keine Lust auf ein Schicksal! In meinem Leben habe ich immer selbst entschieden, und das soll gefälligst auch so bleiben!«

»Beruhige dich und hör mir zu.«

Aber Estelle konnte ihre Wut nicht mehr zurückhalten, sie dachte an alle, die bei der Suche nach der Prophezeiung oder bei dem Versuch, sie zu beschützen, ihr Leben verloren hatten. Sie sah Nadèges kindliches Lächeln vor sich, den prüfenden Blick ihres Großvaters, wenn er durch den Palast lief und jede Ecke des riesigen Flaggschiffs unter die Lupe nahm. Und was sollte man erst zu Trihn sagen?

»Nein, Schluss damit. Ich höre nicht mehr zu. Weder Ihnen noch sonst jemandem. Vergessen Sie mich! Olivier stirbt nicht meinetwegen. Niemals!«

Olivier lag ausgestreckt am Boden, seine reglosen Hände waren vor der Brust gefaltet.

Als Renard ihn so sah, schüttelte sie ihn panisch, um sicherzugehen, dass er noch lebte.

Kaum hatte Royal die Augen geöffnet, fand Renard wieder zu ihrer unwirschen Art zurück.

»Ein heimliches Nickerchen?«

»Eine zehn Minuten lange tiefe Entspannung ersetzt den Schlaf einer Nacht.«

»In Anbetracht meiner letzten Nächte sollte ich direkt zur Levitation übergehen!«

In diesem Moment betrat Blondeau, ein junger Polizist, den Raum. Er trug ungeschickt zwei Becher Kaffee. Renard riss ihm buchstäblich den ihren aus der Hand und bellte ihn an.

»Haben Sie drei Stück Zucker reingetan?«

Verstört stotterte der Polizist ein schwaches »Ja« und machte sich sang- und klanglos aus dem Staub.

»Gut«, fuhr Renard fort. »Man hat mir aufgetragen, Sie

und Miss Esperanza keine Minute aus den Augen zu lassen und rund um die Uhr zu beschützen.«

»Mich vergessen Sie. Aber was Estelle angeht, bestätige ich den Befehl.«

»Und ich bestätige Ihnen, dass mir diese ›geheimnisvollen Machtpersonen‹, die mir von links, rechts, oben und unten Befehle erteilen, über die Hutschnur gehen!«

»*Über die Hutschnur*, so hoch! Dass es so weit ginge, hätte ich nicht gedacht.«

Renard rang sich ein Lächeln ab und blies auf ihren glühend heißen Kaffee.

»Gut, kommen wir jetzt bald mal zur Sache, oder wollen Sie mir eine Yogalektion erteilen?«

»Carla di Montefeltro ist die Gattin eines mailändischen Diplomaten, gegen den wir seit Monaten ermitteln. Wir glauben, dass er mit zu den einflussreichsten Brüdern des Judas zählt. Bisher hatte seine Frau in unseren Augen keinerlei Bedeutung …«

»Ich kann Ihnen versichern, dass sie sehr hoch plazierte Kontakte haben. Wenn man es schafft, mal einfach so eine Untersuchungshaft aufzuheben! So was ist mir, ganz offen gesagt, bisher noch nicht untergekommen!«

Olivier zuckte schicksalsergeben die Achseln. Renard pustete erneut auf ihren Kaffee und genoss bereits von Vornherein die Wirkung ihrer nun folgenden Enthüllung.

»Außerdem hat ihr Ex-Mann, der angebliche Witwer, draußen auf sie gewartet, und sie sind zusammen weggegangen …«

Über Royals Überraschung freute sie sich wie ein Kind, das es endlich geschafft hatte, Aufmerksamkeit auf sich zu ziehen. Ja, Jean Esperanza hatte seine Ex-Frau erwartet und war in ihrer Begleitung weggegangen.

Im Halbdunkeln eines Zimmers, das an ein Boudoir erinnerte, liebte Jean Joyce, als würde sein Leben davon abhängen. Es war, als ob sie nie getrennt gewesen wären, er empfand ein wundervolles und berauschendes Gefühl, alle seine Sinne waren bis aufs Äußerste erregt. Ihr unbeschreiblicher Geruch, ihre Haut, die weicher war als die aller anderen, und ihre Art, ihn mit einem Blick oder einer Liebkosung verrückt zu machen, alles an ihr weckte ihn aus seinem jahrelangen Winterschlaf. Endlich hatte er den Eindruck, wieder zu leben und zu lieben.

Als der Orgasmus ihn überwältigte, dachte er kurz, dass er jetzt, in diesem Moment, lieber stürbe, als erneut ohne sie leben zu müssen.

Endlich zur Ruhe gekommen, rollte Jean sich zur Seite, während Joyce ihn durchdringend anblickte. Sie empfand ein Gefühl von Triumph und Allmacht über den einzigen Mann, der ihr je irgendetwas bedeutet hatte.

»Gib zu, dass ich dir gefehlt habe …«

»Die Jahre vergehen, und du änderst dich nicht. Noch immer genauso giftig.«

Joyce schmiegte sich an Jean, der sich ihr zu entziehen drohte. Dieser Eindruck bestätigte sich, als er sich aus ihrer Umarmung löste und abrupt aufstand.

»Diese Nacht bedeutet nichts, Joyce. Ich bin mit einer wunderbaren Frau verheiratet, mit der ich einen Sohn habe.

Es hat lange gedauert, aber ich habe ein neues Leben begonnen …«

Joyce setzte sich auf und musterte ihn unverschämt.

»Wenn du es sagst. Erklär mir dann bitte, was du hier tust …«

Verunsichert bereute Jean, dass er sich erneut in die Klauen seiner Ex-Frau begeben hatte. Er konnte nicht kämpfen, das wusste er. Der einzige Ausweg für ihn war ganz entschieden die Flucht.

»Du kannst nicht ohne mich sein, Jean. Diese Nacht ist der Beweis dafür. Wir sind füreinander gemacht, das ist so. Es ist zwecklos, gegen unser Begehren anzukämpfen.«

»So leicht kriegst du mich nicht rum. Ich kenne dich, ich weiß, wer du wirklich bist!«

Aber Joyce war bereits aufgestanden, schmiegte sich an ihn und flüsterte ihm ins Ohr.

»All die Jahre wusste ich, dass wir uns wiederfinden würden …«

Jean wehrte sich nicht und küsste sie mit einer Heftigkeit, die an Gewalt grenzte. Er wollte sie immer wieder besitzen, diesmal für immer. Er wollte, dass sie ihm gehörte und dass sie niemals mehr fortging!

Mit einem hypnotisierenden Lächeln nahm Joyce seine Hand und zog ihn mit sich.

»Folge mir. Ich will dir jemanden vorstellen.«

Im riesigen Esszimmer des Stadtpalais saß Muriel am Ende des unendlich langen Tisches beim Frühstück, während eine Hausangestellte sie mit einem Löffel fütterte.

Sanft wie ein Engel streichelte sie zärtlich die Wange dieser Frau, die sich seit ihrer Geburt um sie kümmerte.

Sobald Jean sie sah, wusste er, wer Muriel war. Überwältigt vor Rührung, konnte er seine Augen nicht von diesem Kind abwenden, das sich ihm zur selben Zeit darbot wie die Frau, die er niemals aufgehört hatte zu lieben.

»Sie ist wunderschön …«

Joyce nahm behutsam Jeans Hand und fand kurz, wie jedes Mal, wenn sie ihre Tochter betrachtete, zu ihrer Arglosigkeit und Güte zurück.

»Sie ähnelt dir so.«

Da bemerkte Muriel ihre Anwesenheit. Sie musterte Jean mit erstaunlicher Intensität. Dieser war wie gelähmt und wusste nicht, wie er reagieren sollte. Es war Muriel, die sich wie selbstverständlich erhob, zu ihm ging und seine Hand nahm.

Sie zog ihn an sich und gab ihm lächelnd einen Kuss auf die Wange.

»Papa.«

Erschüttert und verzaubert ließ Jean sich unter Joyce' triumphierendem Blick von dem Mädchen mitziehen. Sie hatte ihn erneut erobert und war entschlossen, ihn nicht mehr fortzulassen.

Miss Wou zögerte einen Moment, ehe sie das Büro des Präsidenten betrat. Die Neuigkeiten waren nicht erfreulich, und sie fürchtete die Reaktion ihres Vorgesetzten. Sie wusste, dass er zu kalter Grausamkeit imstande war, wenn ein Bruder nicht fähig war, eine Aufgabe zu erfüllen, die man ihm aufgetragen hatte.

»Es ist uns nicht gelungen, den Gegenstand zu entschlüsseln, Sir. Sogar Fünf ist gescheitert.«

Auf den Bildschirm seines Laptops konzentriert, hob der Präsident nicht einmal den Blick. Es war ihm klar, dass nur eine Person auf der Welt verstehen und verwenden konnte, was sie im Inneren des Goldzylinders gefunden hatten. Eine Person mit reinem Herzen.

»Schicken Sie den Zylinder nach Frankreich zurück, dorthin, wo er hingehört …«

Erleichtert zog sich Miss Wou weiße Baumwollhandschuhe über, nahm den schweren Zylinder und legte ihn vorsichtig in das gepolsterte, auf Maß angefertigte Köfferchen.

Als sie sich zur Tür wandte, packte der Präsident sie beim Handgelenk und sah sie aus seinen stahlblauen Augen funkelnd an.

»Dieser Gegenstand ist heilig, vergessen Sie das nicht! *It deserves respect!*«

Miss Wou nickte gehorsam und verließ den Raum. Der Präsident war bereits wieder in die Arbeit vor seinem Computer versunken.

Mit besorgter Miene trat Olivier aus dem Kommissariat, während er sein Handy ans Ohr presste, und ging zu seinem Motorrad. Er legte brüsk auf, verärgert, weil Estelle wieder einmal nicht auf seinen Anruf reagierte und er nur den Anrufbeantworter zu hören bekam.

Olivier musste sich eingestehen, dass er sich Sorgen um sie machte und dass ihm die unauffällige Überwachung durch zwei Beamte nicht ausreichte. Die Gefahr lauerte überall um sie herum, er fühlte es, er wusste es.

Während er das Kettenschloss seines Motorrads entfernte, blickte Olivier sich um. Alles war ruhig. Einfacher Berufsreflex, dachte Olivier. Bis das sich nähernde Geräusch eines Motorrads ihn erneut aufsehen ließ.

Da erst sah er die beiden ganz in Schwarz gekleideten Fahrer, die auf ihn zu rasten. Der Beifahrer stellte sich auf die Fußhalter und zog einen Dolch heraus, an dessen geschwungener, spitz zulaufender Form man ein J erkannte. Dann schleuderte er ihn mit unglaublicher Geschicklichkeit auf Olivier, der nur um ein Haar ausweichen konnte.

Der Dolch bohrte sich mit einer Heftigkeit in den Sitz des Motorrads, die von der Kraft des Angreifers zeugte. Olivier zog seine Waffe und eröffnete das Feuer, nachdem er die üblichen Warnungen gerufen hatte. Beim dritten Schuss wankte das Motorrad, kippte beinahe zur Seite, aber nur der an der Schulter getroffene Beifahrer wurde abgeworfen.

Ohne sich auch nur umzudrehen, floh der Fahrer und ließ seinen Komplizen hinter sich im Stich.

Polizisten, die von der Wache am Eingang alarmiert worden waren, stürzten aus dem Kommissariat. Unter ihnen war Villers, der mit der Waffe in der Hand zu dem am Boden liegenden Mann eilte und ihn umdrehte.

»Verdammt, das ist Blondeau! Na, mein Lieber! Als du im Kommissariat gearbeitet hast, warst du weniger agil!«, rief der schockierte Villers.

Olivier zwang Blondeau, die Hände hinter den Rücken zu nehmen, und legte ihm rasch Handschellen an.

»Versuch gar nicht erst abzuhauen, sonst schieße ich, und dieses Mal ziele ich nicht auf die Schulter.«

Mit schmerzverzerrtem Gesicht fand Blondeau dennoch die Kraft, ihm gerade in die Augen zu sehen und resigniert zu bemerken:

»Ich bin bereits tot. Und du auch, das weißt du genau.«

Während Olivier noch die Worte des jungen Polizisten verdaute, kam Renard hinzu und entdeckte ihrerseits die Identität des Angreifers.

»Verdammt noch mal! Du kleiner Scheißer! Und ich habe dir vertraut!«

Mit einem heftigen Ruck zerriss sie das blaue Hemd von Blondeaus Uniform und entblößte sein rechtes Schulterblatt. Als das gotische J erschien, wich Renard instinktiv erschrocken zurück.

Der Blick, den sie Royal zuwarf, verriet ihr wachsendes Unbehagen. Und die Kommissarin sah die Männer, die um sie herumstanden, unwillkürlich mit dem Gefühl an, belauert zu werden.

»Seit der Ermordung von Lieutenant Trihn überschlagen sich die Ereignisse. Die Brüder des Judas gehen immer höhere Risiken ein.«

Auf dem mit dunklem Leder bezogenen Rücksitz einer riesigen Dienstlimousine erstattete Olivier Minister Aubagnac Bericht, unter dessen Befehl er von Beginn seiner Mission an stand. Seitdem Olivier als Mitglied einer Eliteeinheit der Polizei von dem Staatsmann persönlich verpflichtet worden war, hatte er nur noch zwei offizielle

Ansprechpartner: Aubagnac und dessen Kabinettschef, der dem eingeschleusten Polizisten in verzwickten Lagen als »Rettungsanker« diente. Wie beispielsweise nach der Verhaftung in Saintes-Maries-de-la-Mer, als Olivier Renard gegenüber reinen Tisch machen musste.

Beinahe ein Hauch Freundschaft hatte sich zwischen Aubagnac und Olivier entwickelt, in dem der Minister manchmal den jungen Abenteurer zu sehen schien, der er selbst gern gewesen wäre. Das hatte Royal zumindest immer geglaubt ... bis jetzt.

»Eine sehr einflussreiche Person hat Carla di Montefeltro wieder zur Freiheit verholfen.«

Wie Olivier erwartet hatte, schien diese Neuigkeit sein Gegenüber nicht zu überraschen und noch weniger zu beeindrucken.

»Versteifen Sie sich nicht auf diese Spur, Royal. Sie sind ein Mann vom Fach, ein hervorragender Mann vom Fach.«

»Nicht zu verwechseln mit einem Bauern im Spiel. Jetzt weiß ich, dass diese Mission den reinen, dienstlichen Rahmen übersteigt.«

Diesmal zuckte Aubagnac kurz.

»Wie meinen Sie das?«

»Es scheint, als wäre ich selbst Bestandteil dieser Suche.«

»Und?«

»Sie wussten das von Anfang an. Sie haben mich nicht aus Zufall gewählt.«

Aubagnac lächelte und vermied geschickt, Oliviers Blick zu kreuzen.

»Sie sind langsam dabei, das Ausmaß an Macht der Prophezeiung zu begreifen, Commandant Royal. Deshalb haben wir Ihnen diese Mission anvertraut: Sie müssen sie finden und in Sicherheit bringen, um zu verhindern, dass sie jemals in die Hände finsterer Gestalten gerät.«

»Ersparen Sie mir dieses Geplapper! Ich will nur eins wissen, und zwar, wie weit ich Ihnen vertrauen kann.«

Diesmal drehte sich Aubagnac zu ihm um und musterte ihn mit hellgrünen Augen.

»Ich kann Ihnen nur meine Aufrichtigkeit versichern. Das muss Ihnen genügen.«

»Ich nehme an, Ihre Anwesenheit in Avignon ist auch kein Zufall …«

Der Staatsmann lächelte ihn weiterhin gelassen an, während der Fahrer die Tür öffnete und damit das Ende des Gesprächs signalisierte. Olivier entfernte sich bereits, als sich die automatische Fensterscheibe vor Aubagnacs Gesicht noch einmal senkte.

»Verlieren Sie sie nicht. Sie wird Sie brauchen.«

Das Fenster schloss sich sofort wieder, und die riesige Limousine mit den getönten Scheiben glitt sanft und lautlos davon, wobei sie über das historische Kopfsteinpflaster der Straßen von Avignon zu schweben schien.

Mit einer Reisetasche zu ihren Füßen stand Estelle in stillem Gedenken vor Louis' Grab, dem sie ein letztes Mal Lebewohl sagen wollte. Ihre Entscheidung war getroffen. Sie würde die Stadt verlassen, weit weg gehen, bis der Mondzyklus zu Ende und die ganze Geschichte vorbei wäre.

Sie kämpfte mit sich, um sich nicht zu fragen, wie es wohl ausgehen würde. Sie kämpfte mit sich, um die Kraft zu finden, Olivier zu verlassen und ihm so das Leben zu retten.

Da überfielen sie Bilder von ihrem Großvater. Sie sah ihn vor sich unter seiner geliebten Linde, im kleinen Hof seines Hauses. Sie hörte erneut, wie er ihr die Legende der Prophezeiung von Avignon erzählte, jene Legende, die ihre Kindheit sanft gewiegt hatte und die heute so schmerzhaft in ihren Gedanken widerhallte.

»Weißt du, mein Liebes, die Prophezeiung ist auch eine große Liebesgeschichte. Die Geschichte von einem tapferen Ritter, der kam, um einem Stern die Ehre zu erweisen.«

»Wie sah der Stern aus, Opa?«

»Sterne sind wie Feen, sie können verschiedene Erscheinungen annehmen ...«

»Verwandeln sie sich, wenn sie auf die Erde kommen?«

»Du hast alles verstanden.«

»Ein Ritter und ein Stern! Erzähl weiter, Opa ...«

»Wolltest du gehen, ohne dich zu verabschieden?«

Estelle zuckte beim Klang von Oliviers Stimme zusammen, der wenige Meter hinter ihr stand und sie zärtlich anblickte. Die junge Frau fasste sich wieder, entschlossen, die wahren Gründe ihrer Entscheidung nicht preiszugeben. Nein, Olivier durfte nichts wissen.

»Ich bin dir nichts schuldig!«

»Du vergisst, dass wir miteinander verbunden sind, dass wir zusammen weitermachen müssen.«

Estelle seufzte, packte ihre Tasche und wandte sich zum Ausgang des Friedhofs.

»Sag mir nicht, dass du jetzt auf einmal an all diesen Unfug glaubst. So, Tschüss.«

»Wir müssen zusammenbleiben. Wir sind in Gefahr, Estelle.«

Estelle war kurz verwirrt.

»Wovon sprichst du?«

»Einer von Renards Polizisten hat versucht, mich umzubringen. Er hatte ein J auf dem Schulterblatt.«

Estelle musste sich alle Mühe geben, nicht zusammenzubrechen und ihre Angst zu verraten, die sich plötzlich wie eine eiskalte Faust um ihr Herz schloss.

»Tut mir leid, aber ich kann dir nicht helfen, und ich brauche keinen Schutzengel. Sag deinen Leuten, dass sie aufhören sollen, mir zu folgen, und vergiss mich bei der Gelegenheit einfach!«

»Was ist los, verdammt? Was soll diese Nummer der einsamen Kämpferin? Was willst du damit bezwecken?«

Estelle gönnte ihm ein schwaches, entschuldigendes Lächeln und schaffte es, ihre Rolle noch ein paar Augenblicke aufrechtzuerhalten.

»Akzeptiere ganz einfach, dass wir uns getäuscht haben und dass wir nichts miteinander zu tun haben. Das ist hart, aber so ist das Leben ...«

Nur ein paar Augenblicke, denn kaum drehte Estelle ihm den Rücken zu, verlor sie vollkommen die Fassung. Aber eins war ihr gelungen, sagte sie sich zum Trost: Olivier blickte ihr regungslos nach.

Sie hatte es geschafft und musste nun vor dem Mann, den sie liebte, fliehen, wenn sie ihm das Leben retten wollte.

Ehe sie Avignon endgültig verließ, musste sie allerdings noch eine Person treffen. Ihre Mutter, Joyce.

Erschöpft und mit tiefen Ringen unter den Augen hinterließ Sandra die x-te Nachricht auf Juliens Mailbox. Seit mehreren Stunden hatte sie keine Nachricht von ihrem Sohn.

»Julien, Liebling, ich sterbe vor Sorge, ruf mich bitte an …«

Ihr Mutterinstinkt warnte sie, dass etwas Schlimmes geschehen war. Sandra hatte mit allen Mitteln versucht, Jean zu erreichen, war sogar ins Krankenhaus gefahren, wo eine peinlich berührte Krankenschwester ihr angeboten hatte, eine Nachricht für ihn zu hinterlassen, wobei sie so gut wie möglich versucht hatte, die unentschuldigte Abwesenheit ihres Chefs zu vertuschen.

Am Ende ihrer Nerven, hatte Sandra schließlich Sylvain Epstein angerufen, der trotz der fortgeschrittenen Stunde zu ihr gekommen war und ihr half, die wachsende Panik zu bekämpfen.

»Ich habe solche Angst, dass er noch einmal versucht hat, sich … und dass es ihm diesmal geglückt ist.«

»Sagen Sie das nicht. Vielleicht schläft er einfach nur außer Haus. Er ist in diesem Alter, nicht wahr?«

»Natürlich, aber er ruft mich jeden Tag an, selbst wenn ich am anderen Ende der Welt bin. So funktionieren wir. Ich kann es Ihnen nicht erklären, aber ich weiß, dass ihm etwas passiert ist!«

Epstein zog sie an sich und hielt sie in seinen schützenden Armen.

Als Jean sie in dieser zweideutigen Stellung entdeckte, gefror ihm das Blut in den Adern. Zu sehen, wie dieser Epstein seine Gattin an seine Brust drückte, gab ihm Lust zu morden, eine Lust, die seltsamerweise durch die Tatsache, dass er nicht das geringste Recht hatte, sich eifersüchtig zu zeigen, noch gesteigert wurde.

»Endlich! Ich warte schon seit Stunden auf dich!«, rief Sandra, bereit, ihrem Gatten die Stirn zu bieten.

Jean hatte den Raum bereits wieder verlassen.

»Jean? Jean, bitte ...«

Im Schutz seines Arbeitszimmers versuchte er vergebens, sich zu beruhigen. Seine Gedanken überschlugen sich: Fetzen der vergangenen Nacht, die Entdeckung von Muriels Existenz, Sandra in den Armen eines anderen Mannes.

»Ich verstehe jetzt manches besser!«, sagte er heftig und zog den Angriff der Verteidigung vor.

Aber Sandra war entschlossen, sich nicht einschüchtern zu lassen.

»Da gibt es nichts zu verstehen. Sylvain ist hier, weil er auf meinen Anruf reagiert hat!«

»Sylvain? Nennst du ihn jetzt schon Sylvain, das ist ja fein!«

»Wo warst du? Ich suche dich seit Stunden! Du warst buchstäblich verschwunden, die ganze Nacht über!«

»Dieser Typ macht dich an. Und sag mir nicht, dass dir das nicht gefällt!«

»Diese Eifersuchtsszene ist lächerlich! Er ist da, weil Julien verschwunden ist und ich nicht mehr wusste, was ich tun sollte ...«

Bei diesen Worten veränderte sich Jeans Haltung schlagartig. Es fiel ihm wie Schuppen von den Augen. Endlich begriff er den Ernst der Lage. Er kannte seine Frau gut genug, um zu wissen, dass es gute Gründe geben musste, wenn sie so verängstigt war.

»Wie das, ›Julien ist verschwunden‹? Seit wann?«

»Seit gestern Morgen antwortet er auf keinen Anruf und … Ich hätte es dir schon früher sagen sollen: Vor ein paar Tagen hat er mir ein Geständnis gemacht. Ich habe dir nicht alles gesagt, aber ich glaube, es ist Zeit …«

Während Sandra ihm Juliens Geheimnisse erzählte, sagte Jean sich innerlich ununterbrochen, dass alles wieder von vorn anfing. Er wusste weder, wie, noch, warum, aber alles fing wieder von vorn an. Eines war auf alle Fälle sicher: Joyce' Rückkehr nach Avignon hatte ganz klar das Ende seines zerbrechlichen Familienglücks eingeläutet.

»Ihre Mutter kommt gleich.«

Ihre Mutter. Die Hausangestellte verschwand hinter einer Tür des kleinen Salons und ließ eine nervöse Estelle zurück.

Unfähig an ihrem Platz zu bleiben, ging sie zu einer anderen, angelehnten Tür, hinter der sie einen Raum entdeckte, der Joyce' Arbeitszimmer zu sein schien.

Die Versuchung war zu groß. Sie betrachtete den wenigen Krimskrams, mit dem Joyce ihr Arbeitszimmer ausgestattet hatte, in dem mehrere halbgeleerte Koffer von ihrem Nomadendasein zeugten.

Estelle blieb interessiert vor einem Stammbaum der Esperanzas stehen, der eingerahmt an der Wand thronte und bis auf Johannes XXII. zurückging. Eine Armillarsphäre zog ebenfalls ihre Aufmerksamkeit auf sich. Buchstäblich magnetisch angezogen wurde sie jedoch von einer Konsole, auf der verschiedene eingerahmte Fotos aufgestellt waren. Fotos von ihr aus unterschiedlichen Phasen ihres

Leben: ihre ersten unsicheren Schritte, ihr erster Schultag mit dem nagelneuen Ranzen auf dem Rücken. Dann die schmollende Jugendliche, die mürrisch ins Objektiv starrte, und das strahlende Mädchen, das stolz ihr Universitätsdiplom vor der Brust hielt.

Tränen stiegen der jungen Frau in die Augen, ohne dass sie ihren Blick von diesen heimlich aufgenommenen Momenten ihres Lebens wenden konnte. Da erklang die verzaubernde Stimme ihrer Mutter hinter ihr.

»Ich habe dein Leben immer genau verfolgt, weißt du. Und diese Fotos verlassen mich nie, egal wo auf der Welt ich mich gerade befinde.«

Diesmal war Estelle fest entschlossen, sich nicht manipulieren zu lassen.

»Du wusstest, dass ich diese Tür öffnen und sie entdecken würde.«

»Ich hätte sie dir so oder so gezeigt. Ich muss dir nichts beweisen, Estelle. Dein Vater hat mich all die Jahre gezwungen, weit fort von dir zu sein. Nicht ich bin die Schuldige.«

Von Joyce' sicherem Ton aus der Fassung gebracht, wusste Estelle nicht, wie sie reagieren sollte.

»Ich glaube übrigens, dass dein Vater nie richtig über unsere Trennung hinweggekommen ist. Heute Morgen noch war er hier.«

Joyce setzte sich seelenruhig auf einen der kleinen, mit kostbarer Seide bezogenen Sessel und bedeutete Estelle, es ihr gleichzutun. Aber die junge Frau blieb lieber stehen und behielt ihre Verteidigungshaltung bei.

»Man hat dir die Mitglieder der Familie Esperanza vorgestellt, als wären sie alle Heilige. Aber sie sind nicht besser als die Brüder des Judas.«

»Wie kannst du es wagen, so etwas zu behaupten?«

»Es handelt sich um zwei Gruppen, beide sind auf der Suche nach der Prophezeiung. Welche ist die gute? Welche ist die böse? Alles ist eine Frage des Standpunkts.«

Estelle setzte zu einer Antwort an, beschloss dann aber, lieber zu schweigen und nicht auf das Spiel ihrer Mutter einzugehen. Joyce bemerkte es und musterte sie eindringlich.

»Warum bist du gekommen?«

Estelle wusste, dass dieser Augenblick entscheidend war, dass sie vielleicht eine Möglichkeit hatte zu bekommen, wofür sie gekommen war. Sie wandte sich also mit feierlicher Stimme an ihre Mutter.

»Ich bin gekommen, um euch zu bitten, Olivier Royal zu verschonen.«

Joyce sah sie lange an, ehe sie antwortete.

»Es steht nicht in meiner Macht, das zu entscheiden. Alles, was ich sagen kann, ist, dass er Verrat begangen hat und dass er sich von Anfang an über die Konsequenzen seines Verrats im Klaren war.«

»Es ist das Einzige, das ich von dir verlangen werde«, setzte Estelle nach.

Als sie ihre Mutter zögern sah, fühlte sie Hoffnung in sich aufsteigen. Aber Joyce lächelte ihr fatalistisch zu.

»Ich habe es dir gesagt, das steht nicht in meiner Macht.«

Die junge Frau schluckte. Sie wandte sich um und ging in Richtung Tür …

»Aber wenn du ihn wirklich retten willst, so kannst du es tun«, fügte Joyce hinzu, die sich erhoben hatte.

»Und wie?«

»Ein Leben für ein anderes. Werde eine von uns, und er kommt mit dem Leben davon.«

Ein Streifenwagen raste heran und hielt mit quietschenden Reifen vor Henris und Nadines Gutshaus. Außer sich vor Aufregung erschien Odette auf der Schwelle des Hauses. Sie empfing Commissaire Renard und Villers, die aus dem Wagen stiegen.

»Beeilen Sie sich, er bringt ihn um!«, schrie sie.

»Wo sind sie?«

Odette rannte vor den beiden Polizisten ins Innere des Gutshauses und führte sie zur Bibliothek. Renard bedeutete Villers, dass er nicht eingreifen und sie die Situation regeln lassen sollte.

In Henris riesiger Bibliothek zeugten die auf dem Boden herumliegenden Bücher und der verstreute Krimkrams vom Ausmaß an Gewalt der Szene, die sich gerade dort abspielte. Am anderen Ende des Raumes hatte Jean ein Gewehr auf Henri gerichtet, der in einen Clubsessel gezwängt war.

»Ich frage dich zum letzten Mal: Wo ist Julien?«

»Wenn ich es dir doch sage, ich weiß es nicht!«

Jean wollte gerade den Abzug drücken, da warf sich Renard auf ihn und riss ihm das Gewehr aus den Händen. Ein Schuss ging los und bohrte sich in einen Deckenbalken.

Dann wurde Jean von Villers außer Gefecht gesetzt und gezwungen, sich abseits zu halten. Wie ein Sheriff sah Renard die Beteiligten mit dem Gewehr in der Hand an.

»Was ist das nur für eine Familie?«

Nadine, die mit Sandra abseits gestanden hatte, nutzte die relative Ruhe, um sich über Henri herzumachen.

»Was hast du ihm angetan? Du hattest mir versprochen, ihm nichts Böses anzutun!«

»Jetzt fang nicht auch noch an! Ich weiß nicht, wo er ist!«

»Wollen Sie Ihrem Mann diesmal kein Alibi verschaffen?«, fragte Renard mit einem ironischen Grinsen.

Während Nadine beschämt die Augen niederschlug, wies Renard die hereinkommenden Polizisten an, Henri Esperanza zur Befragung ins Kommissariat zu bringen.

Von der Begegnung mit ihrer Mutter noch immer verunsichert, verließ Estelle das vornehme Privatpalais. Da sah sie eine vertraute Gestalt, die rittlings auf einem Motorrad saß und ihr den Rücken zuwandte.

Kaum hatte sie Olivier erkannt, drehte dieser sich auch schon um und lächelte sie an.

»Bist du mir gefolgt? Überwachst du mich? Das sind wirklich Polizeimethoden! Meine Mutter ist zu Hause, falls du sie verhaften möchtest.«

»Nein, heute nicht. Dich allerdings könnte ich jederzeit wegen Behinderung polizeilicher Ermittlungen einsperren lassen, wenn ich wollte. Und ich würde keinen Augenblick zögern. Also, entweder reden wir wirklich miteinander …«

»Oder was? Bedrohst du mich jetzt?«

Olivier erhob sich und packte sie beim Handgelenk, um

sie zum Zuhören zu zwingen. Er hatte die Nase voll von diesem Theater, von dieser gleichgültigen Miene, die sie so verzweifelt aufrechtzuerhalten versuchte. Er wusste, dass jede Sekunde zählte und dass die Lage es nicht erlaubte, Katz und Maus zu spielen.

»Das ist nicht fair! Das ist ... Das ist ekelhaft«, empörte sich Estelle.

»Aber ich *bin* ekelhaft. Das genau wirfst du mir ja vor. Deswegen weigerst du dich, mit mir zu sprechen und mir die Gelegenheit zu geben, dir alles zu erklären. Ich habe dich wegen deiner Mutter bereits um Verzeihung gebeten. Ich habe dich ausgenutzt, das stimmt, aber ich hatte keine Wahl, und das weißt du!«

»Komm, lass mich in Ruhe, bitte. Lass mich einfach los, ist das klar genug?«

Estelle entzog sich seiner Umarmung und entfernte sich, entschlossener zur Flucht denn je. Fort, weit fort.

»Nicht, bevor du mir nicht die Wahrheit gesagt hast. Komm ...«

Estelle blickte Olivier tief in die Augen. Sie entdeckte Besorgnis darin. Und sie entdeckte auch ihre wachsende Liebe und das starke Gefühl, das sie beide der Prophezeiung gegenüber empfanden, die sie zusammengebracht hatte und weiterhin unbeirrbar zueinanderführte.

»Die Brüder des Judas sind zu gefährlich, verstehst du das? Sie sind zu stark für uns! Wir können nichts mehr tun!«

»Natürlich sind sie gefährlich. Deshalb müssen wir gegen sie kämpfen.«

»Wenn wir weitermachen, wirst du sterben«, verkündete Estelle feierlich.

»Ich habe keine Angst vor dem Tod, das ist Teil meiner Arbeit.«

Olivier missverstand natürlich die Gründe für Estelles Angst. Da er ebenso vernunftorientiert war wie sie, glaubte er, sie spreche von den Gefahren, die er bei zukünftigen Auseinandersetzungen mit dem Gegner einging. Würde er ihr glauben, wenn sie ihm von der prophetischen Gravur erzählte, die den Tod des Ritters mit dem Greif darstellte?

»Ich habe deinen Tod gesehen, Olivier. Dein Tod wird auf der Freske angekündigt, die ich in der *Camera Reale* entdeckt habe.«

Hassan traf das Orakel am Aussichtspunkt des *Jardin des Doms*. Erdrückt von der Last der Schuldgefühle, rang er nach Worten, denn es war ihm bewusst, dass er seine Aufgabe nicht erfüllt hatte und dass er so die Suche in Gefahr brachte: Trotz all seiner Versuche und deren seiner Frau hatte Mehdi die Rufe nicht erhört. Er weigerte sich, den Platz einzunehmen, der ihm seit Jahrhunderten bestimmt war, drohte, seine Rolle nicht zu übernehmen.

»Der Mondzyklus ist in seiner Endphase, und ich weiß noch immer nicht, ob mein Sohn akzeptieren wird …«

»Versetzen Sie sich in seine Lage: Er braucht Zeit, das ist normal.«

Dona Flores lächelte, als sie sich vorstellte, wie Mehdi mit der wahren Identität seiner Eltern und dem Geheimnis, das sie ihm offenbart hatten, konfrontiert worden war.

»Ich bin mir dessen bewusst, aber … es läuft nicht alles so, wie wir das vorgesehen hatten. Wirklich nicht.«

»Es ist das Wesen des Menschen selbst, das Sie hier beschreiben.«

Hassan dachte an die kürzlich erfolgte Enthüllung der Homosexualität seines Sohnes und an die Ironie, die in dieser Antwort steckte. Das Orakel wusste Bescheid. Vielleicht hatte sie sogar vor ihm gewusst, dass Mehdi ihm einen Teil seines Lebens verbarg.

»Vertrauen Sie ihm, Hassan. So reichen Sie ihm den Stab weiter. Die Diener der Sarah haben noch nie ihre Pflicht verletzt. Auch Mehdi wird sie erfüllen.«

Hassan nickte trotz seines tiefen Unbehagens, während Dona Flores ihm einen Gegenstand in die Hand drückte.

»Das ist für ihn. Geben Sie es ihm von mir.«

Im Keller des *Mule du Pape* füllte Mehdi Flaschen in einen Kasten, wobei er mit seinen Gedanken nicht bei der Sache war. Er hatte ernsthafte Gründe, sein Leben für recht kompliziert zu halten: Zum einen war da das Bekenntnis seinen Eltern gegenüber und zum anderen die Entdeckung, dass seine Familie einer Gruppierung angehörte, deren Natur und Ziele er noch nicht ganz begriffen hatte.

Hinzu kamen noch Elsas Anwesenheit, der Wasserspeier, der ihn beobachtete, wovon er überzeugt war, und Gil, der ständig die tote Nadège sah! Ja wirklich, das alles musste aufhören, und zwar schnell!

»Er hat wirklich ein widerliches Gesicht …«

Mehdi zuckte zusammen, als er die Anwesenheit seines Vaters bemerkte, der auf den Wasserspeier zeigte. An Hassans Blick erkannte er sofort, dass er gekommen war, um mit ihm zu sprechen. Und dass er ihm leider nicht entgehen konnte.

»Weißt du, Pa, seit wir ihn gefunden haben, fühle ich mich unwohl. Manchmal habe ich sogar Lust abzuhauen.«

»Es nützt nichts zu fliehen! Ob du willst oder nicht, es war deine Bestimmung, zum *Mule du Pape* zu kommen. Dieser Ort ist aufgeladen von unserer Geschichte, und hier wirst du die dir zugedachte Mission erfüllen müssen.«

Bingo!, dachte Mehdi. Es war mal wieder Zeit für eine Lektion in Familiengeschichte. Ziel: Motivation!

»Aber ich dachte nicht, dass dies geschehen würde, indem du dich in den Besitzer verliebst«, fügte Hassan hinzu.

Mehdi schlug beschämt die Augen nieder. Daher sah er Elsa nicht, die wie durch Zufall ein paar Stufen die Treppe hinabgestiegen war und Hassans Erzählung mit wachsendem Interesse lauschte …

Nach einer kurzen Weile bemerkte Mehdi, dass sein Vater einen Gegenstand in den Händen hielt.

»Was ist das?«

»Eine Medaille, die den Ritter Saladin darstellt, wie er den Drachen besiegt. Sie ist für dich, das Orakel hat mich gebeten, sie dir zu geben.«

Erstaunt schwieg Mehdi kurz.

»Das Orakel?«

»Wie wir zählt auch sie auf dich. Sie weiß, dass du dazu in der Lage bist.«

Das Unbehagen des jungen Mannes war spürbar. Er schien nach den richtigen Worten zu suchen, bis er es wagte, seine Befürchtungen auszusprechen.

»Und wenn ich dem nicht gewachsen bin? Wenn es nicht meine Bestimmung ist, in diese Bruderschaft einzutreten?«

»Das ist es, Sohn«, beruhigte ihn Hassan lächelnd.

»Nein, ich meine: Wenn es wirklich nicht mein Ding ist, was passiert dann?«

Das Lächeln seines Vaters war verschwunden. Und was Mehdi nun in seinen Augen las, vergrößerte nur noch den Druck, der ohnehin von Stunde zu Stunde immer stärker wurde.

Auf Oliviers Bitte hin hatte Estelle ihn mit in die Camera Reale genommen. Sie standen nun beide vor der besagten Wand. Estelle zögerte noch, die Lampe in ihrer Hand anzumachen.

»Ich muss es sehen«, drängte Olivier.

Also ließ sie das blaue Licht erstrahlen. Die Sinopie erschien und offenbarte den Ritter mit dem Greif, der mit vor der Brust gefalteten Händen dalag.

»Der getötete Ritter wird der Dame sein Leben schenken …«

Sosehr Olivier sich auch bemühte, gelassen zu bleiben, fühlte er doch, wie sich ihm die Kehle zuschnürte. Er versuchte, sich unablässig zu wiederholen, dass dies nur eine Zeichnung war, dass er Polizist und nicht Ritter war, aber die Furcht bohrte sich ihm in den Magen.

»Die Prophezeiung hat uns zusammengeführt, ich weiß, dass wir sie zusammen finden müssen. Das ist alles.«

Trotz der Anstrengungen, die der junge Mann unternahm, um seine Angst zu verbergen, spürte Estelle seine Furcht, und dieses Gefühl konnte sie nicht ertragen. Erneut packte sie eine Wut, die sie schon beim ersten Mal, als sie dieses Motiv entdeckt hatte, empfunden hatte, und erneut brach der Zorn aus ihr heraus.

Sie stürzte sich auf die Freske und begann, sie wegzuwischen, wobei sie nicht darauf achtete, dass sie sich die Finger aufschürfte. Die alten Steine zerbröckelten wie abblätternde Farbe, während Estelle sich darüber hermachte.

»Du wirst nicht sterben, wir stoppen alles, wir gehen zusammen fort! Wir werden nicht eine Freske über dein Leben entscheiden lassen!«

Olivier zog sie an sich und nahm sie in seine Arme, um sie zu beruhigen.

»Zusammen fürchten wir nichts und niemanden.«

Ihre Lippen fanden sich mit einer Heftigkeit, die sie überraschte und zugleich tröstete. Ja, zusammen hatten sie vor niemandem Angst. Zusammen konnten sie allem trotzen.

Als sie die Augen wieder öffnete, wollte Estelle noch einmal die Freske ansehen. Um sich zu beweisen, dass diese nun keine Macht mehr über sie hatte. Was sie entdeckte, entlockte ihr einen Schrei der Überraschung.

»Schau mal, da!«

Unter den mit roter Farbe aufgetragenen Zeichnungen, die Estelle zum Teil entfernt hatte, kam ein zweites Motiv zum Vorschein.

Mit Oliviers Hilfe begann die junge Frau erneut, die Steinmauer abzukratzen, bis schließlich zwei Zylinder erschienen, die einen Text einrahmten.

»*Die Pfeiler der offenbarten Wahrheit werden Zeit und Raum vermischen* … Schau, Olivier: Der linke Zylinder stellt den Goldzylinder dar, den die Brüder des Judas uns abgenommen haben. Es gibt also noch einen zweiten.«

Olivier lächelte Estelle zu, erfreut zu sehen, dass sie wieder ganz die Alte war und sich bereits wieder in die Lösung dieses neuen Rätsels vertieft hatte.

»Du siehst, wir haben keine Wahl, wir müssen weitermachen«, sagte er.

»Jetzt müssen wir nur noch den zweiten Zylinder finden und den ersten zurückholen …«

»Hast du eine Idee, wie wir das anstellen sollen?«

»Ehrlich gesagt, nicht die geringste.«

Die Kathedrale *Notre-Dame des Doms* war bekannt für ihre prächtigen Verzierungen, die den Prunk der ausgefeiltesten Barockkunst mit der Nüchternheit einer auf die romanische Kunst zurückgehenden Architektur miteinander verbanden. Vom *Rocher des Doms* aus überragte die Kathedrale den Vorplatz des Papstpalastes, und die vergoldete Statue der Jungfrau an der Spitze des Glockenturms segnete die Stadt mit einer mütterlichen Geste.

Mit einem Reiseführer in der Hand betrat ein Paar den heiligen Ort, und während der Mann sich ächzend auf eine der Bänke des Kirchenschiffs fallen ließ, ging die Frau durch die Kirche und machte Fotos.

In einer der Kapellen zog eine im Halbdunkeln glänzende Grabfigur aus schwarzem Marmor, deren Deckel nicht richtig verschlossen schien, ihre Aufmerksamkeit auf sich. Interessiert näherte sich die Touristin und entdeckte verblüfft, dass der Deckel in der Tat nur halb aufgesetzt war. Trotz ihrer Angst trat sie neugierig näher.

Was sie sah, entriss ihr einen so gellend lauten Schrei, dass ihr Mann mit den müden Beinen vor Schreck beinahe von der Bank gefallen wäre. Der Mann eilte zu seiner Frau, die entsetzt auf die Grabfigur zeigte.

»Da, im Grab!«

Dort lag ein vollkommen nackter junger Mann in Fötushaltung zusammengekauert. Es war Julien Esperanza, der den Schlaf des Gerechten schlief.

Nachdem der Notarzt gerufen worden war, ging alles sehr schnell, und Julien wurde in die Notaufnahme gebracht, wo Jean und sein Team sich um ihn kümmerten. Trotz ihrer Bemühungen gelang es ihnen jedoch nicht, den jungen Mann aufzuwecken.

Noch erstaunlicher war, dass durch keine der Untersuchungen, die sie durchführten, sein Zustand erklärt werden konnte, alle Ergebnisse waren völlig normal.

Als Estelle im Krankenhaus ankam, traf sie ihren Vater zutiefst verzweifelt an, weil er trotz seiner Kenntnisse und eines so renommierten Teams vollkommen machtlos war. Sein Sohn schlief, und er wusste nicht, wie er ihn aufwecken konnte!

Eine Welt brach für ihn zusammen. Selbst seine sanfte und zarte Sandra beschuldigte ihn, für Juliens Zustand verantwortlich zu sein. Das Ganze hatte sie so mitgenommen, dass man ihr ein Beruhigungsmittel hatte einflößen müssen.

Estelle zog Jean in den Park des Krankenhauses, um ihn zu zwingen, Juliens Krankenbett zu verlassen, wo er stundenlang die Hand seines Sohnes gehalten hatte.

Vater und Tochter umarmten sich lange.

»Ich weiß, dass du meine Mutter wiedergesehen hast«, flüsterte Estelle. »Sie hat es mir gesagt.«

Jean schluckte und lächelte schließlich schicksalsergeben.

»Sie hat mich mit einem Blick verzaubert. Ich kämpfe dagegen an, ich versuche, sie zu hassen, und das ist das Ergebnis.«

»Ich verurteile dich nicht. Aber ich will, dass du mich nicht mehr belügst. Nie mehr.«

»Du bist so stark, so entschlossen. Ich bin stolz auf dich, weißt du.«

Estelles zweifelnde Miene verriet bei ihr einen gewissen Mangel an Selbstvertrauen.

»Meine Mutter hat mir so sehr gefehlt. All die Jahre glaubte ich, sie sei für immer fort. Noch jetzt habe ich nur einen Wunsch: dass sie mich in die Arme nimmt wie damals, als ich ein kleines Mädchen war.«

Jean schüttelte den Kopf und wurde auf einmal ernst.

»Wir müssen uns von ihr fernhalten! Sie ist gefährlich, und sie wird sich nicht mehr ändern!«

Estelle nickte. Leider wusste sie, dass ihr Vater genau wie sie selbst Joyce gegenüber für immer verletzlich sein würden.

Renard trat ins Büro der Inspektoren, entschlossen, sich Blondeau vorzuknöpfen, der auf einem Stuhl saß und ihr den Rücken zuwandte. Sie ging direkt auf ihn zu, während sie eine Akte schwenkte.

»Nun zu uns beiden, mein Junge! Dein Schulterschmuck beeindruckt mich nicht im Geringsten, das kannst du mir glauben!«

Aber die Kommissarin erbleichte, als sie entdeckte, dass Blondeau ermordet worden war. Ein J-förmiger Dolch ragte aus seiner Brust.

Im Kommissariat brach Panik aus. Nach Trihn, der in Ausübung seines Berufs umgebracht worden war, hatte man nun Blondeau ermordet in einem Büro aufgefunden, ohne dass irgendjemand etwas bemerkt hätte. Da Blondeau als Bruder des Judas identifiziert worden war, hatte man ihn sicher umgebracht, um zu verhindern, dass in der restlichen Gemeinschaft Aufregung ausbrach. In dem Fall war er also von einem anderen Bruder des Judas ermordet worden … der auch ins Kommissariat eingeschleust worden war.

Renard hatte sich in ihr Büro geflüchtet, wo sie Olivier und Estelle gegenübersaß. Die Anwesenheit der jungen Frau ging ihr ganz offensichtlich gegen den Strich.

»Das ist Blondeaus Akte. Sein Leben und Werk während der fünf Jahre, die er bei uns verbracht hat. Fünf Jahre, können Sie sich das vorstellen? Ein wackerer Polizeibeamter ohne einen Schatten auf seinem Lebenslauf.«

Renard sprach ironisch weiter, während sie ihr Team durch die Lamellenvorhänge ihres Büros beobachtete.

»Ich habe bei der Dienstaufsichtsbehörde die Akten sämtlicher Mitarbeiter angefordert. Nichts, außer einem Kerl, der sich dabei hat erwischen lassen, wie er das Lager für Bürobedarf ausgeräumt hat. Alle clean! Dass ich nicht lache!«

»Jetzt werden Sie mal nicht paranoid«, sagte Estelle knirschend. »Mit ein wenig Glück hat höchstens die Hälfte Ihrer Männer ein schönes Zeichen auf dem Schulterblatt!«

»Ich sage Ihnen, ohne die Gewerkschaft würden die alle längst nackt an einer Mauer stehen!«

Renards Mischung aus Furcht und Wut verunsicherte Olivier. Bisher hatte die unbeeindruckte Bissigkeit und Schlagfertigkeit der Kommissarin ihm geholfen, eine gewisse Distanz zu den Brüdern des Judas zu bewahren, die sie als »durchgeknallte Typen« bezeichnete. Nun wusste sie, dass sie überall und zum Schlimmsten fähig waren.

Olivier sah Henri zwischen zwei Polizisten in Zivil vorbeigehen, die ihn auf Befehl von Renard in einen der Vernehmungsräume führten.

»Er muss auspacken, Commissaire, und uns sagen, was sie mit Julien gemacht haben. Die Ärzte können nichts für ihn tun.«

»Sprechen Sie von ›sie‹, weil Sie glauben, dass auch er …«

»Ein Bruder des Judas ist? Natürlich«, bekräftigte Olivier. »Vielleicht ist er sogar ihr Chef, die Person, die sie den Großen Kanzler nennen.«

»Den Großen Kanzler, na, wenn's weiter nichts ist! Sagen Sie mal, Ihre Typen da preschen ja ganz schön voran …«

»Ein Geheimbund, der sieben Jahrhunderte überdauert und ein solches Gewaltpotenzial hat, ist noch weiter vorgeprescht, als Sie sich vorstellen können.«

Zu keiner Zeit hatte Estelle versucht, Olivier zu widersprechen, was die Anschuldigungen betraf, die er gegen ihren Onkel erhob, denn sie wusste tief in ihrem Inneren, dass Henri etwas verbarg. Das Abenteuer zwischen Julien und Nadine, die Tatsache, dass die junge Frau schwanger wurde und Henri diese Schwangerschaft akzeptierte, konnten nur der sichtbare Teil eines sorgfältig gehüteten Geheimnisses sein.

»Ich würde gern mit ihm sprechen, Commissaire«, bat sie Renard, bereit, Henri die Stirn zu bieten und die Wahrheit aus ihm herauszupressen.

»Und ich würde gern meine Arbeit machen. Sie kümmern sich um die Päpste und ich mich um die Verbrecher, wenn Sie das nicht stört. Vor allem habe ich eine persönliche Rechnung mit Monsieur Esperanza zu begleichen …«

Henri sah müde aus und blickte wie ein in die Enge getriebener Angeklagter dumpf vor sich hin. Bedrängt zuckte er zusammen, als Renard, wütend wie nie zuvor, die Tür aufriss.

»Was haben Sie mit Julien Esperanza getan? Worunter leidet er?«

»Haben Sie ihn gefunden?«

»Warum, hätten wir das nicht sollen?«

Henri verdrehte die Augen.

»Wissen Sie, was das ist, Monsieur Esperanza?«

Renard schob ihm ein Blatt Papier hin, worauf er die Unterschrift seiner Frau erkannte.

»Dies ist ein Vernehmungsprotokoll«, fuhr die Kommissarin fort. »Ihre Frau hat ihre Zeugenaussage widerrufen, in der sie Ihnen für den Zeitpunkt des Mordes an meinem Kollegen, Lieutenant Trihn, ein Alibi verschaffte.«

Henri hatte große Mühe, gelassen zu bleiben. Er musste Zeit gewinnen, so viel Zeit wie möglich. Dies war im Moment der einzige Ausweg, der ihm noch blieb.

»Ich muss Sie bitten, mir Ihr rechtes Schulterblatt zu zeigen, Monsieur Esperanza.«

»Sobald Sie eine Anordnung des Richters haben, mache ich das mit Vergnügen.«

»Das Rechtshilfeersuchen muss gleich da sein.«

Henri nickte und fand sogar die Kraft, überheblich das Gesicht zu verziehen.

Im Gutshaus hatte Odette soeben erfahren, dass Henri im Mordfall Trihn verhaftet worden war. Renard hatte sogar dafür gesorgt, dass die alte Dame vom Auslöser dieser raschen Entwicklung, das heißt Nadines Geständnis, unterrichtet worden war. Die Kommissarin war entschlossen, diesem Ameisenhaufen einen heftigen Fußtritt zu verpassen und zu sehen, was dabei herauskam.

Die Wirkung ließ nicht auf sich warten. Kaum hatte Odette das Gespräch mit der Polizei beendet, stürzte sie sich wutentbrannt auf die Terrasse, wo ihre Schwiegertochter friedlich zu Abend aß.

»Dir verdirbt nichts den Appetit! Wie konntest du gegen deinen Mann aussagen, nach all dem, was er für dich getan hat?«

Unverschämt sah die junge Frau nicht einmal auf und speiste seelenruhig weiter.

»Er bekommt nur, was er verdient, nicht mehr und nicht weniger.«

»Du hast ihn fein ausgenutzt. Er hat dir alles gegeben, und du hast ihn verraten! Die Familie ist heilig. Respektierst du denn gar nichts?«

»Also bitte! Jemand, der sein Vermögen auf Geld begründet, das er Juden während des Kriegs gestohlen hat, braucht mir nicht mit Moral zu kommen!«

Bei diesen Worten beruhigte sich Odette auf der Stelle.

Zum ersten Mal sprach jemand anderes als Henri sie auf dieses schmerzhafte Thema an.

»Sag das nicht. Ich habe mir nie etwas aus Geld gemacht. Nicht Reichtum wollte ich, sondern ein anständiges Leben.«

»Also, wenn man das Gutshaus ansieht, das ist mehr als anständig!«

»Aber ich hab' dieses Gutshaus nie gemocht! Henri war es, der es gekauft hat. Er wollte mir das Haus schenken, in dem ich früher Dienstmädchen war.«

Nadine verdrehte die Augen und schob ihren Teller mit zur Schau getragenem Ekel zur Seite.

»Sie schämen sich wirklich für nichts!«

Odette stand mit dem Rücken zum Haus und sah daher Sandra nicht, die in der Terrassentür stand, geschockt von dem, was sie soeben gehört hatte. Nadine hütete sich, auf Sandras Anwesenheit aufmerksam zu machen, und zog es vor, Odette in die Enge zu treiben.

»Ich untersage dir, so etwas zu behaupten! Ich habe das Geld der Rosenthals und der Kesslers nicht gestohlen! Es war nicht für mich gedacht, es war für mein Kind, das ich in mir trug, als Augustin starb! Ich habe im Krieg alles verloren: meine Eltern, meinen Verlobten und sogar meine Arbeitgeber!«

»Wie konnten Sie das tun?«

»Ich war allein mit einem Kind im Bauch, und jeder kehrte mir, einer unverheirateten Mutter, den Rücken zu. Wenn du wüsstest, was ich mir alles anhören musste …«

Nadines Gesicht drückte nun tiefe Traurigkeit aus. Sie legte eine schützende Hand auf ihren Bauch.

»Zählen Sie nicht auf mein Verständnis. Was Sie getan haben, ist unverzeihlich.«

Überrascht vom brutalen Stimmungswechsel ihrer Schwiegertochter, folgte Odette deren Blick und entdeckte mit Schrecken Sandra. Sandra, die vom Geständnis der Frau, die sie immer als ihre Großmutter des Herzens betrachtet hatte, wie von einem Peitschenhieb getroffen worden war.

Ehe Odette auch nur eine Geste in ihre Richtung machen konnte, wandte Sandra sich um und verschwand im Haus, während Nadine belustigt zusah, wie ein bösartiges Kind, das einen schönen Streich ausgeheckt hatte.

»Wusstest du, dass sie da war? Oh ja, du hast sie kommen sehen! Du bist ein Ungeheuer!«, schrie Odette.

Nadine lächelte sie an, nahm wieder ihr Besteck und aß weiter, als wäre nichts geschehen.

»Vertauschen Sie nicht die Rollen. Bewahren Sie doch wenigstens ein bisschen Würde …«

Julien schlief noch immer tief und fest. Jean war in einem Sessel eingenickt, während er ihm die Hand hielt. Als Sandra eintrat und die beiden so friedlich schlafen sah, empfand sie einen Anflug von Hoffnung und hätte gern in den Armen ihres Mannes Zuflucht gesucht.

Von Sandras Eintreten geweckt, schreckte Jean auf und erblickte seine Frau, die vollkommen verwirrt aussah. Er wollte aufstehen, aber sie bedeutete ihm, sitzen zu bleiben. Sie wollte sich ihrem Mann nicht anvertrauen. Sie wollte nicht mehr hoffen, dass er sie verstand, dass er sie liebte, wie sie es sich gewünscht hätte.

»Willst du eine Runde drehen? Ich glaube, dass wir uns ein bisschen unterhalten sollten«, schlug er vor.

Sandra gab sich alle Mühe, nichts von der Trauer zu zeigen, die sie empfand, und schüttelte schließlich den Kopf.

»Es ist zu spät.«

Jean schluckte, aber er fasste sich sogleich wieder und zog es vor, die Zweideutigkeit von Sandras Antwort zu ignorieren. Er lehnte sich in seinen Sessel zurück und zwang sich, den Schein zu wahren.

»Du hast recht, morgen sehen wir weiter. Fahr nach Hause, ruh dich aus, das brauchst du. Ich rufe dich an, wenn etwas sein sollte ...«

Sie blickten sich lange an. Dann ging Sandra, allein.

An Sylvain Epsteins Schulter fand Sandra wie selbstverständlich den Trost, den sie benötigte. Trotz der späten Stunde hatte er auf ihren Anruf reagiert und war zu ihr nach Hause gekommen, in dieses große, leere Haus, in dem die Abwesenheit der anderen Mitglieder einer auseinanderbrechenden Familie widerhallte.

»Es muss schlimm für Sie gewesen sein, von Odettes Verrat zu erfahren. Ich wäre gern da gewesen, um Sie zu unterstützen.«

»Das tun Sie, seit wir uns kennen. Und ich danke Ihnen dafür.«

Sylvain errötete wie ein Kind, das auf frischer Tat ertappt wurde.

»Das ist egoistisch von mir.«

In der Hoffnung, dass Sandras Schweigen nichts anderes war als eine Ermutigung zu dem Geständnis, das er ihr seit langem machen wollte, entschied er, sich ins kalte Wasser zu werfen.

»Sie wissen es, ich weiß, dass Sie es wissen, aber ich muss es Ihnen sagen: Ich liebe Sie, Sandra. Ich glaubte, mich in die Virtuosin verliebt zu haben, aber die Frau, die ich entdeckt habe, hat mich endgültig erobert.«

Sandra nickte, ohne zu wagen, ihm in die Augen zu sehen. Langsam mischte sich ein schwaches Lächeln unter die Tränen, die nicht aufgehört hatten zu fließen, seit sie endlich ihre mütterlichen Schmerzen und Ängste mit jemandem teilen konnte.

Dann drehte sie sich zu Sylvain um und legte sanft die Hand auf seine Wange, ehe sie ihn zart auf die Lippen küsste. Der Mann genoss diesen Kuss mit unverhohlenem Glück.

»Ich werde nicht von Ihnen verlangen, auf mich zu warten, Sylvain, aber ich weiß, dass wir uns wiedersehen werden.«

Dann verschwand Sandra im Haus und ließ Epstein zurück, den diese Antwort natürlich enttäuschte, wenngleich er sie von vornherein erwartet hatte.

Im Kommissariat untersuchte Olivier wieder und wieder Blondeaus Habseligkeiten, die man bei der Durchsuchung von dessen Wohnung sichergestellt hatte.

»Nichts, es ist nichts in diesem Haufen! Verdammt, und er ist der einzige Bruder des Judas, den wir kennen …«

»Außer meiner Mutter«, sagte Estelle bitter, während sie im Zimmer auf und ab lief und sich unheimliche Sorgen um Julien machte.

»Sein Wagen!«, rief Olivier und hielt einen Schlüsselbund hoch. »Keiner hat an seinen Wagen gedacht!«

Ein paar Minuten später waren sie dabei, jeden Millimeter eines wendigen Kleinwagens abzusuchen.

Olivier saß auf dem Fahrersitz und entdeckte in der Tür und im Handschuhfach nichts außer Bonbonpapier. Ein Gefühl der Machtlosigkeit und der Ungerechtigkeit überkam ihn.

»Schau dir das mal an. Bonbons! Wie ein kleiner Junge! Er war ja auch nur ein kleiner Junge …«

»Olivier, komm mal her!«

Estelle hatte den Kofferraum unter die Lupe genommen und unter dem Reservereifen zwei Dolche mit dem gotischen J entdeckt, die sie auf den ersten Blick erkannten.

»Für sie ist das Leben keinen Pfifferling wert, nur die Suche zählt. Sie haben diesen jungen Kerl ausgenutzt, und heute weint ihm schon niemand mehr eine Träne nach.«

»Wie hast du es geschafft, einer von ihnen zu werden?«

Oliviers Gesichtszüge verhärteten sich, und er antwortete kurz angebunden.

»Ich bin nicht einer von ihnen geworden, ich habe nur meine Arbeit als Polizist gemacht!«

»Entschuldige. Meine Frage war ungeschickt.«

»Nein, ich muss mich entschuldigen. Ich verstehe, dass du sie stellst. Ich konnte mich ihnen nähern, weil wir über die Informationen verfügten, die Lothaire gesammelt hatte, der Polizist, den sie … von dem wir die Hände gefunden haben. Ich wusste, welches Profil sie interessierte.«

Aber der Augenblick war ungünstig gewählt für eine detaillierte Erzählung dieser erschütternden Erfahrung. Jetzt kam es darauf an, dass sie weitere Anhaltspunkte fanden, die auf das Vorgehen der Bruderschaft hinwiesen.

Olivier hatte schon beinahe jegliche Hoffnung aufgegeben, im Wagen des jungen Polizisten noch irgendetwas aufzustöbern, da entdeckte er zwischen dem Beifahrersitz und der Gurthalterung einen Gegenstand.

»Ich glaube, ich hab' was gefunden.«

Er hielt einen Bierdeckel hoch, auf den einige rätselhafte Zahlen gekritzelt waren.

»Das sind GPS-Koordinaten. Bestimmt die codierte Adresse eines ihrer Verstecke. Die lassen sie einem bei Gelegenheit im Alltag zukommen: auf einem Bierdeckel wie hier, auf der Rückseite eines Kassenzettels … Einmal habe ich sogar eine in meiner Jackentasche gefunden.«

»Und ihr wisst weder, wer sie euch gibt, noch, wie?«

»Auf diese Weise geben sie dir zu verstehen, dass du unter ständiger Beobachtung stehst.«

Diese Feststellung ließ Estelle einen Schauer über den Rücken laufen. Die Brüder des Judas waren also überall, kauerten versteckt im Schatten. Auf der Lauer.

»Ziemlich wirkungsvolle Methode.«

Sie umarmte Olivier, als sie sein Unbehagen angesichts der Erwähnung all dieser Erinnerungen spürte.

»Du siehst, all die Wochen, die du bei ihnen verbracht hast, haben doch etwas gebracht«, munterte sie ihn auf.

Olivier nickte und küsste sie rasch auf die Lippen, ehe er sein Blackberry hervorholte und das GPS einschaltete.

Kurz darauf erschien auf dem Bildschirm des Minicomputers eine Karte der Region, auf der ein blinkendes Kreuz die gesuchte Stelle anzeigte.

»Am *Moulin de la Vierge*, einer Mühle, die früher Nostradamus gehörte.«

Estelle zuckte zusammen, als sie diesen Namen hörte. Schon wieder Nostradamus.

»Ich glaube nicht an Zufälle«, sagte sie. »Und du ja auch nicht.«

Olivier bestätigte ihr dies mit einem Blick. Sie wussten jetzt, dass nichts auf Zufall beruhte und dass dieser mit Geschichte erfüllte Ort seit Jahrhunderten auf sie wartete.

Der *Petit Palais* war einer der angesagtesten Nachtclubs von Avignon. Eine lockere Atmosphäre, eine sehr gemischte Klientel von jungen Menschen, Männern und Frauen, hetero oder schwul. Alle kamen dorthin, um zu den aktuellsten Dance-Hits abzutanzen.

An diesem Abend war Mehdi froh, dass er es geschafft hatte, Gil »zum Abspannen«, wie er es nannte, überreden zu können. Er hatte Elsa in ihrem eigenen Spiel als nettes, gutwilliges Mädchen, das stets bereit ist zu helfen, ausgetrickst und sie unschuldig gebeten, die Abendschicht im *Mule* zu übernehmen. Er musste lachen, als er an das Gesicht dachte, das sie gemacht hatte, als sie Gil und ihn Hand in Hand hatte weggehen sehen, wissend, dass sie einen angeregten Abend verbringen würden.

Gil war zunächst ein wenig zurückhaltend gewesen, aber sobald sie angekommen waren, gab er zu, von der Idee seines Freundes begeistert zu sein: Endlich würde er einmal loslassen können, und es tat ihm gut, einmal ein Glas bestellen zu können, anstatt es zu servieren. Mehdi begann, ihn auf den Hals zu küssen und sich im Takt zu der mitreißenden Musik zu bewegen. Er tanzte für sein Leben gern und hätte sein Hobby vor einigen Jahren fast zum Beruf gemacht.

»Du wirst sehen, das wird uns guttun! Wir lassen die Sau raus. Wie früher.«

»Das ist zwar nicht die einsame Insel, von der ich gerade träume, aber immerhin schon mal ein Anfang«, sagte Gil lächelnd, ehe er seinen Kuss erwiderte.

»Wahnsinn! Super, dass ihr da seid, ich glaub's ja nicht! Bei all dem, was ihr im Moment durchmacht, die Dramen im *Mule* und so …«

Das war Bertrand, ein alter Freund von Gil, dem es gelungen war, sich durch die Menge zu zwängen, um mit ihnen anzustoßen.

»Heute Abend vergessen wir das!«, rief Mehdi. »Komm, Bertrand, ich vertraue ihn dir an. Bleib hier, Schatz, ich habe eine Überraschung für dich. Du bewegst dich nicht von der Stelle, okay?«

Gil blickte Mehdi nach, während Bertrand ihm ein Glas hinhielt, das eine recht erstaunliche türkisfarbene Mischung enthielt.

»Hier, trink das. Du wirst sehen, das ist der Hammer! Schau, alle sind da! Und was sagst du zu meinem Kerl?«

Gil drehte sich um und erblickte einen sehr gutaussehenden, athletischen jungen Typen, der ein enganliegendes, ärmelloses Muscle-Shirt trug, unter dem zwei auf den Rücken tätowierte Flügel hervorschauten. Er lächelte Bertrand und Gil zu.

»Angel, der neue Mann meines Lebens.«

»Ziemlich umwerfend, muss ich zugeben.«

»Und dabei hast du noch nichts gesehen! Er hat Tätowierungen … Irre!«

Bertrand zwinkerte Angel keck zu, der daraufhin sein Muscle-Shirt auszog. Auf seiner Brust war in gotischen Buchstaben »Angel« tätowiert. Gil durfte auch die Flügel, die er auf dem Rücken trug, in ihrer Gesamtheit bewundern … ohne in der Zeichnung das gotische J zu erkennen, das in sein rechtes Schulterblatt eingebrannt war.

Plötzlich wurde die Musik lauter, und die Tänzer wichen zur Seite, um Mehdi Platz zu machen, der eine weiße Hose und ein weißes, ärmelloses Shirt trug, die seine dunkle Haut betonten. Der junge Mann begann ein Solo, und die Tanzfläche tobte.

Bei seiner Choreographie vergaß Mehdi nicht, um Gil herumzutanzen und sich an ihm zu reiben, wobei er ihm sein unwiderstehlichstes Lächeln schenkte. Er wusste, dass sein Freund ihn gern tanzen sah, und diese halb improvisierte Vorstellung war im Wesentlichen dazu gedacht, ihn zu unterhalten und ihn ihren momentanen Alltag vergessen zu lassen.

Während die Menge Mehdi frenetisch zuklatschte, sah Gil plötzlich, wie sein Lebensgefährte erstarrte. Er folgte dessen Blick und sah einige Meter hinter sich Angel, der die Augen auf Mehdi gerichtet hatte und einen J-förmigen Dolch in der Hand hielt, den er gerade in Richtung des Tänzers losschleuderte.

»Neeeiiiin! Mehdi, pass auf!«

Gil warf sich nach vorn, und ohne zu begreifen, was geschah, spürte er, wie der mit voller Kraft geschleuderte Dolch sich ihm in die Brust bohrte. Der Aufprall war wuchtig, aber erst der metallische Blutgeschmack in seinem Mund ließ ihn verstehen, was geschehen war.

Einen Augenblick später lag Gil am Boden. Er spürte, wie das Leben sich davonmachte, und suchte mit den Augen verzweifelt Mehdi. Dieser war losgestürzt, um Hilfe zu holen, und hatte gebrüllt, dass man den Notarzt rufen sollte. Ein junger Assistenzarzt bahnte sich mühsam einen Weg durch die Massen, um Erste Hilfe zu leisten. Aber es war bereits zu spät: Das Blut, das aus der Wunde strömte, und Gils glasiger Blick ließen ihn begreifen, dass er nichts mehr tun konnte, außer Mehdi vom Mann seines Lebens Abschied nehmen zu lassen.

An der Art und Weise, wie der junge Assistenzarzt zurückwich, begriff Mehdi die Lage. Er näherte sich ruhig seinem Geliebten und begann, diesem sanft über das Haar zu streichen. Gil fand endlich Mehdis Augen und drückte dessen Hand, so fest er noch konnte.

»Keine Sorge, ich bin da. Beweg dich nicht, das wird schon …«, flüsterte Mehdi.

Da erschien Nadège, die Gil stumm danke sagte. Er hatte seine Mission erfüllt und Mehdi das Leben gerettet. Er hatte sie in ihrer Rolle als Hüterin des Nachkommens von Ritter Saladin ersetzt.

»Hab keine Angst, Gil. Alles ist gut jetzt«, hauchte Nadège und verschwand, endlich befreit von ihrer Aufgabe.

Mehdi, der diesen Austausch nicht mitbekommen hatte, drückte Gil noch immer an sich. Gils letzte Worte und sein letztes Lächeln richteten sich an ihn, der die Liebe seines Lebens gewesen war. Er hatte nicht gezögert, sein Leben für ihn zu opfern.

»Mein Ritter. Ich liebe dich …«

Gil schloss die Augen, und sein Kopf fiel gegen Mehdis Brust, der die Fassung nicht länger wahren konnte und in Tränen ausbrach.

»Gil! Nein, lass mich nicht allein. Gil … Warum? Warum du? Du solltest doch nicht sterben! Diese Schweinehunde!«

Die Musik war verstummt, und das rhythmische Leuchten der Disco-Scheinwerfer war von den Blaulichtern der Streifenwagen ersetzt worden, die vor den Türen des *Petit Palais* geparkt hatten.

Die noch unter Schock stehenden Gäste beantworteten die Fragen von Renards Männern, während die Kommissarin Mehdi vernahm, dessen weiße Kleidung mit dem Blut seines Partners befleckt war. Die Trauer ließ seine feinen Züge besonders zur Geltung kommen und ihn tragisch schön erscheinen.

»Lassen Sie mich durch, ich bin seine Frau! Wo ist er? Gil, antworte, Gil!«

Vom Schmerz überwältigt stieß Elsa alle zur Seite, die ihr im Weg standen. Sie erblickte Mehdi und stürzte auf ihn zu. Als der junge Mann sie empfing, hatte er schon alle Tränen vergossen.

»Komm her, man kann nichts mehr für ihn tun. Elsa …«

Mehdi wollte sie an sich drücken, doch sie stieß ihn mit unglaublicher Wucht zurück und warf ihm einen hasserfüllten Blick zu, bereit, ihm an die Gurgel zu gehen.

»Das ist deine Schuld! Du hast ihn hierher mitgeschleppt! Er war müde und wollte nicht mit! Du bist verantwortlich für das, was geschehen ist! Du solltest an seiner Stelle daliegen!«

Leichenblass steckte Mehdi die Anschuldigungen ein, während eine Polizistin sich um Elsa kümmerte. Diese schlug um sich und war unfähig, sich zu beruhigen.

»Du hast ihn umgebracht, du bist es, der ihn umgebracht hat …«

Die Trauer des jungen Mannes berührte Renard, und sie näherte sich linkisch.

»Die gute Frau ist übergeschnappt, Sie können gar nichts dafür.«

»Ich weiß nicht«, sagte Mehdi tonlos. »Ich weiß gar nichts mehr …«

Ein paar Stunden später kam Mehdi zurück ins *Mule du Pape* und setzte sich seinem Vater gegenüber, der gerade frühstückte. Müdigkeit und Verzweiflung zeichneten nun sein Gesicht derart, dass er dem Ritter Saladin auf der Medaille, die ihm Dona Flores gegeben hatte, auffallend ähnlich sah.

Hassan bemerkte traurig, dass Mehdi und der Ritter inzwischen denselben ernsten Gesichtsausdruck hatten. Es war Zeit für den jungen Mann, die Wahrheit zu erfahren.

»Erzähl mir alles, was du weißt … alles.«

Von Zärtlichkeit überwältigt nahm Hassan seine Hand. Er hatte diesen Moment so sehr herbeigesehnt. Wieso musste es unter solch grausamen Umständen geschehen?

Das *Moulin de la Vierge* war ein dem Mistral ausgesetztes Feld am Hang eines Hügels. Von der eigentlichen Mühle blieben nur einige Überreste in Form jahrhundertealter kleiner Trockensteinmäuerchen. Noch heute versuchte der Mensch, sich die Kräfte des Windgottes anzueignen, und hatte etwa ein Dutzend über zwanzig Meter hohe Windräder errichtet.

Gebannt stand Estelle am Fuße eines der Windräder, deren Blätter ein Brummen von sich gaben, das man bis unten ins Tal hörte, und wartete darauf, dass Olivier, der auf Erkundungstour losgezogen war, zurückkam.

Endlich tauchte Olivier neben ihr auf, aber zog sie sogleich neben sich auf den Boden, wobei er auf drei unheimliche Gestalten zeigte, die auf sie zukamen und auf einmal blitzartig verschwanden, als wären sie vom Erdboden verschluckt worden. Ein Versteck?

Estelle und Olivier näherten sich vorsichtig und sahen einen mit Zement verkleideten Schacht, der mit einem Metallgitter verschlossen war. Ein Wachposten stand am Eingang.

Olivier bedeutete Estelle, dass sie auf ihn warten und sich nicht von der Stelle rühren sollte, woraufhin er sie zurückließ, um ein paar Meter weiter hinter dem Wachposten wieder aufzutauchen, den er niederschlug. Estelle kam zu ihm, während er den Mann mit einem Plastikband fesselte.

»Gib mir dein Kopftuch, wir müssen ihn knebeln.«

Sobald der Wächter außer Gefecht gesetzt war, näherten sie sich dem Metallgitter und öffneten es.

»Ich werde dich gar nicht erst bitten, hier auf mich zu warten …«

Zur Antwort lächelte Estelle ihm verschwörerisch zu, und Olivier vergewisserte sich, dass der Schacht auf den ersten Metern verlassen war, ehe er ihr das Zeichen gab, ihm zu folgen.

»Dann los. Jetzt!«

Unten angelangt entdeckten sie Gänge, deren Inschriften und Graffiti an den Wänden aus rohem Beton sofort Oliviers Ahnungen bestätigten.

»Das ist zweifellos einer der amerikanischen Militärstützpunkte, die in den sechziger Jahren aufgegeben wurden, als Frankreich aus der Nato austrat.«

»Wir sind also durch einen Lüftungsschacht heruntergekommen?«

Olivier nickte, während sie sich auf Zehenspitzen in einen der Gänge vorwagten. Auf einmal unterdrückte Estelle einen Schrei: Ein riesiges gotisches J prangte vor ihnen an der Wand.

»Bleib hinter mir in Deckung.«

Olivier stieß eine Tür auf, die sich auf etwas öffnete, das wie ein Verlies aussah. Diesmal war er es, der einen Schrei unterdrücken musste, als er in einer Ecke des Raumes den verwesten Körper eines Opfers entdeckte, dem man die Hände abgehackt hatte.

»Das ist Lothaire. Solche Dreckskerle! Sie haben ihn als Jagdtrophäe hierbehalten!«

Estelle wartete im Gang auf ihn, während Olivier einige Augenblicke vor der Leiche stehenblieb, um des verstorbenen Kollegen zu gedenken.

»Geht's?«

Olivier blieb keine Zeit für eine Antwort: Das Geräusch von sich nähernden Schritten zwang sie, sich rasch zu verbergen.

»Schnell, sie kommen!«

»Es gibt keinen Ausweg!«

»Doch, leider.«

Olivier öffnete die Tür zum Verlies. Entsetzt folgte Estelle ihm in den engen Raum.

»Schau nicht hin.«

Kurz darauf konnten sie wieder hervorkommen, nachdem sie knapp den Kontrollgang von zwei Brüdern des Judas in schwarzem Drillich hatten vermeiden können.

Olivier und Estelle setzten ihre Suche fort und gelangten schließlich in einen großen Raum, dessen Boden aus Beton war. Dort war vor einer Art Podest ein weiteres gotisches J direkt auf den Beton gemalt worden. Es handelte sich offensichtlich um einen Zeremonienraum.

»Schau mal, da!«

Olivier zeigte mit dem Finger auf einen durchsichtigen Schrein aus Plexiglas, der hinter einem Altar stand. Darin stand der Goldzylinder, den die Brüder ihnen im Palast abgenommen hatten, und wurde von einem geheimnisvollen, schwachen Licht beleuchtet.

Estelle trat heran und musterte ihn lange durch das Glas. Als sie das Geräusch herannahender Schritte vernahm, zögerte sie keine Sekunde und ging das Risiko ein, einen Alarm auszulösen, indem sie den Schrein öffnete.

»Wir haben keine Wahl, wir müssen ihn wieder an uns bringen!«

Kaum hatte sie den Zylinder aus seiner gläsernen Verpackung gehoben, als bereits die ersten Schüsse fielen, abgefeuert von den Brüdern des Judas, die ihre Anwesenheit bemerkt hatten.

Während er die Schüsse erwiderte, zog Olivier Estelle mit zum zweiten Ausgang des Raumes.

»Schnell, komm, folge mir hier entlang … Estelle? Estelle, bleib bei mir, bitte! Estelle!«

Sie konnte ihm nicht mehr folgen. Sie war in seinen Armen zusammengebrochen, und ein Blutfleck breitete sich auf ihrer Bluse aus.

Im Kommissariat legte die nach einer schlaflosen Nacht erschöpfte Renard entnervt ihr Handy beiseite. Seit Stunden hatte sie keine Nachricht mehr von Royal. Und bei all dem, was sich im Moment abspielte, ahnte sie, dass es nicht nur daran lag, dass sein Akku leer war.

Beunruhigt ging sie in den Raum zurück, in dem Henri wartete, der nach seiner Nacht in der Zelle und den stundenlangen Vernehmungen, die er über sich hatte ergehen lassen müssen, todmüde war.

»Nun, weiter geht's. Ich höre.«

»Ich sag' es Ihnen zum letzten Mal: Ich habe einen Dolch aus meiner Sammlung benutzt, um den Verdacht von mir abzulenken. Aber ich schwöre Ihnen, ich wollte Ihren Lieutenant nicht töten, ich wollte ihm nur drohen und … Es war ein Unfall. Ich habe ihn gestoßen, und er ist auf meinen Schreibtisch gefallen und hat sich das Genick gebrochen.«

Renard nickte mit zusammengepressten Zähnen und musste sich zurückhalten, um ihn nicht am Kragen zu packen und zu ohrfeigen.

»Aber Sie bleiben bei Ihrer Behauptung, Sie wüssten nicht, was mit Julien Esperanza passiert ist?«

Henri schüttelte den Kopf.

»Geben Sie zu, Lieutenant Trihn getötet zu haben, weil er die Herkunft Ihres Vermögens entdeckt hatte? Den Raub des Eigentums derjenigen Juden, deren Kinder Ihre Mutter gerettet hat?«

»Das ist falsch, ich untersage Ihnen, das zu behaupten! Lassen Sie meine Mutter da raus!«

»Aufs Neue ist es Ihre Frau, die sie beschuldigt. Sie ist heute Morgen aus freien Stücken gekommen, um eine Aussage zu machen.«

Diese letzten Worte brachten Henri völlig aus der Fassung.

»Warum, aber warum? Sie lügt, ich verstehe das nicht …«

»Das können Sie alles dem Untersuchungsrichter erzählen, ich habe keine Lust, Sie noch eine Minute länger in meinem Büro zu sehen! Hopp, bringen Sie ihn weg!«

Renard verließ den Raum, während der uniformierte Beamte, der der Vernehmung beigewohnt hatte, Henri Handschellen anlegte.

Im Flur des Kommissariats stieß Henri auf Nadine, die gerade Villers' Büro verließ. Als sie ihren Mann erblickte, wurde sie hysterisch und stürzte sich auf ihn.

»Verdammter Mistkerl! Du bist noch verdorbener, als ich dachte!«

Kurz schien Henri vollkommen verloren, dann rannte er zur allgemeinen Verblüffung auf das Gangfenster zu und warf sich mit aller Kraft dagegen.

»Vorsicht, Villers!«, brüllte Renard, die Henri die Scheibe durchbrechen sah, wobei die Glassplitter zu allen Seiten hin flogen, ehe er aus ihrem Blickfeld verschwand.

Henri krachte drei Stockwerke tiefer schwer auf den Boden. Mit zertrümmertem Schädel war er sofort tot.

Der Leichnam war bereits von einer Blutlache umgeben. Renard zögerte nicht und zerriss Henris Hemd, um dessen rechtes Schulterblatt zu enthüllen … auf dem kein gotisches J zu sehen war.

Die Kommissarin erstarrte. Sie verstand die Welt nicht mehr. Je mehr sie den Eindruck hatte, Fortschritte zu machen, desto mehr verlor sie jegliche Anhaltspunkte.

»Wo ist Royal, verdammt noch mal!«

Olivier hatte in einem der vielen Seitengänge des ehemaligen Stützpunkts Zuflucht gefunden und versuchte erfolglos, Estelle wiederzubeleben. Die junge Frau blieb bewusstlos, und ihre Wunde am Arm blutete noch immer stark.

»Estelle! Sprich mit mir! Estelle, bitte, meine Liebste …«

Er drückte die junge Frau an sich, als sie plötzlich mühsam die Augen öffnete und vor Schmerz aufstöhnte.

»Das tut so weh …«

Erleichtert nahm Olivier sie in die Arme. Sie mussten unbedingt fort von hier, er würde sie tragen. Kurz darauf ertönte eine schrille Sirene, die ihnen fast das Trommelfell platzen und Royal bei seiner Suche nach einem Fluchtweg die Orientierung verlieren ließ.

Männer in Drillichen tauchten aus einem anderen Gang auf und zwangen Olivier, noch schneller zu laufen.

Trotz seiner Anstrengungen kamen die Männer in khakifarbenen Uniformen immer näher und waren kurz davor, sie einzuholen, als am Ende eines Ganges, der in einen großen, verlassenen Raum mündete, auf einmal alles still wurde. Keine Sirene mehr, keine Geräusche, keine Schreie. Estelle bemerkte es und zuckte zusammen.

»Der Zylinder, Olivier. Schau den Zylinder an …«

Olivier hielt an und setzte die junge Frau ab, die in der Aufregung wieder zu sich gekommen war und ein wenig Kraft gesammelt hatte. Da sah er, dass die Goldröhre, die Estelle in der Hand hielt, von innen heraus in einem hellen Licht pulsierte. Beide betrachteten sie wie hypnotisiert. Während eines kurzen Augenblicks überkam sie ein unbeschreibliches Gefühl von Frieden.

Aber die Pause war nur von kurzer Dauer. Die Sirene ertönte erneut, noch einschüchternder. Die Brüder des Judas versuchten nun, die Tür einzutreten, die Olivier hinter ihnen geschlossen hatte. Der junge Mann packte den Zylinder, und Estelle und er eilten, so schnell es ging, in Richtung Ausgang. Als sie endlich am unteren Ende der Leiter anlangten, über die sie vorher herabgestiegen waren, half Olivier seiner Gefährtin, sich an den ersten Stufen festzuhalten.

»Wirst du es schaffen?«

Estelle lächelte ihm tapfer zu und begann, trotz ihrer Schmerzen, mit Hilfe ihres gesunden Arms die Leiter hochzuklettern.

Nach wenigen Minuten, die ihr wie Stunden erschienen, gelang es ihr endlich, sich aus dem Lüftungsschacht ins Freie zu hieven. Am Ende ihrer Kräfte sank sie zu Boden und rollte einige Meter zur Seite. Der Schmerz in ihrem Arm war fast unerträglich geworden, so sehr hatte sich die junge Frau anstrengen müssen, um die Stufen der Leiter zu bezwingen.

Olivier wollte gerade die Wunde genauer untersuchen, als er erstarrte: Der Mann, den er außer Gefecht gesetzt hatte, bevor sie in den Stützpunkt gestiegen waren, war verschwunden.

Es blieb ihm keine Zeit, Estelle zu warnen, da tauchte auch schon ein Hubschrauber zwischen zwei Windrädern auf und kam ihrem Zufluchtsort gefährlich nahe.

Das schwere Insekt verharrte nur wenige Meter über ihren Köpfen und eröffnete ohne die geringste Vorwarnung das Feuer auf sie.

X

Um Olivier und Estelle schlugen Kugelsalven aus automatischen Waffen im Boden ein. Die beiden nutzten eine Feuerpause, um zu den Ruinen der Mühle von Nostradamus zu laufen, in der Hoffnung, dort Deckung zu finden.

Ihre Schonfrist war nur von kurzer Dauer, bis der Hubschrauber einen großen Bogen um die Windräder beschrieben hatte und das Paar erneut ins Visier nahm. In diesem Augenblick glaubte Olivier, alles sei zu Ende. Er sah keinen Ausweg mehr: Brüder des Judas schlüpften aus dem Lüftungsschacht, der zum Stützpunkt führte, und schnitten ihnen den Rückweg ab.

Plötzlich erschien wie aus dem Nichts ein Wagen und hielt neben ihnen.

»Steigen Sie ein, schnell!«

Es war Renard, die sofort wieder losfuhr, als die beiden in den Wagen gesprungen waren. Die Kommissarin fuhr Slalom, um den Schüssen auszuweichen, aber bald schon kamen weitere Polizeiwagen zu Hilfe. Der Hubschrauber schien kurz in der Luft stehenzubleiben, ehe er hinter dem Hügel verschwand.

Die Streifenwagen hielten in der Nähe des Stützpunkts. Renard trat lächelnd zu Olivier.

»Ich hatte eine Wanze an Ihrem Motorrad angebracht,

für den Fall, dass Sie mal plötzlich verschwinden. Sie sind mir doch nicht böse?«

»Ganz im Gegenteil, deswegen habe ich sie ja drangelassen, als ich sie gefunden habe.«

Renard konnte nicht umhin, sich zu ärgern.

»Bei einem Dankeschön würde Ihnen ein Zacken aus der Krone fallen, oder was?«

»Danke, Commissaire. Ohne Sie ...«

Sie schnitt ihm scharf das Wort ab.

»Ja, schön, kein Grund, gleich sentimental zu werden. Also, was haben Sie in diesem unterirdischen Stützpunkt gefunden?«

»Den verwesten Leichnam von Guillaume Lothaire, dem Polizisten, der vor mir in die Bruderschaft des Judas eingeschleust worden war ...«

Renard lächelte melancholisch.

»Endlich bekommt er seine Hände zurück. Das hätte Trihn gefreut ...«

»Dieser Stützpunkt ist ein weiterer Beweis ihrer Macht. Man besetzt einen alten Nato-Stützpunkt nicht so ohne weiteres. Dazu benötigt man Unterstützung von höchster Ebene.«

Renard nickte und blickte kurz zu Estelle, ehe sie zu ihr ging. Ein Polizist verband gerade ihre Wunde am Arm.

»Geht's?«

»Das ist halb so schlimm. Eine Kugel hat mich gestreift. Ich habe noch mal Glück gehabt.«

»Wie soll ich es Ihnen sagen, Estelle ... Nun, ich habe eine schlechte Nachricht für Sie.«

Renards Gesichtsausdruck verriet Estelle, dass sich etwas Schreckliches ereignet haben musste.

Vor dem noch geschlossenen *Mule du Pape* stapelte ein Lieferant die letzten Kisten vor der Tür, verärgert, weil niemand auf sein wiederholtes Rufen antwortete.

»Hallo! Ist da jemand? Ich werd' hier nicht den ganzen Vormittag warten! Ich hab' noch andere Kunden!«

Er begann, so laut gegen die Tür zu hämmern, dass Mehdi schließlich öffnete. Der junge Mann war blass, hatte vom vielen Weinen gerötete Augen und schien kurz davor, in die Luft zu gehen.

»Na endlich!«, schnauzte der Lieferant ihn an.

»Wir haben geschlossen.«

»Wie, geschlossen? Und was mach' ich mit dem ganzen Zeug hier?«

»Wir haben geschlossen, Punkt.«

»Spinn nicht rum, ich hab' alles ausgeladen! Wo ist Gil?«

Da verlor Mehdi die Beherrschung und trat entnervt gegen eine der Kisten, deren Flaschen zu Boden fielen und zerbrachen.

»Gil ist tot! Reicht dir das als Antwort?«

»Oh, Scheiße …«

Gerade als Mehdi zögerte, ob er nun endgültig die Beherrschung verlieren oder in Tränen ausbrechen sollte, und der Lieferant sich verwirrt am Kopf kratzte, kamen Olivier und Estelle um die Ecke.

»Ich helfe Ihnen«, schlug Olivier dem Mann vor, während Estelle Mehdi ins Haus zog.

Mehdi saß vor einer Tasse Kaffee, die Estelle zubereitet hatte, auf der Gästeseite der Theke und hatte sich wieder ein wenig gefasst. Er schenkte zwei Gläser Weißwein ein und hielt Estelle eines davon hin.

»Ich habe die Gäste nie verstanden, die ihren Tag mit einem Weißwein beginnen. Jetzt weiß ich wieso. Das Vergessen fällt leichter …«

Er blickte Estelle in die Augen.

»Er hat sein Leben gegeben, um das meine zu retten. Ich war das eigentliche Ziel. Ich will das begreifen, Estelle. Ich will das verstehen, um sie für das, was sie getan haben, büßen zu lassen.«

»Du bist dir dessen noch nicht bewusst, aber weißt bereits sehr viel. Es setzt sich alles wie ein Puzzle zusammen.«

»Erzähl, ich bin ganz Ohr …«

Estelle zögerte kurz, weil sie nicht genau wusste, wo sie anfangen sollte.

»Alles hat unter der Herrschaft Johannes' XXII. begonnen. Seit dieser Zeit bekämpfen sich die Brüder des Judas und meine Familie, der die Diener der Sarah beistehen, um die Prophezeiung von Avignon zu finden …«

»Glaubst du daran? Glaubst du, dass es sie gibt?«

»Davon bin ich inzwischen vollkommen überzeugt. Wenn man sie besitzt, kennt man die Zukunft und hat die absolute Macht über die Menschheit. Deshalb wollen sie die Prophezeiung, deshalb sind sie zu allem bereit, um sie an sich zu bringen. Auch bereit zu töten.«

Erschüttert stand Mehdi auf und fuhr sich mit beiden Händen durch das Haar.

»Diese Geschichte ist total abgefahren!«

»Dona Flores und mein Großvater glaubten immer, dass die Prophezeiung uns zu ihr führen würde.«

»Nichts geschieht also aus Zufall, nicht wahr? Du hast mir Gil vorgestellt. Du, eine Esperanza, hast mich hierher, in das *Mule du Pape*, geführt.«

Estelle nickte und wurde sich dessen bewusst, was heute ganz offensichtlich schien. Ein weiterer Beweis dafür, dass in ihrem Leben nichts zufällig geschah. Und das Gleiche galt für Mehdis Leben, das wusste sie nun.

»Sie wollten dich umbringen, weil auch du eine Rolle in der Prophezeiung spielst. Genau wie Olivier und ich. Das ist so, dagegen kannst du nichts tun.«

»Aber nichts davon habe ich verlangt! Ich wollte weder der Nachkomme eines maurischen Ritters noch ein Diener der Sarah werden wie meine Eltern. Ich wollte einfach nur mit Gil glücklich sein …«

Estelle drückte Mehdis Hand, um ihn zu beruhigen. Er fuhr fort:

»Diese Hurensöhne werden die Prophezeiung nicht bekommen! Ich stehe hinter dir, Estelle. Was tun wir jetzt?«

»Der einzige Hinweis, den wir haben, ist das hier …«

Sie holte den Goldzylinder, den sie aus dem Versteck der Brüder des Judas entwendet hatten, aus ihrer Tasche. Sie betrachtete ihn eingehend, bevor sie ihn öffnete und einen höchst eigenartigen Würfel herausnahm, der nur vier Zahlen trug: die 2, die 5, die 6 und die 7. In die zwei übrigen Flächen waren ein Stern und ein Greif eingraviert.

»Was sind das für Symbole?«, fragte Mehdi, der sie zum ersten Mal sah. »Man könnte meinen ein Stern und …«

»Ein Greif«, ergänzte Olivier, der sich zu ihnen gesellte. »Sie stellen Estelle und mich dar.«

Mehdi sah das von Ironie gefärbte Leuchten in Oliviers Augen. Angesichts der Ungeheuerlichkeit der Situation konnte er ein Lächeln nicht unterdrücken. Und dennoch wusste Mehdi in seinem Innersten, wie auch Olivier, dass ihrer dreier Schicksale unausweichlich mit der Prophezeiung verbunden waren. Ja, diese Wahrheit konnte er noch nicht akzeptieren, aber er hatte sie schon immer gekannt.

Oliviers Handy klingelte. Am anderen Ende der Leitung: Renard …

Etwa zwanzig Brüder in ihren Mänteln stellten sich in konzentrischen Kreisen um ein gotisches J, das auf den Steinen eines riesigen unterirdischen Steinbruchs geschrieben stand. Einer von ihnen trat nach vorn und wandte sich der Gruppe zu. Es handelte sich um Aubagnac, den hohen französischen Staatsbeamten. Jener, der Olivier Royal persönlich angeworben und in das Abenteuer geschickt hatte!

»Brüder, der allerletzte Mondzyklus neigt sich dem Ende zu. Dem Wunsch des Großen Kanzlers entsprechend, besitzt Estelle Esperanza erneut den Pfeiler der offenbarten Wahrheit.«

Daraufhin näherte sich der Minister Joyce, die der Zeremonie beiwohnte.

»Sie allein können sie dazu bringen, dass sie freiwillig zu uns zurückkommt und den ihr zugedachten Platz einnimmt.«

»Sie wird sich weigern, ganz wie bisher.«

»Dann wird sie sterben.«

Mit übermenschlicher Anstrengung gelang es Joyce, nicht zu wanken. Doch dem bohrenden Blick Aubagnacs, der sie starr musterte, konnte sie nicht standhalten und senkte den Blick.

Olivier saß auf den Stufen der Kellertreppe und war tief in Gedanken versunken. Aus dem Hintergrund beobachtete ihn, im Dunkeln versteckt, der Wasserspeier mit seinem steinernen und zugleich drohenden Blick. Kurz schien es ihm, als könne er einen lebendigen Glanz in den Pupillen des Ungeheuers ausmachen.

Olivier trat heran und untersuchte ihn aus der Nähe.

»Du verschwendest deine Zeit damit«, sagte Estelle, die sich zu ihm gesellt hatte.

»Du hast recht, das ist wirklich nicht mein Ding ...«

Estelle setzte sich auf die Stufen und zeigte ihm den Goldwürfel.

»Ich verstehe seine Bedeutung nicht.«

Olivier nahm ihn in die Hand, warf ihn in die Luft und fing ihn munter wieder auf.

»Was wir sehen, ist nicht unbedingt die Wirklichkeit. Was wir sehen, ist nur unsere Wahrnehmung der Welt oder was man uns davon zeigen will.«

Estelle lächelte zweifelnd.

»Willst du irgendeine Botschaft rüberbringen?«

»Nein, das war nur eine Überlegung.«

Aber sie merkte, dass das nicht alles war.

»Renards Telefonanruf ... Gibt es was Neues? Komm, sag schon ...«

Estelle hatte offensichtlich richtig geraten. Es war der Telefonanruf, der ihm zu schaffen machte.

»Renard ist mit Verstärkung zum Stützpunkt zurückgekehrt, aber zu spät, sie hatten bereits alles in die Luft gejagt.«

»Und? Das ist es nicht, was dir gegen den Strich geht, oder?«

Olivier seufzte. Dann beschloss er, mit der Wahrheit rauszurücken. Schließlich würde er sie ohnehin nicht ewig vor ihr verbergen können.

»Das Feld der *Moulin de la Vierge* … Der Eigentümer des Grundstücks ist dein Vater.«

Estelle zuckte zusammen. Erneut verwischte sich das Bild, das sie von ihrem Vater hatte, und warf sie in eine größere Ungewissheit als je zuvor.

Als Estelle ins Krankenhaus kam, hörte Jean gerade den noch immer schlafenden Julien ab. Er warf Sandra, die wie gelähmt vor Sorge am Fuße des Bettes stand, einen machtlosen Blick zu. Da erst bemerkte er die Anwesenheit seiner Tochter.

»Sein Zustand ist unverändert. Einer meiner Freunde, ein Spezialist für Narkolepsie, hat ihn untersucht. Niemand weiß, worunter er leidet.«

Sandra unterdrückte ein Schluchzen und lief hinaus. Jean versuchte gar nicht erst, sie aufzuhalten: Es war zu spät, um ihre Ehe noch zu retten, und ihre Gegenwart verursachte mehr Schmerz, als dass sie Trost spendete.

Nach Zuspruch suchend wollte Jean seine Tochter in die Arme nehmen, doch diese wich instinktiv und abweisend zur Seite.

»Seit wann bist du einer von ihnen? Wann hast du begonnen, uns zu verraten? Ich weiß von der *Moulin de la Vierge!*«

Jean hörte Estelle geduldig zu, ehe er ihr antwortete.

»Deine Mutter war fasziniert von diesem Ort, diesem

Hügel. Sie sagte, dass Nostradamus dort einst eine Windmühle errichtet hatte. Sie fand diesen Ort sehr romantisch. Ich selbst hatte einige Jahre zuvor zu denen gehört, die dafür kämpften, dass die französische Armee den unterirdischen amerikanischen Stützpunkt nicht übernahm. Wir wollten, dass dieser Ort eine Art Naturschutzgebiet würde. Das war zu Beginn der sechziger Jahre. Also hab' ich das Feld gekauft, das ist alles …«

»Alles? Das ist deine Erklärung? Und du hast dich seither nie wieder darum gekümmert?«

»Nein. Nach der Trennung von deiner Mutter konnte ich nicht mehr dorthin zurückkehren. Ich war dort so glücklich gewesen.«

Nach kurzem Schweigen fügte er hinzu:

»Wir haben dich auf diesem Hügel gezeugt.«

Estelle zuckte zusammen, dann drehte sie sich um und floh, fort von diesem Vater, dessen dunkle Seite sie fürchtete.

»Ich vertraue dir nicht mehr.«

Ein Hitzedunst begann an diesem Vormittag die Hügel zu bedecken, auf denen bereits die Sonne lastete, als sich eine buntgemischte Menge auf dem kleinen Landfriedhof versammelte, wo Gil bestattet werden sollte.

Mit misstrauischem Blick beobachtete Estelle die Menschen, die ihren Alltag teilten: ihren Vater, der frostig Sandra ignorierte, die sich wiederum standhaft hinter großen, dunklen Brillengläsern versteckte; Mehdi, sehr würdevoll in seinem schwarzen Anzug, daneben Elsa; Dona Flores …

Eine Hand legte sich auf ihre Schulter, und sie fuhr erschrocken zusammen: Es war Olivier, der ihr mit aufrichtigem Mitgefühl zulächelte.

Als Erster legte Mehdi seine Rose auf den Sarg. Er blieb lange davor stehen und gedachte des Verstorbenen, ehe er Elsa Platz machte. Beide schienen sich im Schmerz wieder versöhnt zu haben und sich in diesem schwierigen Moment gegenseitig zu unterstützen.

Odette war ebenfalls da und stand ein wenig abseits, wobei sie immer wieder zu Sandra blickte, die jeglichen Kontakt verweigerte und sich bereits anschickte, wieder zu gehen. Die alte Dame senkte schicksalsergeben den Blick.

Als Estelle ihre Rose auf Gils Sarg legte, entdeckte sie ihre Mutter, die durch den Friedhof schritt. Ihre Augen trafen sich, und Estelle wollte gerade zu ihr gehen, als Olivier hinter ihr herkam, um sie zu begleiten.

»Nein. Ich gehe allein. Bitte.«

Und unter Royals und Dona Flores' besorgten Blicken ging Estelle zu Joyce.

»Wir beerdigen Gil. Die Deinen haben ihn umgebracht! Du hast hier nichts zu suchen!«

Mit vor Aufregung zugeschnürter Kehle baute Estelle sich vor ihrer Mutter auf und strengte sich an, möglichst argwöhnisch zu wirken.

»Für ihn ist es zu spät, aber dich kann ich noch retten«, erklärte Joyce.

»Mich retten? Du scherzt, hoffe ich!«

»Hör mir zu: Du bist eine von uns! Du musst unseren Regeln gehorchen! Das ist deine einzige Chance!«

»Meine einzige Chance, um was zu tun? Um zu leben?

Aber glaubst du, dass ein Leben wie das deine es wert ist, gelebt zu werden? Du bist schon immer ihre Sklavin! Du hast mich sogar an die Brüder des Judas verkauft!«

Joyce steckte die Anschuldigungen mit einem gezwungenen Lächeln ein. Unter ihrer harten Schale spürte man den Willen, sich Estelle gegenüber trotz allem zu rechtfertigen.

»Ich habe getan, was das Beste für dich war. Für meine Tochter wollte ich das ruhmvollste aller Schicksale. Hör mir zu, Estelle, du wirst Macht haben, mehr Macht, als irgendein Mensch je hatte ...«

»Du bist vollkommen übergeschnappt!«

Estelle wollte sich umdrehen und fortgehen, doch Joyce hielt sie fest.

»Estelle, warte! Ich bitte dich!«

»Lass mich los!«

»Du musst verstehen, dass du ein Hindernis wirst, wenn du das Schicksal verweigerst, das wir für dich vorgesehen haben!«

»Eins würde ich gern verstehen: Was hat es dir gebracht, ihnen all die Jahre hinweg voll und ganz gehorcht zu haben? Geld? Macht? Was hast du im Austausch für deine Treue bekommen?«

»Du hasst mich, du urteilst über mich, aber ich lüge nicht, ich betrüge dich nicht. Wer steht dir nahe genug, um alles über dich zu wissen? Um deine Taten, deine Gedanken, deine Überlegungen vorauszuahnen?«, fragte Joyce mit so aufrichtiger Miene, dass Estelle verwirrt war.

»Was versuchst du mir zu sagen?«

»Unser Meister ist nahe bei dir. Und er braucht dich, denn du bist das reine Herz.«

Estelle konnte nicht so lebhaft antworten, wie sie es gern getan hätte: Die Worte ihrer Mutter drangen nach und nach in ihr Bewusstsein.

»Sag mir, wer …«

»Was du auch tust, du wirst immer meine Tochter bleiben. Ich möchte, dass du lebst, Estelle.«

Die junge Frau begriff, dass ihre Mutter bereits zu viel verraten hatte. Sie sah ihr nach und war unschlüssig, ob sie sie hassen oder sich ihr in die Arme werfen sollte. Sie hätte so gern darin Zuflucht gesucht, wäre so gern wieder ein Mädchen gewesen, um die Unschuld im mütterlichen Schoß wiederzufinden.

Noch in ihrer schwarzen Trauerkleidung hatte sich Odette in die Kapelle des Gutshofs zurückgezogen und betete. Vor dem kleinen Altar stand nun auch ein Foto von Henri neben denen von Louis und Augustin.

Andächtig zündete die alte Dame eine Kerze an und stellte sie neben andere vor das Foto ihres Sohnes, das sie mit tränennassen Augen betrachtete. Dann hob Odette mit unendlicher Zärtlichkeit die Hand an die Lippen und drückte diesen Kuss auf das Gesicht ihres Sohnes.

»Mein Kleiner, mein lieber Kleiner …«

Sie schien einen Augenblick lang zu zögern, dann stand sie auf und verließ die Kapelle mit energischen Schritten.

Auf dem Dachboden, auf dem sie die Kinder während des Kriegs versteckt hatte, ergriff Odette vorsichtig die Geige, die Sandras Großvater gehört hatte.

»Herr, hilf mir, Sandras Vergebung zu erlangen … Möge sie mich nicht zurückweisen … Möge sie diese Geige annehmen …«

Die alte Dame blickte besorgt das Instrument an, und ihre Aufmerksamkeit wurde auf einmal von vergilbten Blättern angezogen, die unter der Samtpolsterverkleidung des Geigenkastens versteckt waren. Da waren Zeitungsartikel aus der Kriegszeit, Pläne der Résistance, Fotos … Odette wurde von starker Rührung ergriffen: Der Letzte, der diese Dokumente berührt hatte, war Augustin gewesen, die Liebe ihres Lebens. Sie stellte sich vor, wie ihr Verlobter fiebrig das versteckte, was ihren Tod hätte bedeuten können, und eine Träne rann ihre runzelige Wange herab. Eines der Fotos jedoch ließ sie stutzig werden, und nach einer eingehenderen Betrachtung der Aufnahme gefror ihr das Blut in den Adern.

»Oh mein Gott.«

Es war das Foto von der Hochzeit eines Nazis in Galauniform, aufgenommen in einem riesigen Empfangssaal des Papstpalastes, in dem man zwei sehr leicht identifizierbare Banner aufgehängt hatte: Das Hakenkreuz der Nazis und das gotische J der Brüder des Judas.

Aber was Odette zu ihrem Entsetzensschrei veranlasst hatte, war der Anblick der Braut … es war Nadine.

Von einer kurz vor dem Infarkt stehenden Odette angerufen, war Estelle herbeigeeilt, um mit eigenen Augen zu sehen, was die unglaubliche Aufnahme offenbarte. Mit energischen Schritten und entschlossen, Nadine zur Rede zu stellen, ging Estelle zum Maleratelier, gefolgt von der alten, entsetzten Dame.

»Und ich sage dir, das ist sie, das ist mehr als nur Ähnlichkeit.«

»Das ist sicher ihre Mutter.«

»Nein, das ist Nadine, das ist sie! Sie ist ein Dämon!«

»Odette, das ist unmöglich.«

»Sie ist ein Dämon, ich sag's dir! Sie hat alle verhext: meinen Henri, Julien … Schau, was sie mit ihnen gemacht hat!«

Estelle blieb vor der Tür zum Atelier stehen.

»Lass mich mit ihr sprechen. Allein, unter vier Augen.«

Odette schien zu zögern, dann nickte sie schließlich und bekreuzigte sich.

Fern von all dieser Aufregung mischte Nadine ihre Farben, um ein Porträt von Julien fertigzustellen. Neben den Tuben und Pinseln brannte eine dünne Zigarette in einem Aschenbecher herunter.

»Was hast du mit Julien gemacht, um ihn in diesen vegetativen Zustand zu versetzen?«

Nadine zeigte keinerlei Überraschung, sondern lächelte bloß. Estelle fuhr fort.

»Er hat dir doch gegeben, was du wolltest: ein Kind aus der Familie der Esperanzas …«

Nadine lächelte erneut und wandte sich mit leicht bewundernder Miene ihrer Gesprächspartnerin zu. Der dämonische Blick, den bereits Odette wahrgenommen hatte, war zurück.

»Du bist stark, zu stark vielleicht …«

Estelle schüttelte den Kopf und hielt Nadine das Foto hin, das ihre Großtante ihr gegeben hatte.

»Es war unter Augustins wertvollsten Papieren versteckt,

das heißt den Papieren von Odettes Verlobtem, der von den Nazis getötet wurde. Wer ist diese Frau? Das kannst nicht du sein.«

»Ich oder meine Mutter, was macht das für einen Unterschied? Sie sind schön die beiden, nicht wahr? Sie sehen unglaublich aus!«

»Seid ihr schon seit Generationen Brüder des Judas?«

»Für dich ist alles schwarz oder weiß, das ist so enttäuschend. Ja, ich gehöre zu den Brüdern des Judas, und ja, mein Schicksal wollte es, dass ich ein Kind von einem Esperanza bekomme. Aber du willst nicht akzeptieren, dass ich Julien geliebt habe, genauso wie deine Mutter deinen Vater geliebt hat und wie Olivier Royal in dich verliebt ist.«

»Olivier ist kein Bruder des Judas!«

Mit einem spöttischen Grinsen trat Nadine zu Estelle, die unwillkürlich zurückwich. Erneut überkamen sie schreckliche Zweifel. Sie spürte die Gefahr um sich herum, gegenwärtig, im Schatten lauernd, und die Warnung ihrer Mutter hatte ihre Zweifel nur noch verstärkt.

»Die Esperanzas und die Brüder des Judas sind miteinander verbunden, und das weißt du: Du bist der lebendige Beweis dafür! Die perfekte Synthese der Stärken beider Seiten!«

Von draußen näherte sich Sirenengeheul.

»Hast du die Polizei gerufen?«, fragte Nadine erstaunlich gelassen. »So ein Pech! Die kapieren doch nicht das Geringste …«

Einige Minuten später stand Henri Esperanzas Witwe in Handschellen zwischen Villers und einem anderen Polizisten. Renard genoss den Augenblick.

»Falsche Zeugenaussage, Beihilfe zu Trihns Ermordung und Julien Esperanzas Entführung: Das reicht, um dich für mindestens zehn Jahre hinter Gitter zu bringen, meine Liebe!«

Nadine zuckte frech die Achseln. Es war beunruhigend, wie wenig die menschliche Justiz sie zu berühren schien.

Einige Meter weiter stand Olivier vor Estelle, die seltsam still blieb.

»Du hast dich total unvorsichtig verhalten. Warum wolltest du sie allein treffen?«

Estelle antwortete nicht. Sie wiederholte im Geiste unentwegt Joyce' Warnung. »Wer steht dir nahe genug, um alles über dich zu wissen? Um deine Taten, deine Gedanken, deine Überlegungen vorauszuahnen?«

»Estelle! Warum hast du mir nicht Bescheid gesagt?«

Sie antwortete noch immer nicht.

»Was muss ich denn noch tun, damit du mir vertraust?«

Die junge Frau sah ihn traurig an.

»Du trägst ein tätowiertes J auf der Schulter, du weißt alles, was ich weiß, ich habe mich in dich verliebt.«

»Und ich mich in dich ...«

Estelle nickte schicksalsergeben.

»Die Esperanzas und die Brüder des Judas sind seit jeher miteinander verbunden.«

»Das hat doch alles keinen Sinn.«

»Doch, im Gegenteil. Meine Mutter hat mich gewarnt. Ihr Chef ist nahe bei mir. Es ist ein Freund. Der alles über mich weiß.«

Sie drehte sich um, ging fort und ließ Olivier schockiert zurück. Aber er war entschlossen, nicht so leicht aufzugeben.

»Siehst du denn nicht, dass dich deine Mutter wieder einmal manipuliert hat?«

Estelle blickte ihm tief in die Augen.

»Das habt ihr alle irgendwann einmal getan. Du als Erster!«

Wenig später wurde Villers' Wagen in einer ruhigen Seitenstraße Avignons verlassen aufgefunden. Der junge Polizist und Nadine waren verschwunden und ließen den Leichnam desjenigen Polizisten zurück, der das Pech gehabt hatte, mit Villers an diesem Tag ein Team zu bilden.

In Juliens Zimmer herrschte Stille. Der junge Mann lag in seinem Krankenbett, den Kopf auf ein weiches Kissen gebettet, und schlief noch immer tief.

Nadine stand neben ihm wie eine Erscheinung. Aus dem Gesicht der jungen Frau war jede Spur von Boshaftigkeit gewichen, und man las darin nur noch echte Zuneigung. Sie betrachtete ihn liebevoll und strich ihm über die Wange. Dann neigte sie sich langsam zu seinem Gesicht. Ihre Lippen näherten sich denen ihres Geliebten …

Und mit einem Kuss erweckte die Schöne Julien.

Julien Esperanza lächelte seine Geliebte an, als würde er aus einem angenehmen Traum erwachen. Dann legte Nadine anmutig einen Finger auf den Mund, um Julien das Versprechen abzunehmen, dass er diesen Besuch geheim hielt.

Der Blick des jungen Mannes verschwamm. Nadine war verschwunden.

Sandra ging zur Eingangstür, deren Glocke soeben ertönt war. Da stand sie Joyce gegenüber, die einen seltsam ruhigen und gewinnenden Gesichtsausdruck zeigte. Sandra empfing sie mit Würde.

»Estelle ähnelt Ihnen sehr.«

»Ich bin gekommen, um Jean zu sehen.«

»Er ist nicht da.«

Joyce machte sich sichtlich einen Spaß daraus, Sandras Unbehagen auszunutzen.

»Ich habe Sie mir anders vorgestellt. Scheinbar verleiht der Ruhm ein gewisses Charisma, und die Wirklichkeit ist dann oft enttäuschend.«

»Das tut mir leid. Sie hingegen sind genau so, wie ich Sie mir vorgestellt habe. Sie haben Jean und Ihrer Tochter so viel Leid zugefügt ...«

Sandras unerwartete Gelassenheit und ihre Schlagfertigkeit ärgerten Joyce, deren Heiterkeit sich in ein drohendes Lächeln verwandelte.

»Jean hat mich nie vergessen. Wir sind durch etwas verbunden, das Sie nie mit ihm teilen werden: Leidenschaft.«

»So sehr, dass Sie ihn seinen Kindern entfremdet und sein Leben ruiniert haben. Sie haben gewonnen, Joyce. Nehmen Sie Jean zurück, er wartet nur darauf. Nehmen Sie ihn zurück und zerstören Sie sich weiterhin gegenseitig.«

»Sie haben tatsächlich Mumm ...«

Sandras Aufrichtigkeit brachte ihr Gegenüber durcheinander.

»Im Gegensatz zu Ihnen spiele ich nicht«, sagte sie.

In diesem Augenblick rannte die Hausangestellte herbei.

»Julien ist aufgewacht! Das Krankenhaus hat angerufen! Er ist aufgewacht, und es geht ihm gut!«

Tränen der Erleichterung mischten sich mit Sandras Lächeln.

»Mein Sohn ist von nun an das Wichtigste für mich. Tun Sie, was Sie wollen.«

Ohne sich weiter um die feindliche Anwesenheit zu kümmern, packte Sandra ihre Handtasche und ging an Joyce vorbei aus dem Haus. Sogleich trübte sich der Blick ihrer Besucherin vor Bitterkeit.

Kaum war Estelle im Zimmer ihres Bruders angekommen, stürzte sie zu ihm, nahm ihn in die Arme und drückte ihn an sich. Julien war topfit, als wäre er aus einem guten, heilsamen Schlaf erwacht.

»He, du erdrückst mich ja.«

»Wir haben uns solche Sorgen gemacht! Und du wachst einfach frisch und munter auf …«

Jean trat mit Juliens Krankenblatt in der Hand ans Bett.

»Dir fehlt nichts! Keine Folgeerscheinungen, die Werte sind perfekt. Aber ich behalte dich noch zwei Tage hier zur Beobachtung. Deine Mutter wäre furchtbar sauer auf mich, wenn ich dich einfach so gehen ließe!«

Sandra wich Jeans Blick aus und ergriff die Hand ihres Sohnes.

»Ich gehe sowieso nicht mehr von dir weg.«

»Erinnerst du dich daran, was vor deinem Koma passiert ist?«

»Nein, ich habe ein absolutes Black-out.«

Juliens Blick hätte beinahe verraten, dass er seine Eltern und seine Halbschwester belog. Aber in ihrer Freude bemerkten sie nichts.

Estelle hatte das Krankenhaus verlassen, ohne ihrem Vater die Gelegenheit zu einem Gespräch unter vier Augen zu geben. Sie wusste nicht mehr, was sie denken oder sagen sollte. Nur zu Mehdi hatte sie noch Vertrauen, und mit ihm suchte sie pausenlos nach der Bedeutung des rätselhaften Würfels, der sie zur nächsten Etappe führen sollte. Als sie durch Avignons Straßen lief, überkam sie ein kurzer Anfall von Mutlosigkeit. Sie sah die Leute an, die dicht an ihr vorübergingen, ohne auf sie zu achten, und beneidete sie auf einmal um ihre scheinbare Gleichgültigkeit, ihr alltägliches Leben.

Das Klingeln ihres Handys riss sie aus ihren Gedanken. Erst recht als sie Joyce' Stimme erkannte.

»Mama? Was willst du?«

»Ich muss mit dir sprechen, jetzt, es ist dringend.«

Dann hielt Joyce inne und schien sich an eine dritte Person zu wenden.

»Du? Was machst du hier?«

Das Gespräch wurde abrupt unterbrochen, als ob jemand das Telefon gepackt und auf den Boden geschmettert hätte.

»Mama? Mama, hörst du mich? Was ist los?«

Estelle stieß die Passanten zur Seite und rannte in Richtung des Privatpalais ihrer Mutter. Sie dachte nicht mehr nach, sondern konzentrierte sich darauf, immer schneller zu laufen. Wenn sie zu spät käme, würde sie sich das nie verzeihen.

Als sie endlich in das Haus ihrer Mutter stürzte, wurde sie sofort von dem schweren Schweigen im Privatpalais gepackt, und ihre Angst wurde konkreter. Sie durchquerte hastig die Räume, gelangte zum Arbeitszimmer ... Dort herrschte ein wildes Durcheinander. Das Telefon lag tatsächlich auf dem Boden, und das Kabel war gewaltsam aus der Wand gerissen worden.

Da entdeckte Estelle mit Schrecken Joyce, die, verborgen hinter einem umgeworfenen Sessel, in ihrem Blut lag. Neben ihr kniete Muriel, deren weißes Kleid mit Blut bespritzt war, und weinte machtlos und verwirrt, wobei sie sich vor und zurück wiegte.

»Mama! Nein!«

Als Joyce Estelle erblickte, gelang es ihr, ein schwaches Lächeln anzudeuten. Sie streichelte ihr sanft über die Wange, und dann wanderte ihre Hand zu Muriels Gesicht.

»Meine beiden Töchter, meine Leben ...«

Und sie schloss die Augen. Estelle brach in Tränen aus. Sie konnte sich nicht dazu durchringen, sich von derjenigen zu verabschieden, die ihr beigebracht hatte, auf die ersten Sonnenstrahlen zu warten, während jener seltenen Glücksmomente, die sie früher geteilt hatten.

»Mama! Nein! Geh nicht. Verlass uns nicht. Lass uns nicht allein. Nicht jetzt! Mama!«

Muriel kauerte sich noch mehr zusammen und schaukelte weiterhin vor und zurück, während Estelle vor ihrer Mutter in Andacht verharrte. Plötzlich nahm sie die Anwesenheit einer weiteren Person im Raum wahr und drehte sich um: Olivier Royal.

»Was machst du hier? Wer hat dich benachrichtigt?«

»Ich habe einen anonymen Anruf bekommen.«

»Natürlich, einen anonymen Anruf!«

»Ich habe mit dem Mord an deiner Mutter nichts zu tun. Es tut mir leid …«

Verstört begann Muriel zu zittern, womit sie Estelles Misstrauen gegenüber Olivier noch verstärkte. Schützend legte ihr die große Schwester einen Arm um die Schultern und führte sie zur Tür.

»Komm, Muriel. Komm mit mir …«

Estelle hatte Muriel zur einzigen Person gebracht, zu der sie noch blindes Vertrauen hatte: Odette. Dort schlief sie friedlich auf weißen Laken in einem der zahlreichen Zimmer des Gutshauses und ähnelte mehr denn je einem Engel.

»Niemand weiß, dass sie hier ist, und niemand darf es erfahren. Nicht einmal Papa, hörst du, Odette? Ich kann niemandem vertrauen«, flüsterte Estelle neben dem Bett ihrer Schwester.

»Warum vertraust du dann mir?«

Estelle blickte der alten Dame tief in die Augen.

»Weil du in deinem Leben mehr Gutes als Böses getan hast.«

Odette dankte ihr mit einem vor Rührung glänzenden Blick, ehe sie neben Muriel Platz nahm. Sie würde so lange auf sie aufpassen wie nötig, Estelle konnte in Ruhe gehen.

Seit Gils Ermordung hatte Elsa das Gefühl, mit offenen Augen einen Alptraum zu durchleben. Gerade als sie endlich eine Chance gesehen hatte, ihren Ex-Mann zurückzuerobern, hatte sie ihn für immer verloren. Und erneut erschienen in ihrem kranken Geist zwei Schuldige: Estelle und Mehdi, die wie durch Zufall seit dem Drama ständig zusammen waren. In ihrer Unsicherheit entwarf Elsa die schlimmsten Szenarien.

Sie wischte sich mit einem Taschentuch über ihre geröteten Augen und lächelte Bruno zu, dem Mann, den sie kennengelernt hatte, indem sie sich für Estelle ausgegeben hatte. Zu ihrer großen Überraschung hatte er sie trotz der Auseinandersetzung mit der Polizei wieder angerufen, und seit Gils Tod war er immer für sie da, wenn sie sich allein fühlte. Bruno war nett und schien sie wirklich zu mögen.

»Du bist ein toller Mensch, Elsa. Und ich finde, dass du sehr tapfer bist.«

»Oje, ich bin nur eine dumme Kuh, die alles verdorben hat und die …«

Ihre Stimme brach.

»Jetzt ist es zu spät, Gil ist fort …«

»Aber das Leben geht trotzdem weiter, und du verdienst es, glücklich zu sein.«

Er trat zu ihr und umarmte sie.

»Du hast mir sofort gefallen, als ich dich gesehen habe.«

»Und ich habe dir wie immer nur Lügen erzählt.«

»Na und, das bist du, du bist nun mal so! Mir gefällt das. Ich helfe dir, dass es dir bald bessergeht, das verspreche ich. Natürlich nur, wenn du einverstanden bist.«

Bruno küsste sie zärtlich in den Nacken, und sie ließ ihn gewähren.

»Was würde dir helfen? Du kannst alles von mir verlangen«, wisperte Bruno schmeichelnd.

Im Keller des *Mule du Pape* setzte Hassan die Ausbildung seines Sohnes fort und zeigte ihm, wie man einen Dolch warf.

»Du darfst weder an die Waffe denken noch an die Bewegung. Du musst an das Ziel denken! Nur an das Ziel. Nur darum geht es.«

Mehdi packte den Dolch und schleuderte ihn mit beunruhigender Ungeschicklichkeit. Natürlich flog das Messer weit am Ziel vorbei und fiel zu Boden.

»Verdammt! Scheißdreck!«

»Noch mal!«

Der zweite Versuch endete mit einem erneuten Scheitern.

»Das hat doch ohnehin keinen Sinn! Ich könnte nicht einmal Gils Mörder umbringen. Ich bin einfach nicht dafür gemacht.«

Hassan sah seinem Sohn tief in die Augen.

»In einem Punkt hast du recht: Rache darf nicht dein Beweggrund sein. Nur eine gerechte Sache kann den Gebrauch einer Waffe rechtfertigen.«

»Und ich muss entscheiden, ob eine Sache gerecht ist oder nicht?«

»Du bist ein Weiser, mein Sohn!«

Amina hörte das Ende der Unterhaltung.

»Ich wusste immer, dass du eines Tages ein würdiger Erbe unseres Vorfahren Saladin sein würdest ... Dein Vater wird dir alles beibringen, und du wirst sehen, du wirst auch ein Ritter werden!«

»Tja, das ist wohl noch ein weiter Weg ...«

Er nahm den Dolch bei der Klinge und verletzte sich leicht.

»Scheiße, der ist ja auch noch scharf!«

Ein Stockwerk höher, im noch immer für Gäste geschlossenen Café, herrschte eine seltsame Stimmung, wie außerhalb der Zeit. Jegliche Freude des Ortes war verschwunden, aufgesogen von dieser Lawine an Unglücken.

»Die Zeit drängt, der Mondzyklus ist bald zu Ende. Wir haben nur noch vierundzwanzig Stunden, um die Prophezeiung zu finden.«

Dona Flores sprach in ernstem Ton zu Estelle. Ihre schönen Augen verrieten, dass sie aufs neue beunruhigt war, was die Entschlossenheit der jungen Frau anging.

»Ich spüre nichts mehr. Sie führt mich nicht mehr.«

»Du darfst dich nicht von den Worten deiner Mutter beeinflussen lassen.«

»Sie hat mich gewarnt. Sie liebte mich. Ich weiß, dass sie mich nicht angelogen hat.«

»Als du ein Kind warst, war sie bereit, dich zu opfern, als ihr Meister von ihr verlangte, ihm das zu schenken, was ihr am teuersten war. Für mich war das keine liebende Mutter.«

»Sie war meine Mutter! Und sie haben sie umgebracht.«

Rührung überkam Estelle, und sie atmete tief ein.

»Sie müssen mir helfen, Dona Flores, ich will den Brüdern des Judas nicht gegen meinen Willen helfen. Wie kann ich sicher sein, dass ich nicht manipuliert werde?«

»Hör auf dein Herz, und alles wird gut.«

»Mein Herz? Ich weiß nicht einmal, ob ich noch eines habe. Schmerz, Leiden und Wut haben es erstickt.«

»Du irrst dich.«

»Nein! Ich habe den Eindruck, wie diese Ungeheuer geworden zu sein: keine Gefühle, nur das Bewusstsein, dass ich ein Ziel erreichen muss, und nichts anderes!«

Dona Flores nahm tröstend Estelles Hände.

»Sobald du die Prophezeiung gefunden hast, wird alles gut. Du wirst sehen.«

»Warum weiß niemand, wer der Meister ist? Warum sehen Sie ihn nicht? Sie sind das Orakel!«

»Seine Macht ist zu groß. Nur eine Person ist so mächtig wie er: Das bist du, Estelle.«

Sandras riesige Limousine wartete mit laufendem Motor vor dem Haus. Im geöffneten Kofferraum waren zahlreiche Gepäckstücke zu sehen, die der Fahrer gerade schweigend einräumte.

Als er vom Krankenhaus zurückkam, sah Jean überrascht, was passierte. Mit einigen fiebrigen Schritten lief er zum Hauseingang und traf auf seine Frau, die das Haus mit zwei leichten Taschen verließ.

»Du gehst?«

»Ich habe ein Tourneeangebot in Asien akzeptiert.«

Die Antwort schien Jean zu erleichtern.

»Das ist gut. Du hast recht.«

»Ich werde nicht zurückkommen.«

»Was?«

Jean wollte Sandra zurückhalten, aber sie war bereits auf dem Weg zum Wagen.

»Ich verlasse dich. Ich will die Scheidung. So schnell es geht.«

»Hör mal, Sandra, ich weiß, dass wir gerade eine schwierige Phase durchmachen, aber das geht vorbei. In der Vergangenheit haben wir das schon öfter erlebt. Wir haben immer wieder zueinandergefunden. Wir finden immer wieder zueinander!«

Sandra hätte diese letzte Szene gern vermieden. Sie hatte damit gerechnet, schon vor Jeans Rückkehr fort zu sein. Ja, sie hätte gern auf diese letzte Auseinandersetzung verzichtet. Daher gab sie sich einen Ruck und warf ihrem Mann einen müden Blick zu.

»Ich hätte kämpfen können, als Joyce noch lebte. Jetzt, wo sie tot ist, wirst du sie nie vergessen können, und ich kann nicht gegen ein Gespenst anrennen.«

»Das ist falsch!«

»Nein. Du hast nie aufgehört, sie zu lieben. Nie. Trotz all des Bösen, das sie dir und Estelle angetan hat.«

Ehe sie in den Wagen stieg, fügte sie hinzu:

»Julien begleitet mich. Er braucht einen Tapetenwechsel.«

Jean erwiderte nichts mehr. Die Schlacht war verloren. Er wusste es.

In dem großen Haus, das in eine tiefe Stille getaucht war, die nur vom Gesang der Zikaden unterbrochen wurde, fütterte Odette Muriel mit dem Mittagessen. Das standhafte

Mädchen blieb reglos und öffnete nur den Mund, wenn Odette die Gabel näherte.

»Komm, meine Große. Du musst etwas essen. Das ist Gemüse aus dem Garten …«

Plötzlich vernahm Odette das Knirschen von Reifen auf dem Kies der Einfahrt. Sofort war sie unter Hochspannung.

»Steh auf, Liebes. Schnell! Du bleibst im Abstellraum neben der Küche, einverstanden? Du rührst dich nicht vom Fleck, ja?«

Odette schob Muriel sanft in den besagten Raum, schloss die Tür hinter ihr und ließ eilig jede Spur von der Anwesenheit des jungen Mädchens verschwinden.

Mit einem Blick aus dem Fenster erkannte Odette den Wagen, der vor der Tür von Nadines Atelier angehalten hatte. Es war der von Sandra.

Julien stieg aus, während seine Mutter im Fahrzeug blieb, und ging mit zögernden Schritten in Richtung Atelier.

Als er allein in diesem von seiner eigenen Geschichte erfüllten Ort war, wurde Julien von Melancholie befallen. Er konnte seinen Blick nicht von dem alten Sofa und dem zerwühlten Bett abwenden, auf dem Nadine und er sich so oft geliebt hatten oder wo er nackt Modell gestanden hatte.

Er nahm einen Schal seiner Geliebten und berauschte sich an ihrem Geruch, der in dem zarten Gewebe haften geblieben war. Dann sah er das, weswegen er gekommen war. In einem Durcheinander von gegen die Mauer gelehnten Bildern hatte er ein kleinformatiges Gemälde ausgemacht, das er herausnahm und bewunderte: Es war ein Selbstporträt von Nadine, im Geiste von Lucian Freud, auf dem sie zugleich schön und gequält aussah.

Ein dumpfes Geräusch riss ihn aus seiner Betrachtung und ließ seine Aufmerksamkeit zum hinteren Teil des Ateliers wandern. Da bemerkte er eine Zigarette, die im Aschenbecher verglühte. Es war eine dünne Mentholzigarette.

Julien blickte sich lächelnd um. Die Trauer war aus seinem Gesicht verschwunden, die Hoffnung war zurückgekehrt.

Während Julien das Atelier absuchte, war Odette zur Limousine gegangen und hatte gegen die Fensterscheibe geklopft. Das Glas glitt langsam nach unten, und Sandra blickte der alten Frau in die Augen, die einen Geigenkasten in den Händen hielt.

»Ich habe etwas für dich. Ich kann sie nicht behalten: Das ist ein Erbstück deines Großvaters.«

Sandra stieg aus dem Wagen und nahm vorsichtig den Gegenstand, den Odette ihr übergab. Das fahlgelbe Leder war im Laufe der Jahre rauh und brüchig geworden. Sie öffnete den Kasten und betrachtete gerührt das Instrument, wobei sie mit der Hand darüber strich.

»Eine Amati ... Ein wahres Meisterwerk«, flüsterte sie.

»Sie gehört dir, Sandra, wie alles hier. Du bekommst alles zurück. Ich behalte nichts. Du kannst mit diesem Haus machen, was du willst.«

Und Odette wandte sich würdevoll ab.

»Odette?«

Die alte Dame drehte sich um.

»... Ich werde nie vergessen, dass du meine Eltern gerettet hast.«

Instinktiv nahm Sandra den Bogen und spielte einige Noten einer Klezmermelodie.

Als Odette diese jüdische Musik zu ihren Ehren hörte, schenkte sie Sandra ein bleiches, dankbares Lächeln.

Am nächsten Morgen beobachtete Dona Flores von der *Tour de Trouillas* aus den majestätischen Sonnenaufgang über der Stadt der Päpste. Sie wusste, dass ein besonderer Tag begann. In wenigen Stunden würde sich die Prophezeiung offenbaren …

Estelle saß in der Küche vor einer Tasse Kaffee und warf unermüdlich den Goldwürfel. Neben ihr lag ein Notizblock. Mehdi gesellte sich zu ihr. Auch seine Nacht war lang gewesen.

»Geht's?«, fragte sie.

»Super! Mein Vater hält sich für Obi-Wan Kenobi, aber ich bin leider nicht Luke Skywalker! Gut geschminkt könnte ich allenfalls Prinzessin Leïa abgeben …«

»Immerhin verlierst du nicht deinen Sinn für Humor, das ist schon mal was.«

»Humor ist die Höflichkeit der Verzweifelten. Gil würde sich kaputtlachen, wenn er mich dabei sehen würde, wie ich eine Knarre auseinandernehme und wieder zusammenbaue oder Dolche auf Zielscheiben werfe!«

Estelle legte ihre Hand auf die von Mehdi, denn sie sah, dass er kurz davor stand, in Tränen auszubrechen.

»Magst du mir helfen? Wirf den Würfel, bitte. Sechs Mal.«

Mehdi gehorchte mechanisch.

»5, 6, 5, 7, 2, 7.«

»Noch einmal sechs Mal.«

»6, 7, 2, 6, 2, 6 … Das ergibt keinen Sinn. Eine Zahlenreihe, die weder Hand noch Fuß hat. Was sollen wir damit anfangen?«

Daraufhin hielt Estelle ihm den Notizblock hin, auf dem etwa hundert Mal eine Zahlenreihe geschrieben stand, »2, 5, 5, 6, 6, 7«. Während sie versuchte, das Beben in ihrer Stimme zu unterdrücken, kommentierte sie diese Folge.

»Wenn ich den Würfel werfe, erhalte ich immer die gleiche Zahlenfolge.«

Estelle führte es vor, um Mehdis Skepsis zu überwinden.

»2 … 5 … 5 … 6 … 6 …«

»Und 7! Das ist verrückt! Wie machst du das? Gibt es einen Trick?«

Estelle verdrehte schicksalsergeben die Augen.

»Keine Ahnung. Noch dazu sagen mir die Zahlen nichts.«

»Komm, mach es noch mal!«

Sie tat wie geheißen.

»2 … 5 … 5 … 6 … 6 … 7 … Voll der Hammer!«

»Das ist alles Mögliche, nur nicht rational! Der Wahrscheinlichkeitsrechnung nach gibt es das gar nicht! Das ist unmöglich.«

Mehdi lächelte sie an.

»Noch vor weniger als einer Woche habe ich so viele Dinge für unmöglich gehalten, die es doch gibt …«

Dann stand er vom Tisch auf, um einen Anruf auf seinem Handy entgegenzunehmen: Es war Elsa, die vollkommen hysterisch klang.

»Hallo, Elsa. Was? Aber nein, wein doch nicht. Das ist nicht schlimm ... Ja? Aha. Aber nein, ich sage niemandem etwas, versprochen. Mach dir keinen Kopf, ich komme.«

Mehdi warf Estelle einen verlegenen Blick zu und legte auf.

»Elsa sitzt ziemlich in der Tinte. Ich bin nicht sicher, ob ich alles richtig verstanden habe. Sie sprach von Einbruch ...«

»Ich komme mit.«

»Sie wollte nicht, dass ich dir davon erzähle.«

Unbeeindruckt von Mehdis Unbehagen sammelte Estelle bereits ihre Sachen zusammen.

»Wir gehen zusammen hin. Sie kann mir nicht böse sein, weil ich ihr zu Hilfe komme.«

Ein paar Minuten später hielten Mehdi und Estelle vor Elsas Antiquitätenladen.

Mehdi betrat als Erster das große Lager, das der jungen Frau als Werkstatt mit Laden diente. Elsa erschien sofort auf der Schwelle, als wollte sie sich davon überzeugen, dass er auch wirklich allein war. Da entdeckte sie Estelle.

»Was tust du hier? Nein, komm nicht rein! Das geht dich nichts an! Nicht reingehen. Nur er soll ...«

Estelle traf es wie der Blitz: Sie waren in einen Hinterhalt geraten! Sie stieß Elsa, die ihr den Weg verstellte, zur Seite, rannte ins Innere des Lagers und brüllte:

»Vorsicht, Mehdi! Das ist eine Falle!«

Daraufhin fielen Schüsse. Elsa warf sich buchstäblich auf Estelle, um sie daran zu hindern weiterzugehen.

»Was hast du nur getan? Elsa!«

Diese antwortete lakonisch mit einem wahnsinnigen Funkeln in den Augen:

»Er hat versprochen, mir zu helfen …«

Einige Meter weiter im Inneren der Werkstatt war Mehdi hinter eine Anrichte geflüchtet und wurde von zwei Seiten unter Beschuss genommen.

Mit einem Sprung wechselte er das Versteck und tauchte hinter ein Sofa. Seine Atempause war nur von kurzer Dauer, denn er entdeckte, dass Estelle von Angel, dem Engländer, der Gil getötet hatte, als Geisel genommen worden war. Elsa wurde von Bruno, ihrem netten Verehrer festgehalten.

»Hello, Mehdi!«, rief Angel. »Sorry wegen deines Boyfriends. Eigentlich sollte ich dich umbringen.«

»Dreckskerl!«

»Ich bring' den Job zu Ende, okay?«

Bruno packte Elsas Hals noch fester.

»Lass mich los!«, rief die junge Frau. »Ihr solltet ihn doch nur aus meinem Leben entfernen! Bruno! Du hattest mir versprochen …«

Innerhalb eines Sekundenbruchteils packte Mehdi einen Dolch, den er hinter seinem Rücken versteckt hatte und von dem er sich seit seinen Trainingsstunden nicht mehr trennte, und schleuderte ihn auf Bruno, der seine Waffe auf Elsa gerichtet hatte. Der Dolch bohrte sich in den Bizeps des Mannes, woraufhin dieser umgehend seinen Revolver fallen ließ. Angel hatte Estelle noch immer fest im Griff und feuerte auf Mehdi. Dieser konnte allen Kugeln knapp ausweichen, bis auf eine, die ihn schmerzhaft am Oberschenkel streifte.

Verletzt kroch der junge Mann hinter ein Möbel und wickelte sich ein altes Wäschestück notdürftig um die Wunde. Da entdeckte er an der Mauer über ihm eine Reihe alter Waffen, darunter einen Krummsäbel. Er erkannte darauf das Zeichen seines Vorfahren, des Ritters Saladin, und packte die Waffe. Zu seiner großen Überraschung fanden seine Hände instinktiv ihren Platz am Griff des Säbels. Ein seltsames Hochgefühl überkam ihn, als er merkte, dass er perfekt mit dem Krummsäbel umgehen konnte.

Im selben Moment gelang es Estelle, sich aus Angels Griff zu befreien, indem sie ihm den Ellbogen in den Magen rammte, woraufhin dieser gegen eine alte Kommode stürzte. Sie warf sich auf die von Bruno fallen gelassene Waffe ... Aber Elsa wollte ihr zuvorkommen.

»Lass sie los! Wegen Mehdi ist Gil umgebracht worden! Er darf nicht so einfach davonkommen!«

Mit einem gewaltigen Fußtritt beförderte Estelle den Revolver aus Elsas Händen, wobei sie nicht mehr das geringste Mitgefühl für diese neurotische Frau empfand.

Angel grinste hämisch. Er hob seine Waffe und zielte auf Estelle, als Mehdi vor ihm auftauchte und ihm den Krummsäbel mitten ins Herz bohrte. Das hämische Grinsen auf dem Gesicht des Mörders erlosch, und er sank auf die Knie, als würde er um Vergebung bitten, die Mehdi ihm nicht erteilen würde. Dann brach er tot auf dem Boden zusammen.

Estelle warf sich in Mehdis Arme. Dessen Haltung hatte sich verändert. Er dachte kurz an Hassan und an den Stolz, den sein Vater empfinden würde, wenn er ihn so wagemutig und selbstsicher sehen würde.

Keiner der beiden achtete auf Elsa, die sich in einer Ecke zusammenkauerte. Sie schien endgültig den Verstand verloren zu haben.

Fast zur gleichen Zeit zogen zwei Brüder in Kommandoanzügen Olivier Royal an den Armen und ließen ihn in der Mitte des auf den Boden ihrer Ritualstätte gemalten gotischen J fallen.

Die beiden Brüder traten zur Seite. Aubagnac erschien und offenbarte Olivier so seine Zugehörigkeit zu der Gemeinschaft. Benebelt von den Drogen, die man ihm verabreicht hatte, versuchte dieser vergebens, sich aufzurichten. Er schwankte, fiel auf die Knie und bemühte sich ohne Erfolg, seinem Gegenüber würdevoll entgegenzutreten.

»Vielen Dank, dass Sie meiner Einladung gefolgt sind.«

»Mistkerl!«

»Royal, enttäuschen Sie mich nicht. Ich habe so viel Hoffnung in Sie gesetzt. Sie sind mein brillantester Schützling.«

»Ich bin nicht Ihr Schützling!«

»Dann sehen Sie mich doch als Ihren Paten! Sie haben in unserem Orden noch so viel zu vollbringen.«

»Hol Sie doch der Teufel!«

Aubagnac seufzte verärgert über Royals Heftigkeit.

»Na, kommen Sie schon, Sie sind von einem anderen Kaliber als Guillaume Lothaire, und das wissen Sie! Ihr Platz ist hier bei uns.«

»Niemals.«

»Seien Sie endlich einmal ehrlich zu sich selbst. Sie haben eine grausame Seite in sich. Das Leiden fasziniert Sie.«

Mit einer brutalen Bewegung packte Aubagnac Oliviers Hemd und zerriss es, woraufhin das gotische J auf seinem Schulterblatt zum Vorschein kam.

»Sie fügen gern Leid zu, und Sie erdulden es selbst gern, Royal!«

Olivier gelang es endlich, sich aufrecht zu halten und Aubagnac in die Augen zu sehen.

»Wenige Männer sind in der Lage, in Ihrem Zustand das Gleichgewicht zu halten. Ich bewundere Sie«, sagte der Minister.

»Und ich verachte Sie und Ihre irren Ambitionen! Was wollen Sie tun? Mich umbringen? Mein Tod steht geschrieben, er ist seit Ewigkeiten programmiert! Ich habe keine Angst.«

Plötzlich fühlte der junge Mann einen unerträglichen Schmerz, der ihm das Gehirn durchbohrte. Er hatte keine Zeit, das Gesicht der Person zu sehen, die ihm mit einer Spritze in den Nacken gestochen hatte.

Wenige Minuten später hielt ein großer Geländewagen am Rand einer Landstraße, und Olivers Körper wurde auf den Seitenstreifen geworfen.

Auf dem Boden des Salons markierten weiße Kreidestriche die Stellen, an der Joyce' Leiche gelegen hatte.

Jean durchmaß den Raum, als ob er etwas suchen würde. Er blieb kurz vor den silbern eingerahmten Fotos seiner Ex-Frau und seiner beiden Töchter stehen.

»Guten Tag, Jean.«

Er wandte sich um und erblickte Dona Flores. Ohne überrascht zu sein, sie hier zu sehen, lächelte er sie drohend an.

»Joyce hatte furchtbare Angst vor Ihnen. Sie sagte, dass Sie die Einzige wären, die durch sie hindurchsähe.«

»Deshalb nennt man mich das Orakel, denn ich sehe, was niemand sieht.«

Jean trat auf sie zu.

»Diese Zeit ist vorbei ...«

Mehrere Streifenwagen und ein Notarztwagen standen nun vor Elsas Antiquitätenladen. Renard wies ihre Männer ein, während zwei Krankenträger, umgeben von Polizisten, Bruno fortbrachten, der bewusstlos an einen Tropf angeschlossen war, und zwei andere den leblosen Körper von Angel wegtrugen.

Renard trat näher, bedeutete den Krankenträgern anzuhalten und betrachtete den jungen Engländer eine Weile.

»Er sieht aus, als ob er kein Wässerchen trüben könnte. Und dabei war er ein gnadenloser Mörder. Gehen Sie nun!«

Neben einem Kleinlaster gerieten Mehdi und Estelle, denen dort die Wunden verbunden wurden, mit Elsa aneinander, die sehr kleinlaut, ja gleichsam verängstigt war.

»Was hattest du mit diesen Typen zu schaffen? Was hast du Bruno erzählt?«, wollte Mehdi wissen.

»Dass du mir Gil weggenommen hast, dass du mir meinen Platz im *Mule du Pape* weggenommen hast. Dass Gil wegen dir gestorben ist ...«

Der junge Mann sprang auf, kurz davor, ihr an den Kragen zu gehen.

»Wegen dir ist Gil tot, arme Irre. Wegen dir! Dein Bruno und sein Freund sind Brüder des Judas!«

»So ein Blödsinn!«

Elsas fiebriger Blick wanderte nun zwischen Mehdi und Estelle hin und her. Sie schien erneut jede Spur von Verstand verloren zu haben. Für Estelle war das unerträglich. Vor allem als die Frau, die sie als ihre beste Freundin betrachtet hatte, sich erhob und anfing zu phantasieren.

»Ich will Gil sehen, sagt ihm, dass ich mit ihm sprechen muss, dass ich ihm alles vergeben habe!«

Ein Feuerwehrmann versuchte, sie zu beruhigen und mit sich zu ziehen. Elsa lächelte ihn verrückt an.

»Gehen wir zu Gil, nehmen Sie mich mit zu ihm?«

Sie ließ sich wie ein gehorsames Kind wegführen. Renard hatte die Szene beobachtet und baute sich nun vor Mehdi und Estelle auf, um deren Aufmerksamkeit von dem schmerzhaften Anblick abzulenken.

»Gut, es ist erwiesen, dass Sie in Notwehr gehandelt haben. Wir werden Sie in Frieden lassen …«

»Danke. Kann ich meinen Krummsäbel zurückhaben? Er hat mir das Leben gerettet.«

»Verletzen Sie sich nicht damit.«

Renard zog ihr klingelndes Handy aus der Tasche.

»Renard. Was? Und wann?«

Die Kommissarin warf Estelle einen bestürzten Blick zu.

Estelle lief mit bangem Herzen und langen Schritten durch die Gänge der Notaufnahme. Renard folgte ihr, so gut sie konnte, und bereute dabei, seit dreißig Jahren Zigarillos zu rauchen.

Eine Bahre mit einem Körper erschien, das Tuch war über das Gesicht gezogen. Estelle hielt abrupt an. Sie wollte das Tuch zur Seite schieben, doch sie zögerte aus Entsetzen davor, was sie sehen würde.

Man hatte Renard mitgeteilt, dass man Olivier Royal auf dem Seitenstreifen einer Straße gefunden hatte. Die Kommissarin hatte keine Details erfahren können, sondern nur den Hinweis, dass Royals Zustand kritisch war. Und jetzt stand Estelle gelähmt vor Angst neben einer Leiche.

»Estelle?«

Die junge Frau fuhr herum und sah hinter sich Olivier, der erstaunt lächelte und sich fragte, warum sie so besorgt wirkte.

»Na, du ziehst ja ein Gesicht!«

Er hatte keine Zeit, seinen Satz zu beenden, da hatte sich Estelle ihm bereits an den Hals geworfen und ließ ihrer Freude und ihrer Erleichterung freien Lauf.

»Renard sagte mir, dass du ... schwer verletzt seist ... dass sie nicht wüssten, ob du überleben wirst ... Ich will dich nicht verlieren, Olivier.«

»Na, sie konnten mich nicht töten, sie brauchen mich doch noch. Sie werden bis zum Schluss versuchen, uns zu manipulieren.«

»Ich weiß. Und gemeinsam werden wir sie besiegen.«

Ihre Lippen fanden sich, und beide vergaßen in einem Kuss alles um sich herum.

Diesen Augenblick wählte Renard, um sich umzudrehen. Sie hatte es geschafft, die beiden zu versöhnen, und verbarg ihre Genugtuung nicht. Dann zündete sie ihren kleinen

Zigarillo an, als sie unter einem Schild »Rauchen verboten« durchging. Eine Krankenschwester sah ihr zornig zu.

Im Keller des *Mule du Pape* stand Mehdi vor dem Wasserspeier, der wie immer seine grausame Miene zur Schau trug. Erneut hatte er das seltsame Gefühl, dass das Tier lebte und ihn drohend beobachtete.

Aber diesmal machte es ihm keine Angst mehr. Der junge Mann packte seinen Krummsäbel und trat vor das Tier.

»Zu uns beiden, mein Lieber! Ich weiß nicht, ob du mein Drache bist, aber ich weiß, dass du ein hartes Viertelstündchen erleben wirst …«

Dann hob Mehdi seine Waffe und schlug auf den Wasserspeier ein, woraufhin der Stein in einem Feuerwerk an Funken zu allen Seiten hin zersplitterte.

Aus dem Tier rann eine rötliche Flüssigkeit, die wie Blut aussah, ganz als ob es verletzt wäre. Einen Moment lang hielt Mehdi verblüfft inne, dann fasste er sich wieder und schlug weiter. Mit einem letzten Schlag trennte er den Kopf ab, der schwer auf den Boden plumpste, wobei Mehdi von Kopf bis Fuß mit der roten Flüssigkeit bespritzt wurde, die in Massen hervorquoll.

Wie ein tief im Rachen des Ungeheuers versteckter Schatz glitzerte ein Goldzylinder im Hals des Wasserspeiers, der aussah wie jener, der ihnen den Goldwürfel geliefert hatte.

Triumphierend hob Mehdi den Zylinder auf und schwenkte ihn vor sich, um Gil die Ehre zu erweisen.

Die Nacht war über Avignon hereingebrochen. An diesem Abend wirkte der Vollmond phosphoreszierend und hüllte die majestätische Silhouette des Papstpalastes in weißes Licht.

Die heilige Rosette leuchtete ebenfalls auf übernatürliche Weise. Im Gleichklang mit dem Mond erhellte sie den Ehrenhof. Die Wasserspeier waren erwacht und beobachteten schweigend, was sich an diesem geschichtsträchtigen Ort abspielte. Der älteste unter ihnen ging sogar so weit, bis auf die *Tour du Pape* zu springen, von wo aus er, bereit zum Angriff, den ganzen Palast überblickte. Seine Herrin, die Prophezeiung, würde sich offenbaren, und es war seine Aufgabe, sie bis zum Ende zu beschützen, wie er es seit mehreren Jahrhunderten tat.

Unter der Rosette übergab Mehdi feierlich den Goldzylinder an Estelle und Olivier.

»Indem ich euch diesen Goldzylinder übergebe, erfülle ich die Rolle der Diener der Sarah bei der Suche nach der Prophezeiung …«

»Danke … Du hast den zweiten Pfeiler gefunden.«

Mehdi stieß einen Seufzer der Erleichterung aus und lächelte seiner Freundin zu, während Olivier den Zylinder aufschraubte und seinen Inhalt enthüllte: eine Pergamentrolle. Er gab sie Estelle.

»Du musst sie entziffern.«

Mit zitternden Händen rollte sie das Pergament vor ihren ungeduldigen Augen auf. Es handelte sich um eine Miniaturmalerei, die dem Stundenbuch des Herzogs von Berry würdig war: Sie stellte einen mehrere hundert Jahre alten Ölbaum dar, der eine steinerne Brunnenschale überschattete.

Unter dem Ölbaum streckte die Dame mit dem Stern die Hand nach der Schale zu ihrer Rechten aus. Hinter ihr blickte der Ritter mit dem Greif ebenfalls zu dem Gegenstand, wobei er sein Schwert erhoben hatte, als ob er die Dame vor einer großen Gefahr schützte …

»Das stellt euch beide dar, nicht wahr? Die Dame mit dem Stern bist du, Estelle, und der Ritter mit dem Greif, das bist du, Olivier.«

Estelle sah zu Olivier auf. Sie wurde von solch starken Gefühlen übermannt, dass ihr Tränen über die Wange rannen.

»Ich kenne diesen Brunnen. Ich weiß, wo sich die Prophezeiung befindet.«

Mehdi verbeugte sich und verabschiedete sich von den beiden.

»Ich glaube, dass meine Mission hiermit beendet ist. Nach der Pergamentrolle zu urteilen, müsst ihr allein dorthin gehen. Ihr seid jetzt an der Reihe.«

Estelle leitete Olivier durch den zu dieser späten Stunde verlassenen Palast, während mehrere Sternschnuppen über einen wolkenlosen Himmel fuhren. Das Paar kam in den Garten, wo auf einem leicht erhobenen, mit Gras bewachsenen Kreis zwischen den Gebäuden eine steinerne Brunnenschale thronte – genau die, auf die Louis einige Jahre zuvor mit einer Eisenstange eingedroschen hatte, was zu seiner Entlassung geführt hatte.

»Gibt es keinen Baum?«, wunderte sich Olivier.

»Er wurde bei einem Sturm vor zwei Jahren umgerissen. Er war unter dem Pontifikat Johannes' XXII. gepflanzt worden und …«

Da tauchte plötzlich aus dem Dunkeln die Gestalt eines Bruders des Judas auf, dessen Zeremonienmantel mit prachtvollen Attributen geschmückt war. Zweifellos der Große Kanzler. Estelle und Olivier stießen einen erstickten Schrei aus, als das Mondlicht auf sein Gesicht fiel.

Dona Flores. Zur ihren Füßen entdeckten sie einen leblosen, gekrümmten Körper: Jean, der eine klaffende Wunde am Bauch hatte.

»Papa!«

Estelle kniete vor ihrem Vater nieder, der auf dem Boden lag und viel Blut verlor. Sie warf Dona Flores einen verzweifelten Blick zu.

»Warum?«

»Wenn du deinen Vater retten willst, öffne die Quelle der Zeit. Und zwar schnell! Mitternacht darf nicht verstreichen. Der Mond wird untergehen.«

»Ich kümmere mich um ihn«, sagte Olivier, während Estelle sich erhob und Dona Flores gegenüberstand, die ihr triumphierend zulächelte.

»Du hast all meine Erwartungen übertroffen. Du bist meine perfekte Schöpfung!«

»Ich bin nicht Ihre Schöpfung!«

»Ich habe bereits vor deiner Zeugung begonnen, mich um dich zu kümmern. Ich war es, die die Begegnung zwischen deinem Vater und deiner Mutter organisiert hat. Und dein lieber Großvater, der gute alte Louis, hat mich vom ersten Augenblick an geliebt, als er mich gesehen hat, ohne jemals irgendetwas zu ahnen!«

»Das ist nicht möglich … Nicht Großvater! Sie lügen!«

»Für ihn war ich eine Dienerin der Sarah, auf der guten Seite, der euren, auf der Seite der Esperanzas. Und dank ihm konnte ich über dich wachen, damit du eine Esperanza mit reinem Herzen wurdest, jene, auf die wir seit Jahrhunderten warten.«

»Ich weigere mich. Lieber sterbe ich.«

Dona Flores schüttelte traurig den Kopf. Sie ergötzte sich offensichtlich an Estelles Reaktion, froh, endlich aus dem Schatten treten zu können.

»Oh, Estelle, du enttäuschst mich. Nicht dein Leben steht auf dem Spiel, sondern das deines Vaters und deines Geliebten. Tu, was ich dir sage, oder sie werden beide sterben.«

»Gib dieser Erpressung nicht nach, Estelle!«, rief Olivier, der noch immer Jeans Blutung zu stillen versuchte.

Da zog Dona Flores ihre Waffe, zielte kalt auf Olivier und jagte ihm eine Kugel ins Bein. Er brach vor Schmerz brüllend zusammen.

»Neeeiiin!«

Estelle fühlte ihre Kampfeslust schwinden, als sie Olivier und ihren Vater so schwer verwundet sah. Dona Flores bemerkte es und richtete ihre Waffe erneut auf die beiden.

»Die Zeit verstreicht, Estelle, entscheide dich.«

Die junge Frau hielt kurz inne, ehe sie schließlich nachgab und sich der Brunnenschale näherte.

»Was siehst du?«

»In einem Halbkreis angeordnete römische Zahlen von eins bis zwölf. Das ist kein Brunnen, sondern eigentlich eine Sonnenuhr. Oder vielmehr eine Monduhr.«

In der Tat warf das Mondlicht über eine Metallnadel in der Mauer der *Tour du Pape* einen feinen Schatten auf die Brunnenschale. Olivier stöhnte vor Schmerz auf, was Estelle dazu brachte, ihre Suche zu beschleunigen.

In ihren Gedanken setzten sich die kleinsten Elemente,

die sie im Laufe der Suche angesammelt hatte, zusammen, mischten sich, liefen in alle Richtungen, bis schließlich eines darunter sich deutlich abhob.

»Der Würfel, das sind Zahlen. Die Zahlen des Goldwürfels. 2, 5, 5, 6, 6 und 7.«

»Beeile dich, Estelle, der Mond wird untergehen! Die Stunde der Offenbarung ist gekommen.«

Der Reihe nach berührte Estelle die ausgewählten Zahlen, die leicht nachgaben.

»Einmal zwei ist II. Zweimal 5 ist X. Zwei mal 6 ist XII, und einmal 7 ist VII.«

Als Estelle auf VII drückte, schlossen sich im Palast alle Türen, sogar die gewaltigsten. Dann stieg ein unterirdisches Dröhnen von unvorstellbarer Macht zur Erdoberfläche, der Stein wurde durchsichtig, und eine Lichtsäule entsprang der Brunnenschale wie ein mächtiger Geysir.

Inmitten des blendenden Lichtstrahls erschienen Bilder aus der Geschichte der Welt, in denen die schönsten Meisterwerke der Menschheit sich mit den blutigsten Perioden mischten. Vergangenheit, Gegenwart und Zukunft waren vereinigt in diesem Wasserschlund, der alles aufzusaugen schien.

»Du hast es geschafft, Estelle, du hast die Quelle der Zeit geöffnet!«

Verzaubert umkreiste Dona Flores den Brunnen und konnte die Augen nicht von diesem Wunder abwenden, das sie hypnotisierte und magisch anzog.

Olivier nutzte den Augenblick, um eine Waffe aus einem Halfter am Unterschenkel zu ziehen. Er richtete sie auf Dona Flores, aber zu spät: Diese hatte seine Bewegung bemerkt und erwiderte bereits den Schuss.

Wie verklärt und von einem Urinstinkt getrieben näherte Estelle, die der Szene beiwohnte, ihren Arm der Lichtsäule. Ihre Hand wurde gleichsam verschluckt, und das Licht durchströmte ihren ganzen Körper.

Die Zeit schien sich auszudehnen. Estelle sah, wie die vom Orakel abgefeuerte Kugel direkt auf Oliviers Herz zusteuerte. Sie sah den Tod ihres Geliebten, noch ehe er eintrat.

»Neeeeiiin!«

Ihr Schrei schien aus der Ferne zu kommen, wie erstickt. Und plötzlich herrschte absolute Stille um sie herum. Dunkelheit umgab sie.

Estelle befand sich an einem dunklen, aber beruhigenden Ort.

»Olivier? Olivier?«

Sie nahm eine Art Lichtschimmer wahr, der an einen Lichtfaden erinnerte, der von außen in ein dunkles Zimmer fällt. Nur erhellte dieses Licht das Zimmer nicht, es blieb in totaler Dunkelheit …

Estelle ging in Richtung dieses Strahls, der zugleich fern und doch nah wirkte. Je näher sie ihm kam, desto stärker empfand sie ein Gefühl von Wohlbehagen.

Als sie an der Lichtquelle angelangt war, musste Estelle geblendet die Hände vor die Augen halten, ehe sie ohne jegliche Furcht in das eintreten konnte, was wie ein glitzernder Luftschacht vor ihr lag. Da entdeckte sie, dass sie sich im Hof des Hauses ihres Großvaters befand, unter der hundertjährigen Linde. Nur die Helligkeit war stärker als in der Wirklichkeit.

Sie erblickte die Gestalt eines Mannes, der auf sie zuging, als käme er direkt aus dieser Helligkeit. Der Mann hielt ein kleines Mädchen an der Hand.

»Großvater, bist du es?«

Und Estelle stand Louis gegenüber, der sie anlächelte, Louis, der das Mädchen mit dem roten Kleid an der Hand hielt!

»Was ist los, bin ich tot?«

Louis schüttelte den Kopf und beruhigte sie.

»Ich bin nur hier, weil du mich ausgewählt hast, um dir die Prophezeiung zu offenbaren.«

Er ließ die Hand des Mädchens los und umarmte Estelle zärtlich. Diese drückte ihn an sich und fand endlich den Trost, den sie in letzter Zeit so sehr gesucht hatte. Ihre Befürchtungen, ihre Ängste, die Traurigkeit, die mit dieser Suche einhergegangen waren, verschwanden, als ob sie endlich akzeptierte, nicht für alles Geschehene verantwortlich gewesen zu sein.

»Du hast mir so sehr gefehlt, Großvater. Bei jeder Entdeckung habe ich an dich gedacht und welche Freude du empfunden hättest, wenn du dabei gewesen wärst.«

Louis wischte die Tränen der Erleichterung weg, die Estelles Wangen herabliefen, und drückte sie erneut an sich. Über die Schultern ihres Großvaters beobachtete Estelle das Mädchen, das kleine Kieselsteine aufsammelte und damit spielte.

»Wer ist dieses Mädchen? Ich kenne es, aber ich weiß nicht, wer es ist.«

Louis lächelte.

»Die Prophezeiung kündigt ihr Kommen an. Sie ist die neue Botin, die letzte Prophetin, das Lichtwesen, das die Welt retten wird. Sie ist das Kind, das von einem Stern und einem Greif gezeugt wurde. Eure Tochter, von Olivier und dir.«

»Unsere Tochter?«

»Ja, die Prophezeiung trägt die Züge deines Kindes, Estelle. Sie stellt die Zukunft dar. Die Zukunft der Welt.«

Mit vor Rührung getrübtem Blick sah Estelle erneut ihre Tochter an, die ihr zulächelte und ihr einige Kieselsteine in die Hand drückte. Estelle streckte die Hand aus, um sie zu berühren, aber das Mädchen war bereits wieder zu ihrer Sammlung zurückgekehrt.

»Oliver wird also leben. Er wird nicht sterben, wenn er Vater werden soll!«

Louis' sanftes Lächeln verschwand und machte plötzlich einer schicksalsergebenen Miene Platz.

»Aber Großvater, er kann nicht sterben, wenn wir zusammen ein Kind haben sollen!«

Louis' Gesichtsausdruck klärte Estelle auf, die instinktiv die Hand auf ihren Bauch legte.

»Ich bin schwanger? Nein! Neeeiin! Ich weigere mich! Neeeiin!«

Plötzlich spürte Estelle, wie sie, wie von einer riesigen Hand gepackt, nach hinten gezogen wurde: Sie verließ den Hof des Hauses von Louis und kehrte in die Dunkelheit zurück, ehe sie wieder im Papstpalast landete, zum selben Zeitpunkt, zu dem sie ihn verlassen hatte.

Dona Flores erwiderte Oliviers Schuss. Estelle warf sich zwischen die beiden Schützen, und die für ihren Geliebten bestimmte Kugel bohrte sich in ihre Brust.

Beim Aufprall der Kugel verlor Estelle sofort das Bewusstsein, während Dona Flores, getroffen von Oliviers Kugel, tot zusammenbrach.

Und der Lichtstrahl der Prophezeiung verschwand, als

würde er von der Schale aufgesogen. Der Garten wurde plötzlich in tiefe Stille getaucht. Die Wasserspeier wurden wieder zu Statuen und nahmen wieder ihre Rolle als passive Wächter des Palastes auf.

Als Jean, den die Schmerzen seiner Wunde durchbohrten, wieder zu Bewusstsein kam, entdeckte er den verzweifelten Olivier, der Estelle in seinen Armen wiegte.

»Nein, nicht du. Du kannst nicht sterben, Estelle, nicht du.«

Jean gelang es, sich bis zu seiner Tochter zu schleppen. Beide Männer versuchten, mit ihr zu sprechen, sie wieder zu sich zu bringen. Aber Estelle erlangte nicht wieder das Bewusstsein.

EINIGE MONATE SPÄTER …

Olivier lief aufgeregt im Gang eines Krankenhauses hin und her, als Jean im Chirurgenkittel plötzlich aus der Tür trat, die er seit langen Stunden nicht aus den Augen gelassen hatte.

Er näherte sich Olivier, der beim Anblick des in eine Decke gewickelten Neugeborenen in Jeans Armen erstarrt war.

»Herzlichen Glückwunsch, es ist ein sehr schönes Mädchen.«

Entzückt betrachtete Olivier das Baby, wie hypnotisiert von diesem neuen Leben, das zugleich die Verlängerung seines eigenen war. Er warf Jean einen hoffnungsvollen Blick zu, aber dieser schüttelte den Kopf.

»Du kannst zu ihr gehen.«

Beide gingen in den Raum, in dem man Estelle untergebracht hatte, die friedlich schlief. Olivier trat zu ihr und setzte sich vorsichtig neben sie, wobei er das Baby an sich drückte.

»Schau, mein Schatz, das ist unsere Tochter, sie ist wunderschön.«

Estelle erwachte nicht. Vor Jeans gerührten Augen redete Olivier weiter, wobei der Arzt sich beherrschen musste, um nicht zu weinen.

»Sie wiegt drei Kilo und zweihundertfünfzig Gramm und ist achtundvierzig Zentimeter groß ...«

Oliviers Stimme wurde heiser vor Rührung. Jean löste ihn neben Estelle ab.

»Sie ähnelt dir so sehr, Liebes, das ist unglaublich. Sie ist wundervoll.«

Beide hatten gehofft, dass die Geburt bei Estelle einen Schock hervorrufen würde, der sie endlich wieder zum Leben erwecken würde. Schwer verletzt von der Kugel, die Dona Flores auf Olivier abgefeuert hatte, war sie zusammengebrochen und seither nicht wieder aufgewacht. Sie war ins Koma gefallen und hatte ihre Schwangerschaft fortgesetzt. Auch ihre Verletzung war wunderbar verheilt, im Gegensatz zu ihrem Geist, der für immer fortgegangen zu sein schien.

Olivier riss sich zusammen und zwang sich, seiner Tochter zuzulächeln, die er sanft neben ihre Mutter legte.

»Das ist deine Mama, Prinzessin. Sie heißt Estelle.«

An den mütterlichen Bauch geschmiegt, ergriff das Baby mit einem angeborenen Reflex einen von Estelles Fingern und drückte ihn mit aller Kraft. Diese Geste war zu viel für Olivier, obgleich sie so natürlich bei einem Neugeborenen ist, und er begann zu weinen. Beschämt entfernte er sich vom Bett, bald gefolgt von Jean, der versuchte, ihn zu trösten, so gut er konnte.

Da geschah das Wunder. Plötzlich begann Estelles Finger, den das Baby noch immer in seiner kleinen Hand hielt, sich zu bewegen. Dann die ganze Hand. Das Leben breitete sich wieder im Körper der jungen Frau aus, als ob sie nach einem langen Schlaf wieder erwachte.

Als Estelle die Augen öffnete, fiel ihr erster Blick auf das Neugeborene, das sie mit erstaunten Augen starr anblickte. Es fragte sich sicher, was es da machte, auf einmal hinausgeworfen aus seiner warmen und weichen Welt, aber es schien bereits neugierig, alles zu entdecken. Estelle lächelte, um ihre Tochter zu beruhigen: Sie würde immer für sie da sein.

Dann bemerkte Estelle die Anwesenheit von Olivier und ihrem Vater, die etwas abseits des Betts standen. Sie wollte sie rufen, aber ihre Stimme war so furchtbar schwach. Schließlich gelang es ihr, mit einer nach all den Monaten des Schweigens krächzenden Stimme zu flüstern:

»Sie ist wunderschön …«

Olivier drehte sich als Erster um. Kurz glaubte er, dass seine Phantasie ihm einen Streich gespielt hatte, aber seine Befürchtungen lösten sich in Luft auf, als er Estelles Blick kreuzte und darin die Frau wiederfand, die er liebte.

Außer sich vor Glück stürzte er zum Bett und drückte sie fest, während Jean dem Himmel dankte, er, der noch nie an Gott geglaubt hatte.

»Ich habe das Gefühl, so lange geschlafen zu haben …«

»Du warst während deiner gesamten Schwangerschaft im Koma.«

Estelle blickte das Baby besorgt an, doch Jean kam ihren Fragen zuvor.

»Es geht ihr gut, keine Sorge. Wir haben alles getan, damit sie nicht unter deinem Zustand leiden musste. Olivier hat viel Zeit neben dir verbracht, um mit dir und ihr zu sprechen …«

»Ich habe ihm unsere Geschichte erzählt und jede Sekunde gehofft, dass du aufwachst. Du hast mir gefehlt, ich kann dir nicht sagen, wie sehr du mir gefehlt hast.«

Olivier drückte Estelle an sich. Zwischen ihnen war das Baby friedlich eingeschlafen und lächelte glücklich vor sich hin.

Epilog

Louise, die Tochter von Estelle und Olivier, war inzwischen fünf Jahre alt. Ihre Eltern saßen im Gras auf einem Hügel, der Aussicht über die ganze Region bot, und sahen ihr zu, wie sie spielte, hinter den Schmetterlingen herlief und Wiesenblumen pflückte. Sie trug ein rotes Kleid, ganz wie damals, als sie ihren Eltern vor ein paar Jahren erschienen war. Kokett wie alle Mädchen ihres Alters hatte sie es in einem Geschäft gesehen und selbst ausgewählt. Gerührt von der Erinnerung an dieses kleine Kleid, hatte Estelle nicht widerstehen können, es ihr zu schenken.

Als Louise ihr einen kleinen Blumenstrauß hinhielt und sich ihr um den Hals warf, wurde Estelle von unendlicher Liebe ergriffen. Sie hatte oft Angst vor der Zukunft, die ihre Tochter erwartete. Sie wusste, dass sie eines Tages dunkle Kräfte würde bekämpfen müssen, denn das Böse war noch immer da, im Verborgenen, und lauerte auf den Augenblick, in dem es stärker als je zuvor wieder hervorkommen konnte. Durch den Verlust ihrer Anführerin hatten die Brüder des Judas auch ihren denkenden Kopf und die fürchterliche Schlagkraft ihrer Organisation verloren. Aber sie waren nicht verschwunden: Sie würden zurückkommen, Estelle wusste es. Würde Nadines Kind in der Zukunft eine wichtige Rolle einnehmen?

Olivier drückte seine Frau an sich, als spürte er ihre Ängste, und küsste sie zärtlich aufs Haar.

»Eines Tages werden wir nicht mehr da sein, um sie zu beschützen«, sagte Estelle.

»Sie wird nie allein oder verlassen sein. Denn eines Tages, in zehn oder fünfzehn Jahren, werden ihr zwei Personen folgen, dann zwanzig, dann hundert, dann eine Million, und noch mehr.«

»Du bist so zuversichtlich.«

»Ja, weil wir glücklich sind.«

Olivier umfasste Estelles Gesicht mit beiden Händen und lächelte sie strahlend an.

Nicole Jamet & Marie-Anne Le Pezennec

KILLMORE

… was niemand wissen darf

Mysterythriller

Gebrandmarkte Leichen, rätselhafte Runensteine, keltische Gräber … ist die legendäre scharlachrote Königin auf die Insel Killmore zurückgekehrt? Oder spielt jemand mit den Dämonen der Vergangenheit?
Die Polizistin Marie Kermeur fährt nach Irland, um die Familie ihrer leiblichen Mutter kennenzulernen und ihren Kollegen Lucas Fersen zu heiraten. Maries Glück ist jedoch nur von kurzer Dauer: Am Morgen nach der Hochzeit wird ihre Cousine Alice tot aufgefunden. Sie trägt das Kleid der scharlachroten Königin, das seit Generationen in Familienbesitz ist, und ihre Brust wurde gebrandmarkt. In ihrem Hals steckt ein Stein mit einem Buchstaben aus dem Runenalphabet. Marie und Lucas fangen an, mit der örtlichen Polizei zu ermitteln. Doch dann wird Maries Cousin ebenfalls ermordet, und es beginnt ein Wettlauf um Leben und Tod, denn niemand weiß, wer der Nächste sein wird. Welches tödliche Geheimnis verbirgt die Familie Sullivan? Und warum wird Lucas immer seltsamer und brutaler? Schon bald wird Marie klar, dass sie einen Fremden geheiratet hat …

»Ein spannender Roman, der Sie von der ersten bis zur letzten Seite in Atem halten wird.«
ICI PARIS

Knaur

Nicole Jamet
Marie-Anne Le Pezennec

DOLMEN

… vergessen sollst du nie

Die Polizistin Marie Kermeur kehrt zurück auf ihre bretonische Heimatinsel, um ihrem Jugendfreund das Jawort zu geben. Am Hochzeitsmorgen passiert das Entsetzliche: Sie entdeckt bei einem Spaziergang am Strand die Leiche ihres Bruders. In seiner Hand findet Marie eine rätselhafte Botschaft in bretonischer Sprache. Als einer der Menhire aus dem mystischen Steinkreis zu bluten anfängt, ist Marie sich sicher: Es war kein Unfall! Aber hat all das wirklich mit einer jahrhundertealten Legende zu tun? Da geschieht auch schon ein weiterer Mord …

»Nervenkitzel pur!«
Münstersche Zeitung

Knaur Taschenbuch Verlag

Ein hochspannender Mysterythriller für die Fans von Scott McBain und Jean-Christophe Grangé.

Henri Loevenbruck

DAS JESUSFRAGMENT

Thriller

Als sein Vater plötzlich ums Leben kommt, steht Damien Louvel, ein erfolgreicher Drehbuchautor, vor einem Rätsel. Offenbar war sein Vater einer geheimnisvollen Reliquie auf der Spur, dem Stein von Iorden, der die letzte Botschaft Jesu enthalten soll. Aber er war nicht der Einzige. Mysteriöse Geheimbünde, die auch vor Mord nicht zurückschrecken, machen Jagd auf den Stein. Und Damien gerät in ihr Visier ...

Knaur Taschenbuch Verlag